GRAVIDADE

OBRAS DA AUTORA PUBLICADAS PELA EDITORA RECORD

Série Rizolli & Isles

O cirurgião

O dominador

O pecador

Dublê de corpo

Desaparecidas

O Clube Mefisto

Relíquias

Gélido

A garota silenciosa

A última vítima

O predador

Segredo de sangue

A enfermeira

Vida assistida

Corrente sanguínea

A forma da noite

Gravidade

O jardim de ossos

Valsa maldita

Com Gary Braver

Obsessão fatal

TESS
GERRITSEN

GRAVIDADE

Tradução de
Alexandre Raposo

5ª edição

EDITORA RECORD
RIO DE JANEIRO • SÃO PAULO
2024

CIP-Brasil. Catalogação-na-fonte
Sindicato Nacional dos Editores de Livros, RJ.

G326g Gerritsen, Tess, 1953-
5ª ed. Gravidade / Tess Gerritsen ; tradução Alexandre Raposo. – 5ª ed. – Rio de Janeiro : Record, 2024.

Tradução de: Gravity
ISBN 978-85-01-08343-2

1. Ficção científica americana. I. Raposo, Alexandre. II. Título.

09-2806 CDD: 813
CDU: 821.111(73)-3

Título original em inglês:
Gravity

Editoração eletrônica: Abreu's System

Texto revisado segundo o Acordo Ortográfico da Língua Portuguesa de 1990.

Impresso no Brasil

ISBN 978-85-01-08343-2

Para os homens e mulheres que tornaram
os voos espaciais uma realidade.

As maiores realizações da humanidade
têm início nos sonhos.

AGRADECIMENTOS

Eu não poderia ter escrito este livro sem a generosa ajuda de algumas pessoas da NASA. Meus mais calorosos agradecimentos para:

Ed Campion, relações-públicas da NASA, por ter me guiado pessoalmente em uma fascinante visita ao Centro Espacial Johnson.

Os diretores de voo Mark Kirasich, da ISS, e Wayne Hale, do ônibus espacial, por terem me revelado detalhes sobre seu exigente trabalho.

Ned Penley, por ter me explicado o processo de seleção da tripulação.

John Hooper, por ter me explicado como funcionava o novo Veículo de Resgate de Tripulação.

Jim Reuter (MSFC), por ter me explicado os sistemas de meio ambiente e da estação espacial.

Os médicos de voo Tom Marshburn e Smith Johnston, pelos detalhes sobre medicina de emergência em gravidade zero.

Jim Ruhnke, por responder minhas às vezes estranhas perguntas sobre engenharia.

Ted Sasseen (funcionário aposentado da NASA) por compartilhar comigo lembranças de sua longa carreira como engenheiro aeroespacial.

Também sou grata pela ajuda de especialistas de outras áreas:

Bob Truax e Bud Meyer, da Truax Engineering, os meninos fogueteiros de *O céu de outubro* da vida real que me forneceram dados específicos sobre veículos de lançamento reutilizáveis.

Steve Waterman, por seus conhecimentos sobre câmaras de descompressão.

Charles D. Sullivan e Jim Burkhart, por informações sobre vírus anfíbios.

Dr. Ross Davis, pelos detalhes sobre neurocirurgia.

Bo Barber, minha fonte de informação sobre naves e pistas de aterrissagem. (Bo, voarei com você um dia desses!)

Por último, devo voltar a agradecer a:

Emily Bestler, que me ajudou a abrir as asas.

Don Cleary e Jane Berkey, da agência Jane Rotrosen, por saberem de que é feita uma grande história.

Meg Ruley, que faz sonhos se tornarem realidade.

e...

meu marido, Jacob. Querido, estamos juntos nisso.

O Mar

1

Fenda de Galápagos
0,30 grau sul, 90,30 graus oeste

Ele pairava à beira do abismo.

Logo abaixo, estendia-se a escuridão aquosa de um mundo gelado onde o sol jamais penetrava, onde a única luz eram as centelhas passageiras de criaturas bioluminescentes. Deitado de barriga para baixo no fundo da apertada cabine do *Deep Flight IV*, cabeça aninhada no cone frontal de acrílico transparente, o Dr. Stephen D. Ahearn tinha a inebriante sensação de flutuar, livre, na vastidão do espaço. Iluminada pelas luzes das asas do submarino, viu a suave e contínua precipitação de partículas de matéria orgânica provenientes das águas repletas de luz bem mais acima. Eram corpos de protozoários, afundados em milhares de metros de água até o seu túmulo final no fundo do mar.

Atravessando a chuva fina de partículas, ele guiou o *Deep Flight* ao longo da borda do desfiladeiro submarino, mantendo o abismo a bombordo, o solo do platô logo abaixo do aparelho. Embora os sedimentos fossem aparentemente estéreis, havia provas de vida em toda parte. Marcadas no fundo do mar, viu trilhas e sulcos provocados por diferentes criaturas, agora ocultas e em segurança sob um manto de sedimentos. Também viu sinais de humanidade: um pedaço de corrente enrolado ao redor de uma âncora perdida e uma garrafa de refrigerante semissubmersa no lodo. Vestígios fantasmagóricos do mundo alienígena lá em cima.

De súbito, divisou uma imagem surpreendente. Era como atravessar um bosque submarino de troncos de árvores carbonizadas. Os objetos eram chaminés hidrotermais, tubos de 6 metros de altura formados por minerais dissolvidos que saíam de rachaduras na crosta terrestre. Usando os controles, manobrou o *Deep Flight* lentamente para estibordo de modo a evitá-las.

— Cheguei às chaminés hidrotermais — disse ele. — Estou me movendo a 2 nós, chaminés de águas termais a bombordo.

— Como está o aparelho? — disse a voz de Helen em seu fone de ouvido.

— Muito bem. Quero uma dessas belezinhas para mim.

Ela riu.

— Pois então se prepare. Terá de pagar caro, Steve. Já viu o campo de manganês? Deve estar bem à sua frente.

Ahearn ficou em silêncio um instante enquanto perscrutava as redondezas. Pouco depois, falou:

— Estou vendo agora.

Os nódulos de manganês pareciam pedaços de carvão espalhados pelo fundo do mar. Com sua estranha, quase bizarra lisura, formados por minerais que se solidificaram ao redor de pedras ou grãos de areia, eram uma fonte muito valiosa de titânio e de outros metais preciosos. Mas ele ignorou os nódulos. Estava em busca de algo ainda mais valioso.

— Vou entrar no desfiladeiro — disse ele.

Ele aproximou o *Deep Flight* da borda do platô. Quando sua velocidade aumentou para 2,5 nós, as asas, projetadas para produzir o efeito inverso das de um avião, arrastaram o submarino para baixo, e ele começou sua descida no abismo.

— Mil e cem metros — contou. — Mil cento e cinquenta...

— Cuidado com as paredes. É uma fenda estreita. Está monitorando a temperatura da água?

— Começa a aumentar. Está perto de 13 graus agora.

— Ainda está longe da chaminé. Mais 2 mil metros, e você estará cercado de água quente.

Subitamente, uma sombra passou bem diante de Ahearn. Ele se assustou e sem querer esbarrou nos controles, fazendo o submarino rolar para estibordo. O choque contra a parede do desfiladeiro fez reverberar todo o casco.

— Meu Deus!

— Situação? — perguntou Helen. — Steve, qual é a sua situação?

Ele estava hiperventilando, coração disparado, em pânico. *O casco. Terei danificado o casco?* Junto ao ruído áspero de sua própria respiração, esperou pelo som do metal cedendo, pela explosão fatal. Ele estava mais de mil metros abaixo da superfície, e mais de cem atmosferas de pressão o comprimiam como um punho fechado. Uma fenda no casco, uma explosão de água, e ele seria esmagado.

— Steve, fale comigo!

Suando frio, ele finalmente conseguiu responder.

— Eu me assustei... colidi com a parede do desfiladeiro...

— Algum dano?

Ele olhou para fora do domo.

— Não dá para ver. Acho que bati com o sonar de proa.

— Ainda consegue manobrar?

Ele experimentou os controles, virando o aparelho para bombordo.

— Sim. Sim. — Ele suspirou aliviado. — Acho que estou bem. Algo passou bem diante do domo. Fiquei assustado.

— Algo?

— Passou com muita rapidez, como uma cobra.

— Um animal com cabeça de peixe e corpo de enguia?

— Sim. Sim, foi isso o que vi.

— Então é um zoarcídeo. *Thermarces cerberus.*

Cérbero, pensou Ahearn. E sentiu um calafrio. O cão de três cabeças que guarda os portões do Inferno.

— Ele é atraído pelo calor e pelo enxofre — disse Helen. — Você vai ver mais deles ao se aproximar da chaminé.

Se você está dizendo. Ahearn não sabia quase nada de biologia marinha. As criaturas que agora passavam diante do domo de acrílico eram meras curiosidades para ele, placas vivas indicando o caminho. Usando ambas as mãos, ele manobrou o *Deep Flight IV* para descer mais profundamente no abismo.

Dois mil metros. Três mil.

E se ele tivesse danificado o casco?

Quatro mil metros. A pressão sufocante da água aumentava linearmente à medida que ele descia. A água tornava-se ainda mais escura, colorida pela fumaça sulfurosa que emanava da chaminé mais abaixo. As luzes das asas mal penetravam aquela densa suspensão de partículas minerais. Cego pelos sedimentos, saiu daquelas águas tintas de enxofre, o que melhorou um pouco a visibilidade. Descia um dos lados da chaminé hidrotermal, afastando-se das águas aquecidas pelo magma, embora a temperatura externa continuasse a subir.

Quarenta e nove graus centígrados.

Outro vulto passou diante de seu campo de visão. Desta vez, conseguiu manter o controle. Viu mais zoarcídeos que pareciam cobras gordas penduradas de cabeça para baixo, como se suspensas no espaço. A água que saía da chaminé lá embaixo era rica em sulfato de hidrogênio aquecido, uma substância tóxica e insalubre. Mas, mesmo naquelas águas escuras e venenosas, a vida conseguia florescer em belas e fantásticas formas. Grudados às paredes do desfiladeiro, estavam vermes cilíndricos gigantes com quase 2 metros de comprimento, oscilando os seus cocares de plumas escarlate. Viu aglomerados de mexilhões gigantes com cascas brancas e línguas vermelhas e aveludadas esticadas para fora. Também viu caranguejos, assustadoramente pálidos e fantasmagóricos, vagando entre as fendas.

Mesmo com o ar-condicionado funcionando, ele começava a sentir o calor.

Seis mil metros. Temperatura da água a 82 graus. No meio da chaminé, a temperatura devia passar de 260 graus. O fato de haver vida em plena escuridão e em águas venenosas e superaquecidas como aquelas parecia um milagre.

— Estou a 6.060 — disse ele. — Não vejo o que procuramos.

No fone de ouvido, a voz de Helen soava fraca, repleta de interferências.

— Há uma saliência na parede. Você a verá por volta dos 6.080 metros.

— Estou procurando.

— Desça mais devagar. Logo vai aparecer.

— Seis mil e setenta, ainda procurando. Aqui embaixo me sinto numa sopa de ervilha. Talvez eu esteja no lugar errado.

— ... leituras de sonar... caindo em cima de você! — A mensagem desesperada de Helen se perdeu em meio à estática.

— Não ouvi. Repita.

— A parede do desfiladeiro está ruindo! Há destroços caindo em cima de você. *Saia daí!*

O barulho de pedras atingindo o casco o fez empurrar os controles para a frente, em pânico. Uma sombra enorme tombou na escuridão mais adiante e arrancou uma protuberância da parede do desfiladeiro, espalhando uma chuva de destroços no abismo. O ruído de pedras se chocando contra o casco aumentou. Então, ouviu um barulho ensurdecedor, seguido de um poderoso solavanco.

Sua cabeça foi projetada para a frente e ele bateu com o queixo no fundo da cabine. Sentiu-se virar de lado e ouviu um ruído de metal rangendo quando a asa de estibordo arrastou nas pedras protuberantes. O submarino continuou a rolar, os sedimentos rodopiando ao redor do domo em uma nuvem desorientadora.

Ele acionou a alavanca de liberação de lastro e mexeu nos controles para fazer o submarino emergir. O *Deep Flight IV* projetou-se para a frente, metal rangendo contra as pedras, e parou de súbito, inclinado para estibordo. Desesperado, ele mexeu nos controles, motores na máxima potência.

Sem resposta.

Fez uma pausa, coração disparado, enquanto tentava controlar o pânico crescente. Por que não se movia? Por que o submarino não respondia? Verificou os dois painéis digitais. A energia das baterias estava intacta. Unidade de ar-condicionado ainda operacional. Leitura de profundidade: 6.082 metros.

Os sedimentos lentamente se acomodaram, e ele pôde ver formas iluminadas pela luz da asa de bombordo. Olhando diretamente em frente, via uma estranha paisagem de pedras negras irregulares e gigantescos vermes cilíndricos vermelho-sangue. Voltou-se para olhar a estibordo. E o que viu o fez sentir um frio na barriga.

A asa estava firmemente imprensada entre duas pedras. Não podia se mover para frente nem para trás. *Estou preso em um caixão a mais de 6 mil metros de profundidade.*

— ... ouvindo? Steve, você está me ouvindo?

Ao falar, sentiu que sua voz estava enfraquecida pelo medo.

— Não posso me mover. Asa de estibordo presa.

— ... os flaps da asa de bombordo. Um pequeno movimento talvez o libere.

— Já tentei. Tentei de tudo. Não estou me movendo.

Havia um silêncio mortal nos fones de ouvido. Teria perdido contato? Teria sido cortado? Pensou no navio à superfície, o convés oscilando suavemente ao sabor das ondas. Pensou no sol. Lá em cima, fazia um belo dia de sol, pássaros planando no ar, o mar de um azul profundo...

Então, ouviu uma voz masculina. Era Palmer Gabriel, o homem que financiava a expedição. Como sempre, soava calmo e controlado.

— Estamos iniciando os procedimentos de resgate, Steve. O outro submarino já está sendo baixado. Nós o traremos à superfície assim que pudermos. — Uma pausa. — Pode ver alguma coisa? Como é o lugar onde está?

— Eu... estou apoiado em uma saliência bem acima da chaminé.

— O que consegue ver?

— Como?

— Você está a 6.082 metros. Bem na profundidade que nos interessa. E quanto a esta saliência sobre a qual está? As pedras?

Vou morrer, e ele está me perguntando sobre as malditas pedras.

— Steve, use a estroboscópica. Diga-nos o que vê.

Ele concentrou o olhar no painel de instrumentos e acionou o interruptor da lâmpada estroboscópica.

Pulsos de luz brilharam na escuridão. Ele olhou para a paisagem revelada diante de suas retinas. Anteriormente, concentrara-se nos vermes cilíndricos. Agora, sua atenção se voltava para o imenso campo de detritos espalhados sobre a saliência rochosa. As pedras eram pretas como carvão, como nódulos de magnésio, mas tinham bordas dentadas, como cacos de vidro congelado. Olhando à direita, para as rochas recém-fraturadas que prendiam a sua asa, ele subitamente se deu conta do que estava vendo.

— Helen estava certa — murmurou.

— Não ouvi.

— Ela estava certa! A fonte de irídio... Está bem à minha frente...

— Não ouvimos bem. Recomendamos que você... — A voz de Gabriel foi tomada de estática e, então, se calou.

— Não ouvi. Repito, não ouvi! — disse Ahearn.

Não houve resposta.

Ele ouviu o coração bater e o som de sua própria respiração. *Devagar, devagar. Estou gastando meu oxigênio muito rapidamente...*

Fora do domo de acrílico, a vida submarina bailava caprichosamente em meio àquelas águas venenosas. À medida que os minutos se transformavam em horas, observou o oscilar dos vermes cilíndricos gigantes, suas plumas escarlate capturando nutrientes. Viu um caranguejo sem olhos atravessar lentamente a superfície rochosa.

As luzes diminuíram de intensidade. Os ventiladores do ar-condicionado silenciaram abruptamente.

A bateria estava acabando.

Ele desligou a lâmpada estroboscópica. Apenas a luz da asa de bombordo ainda estava acesa. Em alguns minutos, começaria a sentir o calor daquela água aquecida a 82 graus pelo magma. Aquilo irradiaria através do casco e lentamente o cozinharia vivo em seu próprio suor. Ele já sentia uma gota escorrendo do couro cabeludo para o rosto. Manteve o olhar sobre aquele caranguejo solitário, cuidadosamente abrindo caminho sobre a saliência rochosa.

Então, a luz da asa piscou.

E se apagou.

O Lançamento

2

7 de julho
Dois anos depois

Cancelar.

Junto ao rugido dos foguetes de combustível sólido e ao chacoalhar do veículo orbital, o comando para *cancelar* o lançamento soou com tanta clareza na mente da especialista da missão, Emma Watson, que ela achou tê-lo ouvido através da unidade de comunicação. Ninguém da tripulação dissera aquilo em voz alta, mas, naquele instante, ela sabia que teriam de se decidir, e com rapidez. Ainda não ouvira o veredicto do comandante Bob Kittredge ou da piloto Jill Hewitt, sentados à sua frente na cabine. Não era necessário. Trabalhavam em equipe havia tanto tempo que podiam ler a mente uns dos outros, e as luzes de advertência cor de âmbar piscando no console de voo do ônibus espacial ditavam claramente as suas próximas ações.

Segundos antes, a *Endeavour* atingira Max Q, ponto de maior pressão aerodinâmica durante o lançamento, momento em que, lutando contra a resistência da atmosfera, o veículo orbital começava a vibrar violentamente. Kittredge já baixara a potência para 70 por cento para diminuir a vibração. Agora, as luzes de aviso do console diziam que haviam perdido dois de seus três motores principais. Mesmo com um motor principal e dois foguetes de combustível sólido ainda funcionando, jamais conseguiriam entrar em órbita.

Teriam de cancelar o lançamento.

— Controle, aqui é a *Endeavour* — disse Kittredge, com a voz inteiramente calma, sem sinal de apreensão. — Incapaz de acelerar. Os ME* esquerdo e central pararam de funcionar em Max Q. Estamos sem alternativa. Procedendo a cancelamento RTLS.

— Entendido, *Endeavour.* Confirmamos dois ME ausentes. Proceder a cancelamento RTLS após exaustão dos SRB.

Emma folheou as listas de verificação e pegou o cartão para "Cancelamento com Retorno ao Local de Lançamento". A tripulação conhecia o procedimento de cor e salteado, mas, na pressa de um cancelamento de emergência, algum passo importante podia ser esquecido. A lista de procedimentos lhe dava segurança.

Com o coração disparado, Emma revisou a rotina adequada, destacada em azul. Sobreviver a um cancelamento RTLS com dois motores desligados era factível. Mas apenas em teoria. Uma sequência de pequenos milagres teria de ocorrer para tal. Primeiro, teriam de jogar fora o combustível e desligar o último motor principal antes de se separarem do enorme tanque de combustível externo. Então, Kittredge faria o veículo orbital rodar em seu eixo e voltaria a proa em direção ao local de lançamento. Ele teria uma chance — apenas uma — para levá-los a uma aterrissagem segura no Centro Espacial Kennedy. Um único erro, e a *Endeavour* afundaria no oceano.

Suas vidas estavam agora nas mãos do capitão Kittredge.

Sua voz, em constante contato com o controle da missão, ainda soava tranquila, até mesmo um tanto entediada, ao se apro-

---

* Há um glossário na página 441 com explicações sobre as abreviações usadas no livro.

ximarem da marca de dois minutos. Outro ponto crítico. O monitor indicava "Pc<50". Os foguetes de combustível sólido esgotavam-se dentro do prazo previsto.

Emma sentiu imediatamente a tremenda desaceleração quando os foguetes consumiram os últimos resíduos de combustível. Então, um brilho intenso na janela a ofuscou quando os SRB se separaram do tanque externo.

O rugido do lançamento silenciou, a violenta trepidação cedendo lugar a um vagar suave, quase tranquilo. Em meio à súbita calmaria, sentiu o próprio pulso acelerar, seu coração batendo contra o peito constrito.

— Controle, aqui é a *Endeavour* — disse Kittredge, ainda incrivelmente calmo. — Separação de SRB concluída.

— Entendido, estamos vendo.

— Iniciando cancelamento. — Kittredge apertou o botão de cancelamento, um interruptor giratório já posicionado na opção RTLS.

Na sua unidade de comunicação, Emma ouviu Jill Hewitt dizer:

— Emma, quero ouvir a lista de procedimentos!

— Está bem aqui.

Emma começou a ler em voz alta, e sua voz era tão surpreendentemente calma quanto a de Kittredge e Hewitt. Qualquer um que ouvisse aquele diálogo jamais adivinharia que estavam a um passo da catástrofe. Passaram a trabalhar como máquinas, o pânico suprimido, cada ação memorizada no treinamento. Os computadores de bordo automaticamente estabeleceriam a sua rota de volta para a base. Continuavam na trajetória, ainda a 121 quilômetros de altura, enquanto se livravam do combustível.

Então, ela sentiu uma leve vertigem quando o veículo orbital começou a manobra de retorno. O horizonte, que estava de cabeça para baixo, subitamente voltou ao lugar certo quando a proa apontou para o Centro Espacial Kennedy, a quase 650 quilômetros de distância.

— *Endeavour*, aqui é o controle. Desliguem o motor principal.

— Entendido — respondeu Kittredge. — MECO agora.

No painel de instrumentos, os três indicadores de atividade dos motores começaram a piscar em vermelho. Ele desligara os três motores principais e, em vinte segundos, o tanque de combustível externo seria liberado sobre o mar.

A altitude está caindo rapidamente, pensou Emma. *Mas estamos a caminho de casa.*

Ela se assustou quando um alarme soou e novas luzes brilharam no console.

— Controle, perdemos o computador número três! — gritou Hewitt. — Perdemos um vetor de navegação! Repetindo, perdemos um vetor de navegação!

— Pode ser um defeito de medição inercial — disse Andy Mercer, o outro especialista da missão sentado ao lado de Emma. — Desligue-o.

— Não! Pode ser falha em um barramento de dados! — atalhou Emma. — Sugiro acionar o reserva.

— Concordo — disse Kittredge.

— Ligando o reserva — disse Hewitt. E acionou o computador número cinco.

O vetor reabriu. Todos deram um suspiro de alívio.

O ruído das cargas explosivas indicava a separação do tanque de combustível vazio. Não podiam vê-lo cair no mar, mas esse obstáculo havia sido vencido. O veículo orbital voava livre agora, um pássaro gordo e desajeitado planando de volta para casa.

Hewitt gritou:

— Merda! Perdemos uma APU!

Emma ergueu a cabeça, sobressaltada, quando outro alarme soou. Então, soou mais um alarme, e seu olhar voltou-se em pânico para os consoles. Diversas luzes âmbar piscavam. Todas as informações dos monitores se apagaram, substituídas por faixas pretas e brancas. *Uma falha catastrófica de computador*. Estavam voando sem navegador e sem controle de flaps.

— Andy e eu estamos cuidando da APU! — gritou Emma.

— Religando o reserva! — Hewitt acionou o interruptor e soltou um palavrão. — Não estou gostando disso. Nada acontece...

— Tente de novo!

— Ainda nada.

— A nave está adernando! — gritou Emma, sentindo o estômago revirar.

Kittredge lutou com os controles, mas já estavam muito adernados para estibordo. O horizonte ficou na vertical e, a seguir, de cabeça para baixo. O estômago de Emma voltou a se revirar quando o lado direito da nave voltou-se para cima. A rotação seguinte veio mais rápida, o horizonte rodando em uma sequência angustiante de mar e céu, mar e céu.

Uma espiral mortal.

Ela ouviu Hewitt gemer e ouviu Kittredge dizer, resignado:

— Nós a perdemos.

Então, o rodopiar fatal acelerou, a nave mergulhando em direção a um fim abrupto e chocante.

Silêncio.

Então, ouviram uma voz divertida nas unidades de comunicação:

— Perdão, pessoal. Desta vez não conseguiram.

Emma arrancou os fones de ouvido.

— Isso não valeu, Hazel!

Jill Hewitt acrescentou:

— Ei, você quis nos *matar*. Não havia como sair dessa.

Emma foi a primeira tripulante a sair do simulador de voo. Com os outros logo atrás, foi até a sala de controle sem janelas onde seus três instrutores estavam sentados diante de uma fileira de consoles.

Com um sorriso malicioso nos lábios, a chefe da equipe, Hazel Barra, voltou-se para encarar os quatro irados tripulantes. Embora Hazel parecesse uma mãezona gorducha com gloriosos cabelos castanhos encaracolados, ela era, na verdade, uma jogadora impiedosa, que obrigava suas tripulações a passarem pelas simulações mais difíceis e parecia considerar-se vitoriosa toda vez que uma tripulação não conseguia sobreviver. Hazel sabia que todo lançamento podia terminar em desastre e queria seus astronautas preparados para sobreviver. Perder uma de suas equipes era um pesadelo que ela esperava jamais ter de enfrentar.

—Esta simulação foi um golpe baixo, Hazel — reclamou Kittredge.

—Ei, vocês estão sempre escapando. Precisávamos baixar um pouco a sua crista.

—Ora vamos — disse Andy. — *Dois* motores falhando durante o lançamento? Uma pane em um barramento de dados? Uma APU ausente? Então, você acrescenta um computador número cinco com defeito? Aconteceram defeitos e falhas demais! Isso não foi realista.

Patrick, um dos outros instrutores, voltou-se para eles com um sorriso.

—Vocês sequer notaram as outras coisas que fizemos.

—O que mais?

—Inseri uma falha no sensor de seu tanque de oxigênio. Nenhum de vocês notou uma mudança no calibrador de pressão, não é mesmo?

Kittredge riu.

—E tivemos tempo para isso? Cuidávamos de outros dez defeitos ao mesmo tempo.

Hazel ergueu o braço gorducho, pedindo trégua.

—Tudo bem, pessoal. Talvez tenhamos exagerado. Francamente, ficamos surpresos quão longe foram no cancelamento RTLS. Decidimos inserir outros defeitos, para tornar as coisas mais interessantes.

—E usaram toda a sua caixa de ferramentas — desdenhou Hewitt.

— A verdade é que vocês estavam um tanto cheios de si — disse Patrick.

— A palavra é *confiantes* — atalhou Emma.

— O que é bom — admitiu Hazel. — É bom estar confiante. Vocês demonstraram grande trabalho de equipe na simulação integrada na semana passada. Até mesmo Gordon Obie se disse impressionado.

— A Esfinge disse isso? — Kittredge ergueu uma sobrancelha, denotando surpresa.

Gordon Obie era o diretor de operações com tripulações de voo, um homem tão silencioso e reservado que ninguém no Centro Espacial Johnson o conhecia de verdade. Podia assistir a reuniões de administração de missões inteiras sem dizer uma única palavra, embora ninguém duvidasse que gravava mentalmente cada detalhe. Entre os astronautas, Obie era tanto admirado quanto um pouco temido. Com seu poder decisório sobre a escalação final dos voos, ele podia criar ou destruir carreiras. O fato de ter elogiado a tripulação de Kittredge era um ótimo sinal.

Na frase seguinte, porém, Hazel os desmontou:

— Contudo, Obie também está preocupado com o fato de estarem muito relaxados. Isso ainda é um jogo para vocês.

— O que Obie espera que façamos? — perguntou Hewitt. — Que fiquemos obcecados com os 10 mil modos de cair e incendiar?

— O desastre não é teórico.

A frase de Hazel, dita de modo tão tranquilo, os fez ficar momentaneamente em silêncio. Desde a *Challenger*, cada membro do corpo de astronautas sabia que era apenas uma questão de tempo até acontecer outro grande desastre. Seres humanos que se sentavam no topo de foguetes prontos para explodirem com um empuxo de quase 3 mil toneladas não podiam desprezar os riscos de sua profissão. Contudo, eles raramente falavam em morrer no espaço. Falar sobre isso seria admitir a possibilidade, reconhecer que a próxima *Challenger* podia incluir o seu nome na lista da tripulação.

Hazel deu-se conta de que baixara o moral do grupo. Não era uma boa maneira de terminar uma sessão de treinamento e, agora, ela voltava atrás em suas críticas.

— Só estou dizendo isso porque vocês já estão muito bem integrados. É difícil pegá-los. Vocês têm três meses até o lançamento e já estão em boa forma. Mas quero que fiquem ainda *melhores.*

— Em outras palavras, pessoal — disse Patrick de seu console —, menos empáfia.

Bob Kittredge baixou a cabeça fingindo humildade.

— Iremos para casa para nos penitenciarmos.

— A confiança excessiva é perigosa — disse Hazel.

Ela se levantou da cadeira e encarou Kittredge.

Veterano de três voos no ônibus espacial, Kittredge era meia cabeça mais alto do que ela e tinha o jeito confiante de um piloto naval, o que, de fato, fora outrora. Hazel não se sentia intimidada por Kittredge ou por qualquer de seus astronautas. Fossem cientistas ou heróis militares, eles lhe inspiravam as mesmas preocupações maternais, o desejo de que voltassem vivos de suas missões.

— Você é um comandante tão bom, que faz a sua tripulação achar que isso é fácil.

— Não, eles é que fazem isso parecer fácil. Porque *são* bons.

— Veremos. As simulações integradas estão marcadas para terça-feira, com Hawley e Higuchi a bordo. Tiraremos mais alguns truques da cartola.

Kittredge riu com amargura.

— Tudo bem, tente nos matar. Mas jogue limpo.

— O destino raramente joga limpo — disse Hazel, solene. — Não espere que eu jogue.

Emma e Bob Kittredge estavam sentados em um reservado no salão do Fly By Night, bebendo cerveja enquanto dissecavam as simulações do dia. Era um ritual que tinham estabelecido havia 11 meses, na época da formação da equipe, quando os quatro se juntaram pela primeira vez como a tripulação do voo 162 do ônibus espacial. Toda noite de sexta-feira, encontravam-se no Fly By Night, localizado na Estrada 1 do Centro Espacial Johnson, da NASA, para revisar o progresso de seu treinamento. O que fizeram direito, o que ainda precisavam melhorar. Kittredge, que selecionara pessoalmente cada membro de sua tripulação, começara o ritual. Embora trabalhassem juntos mais de sessenta horas por semana, ele nunca parecia ansioso para ir embora. De início, Emma achou que aquilo se devia ao fato de ele ter recentemente se divorciado. Kittredge agora morava sozinho e não gostava de voltar para a casa vazia. Mas quando começou a conhecê-lo melhor, ela percebeu que tais reuniões eram simplesmente o seu modo de prolongar a adrenalina do trabalho. Kittredge vivia para voar. Lia os áridos manuais do ônibus espacial por pura diversão. Passava todo o tempo livre que tinha pilotando um dos T-38 da NASA. Parecia ressentir-se da força da gravidade que prendia seus pés à terra.

Ele não conseguia entender por que o resto de sua tripulação gostava de ir para casa ao fim do dia e, naquela noite, parecia um tanto triste pelo fato de apenas eles dois estarem sentados na mesa de sempre no Fly By Night. Jill Hewitt estava em um recital de piano do sobrinho e Andy Mercer estava em casa celebrando o décimo aniversário de casamento. Apenas Emma e Kittredge compareceram à hora combinada, e agora que terminavam de esmiuçar as simulações da semana, pairou um longo silêncio entre os dois. Deixaram de falar sobre assuntos de trabalho e, portanto, a conversa perdeu o fôlego.

— Vou levar um dos T-38 até White Sands amanhã — disse ele. — Quer vir comigo?

— Não posso. Tenho um compromisso com meu advogado.

— Então você e Jack vão levar isso adiante?

Ela suspirou.

— Estamos levando. Jack tem o advogado dele, eu tenho o meu. Este divórcio está fora do nosso controle.

— Parece-me que você não está muito segura.

Ela baixou a cerveja com firmeza.

— Claro que estou.

— Então, por que ainda está usando sua aliança de casamento?

Ela olhou para o dedo. Subitamente enfurecida, tentou arrancar a aliança, mas não conseguiu. Após sete anos no dedo de Emma, aquilo parecia amoldado à sua carne, recusando-se a ser retirado. Ela amaldiçoou e puxou outra vez, desta vez com tanta força que arrancou um pedaço de pele ao passar a aliança pelo nó do dedo. Depois, colocou-a sobre a mesa.

— Pronto. Uma mulher livre.

Kittredge riu.

— Vocês dois estão arrastado esse divórcio há mais tempo do que eu fui casado. Afinal, sobre o que discutem tanto?

Ela afundou na cadeira, subitamente cansada.

— Sobre tudo. Admito que também não tenho sido razoável. Há algumas semanas, tentamos nos sentar e fazer uma lista de todos os nossos bens. O que eu queria, o que ele queria. Prometemos ser civilizados a este respeito. Dois adultos calmos e maduros. Bem, quando chegamos à metade da lista, já estávamos em pé de guerra, sem fazer prisioneiros. — Emma suspirou.

Na verdade, ela e Jack sempre haviam sido assim. Igualmente obstinados, ferozmente apaixonados. Fosse na paz ou na guerra, havia sempre fagulhas entre os dois.

— Só concordamos com uma coisa — disse ela. — Consegui ficar com o gato.

— Sorte sua.

Ela olhou para ele.

— Você alguma vez se arrependeu?

— Refere-se ao meu divórcio? Nunca.

Embora a resposta tivesse sido inequívoca e fria, seu olhar baixou como se estivesse tentando ocultar uma verdade que ambos sabiam: que ele ainda se ressentia da falência de seu casamento.

Até mesmo um homem com coragem bastante para se amarrar em cima de milhões de quilos de combustível explosivo podia sofrer de solidão.

— Este é o problema. Finalmente descobri — disse ele. — Os civis não nos compreendem porque não compartilham do sonho. As únicas mulheres que continuam casadas com astronautas ou são santas ou são mártires. Ou aquelas que não dão a mínima se estamos vivos ou mortos. — Ele riu com amargura. — Bonnie não era uma mártir. E certamente não compreendia o sonho.

Emma olhou para sua aliança brilhando sobre a mesa.

— Jack compreende — murmurou. — Também era o sonho dele. Foi isso que estragou tudo. O fato de eu ir para o espaço e ele não poder fazer o mesmo. O fato dele ter sido deixado para trás.

— Então ele precisa crescer e enfrentar a realidade. Nem todo mundo foi feito para isso.

— Sabe, realmente gostaria que não se referisse a ele como algum tipo de rejeitado.

— Ei, foi ele quem se demitiu.

— E o que mais poderia fazer? Ele sabia que não seria escalado para nenhum voo. Se não o deixariam voar, não havia por que fazer parte do grupo.

— Eles o mantiveram em terra para o seu próprio bem.

— Foi um palpite médico. O fato de ter tido uma pedra no rim não quer dizer que vá ter outra.

— Tudo bem, Dra. Watson. Você é a médica. Diga-me, você aceitaria Jack em nossa tripulação? Sabendo do problema clínico dele?

Ela fez uma pausa.

— Sim. Como médica, sim, aceitaria. Provavelmente Jack se sairia muito bem no espaço. Ele tem tanto a oferecer que não imagino por que *não o querem* lá em cima. Posso estar me divorciando dele, mas eu o respeito.

Kittredge riu e esvaziou a caneca de cerveja.

— Você não é muito imparcial nesse assunto, não é mesmo?

Ela fez menção de responder, mas logo se deu conta de que não tinha defesa. Kittredge estava certo. No que dizia respeito a Jack McCallum, ela jamais fora imparcial.

Lá fora, em meio ao calor úmido de uma noite de verão em Houston, ela parou no estacionamento do Fly By Night e olhou para o céu. O brilho das luzes da cidade ofuscava as estrelas, mas ela ainda podia distinguir constelações reconfortantemente familiares. Cassiopeia, Andrômeda e as Plêiades. Toda vez que olhava para elas, lembrava-se do que Jack lhe dissera quando estavam deitados na grama certa noite de verão, olhando para as estrelas. Na noite em que pela primeira vez se dera conta de que estava apaixonada por ele. *O céu está cheio de mulheres, Emma. Você devia estar lá.*

Ela murmurou:

— Você também, Jack.

Ela abriu a porta do carro e sentou-se no banco do motorista. Enfiando a mão no bolso, pegou a aliança. Olhando para ela na penumbra do carro, pensou nos sete anos de casamento que representava. Perto do fim, agora.

Ela voltou a guardar a aliança no bolso. Sentia a mão esquerda nua, exposta. *Terei de me acostumar com isso*, pensou, antes de girar a chave na ignição.

3

10 de julho

O Dr. Jack McCallum ouviu a sirene da primeira ambulância e disse:

— Hora do show, pessoal!

Saindo à área de desembarque da emergência do hospital, sentiu o pulso acelerar e a adrenalina transformar o seu sistema nervoso em fios carregados de eletricidade. Ele não fazia ideia do que viria para o Miles Memorial Hospital, apenas que havia mais de um paciente a caminho. Pelo rádio, souberam que um engavetamento de 15 carros na I-45 matara duas pessoas no local e deixara diversos feridos. Embora os pacientes mais gravemente feridos tivessem sido levados ao Bayshore ou ao Texas Med, todos os pequenos hospitais da região, incluindo o Miles Memorial, se prepararam para receber a sobrecarga.

Jack olhou ao redor na garagem das ambulâncias para confirmar se a sua equipe estava pronta. A outra médica na emergência, Anna Slezak, estava bem ao seu lado e parecia pronta para o que desse e viesse. Sua equipe de apoio incluía quatro enfermeiras, um laboratorista e um interno assustado. Com apenas um mês de formado, o interno era o membro mais inexperiente da equipe da emergência e era um desastrado incorrigível. *Perfeito para o ramo da psiquiatria*, pensou Jack.

A sirene foi desligada quando a ambulância subiu a rampa e entrou de ré na garagem. Jack abriu a porta traseira e viu o paciente pela primeira vez. Era uma jovem, cabeça e pescoço imobilizados em um colar cervical, o cabelo louro sujo de sangue. Quando a tiraram da ambulância e ele a viu mais de perto, Jack sentiu um arrepio ao reconhecê-la.

— Debbie.

Ela olhou para ele, os olhos embaçados, e pareceu não saber quem era.

— É Jack McCallum.

— Oh. Jack. — Ela fechou os olhos e gemeu. — Minha cabeça dói.

Ele a reconfortou com um afago no ombro.

— Cuidaremos bem de você, querida. Não se preocupe.

Debbie foi levada na maca em direção à sala de traumas.

— Você a conhece? — perguntou Anna.

— O marido dela é Bill Haning. O astronauta.

— Refere-se a um dos sujeitos que está na estação espacial? — Anna riu. — *Isso* é o que chamo de uma ligação de longa distância!

— Não será problema encontrá-lo caso seja necessário. O Centro Espacial Johnson pode avisá-lo imediatamente.

— Quer que eu cuide desta paciente?

Era uma pergunta razoável. Os médicos geralmente evitam cuidar de amigos ou familiares. Não se pode manter a objetividade quando o paciente enfartado sobre a mesa é alguém que você conhece e gosta. Embora ele e Debbie tivessem certa vez feito parte do mesmo círculo social, Jack a considerava apenas uma conhecida, não um amiga, e sentia-se à vontade sendo seu médico.

— Deixe comigo — disse ele, e seguiu a maca até a sala de trauma.

Sua mente já antecipava o que deveria ser feito. O único ferimento visível era uma laceração no couro cabeludo, mas, uma vez que ela evidentemente sofrera uma pancada na cabeça, Jack não poderia afastar a hipótese de fratura no crânio ou na coluna cervical.

Enquanto as enfermeiras tiravam sangue para exame e delicadamente retiravam o restante das roupas de Debbie, o atendente da ambulância deu-lhe um rápido histórico da situação.

— Ela era o quinto carro no engavetamento. Ao que eu saiba, foi atingida por trás, o carro ficou atravessado na pista e acabou levando outra trombada, desta vez no lado do motorista. A porta estava afundada.

— Ela estava consciente?

— Ficou inconsciente alguns minutos. Acordou quando estávamos introduzindo uma endovenosa. Imobilizamos a coluna dela imediatamente. A pressão sanguínea e o ritmo cardíaco estão estáveis. Ela foi uma das que teve sorte. — O atendente balançou a cabeça. — Devia ter visto o cara atrás dela.

Jack foi até a maca examinar a paciente. Ambas as pupilas de Debbie reagiam à luz, e seus movimentos extraoculares estavam normais. Ela conseguia dizer o próprio nome e onde estava, mas não se lembrava da data. Leve desorientação espaçotemporal, pensou ele. Era razão suficiente para admiti-la, mesmo que fosse para ficar em observação por uma noite.

— Debbie, vou mandar tirar algumas radiografias — disse ele. — Precisamos nos certificar de que não quebrou nada. — Ele olhou para a enfermeira. — Tomografia computadorizada do crânio e coluna cervical. E... — Ele fez uma pausa, ouvindo.

Outra sirene de ambulância se aproximando.

— Faça essas chapas — ordenou.

Em seguida, voltou à área de carga onde a equipe voltara a se reunir.

Uma segunda sirene, mais fraca, somou-se à primeira. Jack e Anna se entreolharam, alarmados. Duas ambulâncias a caminho?

— Vai ser um dia daqueles — murmurou ele.

— A sala de trauma está vazia? — perguntou Anna.

— A paciente foi levada à radiografia.

Ele avançou um passo quando a primeira ambulância deu a ré. No momento em que o veículo parou, ele abriu a porta.

Desta vez era um homem de meia-idade e acima do peso, pele pálida e suada. *Está entrando em choque*, foi o que Jack pensou de início, mas não viu sangue nem sinais de ferimento.

— Ele foi um dos engavetados — disse o técnico da emergência enquanto levavam o paciente à sala de tratamento. — Sentiu dor no peito quando o tiramos do carro. O ritmo está estável, um pouco de taquicardia, mas sem contração ventricular prematura. Pressão sistólica em 90. Demos morfina e nitro no local, e o oxigênio já chega a 6 litros.

Todos estavam em atividade. Enquanto Anna anotava o histórico e o estado físico do paciente, as enfermeiras aplicavam os sensores cardíacos. O resultado do ECG saiu da máquina. Jack arrancou a folha e imediatamente concentrou-se nas elevações de taquicardia sinus nos marcadores V1 e V2.

— Infarto do miocárdio em parede anterior — disse ele para Anna.

Ela assentiu.

— Achei mesmo que ele era um caso de tPA.

Uma enfermeira veio à porta e anunciou:

— A outra ambulância chegou!

Jack e duas enfermeiras correram para fora.

Uma jovem gritava e se contorcia na maca.

Jack olhou uma única vez para a perna direita mais curta, o pé quase completamente torcido, e viu que aquela paciente iria direto para a cirurgia. Ele rapidamente rasgou as roupas dela para revelar uma fratura de quadril por impacto, a cabeça do fêmur encravada na junção com a bacia pelo impacto dos joelhos contra o painel do carro. Sentia náuseas só de olhar para a perna grosseiramente deformada.

— Morfina? — perguntou a enfermeira.

Ele assentiu.

— Dê o quanto precisar. Ela está com muita dor. Faça um teste de tipo de sangue e separe seis unidades. E consiga um ortopedista o mais rápido que...

— Dr. McCallum, compareça imediatamente à radiologia. Dr. McCallum, compareça imediatamente à radiologia.

Jack ergueu a cabeça, alarmado. *Debbie Haning*, pensou. E saiu correndo da sala.

Encontrou Debbie deitada na mesa de raios X, cercada pela enfermeira e do técnico da emergência.

— Acabamos de fazer as chapas da coluna e do crânio — disse o técnico. — Mas não conseguimos acordá-la. Ela sequer responde à dor.

— Há quanto tempo está desacordada?

Não sei. Ficou deitada na mesa uns 10, 15 minutos antes de percebermos que não estava mais conversando.

— Fizeram a tomografia computadorizada?

— O computador está com defeito. Deve voltar a funcionar em algumas horas.

Jack iluminou os olhos de Debbie com uma lanterna e sentiu o estômago revirar. A pupila esquerda dela estava dilatada e não reagia à luz.

— Mostre-me as chapas — disse ele.

— A da coluna cervical já está na caixa de luz.

Jack foi rapidamente até a sala ao lado e olhou para as radiografias na caixa de luz. Não viu fraturas nas chapas do pescoço. A coluna cervical estava estável. Tirou as chapas do pescoço da caixa de luz e as substituiu pelas do crânio. À primeira vista, nada viu que fosse imediatamente óbvio. Então, seu olhar se concentrou em uma linha quase imperceptível atravessando o osso temporal esquerdo. Era tão sutil que parecia um arranhão no filme. Uma fratura.

Teria a fratura rompido a artéria meníngea média esquerda? Aquilo causaria hemorragia no interior do crânio. À medida que o sangue se acumulasse e a pressão aumentasse, o cérebro seria esmagado. Aquilo explicava a rápida deterioração de sua situação mental e as pupilas dilatadas.

O sangue tinha de ser drenado imediatamente.

— Levem-na de volta à emergência! — disse ele.

Em alguns segundos, Debbie foi atada à maca e a levaram pelo corredor. Quando entraram em uma sala de tratamento vazia, ele gritou para o assistente.

— Entre em contato com a neurocirurgia *imediatamente*! Diga-lhes que temos uma hemorragia epidural e estamos preparando uma trepanação de emergência. — Ele sabia que o que Debbie realmente precisava era da sala de cirurgia, mas sua situação se complicava tão rapidamente que ele não tinha tempo para esperar. A sala de tratamento teria de servir. Eles a deitaram em uma mesa e conectaram um emaranhado de sensores de ECG em seu peito. Sua respiração ficou irregular. Era hora de ser entubada.

Ele havia acabado de abrir o pacote que continha o tubo endotraqueal quando uma enfermeira disse:

— Ela parou de respirar! — Jack introduziu o laringoscópio na garganta de Debbie. Segundos depois, o tubo endotraqueal estava no lugar e o oxigênio era bombeado em seus pulmões.

Uma enfermeira ligou o barbeador elétrico. O cabelo louro de Debbie começou a cair no chão em tufos sedosos, expondo o couro cabeludo.

O auxiliar enfiou a cabeça pela fresta da porta.

— O neurocirurgião está preso no trânsito! Não chegará aqui em menos de uma hora.

— Então chame outra pessoa!

— Estão todos no Texas Med! Estão recebendo todo mundo com ferimentos na cabeça.

Deus, estamos ferrados, pensou Jack, olhando para Debbie. A cada minuto que passava, a pressão dentro do crânio dela aumentava. As células nervosas estavam morrendo. *Se fosse minha mulher, eu não esperaria. Nem mais um segundo.*

Ele engoliu em seco.

— Tragam a broca de Hudson. Eu mesmo farei a trepanação. — Viu a expressão assustada das enfermeiras e acrescentou, mais confiante do que de fato se sentia: — É como fazer buracos em uma parede. Já fiz isso antes.

Enquanto as enfermeiras preparavam o couro cabeludo recém-raspado, Jack colocava o gorro e as luvas cirúrgicas. Posicionou os campos cirúrgicos estéreis e surpreendeu-se ao ver que suas mãos ainda estavam firmes, mesmo com o coração disparado. Era verdade que já fizera trepanações, mas apenas uma vez, havia anos, sob a supervisão de um neurocirurgião.

Não há mais tempo. Ela está morrendo. Faça.

Pegou o bisturi e fez uma incisão linear no couro cabeludo, sobre o osso temporal esquerdo. O sangue fluiu. Ele o limpou e cauterizou o ferimento. Usando um retrator para afastar a aba de pele, cortou profundamente através da gálea e atingiu o pericrânio, que afastou, expondo a superfície do crânio.

Pegou a broca de Hudson. Era um instrumento mecânico, movido à mão e com um aspecto quase arcaico, o tipo de ferramenta que encontramos na oficina de nossos avós. Primeiro, usou o perfurador, uma broca em forma de pá com o qual perfurou o osso apenas o bastante para fazer um buraco. Então, mudou para a broca de ponta arredondada, com bordas múltiplas. Inspirou, posicionou a broca e começou a furar mais profundamente. Em direção ao cérebro. Em sua testa, apareceram as primeiras gotículas de suor. Ele trabalhava sem confirmação da tomografia, baseando-se exclusivamente em seu discernimento clínico. Ele sequer sabia se estava abrindo no lugar certo.

Uma súbita golfada de sangue saiu pelo buraco e salpicou os campos cirúrgicos.

Uma enfermeira entregou-lhe uma bacia. Ele retirou a broca e observou o fluxo regular de sangue que saía do crânio e se acumulava em uma poça brilhante na bacia. Ele furara no lugar certo. A cada gota de sangue, a pressão diminuía no cérebro de Debbie Haning.

Ele inspirou profundamente e a tensão subitamente cedeu em seus ombros, deixando seus músculos exaustos e doloridos.

— Prepare a cera para ossos — disse ele.

Então, baixou a broca e pegou o cateter de sucção.

Um rato branco vagava em pleno ar, como se suspenso em um mar transparente. A Dra. Emma Watson flutuou em direção ao animal, membros esguios e graciosos como uma dançarina subaquática, os cachos encaracolados de seu cabelo castanho-escuro abertos em uma auréola fantasmagórica. Ela agarrou o rato e lentamente o pôs na câmara. Então, ergueu uma seringa com uma agulha.

O filme tinha mais de dois anos e fora filmado a bordo do ônibus espacial *Atlantis* durante a STS 141. Mas era o filme de relações públicas favorito de Gordon Obie, motivo pelo qual estava passando agora em todos os monitores do Auditório Teague da NASA. Quem não gostava de ver Emma Watson? Era rápida, ágil e possuía algo que só podia ser chamado de brilho, o fogo da curiosidade nos olhos. Da pequena cicatriz sobre a sobrancelha ao dente da frente ligeiramente trincado (lembrança, ele ouvira dizer, de prática imprudente de esqui) seu rosto tinha as marcas de uma vida exuberante. Mas, para Gordon, seu forte era a inteligência. Sua competência. Ele seguia a carreira de Emma na NASA com um interesse que nada tinha a ver com o fato dela ser uma mulher atraente.

Como diretor de Operações de Tripulação, Gordon Obie tinha considerável poder sobre a seleção das tripulações e lutava para manter uma distância emocional segura — alguns chamariam de impiedosa — de seus astronautas. Ele mesmo fora um astronauta, duas vezes como comandante de um ônibus espacial, e mesmo então já era conhecido como Esfinge, um homem reservado e misterioso que não era dado a conversa fiada. Sentia-se confortável com o próprio silêncio e relativo anonimato. Embora agora estivesse sentado no palco com um grupo de autoridades da NASA, a maioria das pessoas na plateia não sabia quem era Gordon Obie. Ele estava ali apenas para efeito decorativo, do mesmo modo que estava o filme de Emma Watson, um rosto atraente para manter o interesse da plateia.

O vídeo terminou, substituído na tela pelo logotipo da NASA, carinhosamente chamado de almôndega, um círculo azul repleto de estrelas, embelezado por uma elipse orbital e uma linha transversal vermelha bifurcada. O administrador da NASA, Leroy Cornell, e o diretor do Centro Espacial Johnson, Ken Blankenship, subiram ao púlpito para responder perguntas. Sua missão, na verdade, era esmolar dinheiro, por isso enfrentavam uma plateia de deputados e senadores céticos, membros de vários subcomitês que determinavam o orçamento da NASA. Pelo segundo ano seguido, a NASA sofrera cortes devastadores e, ultimamente, uma atmosfera de abjeta melancolia reinava nos corredores do Centro Espacial Johnson.

Olhando para aquela plateia de homens e mulheres bem-vestidos, Gordon sentiu como se estivesse diante de uma cultura estranha. O que havia de errado com aqueles políticos? Como podiam ser tão míopes? Ficava perplexo pelo fato de não compartilharem sua crença mais profunda. O que distingue a humanidade dos outros animais é a fome de conhecimento. Toda criança faz a pergunta universal: *Por quê?* São programadas desde o nascimento para serem curiosas, exploradoras, para buscarem verdades científicas.

No entanto, aqueles políticos eleitos haviam perdido a curiosidade que torna o homem um animal único. Eles vieram a Houston não para perguntar *por que*, mas, sim pelo *por que devemos fazê-lo?*

Foi ideia de Cornell adulá-los com aquilo que chamou cinicamente de "O tour de Tom Hanks", uma referência ao filme *Apollo 13*, que ainda era uma das melhores campanhas de relações públicas que a NASA já teve. Cornell já apresentara as últimas conquistas a bordo da ISS. Ele os deixara cumprimentar astronautas de verdade. Não é isso o que todo mundo quer? Tocar em um rapaz dourado, um herói? A seguir, fizeram um tour pelo Centro Espacial Johnson, começando com o Prédio 30 e a Sala de Controle de Voo. Não importava o fato daquela plateia não saber a diferença entre um console de voo e um Nintendo. Toda aquela alta tecnologia certamente os encantaria e os tornaria verdadeiros fiéis.

Mas não estava funcionando, pensou Gordon, desiludido. *Esses políticos não estão comprando o meu peixe.*

A NASA enfrentava poderosa oposição, a começar pelo senador Phil Parish, um inflexível parlamentar da Carolina do Sul de 76 anos, sentado na primeira fila. Parish tinha como prioridade preservar o orçamento da defesa. A NASA que se danasse.

— Sua agência estourou o orçamento daquela estação espacial em bilhões de dólares — disse ele, após erguer da poltrona seus 150 quilos de peso. — Não creio que o povo americano deseje sacrificar sua capacidade de defesa para que vocês possam brincar no seu sofisticado laboratório de experiências. Isso era para ser um esforço internacional, não é mesmo? Bem, ao que me consta, estamos pagando a maior parte da conta. Como poderei justificar este elefante branco para a boa gente da Carolina do Sul?

O administrador da NASA, Cornell, respondeu com um sorriso preparado para a câmera. Ele era um animal político, um diplomata cujo encanto e carisma o tornavam uma estrela junto à imprensa de Washington, onde ele passava a maior parte do tempo bajulando o Congresso e a Casa Branca em busca de mais dinheiro, sempre mais dinheiro, para completar o orçamento permanentemente insuficiente da agência. Ele era a face conhecida da NASA, enquanto Ken Blankenship, encarregado das ações do dia a dia no Centro Espacial Johnson, era a face oculta, conhecido apenas pelo pessoal da agência. Eles eram o yin e o yang da liderança da NASA, tão diferentes em temperamento que era difícil imaginar como conseguiam trabalhar em equipe. Uma das piadas internas da NASA dizia que Leroy Cornell era todo estilo e nenhuma substância, e Blankenship era pura substância e nenhum estilo.

Cornell respondeu calmamente à pergunta do senador Parish.

— Você me perguntou por que outros países não estão contribuindo. Senador, a resposta é que já contribuíram. Esta é, de fato, uma estação internacional. Sim, os russos estão sem dinheiro. Sim, tivemos de arcar com a diferença. Mas estão comprometidos com a estação. Eles têm um cosmonauta lá em cima neste momento e têm todo o interesse em nos ajudar a manter a estação funcionando. Quanto ao *por que* precisamos da estação, apenas veja a pesquisa que vem sendo conduzida em biologia, medicina, ciência dos materiais. Geofísica. Veremos os benefícios destas pesquisas em nossa vida.

Outro membro da plateia se levantou, e Gordon sentiu sua pressão aumentar. Se havia alguém que ele desprezasse mais que o senador Parish, era o deputado de Montana, Joe Bellingham, cuja boa aparência de "Homem de Marlboro" não escondia o fato dele ser uma besta em ciência. Durante a sua última campanha, ele exigiu que as escolas públicas ensinassem Criacionismo. Joguem fora os livros de biologia e abram a Bíblia. *Ele provavelmente devia acreditar que os foguetes são impulsionados por anjos.*

— E aquela conversa de compartilhar tecnologia com russos e japoneses? — perguntou Bellingham. — Eu me pergunto se estamos entregando segredos de alta tecnologia a troco de nada. Esta cooperação internacional parece algo muito elevado e tudo o mais, mas o que os impede de passarem a usar tal conhecimento contra nós? Por que devemos confiar nos russos?

Medo e paranoia. Ignorância e superstição. Havia muito disso no país. Gordon ficava deprimido só de ouvir Bellingham falar e desviou o olhar, enfastiado.

Foi quando percebeu que Hank Millar entrou no auditório com uma expressão grave. Millar era o chefe do Bureau dos Astronautas. Olhou diretamente para Gordon, que compreendeu imediatamente que havia algum problema.

Silenciosamente, Gordon saiu do palco e os dois foram até o corredor.

— O que houve?

— Aconteceu um acidente com a mulher de Bill Haning. Parece que é grave.

— Meu Deus.

— Bob Kittredge e Woody Ellis estão esperando no escritório de Relações Públicas. Todos precisamos conversar.

Gordon assentiu. Ele olhou através da porta do auditório para o deputado Bellingham, que ainda dizia asneiras sobre os perigos de se compartilhar tecnologia com os comunistas. Com a expressão severa, seguiu Hank até a saída do auditório. Ambos atravessaram o pátio e foram até o prédio ao lado.

Reuniram-se em um escritório dos fundos. Kittredge, comandante do ônibus espacial na STS 162, estava vermelho e agitado. Woody Ellis, diretor de voo da ISS, parecia bem mais calmo, mas, afinal, Gordon jamais vira Ellis preocupado, mesmo no meio de uma crise.

— Quão grave foi o acidente? — perguntou Gordon.

— O carro da Sra. Haning foi atingido em um engavetamento gigante na I-45 — disse Hank. — A ambulância a levou ao Miles Memorial. Jack McCallum a atendeu na emergência.

Gordon meneou a cabeça. Todos conheciam Jack. Embora não fizesse mais parte do plantel de astronautas, Jack ainda fazia parte do grupo ativo de cirurgiões de voo da NASA. Havia um ano, renunciara à maioria de suas obrigações com a agência para trabalhar como médico de emergência no setor privado.

— Foi Jack quem ligou para o nosso escritório para falar sobre Debbie — disse Hank.

— Ele disse alguma coisa sobre as condições dela?

— Ferimento sério na cabeça. Está na UTI, em coma.

— Prognóstico?

— Ele não conseguiu responder a esta pergunta.

Houve um silêncio quando todos consideraram o que tal tragédia significava para a NASA. Hank suspirou.

— Teremos de contar para o Bill. Não podemos esconder isso dele. O problema é... — Ele não terminou. Mas não foi preciso. Todos conheciam o problema.

Bill Haning estava em órbita, a bordo da ISS, no primeiro mês de uma estadia de quatro meses. Tal notícia acabaria com ele. De todos os fatores que dificultavam as estadias prolongadas no espaço, era com o custo emocional que a NASA mais se preocupava. Um astronauta deprimido poderia acabar com uma missão. Havia alguns anos, na *Mir*, acontecera um incidente semelhante quando o cosmonauta Volodya Dejurov foi informado da morte da mãe. Ele se fechara em um dos módulos da *Mir* e se recusara a falar com o Controle da Missão em Moscou por dias a fio. Seu pesar atrapalhara o trabalho de todo mundo a bordo da estação.

— Eles têm um casamento muito feliz — disse Hank. — Posso garantir que Bill não vai levar isso na boa.

— Está recomendando que seja substituído? — perguntou Gordon.

— No próximo voo do ônibus espacial. Vai passar momentos bem difíceis preso lá em cima nos próximos 15 dias. Não podemos pedir que cumpra os quatro meses.

Hank fez uma pausa e acrescentou em voz baixa:

— Eles têm dois filhos pequenos, você sabe.

— Seu substituto na ISS é Emma Watson — disse Woody Ellis. — Podemos mandá-la no STS 160, com a tripulação de Vance.

Ao mencionar o nome de Emma, Gordon teve o cuidado de não revelar qualquer sinal de interesse especial. Nenhum tipo de emoção.

— O que acha de Watson? Ela está pronta para subir três meses antes?

— Ela está agendada para substituir Bill. Ela já está em dia com a maioria das experiências a serem realizadas a bordo. Portanto, acho a opção viável.

—Bem, não gosto disso — afirmou Bob Kittredge.

Gordon deu um suspiro entediado e voltou-se para o comandante do ônibus espacial.

—Não achei que fosse gostar.

—Watson é parte essencial da *minha* tripulação. Formamos uma equipe. Detesto ter de me desfazer dela.

—Sua equipe está a três meses do lançamento. Terá tempo de fazer os ajustes devidos.

—Você está dificultando o meu trabalho.

—Está me dizendo que não consegue formar uma nova equipe nesse tempo?

Kittredge apertou os lábios.

—Tudo o que estou dizendo é que minha tripulação já é uma unidade integrada. Não vamos gostar da ideia de perder Watson.

Gordon olhou para Hank.

—E quanto à tripulação do STS 160? Vance e sua equipe?

—Nenhum problema com eles. Watson seria apenas outro passageiro. Eles a entregarão na ISS como mais uma carga.

Gordon pensou a respeito. Ainda estavam falando de opções, não de certezas. Talvez Debbie Haning despertasse bem e Bill pudesse ficar na ISS como programado. Mas assim como todo mundo na NASA, Gordon aprendera a se preparar para todas as contingências, a carregar em sua cabeça um fluxograma mental de quais ações deveriam ser tomadas caso a, b ou c acontecesse.

Ele olhou para Woody Ellis para ter a confirmação. Woody assentiu.

—Tudo bem — disse Gordon. — Encontre Emma Watson para mim.

Ela o viu na outra extremidade do corredor do hospital. Conversava com Hank Millar e, embora estivesse de costas para ela e usando luvas cirúrgicas padrão na cor verde, Emma sabia que era

Jack. Sete anos de casamento haviam deixado laços de familiaridade que iam além do simples reconhecimento de seu rosto.

Esta era, na verdade, a mesma cena em que vira Jack McCallum na primeira vez em que se encontraram, quando ambos eram residentes na emergência do Hospital Geral de São Francisco. Ele estava de pé no posto das enfermeiras escrevendo em uma planilha, ombros largos inclinados de fadiga, cabelo despenteado como se tivesse acabado de sair da cama. De fato, acabara de sair. Aquela fora a manhã seguinte de uma noite muito agitada no plantão e, embora não tivesse feito a barba e estivesse exausto, quando se virou, olhando para ela pela primeira vez, a atração entre os dois foi instantânea.

Agora, Jack estava dez anos mais velho, seu cabelo outrora escuro tinha mechas grisalhas e a fadiga outra vez pesava sobre seus ombros. Ela não o via havia três semanas; falara brevemente com ele ao telefone alguns dias antes, numa conversa que descambara em outra barulhenta discussão. Ultimamente, não conseguiam ser razoáveis um com o outro, não conseguiam entabular uma conversa civilizada, mesmo que breve.

Portanto, foi com apreensão que ela continuou a descer o corredor em sua direção.

Hank Millar a viu primeiro e seu rosto ficou instantaneamente tenso, como se soubesse da batalha iminente e quisesse dar o fora dali antes de um tiroteio começar. Jack também deve ter notado a mudança de expressão de Hank, porque se voltou para ver o que a provocara.

Ao ver Emma, ele pareceu ter ficado paralisado, um espontâneo sorriso de cumprimento formando-se em seus lábios. Foi quase, mas não exatamente, um olhar tanto de surpresa quanto de felicidade por vê-la. Então, algo mais assumiu o controle e o sorriso desapareceu, substituído por um olhar nem amistoso nem hostil. Simplesmente neutro. O rosto de um estranho, pensou ela, e isso de algum modo era mais doloroso do que se Jack a tivesse tratado com explícita hostilidade. Neste caso, ao menos haveria alguma emoção, algum resíduo de um casamento que outrora fora feliz.

Ela se descobriu respondendo à sua expressão com uma expressão igualmente neutra. Ao falar, dirigiu-se aos dois ao mesmo tempo, sem favorecer nenhum deles.

— Gordon me contou sobre Debbie — disse ela. — Como ela está?

Hank olhou para Jack, esperando que ele respondesse. Afinal, Hank disse:

— Ela ainda está inconsciente. Estamos fazendo uma espécie de vigília na sala de espera. Se quiser, pode se juntar a nós.

— Sim, claro.

Ela fez menção de se dirigir à sala de espera.

— Emma — chamou Jack. — Podemos conversar?

— Vejo vocês depois — disse Hank, antes de se retirar rapidamente corredor abaixo. Esperaram que ele fosse embora e, então, olharam um para o outro.

— Debbie não está bem — disse Jack.

— O que houve?

— Ela teve uma hemorragia epidural. Chegou consciente e falando. Em alguns minutos, foi tudo por água abaixo. Eu estava ocupado com outro paciente. Não me dei conta na hora. Não abri o crânio dela até... — Ele fez uma pausa e desviou o olhar. — Ela está no ventilador.

Emma fez menção de tocá-lo, então se deteve, sabendo que ele a rejeitaria. Demoraria muito até Jack voltar a aceitar as suas palavras de conforto. Não importando o que ela dissesse, ou quão sinceramente ela se expressasse, ele encararia aquilo como piedade, o que desprezava.

— É um diagnóstico difícil, Jack. — Foi tudo o que ela conseguiu dizer.

— Eu devia ter percebido antes.

— Você disse que o estado dela piorou rapidamente. Não fique especulando.

— Isso não me faz sentir muito melhor.

— Não estou tentando fazer com que se sinta melhor! — disse ela, exasperada. — Só estou lembrando que você fez o diagnóstico correto. E que agiu. Uma vez na vida você não poderia se dar um desconto?

— Veja, isso não diz respeito a mim, está bem? — rebateu Jack. — Tem a ver com *você*.

— Como assim?

— Debbie não vai receber alta do hospital tão cedo. Isso significa que Bill...

— Eu sei. Gordon Obie me advertiu.

Jack fez uma pausa.

— Já foi decidido?

Ela assentiu.

— Bill vai voltar para casa. Vou substituí-lo no próximo voo. — Seu olhar se voltou para a UTI. — Eles têm dois filhos — murmurou. — Ele não pode ficar lá em cima. Não por mais três meses.

— Você não está pronta. Você não teve tempo...

— *Estarei.*

Ela deu-lhe as costas.

— Emma.

Jack estendeu a mão para detê-la, e seu toque a pegou de surpresa. Emma se voltou, e ele a soltou imediatamente.

— Quando vai para o Centro Espacial Kennedy? — perguntou.

— Uma semana. Quarentena.

Ele parecia atônito. Permaneceu calado, ainda tentando digerir as notícias.

— Isso me faz lembrar — disse ela. — Poderia tomar conta do Humphrey enquanto eu estiver fora?

— Por que não o põe em um gatil?

— É cruel manter um gato confinado durante três meses.

— Já aparou as unhas daquele monstrinho?

— Ora vamos, Jack. Ele só destrói as coisas quando se sente ignorado. Preste atenção nele, e ele deixará a sua mobília em paz.

Jack ergueu a cabeça ao ouvir a chamada no alto-falante:

— Dr. McCallum, compareça à emergência. Dr. McCallum, compareça à emergência.

— Acho melhor você ir — disse ela, já lhe dando as costas.

— Espere. Isso está acontecendo muito rapidamente. Não tivemos tempo de conversar.

— Se é sobre o divórcio, meu advogado pode responder qualquer pergunta enquanto eu estiver fora.

— Não. — Ele a assustou com seu tom de voz irritado. — Não, eu *não quero* falar com seu advogado!

— Então, o que precisa me dizer?

Ele a olhou um instante, como se buscando as palavras.

— É sobre esta missão — disse afinal. — Está acontecendo rápido demais. Não me parece certo.

— Como assim?

— Você é uma substituta de última hora. Você vai subir com uma tripulação diferente.

— Vance tem uma tripulação entrosada. Estou tranquila quanto ao lançamento.

— E quanto à estação? Isso pode estender a sua estadia em órbita para seis meses.

— Posso me virar.

— Mas não foi planejado. Foi decidido no último minuto.

— O que está querendo que eu faça, Jack? Desistir?

— Não sei! — Ele passou a mão na cabeça em sinal de frustração. — Eu não sei.

Ficaram em silêncio um instante, nenhum deles muito certo do que deveria dizer, embora nenhum dos dois estivesse pronto para terminar a conversa. *Sete anos de casamento*, pensou, *reduzidos a isto. Duas pessoas que não podem ficar juntas, mas que não conseguem se separar. E agora não há mais tempo para ajeitarmos as coisas entre nós.*

Uma nova mensagem foi ouvida no alto-falante:

— Dr. McCallum, compareça imediatamente à emergência.

Jack olhou para ela com uma expressão de dor.

— Emma...

— Vá, Jack. Eles precisam de você.

Ele deu um gemido de frustração e saiu correndo em direção à emergência.

Ela deu meia-volta e caminhou na direção contrária.

4

12 de julho
A bordo da ISS

Pelas janelas de observação da cúpula do Nodo 1, o Dr. William Haning via nuvens rodopiando sobre o oceano Atlântico 350 quilômetros mais abaixo. Ele estendeu a mão, e seus dedos tocaram a barreira de vidro que o protegia do vácuo do espaço. Era mais um obstáculo a separá-lo de sua casa. De sua mulher. Observou a Terra lá embaixo, viu o oceano Atlântico se afastar, lentamente substituído pelo Norte da África e, a seguir, pelo oceano Índico, sobre o qual se aproximava a escuridão noturna. Embora seu corpo flutuasse pela ausência de gravidade, o fardo da dor parecia pressionar-lhe o tórax, dificultando sua respiração.

Naquele momento, em um hospital de Houston, sua mulher lutava pela vida, e ele nada podia fazer para ajudá-la. Estaria preso ali nas próximas duas semanas, capaz de ver a cidade onde Debbie podia estar morrendo, embora incapaz de alcançá-la, de tocá-la. O melhor que podia fazer era fechar os olhos e tentar imaginar estar ao lado dela e de mãos dadas.

Você tem de resistir. Você tem de lutar. Estou voltando para casa para ficar ao seu lado.

— Bill? Você está bem?

Ele se voltou e viu Diana Estes flutuar do módulo do laboratório americano até o nodo onde ele estava. Ficou surpreso por ser ela quem lhe fazia aquela pergunta. Mesmo depois de um mês de convivência tão próxima, ele não se entendia com a inglesa. Era muito fria, muito objetiva. Apesar de ser uma bela loura platinada, não era uma mulher pela qual se sentisse atraído, e Diana certamente não o brindou com qualquer vestígio de interesse. De qualquer modo, a atenção dela geralmente estava voltada para Michael Griggs. O fato de Griggs ter uma mulher esperando por ele na Terra parecia irrelevante para ambos. Lá em cima, na ISS, Diana e Griggs eram como duas metades de uma estrela binária, orbitando uma em volta da outra, unidas por alguma poderosa atração gravitacional.

Esta era uma das infelizes realidades de ser um entre seis seres humanos de quatro países diferentes confinados no mesmo espaço. Sempre havia alianças e pactos em jogo, uma sensação de *nós* contra *eles*. O estresse de viverem confinados por tanto tempo afetava cada um de modo diferente. Ultimamente, o russo Nicolai Rudenko, que era quem estava na ISS havia mais tempo, tornara-se mal-humorado e irritadiço. Kenichi Hirai, da NASDA do Japão, estava tão frustrado com seu péssimo inglês que frequentemente se fechava em um silêncio incômodo. Apenas Luther Ames continuava amigo de todo mundo. Quando Houston transmitiu as péssimas notícias sobre Debbie, foi Luther quem instintivamente soube o que dizer para Bill, aquele que falou ao seu coração, para o que ele tinha de humano. Luther nascera no Alabama, filho de um pastor negro muito querido, e herdara do pai o dom de consolar as pessoas.

— Não há o que discutir, Bill — dissera-lhe Luther. — Você tem de voltar para casa para ficar com a sua mulher. Diga para Houston que é melhor enviarem a limusine para buscá-lo, ou terão de se ver comigo.

Diana reagiu de modo completamente diferente. Sempre racional, ela calmamente ressaltou que não havia nada que Bill pudesse fazer para acelerar a recuperação da mulher. Debbie estava comatosa, ela sequer saberia que ele estava lá. *Tão fria e inflexível quanto os cristais que cultivava em seu laboratório*, era o que Bill pensava a respeito dela.

Foi por isso que ficou intrigado com a preocupação de Diana.

Ela permaneceu no nodo, distante como sempre, longos cabelos louros flutuando como algas marinhas diante de seu rosto.

Ele voltou-se para a janela outra vez.

— Estou esperando Houston aparecer — disse.

— Você recebeu novos e-mails do centro de operações de carga útil.

Ele não respondeu. Apenas olhou para as luzes tremeluzentes de Tóquio, cidade que então estava posicionada no limiar da aurora.

— Bill, há assuntos que requerem a sua atenção. Se não cuidar deles, teremos que dividir as suas tarefas entre nós.

Tarefas. Então era isso que ela queria discutir. Não a dor que ele sentia, mas sim se podia contar com ele para realizar as tarefas que lhe eram designadas no laboratório. Cada dia a bordo da ISS era cuidadosamente planejado, com pouco tempo livre para reflexões ou para o pesar. Se um membro da tripulaçao estava incapacitado, os outros tinham de se ocupar de suas tarefas ou as experiências seriam abandonadas.

— Às vezes, o trabalho é a melhor coisa para controlar a dor — disse Diana, com lógica cristalina.

Ele tocou o vidro à altura do brilho difuso das luzes de Tóquio.

— Não finja ter um coração, Diana. Você não engana ninguém.

Por um instante ela não disse nada. Ouviam apenas o contínuo ruído de fundo da estação espacial, um som com o qual estavam tão acostumados que agora mal se davam conta.

— Compreendo que está passando por maus bocados — disse ela calmamente. — Sei que não é fácil ficar preso aqui em cima, sem ter como voltar para casa. Mas não há nada que você possa fazer a respeito. Só lhe resta esperar pelo ônibus espacial.

Ele sorriu com amargura.

— Por que esperar quando posso estar em casa em quatro horas?

— Ora vamos, Bill. Seja razoável.

— Estou sendo. Basta eu entrar no CRV e *ir embora.*

— E nos deixar sem uma nave salva-vidas? Você não está pensando com clareza.

Ela fez uma pausa.

— Sabe, talvez você se sentisse melhor se tomasse algum medicamento. Apenas para ajudá-lo a atravessar este período.

Ele virou para ela, toda a sua dor, todo o seu pesar dando lugar à raiva.

— Tomar uma pílula e resolver tudo, certo?

— Pode ajudar, Bill. Só preciso ter certeza de que não fará nada de irracional.

— Vá se foder, Diana.

Ele pegou impulso para sair da cúpula e passou flutuando por ela em direção à entrada do laboratório.

— Bill!

— Como você disse tão gentilmente, tenho trabalho a fazer.

— Eu já disse que podemos dividir as suas tarefas. Se não está se sentindo apto para...

— Farei a droga do meu trabalho!

Bill flutuou até o laboratório americano e sentiu-se aliviado ao ver que ela não o seguiu. Olhando para trás, ele a viu flutuar em direção ao módulo habitacional, sem dúvida para verificar a situação do veículo de resgate da tripulação. Capaz de abrigar todos os seis astronautas, o CRV seria o seu único barco salva-vidas caso uma catástrofe ocorresse na estação. Ele a assustara com aquela conversa de sequestrar o veículo e lamentava tê-lo feito. Agora ela ficaria de olho nele, em busca de sinais de distúrbio emocional.

Já era desagradável o bastante estar preso naquela lata de sardinha de luxo 350 quilômetros acima da Terra. Ser visto com suspeita só piorava tudo. Podia estar desesperado para voltar para casa, mas não estava perturbado. Todos aqueles anos de treinamento e testes de avaliação psicológica confirmavam o fato de que Bill Haning era um profissional. Ele certamente não era o tipo de sujeito que colocaria em risco a vida dos colegas.

Tomou impulso apoiando-se em uma parede e flutuou através do módulo do laboratório até seu local de trabalho. Ali, verificou os últimos e-mails. Diana estava certa em um ponto: o trabalho o faria deixar de pensar em Debbie.

A maioria dos e-mails era do Centro de Pesquisa Biológica Ames da NASA, na Califórnia, e as mensagens eram pedidos rotineiros de confirmação de dados. Muitas das experiências eram controladas do solo, e às vezes os cientistas questionavam os dados recebidos. Verificou as mensagens, fazendo uma careta ao ver a solicitação de mais amostras de fezes e urina dos astronautas. Continuou a verificar e parou na mensagem seguinte.

Aquela era diferente. Não vinha da Ames, mas de um centro de operações de carga útil do setor privado. Várias indústrias do setor privado pagavam para que fossem realizadas experiências a bordo da estação, e ele frequentemente recebia e-mails de cientistas que não eram da NASA.

Aquela mensagem era do SeaScience, em La Jolla, Califórnia.

Para: Dr. William Haning, ISS Biociência
De: Helen Koenig, Pesquisadora Principal
Re: Experimento CUC#23 (Cultura de Células Archaeons)
Mensagem: Os dados que baixamos recentemente indicam um aumento rápido e inesperado na massa desta cultura de células. Por favor, confirmar com o instrumento de medição de micromassas que têm a bordo.

Outro pedido para mover uma alavanca, pensou com irritação. Muitas das experiências orbitais eram controladas por comandos enviados por cientistas no solo. Os dados dos diversos aparelhos do laboratório eram gravados em vídeo ou em dispositivos automáticos de amostragem, e os resultados eram transmitidos diretamente para os pesquisadores em terra. Com todo aquele equipamento sofisticado a bordo da ISS, falhas ocasionais eram inevitáveis. Aquele era o verdadeiro motivo dos seres humanos serem necessários lá em cima: para resolverem os problemas dos temperamentais equipamentos eletrônicos.

Abriu o arquivo CUC#23 do computador de carga útil e revisou o protocolo. As células em cultura eram *Archaeons*, organismos marinhos bacterianos recolhidos em chaminés hidrotermais em águas profundas. Eram inofensivos para os seres humanos.

Ele flutuou através do laboratório até a unidade de cultura de células e cravou os pés descalços nos estribos para manter a posição. A unidade era um aparelho em forma de caixa com sistema próprio de manejo e descarga de fluidos para aspergir continuamente duas dezenas de culturas celulares e amostras de tecido. A maioria das experiências era completamente independente e não precisava de intervenção humana. Em quatro semanas a bordo da ISS, Bill só olhara o tubo 23 uma única vez.

Ele abriu a bandeja da câmara de amostras celulares. Lá dentro, havia 24 tubos de cultura dispostos ao redor da periferia da unidade. Ele identificou o tubo 23 e removeu-o da bandeja.

Ficou imediatamente alarmado. A tampa parecia estufada, como se estivesse sob pressão. Em vez de um líquido ligeiramente turvo, que era o que esperava ver, o conteúdo era de um vívido azul-esverdeado. Virou o tubo de cabeça para baixo e a cultura não se moveu. Não era mais líquida e, sim, grosseiramente viscosa.

Ele calibrou o aparelho de medição de micromassas e introduziu o tubo no compartimento de amostras. Pouco depois, os dados surgiram na tela.

Algo está muito errado, pensou. *Houve algum tipo de contaminação. Ou a amostra original de células não era pura, ou outro organismo conseguiu entrar no tubo e destruir a cultura primária.*

Ele digitou a resposta para a Dra. Koenig.

> ... Os dados que recebeu se confirmam. A cultura parece drasticamente alterada. Não é mais líquida. Parece ter se tornado uma massa gelatinosa azul-esverdeada, clara, quase brilhante. Deve ser considerada a possibilidade de contaminação...

Ele fez uma pausa. Havia outra possibilidade: o efeito da microgravidade. Na Terra, culturas de tecido tendem a crescer em lâminas planas, expandindo-se em apenas duas dimensões na superfície de seus recipientes. No espaço, livre dos efeitos da gravidade, aquelas mesmas culturas se comportavam de modo diferente. Cresciam em três dimensões, tomando formas que jamais poderiam assumir na Terra.

E se o tubo 23 não estivesse contaminado? E se esse fosse apenas o modo como os *Archaeons* se comportavam na ausência da gravidade que os mantinha?

Quase imediatamente abandonou a hipótese. Aquelas mudanças eram drásticas demais. Apenas a falta de peso não podia ter transformado um organismo unicelular naquela insólita massa esverdeada.

Escreveu:

> ... Enviarei uma amostra da cultura do tubo 23 para você no próximo voo do ônibus espacial. Por favor, avise se tiver mais instruções...

O barulho repentino de uma gaveta o assustou. Ele se virou e viu Kenichi Hirai trabalhando em sua bancada de pesquisas. Estaria ali havia quanto tempo? Ele entrara tão sorrateiramente no laboratório que Bill não o percebera. Em um mundo onde não há em cima ou embaixo, onde nunca se ouvem sons de passos, uma saudação verbal às vezes é o único meio de alertar os outros de sua presença.

Ao perceber que Bill olhava para ele, Kenichi saudou-o simplesmente com um menear de cabeça e continuou a trabalhar. O silêncio do sujeito irritou Bill. Ele era como o fantasma residente da estação, vagando por ali sem emitir palavra e assustando todo mundo. Bill sabia que aquilo se devia ao fato de Kenichi estar inseguro ao ter que falar em inglês e, para evitar a humilhação, conversava pouco ou quase nada. Ainda assim, podia ao menos dizer "olá" ao entrar em um módulo, para evitar assustar os cinco colegas.

Bill voltou a atenção para o tubo 23. Como seria aquela massa gelatinosa vista no microscópio?

Introduziu o tubo 23 na caixa de plexiglas, fechou a comporta e inseriu as mãos nas luvas embutidas. Se houvesse algum vazamento, ficaria confinado à caixa. Fluidos flutuando livremente na microgravidade podiam provocar um desastre na fiação elétrica da estação. Cuidadoso, afrouxou a tampa do tubo. Sabia que o conteúdo estava sob pressão. Podia ver a tampa estufada. Ainda assim, assustou-se quando a tampa subitamente estourou como uma rolha de champanhe.

Ele se lançou para trás quando uma massa compacta azul-esverdeada se chocou contra o interior da caixa de luvas. Ficou ali agarrada por um instante, palpitando como se estivesse viva. E estava mesmo *viva*, uma massa de microrganismos unidos em uma matriz gelatinosa.

— Bill, precisamos conversar.

A voz o assustou. Rapidamente, ele voltou a tampar o tubo de cultura e voltou-se para Michael Griggs, que acabara de entrar no módulo. Flutuando bem atrás dele estava Diana. *As pessoas bonitas*, pensou Bill. Ambos pareciam bem-dispostos e atléticos, vestindo camisas azul-marinho e bermudas azul-cobalto da NASA.

— Diana me disse que você está com problemas — disse Griggs. — Acabamos de falar com Houston, e eles acham que talvez fosse melhor você considerar a hipótese de tomar algum medicamento. Apenas para ajudá-lo a passar os próximos dias.

— Assustaram o pessoal lá em Houston, não é mesmo?

— Estão preocupados com você. Todos estamos.

— Veja, o que falei sobre o CRV era puro sarcasmo.

— Mas deixou todo mundo nervoso.

— Não preciso de Valium. Apenas me deixem em paz.

Removeu o tubo da caixa de luvas e devolveu-a ao seu lugar na unidade de cultura de células. Estava irritado demais para trabalhar naquilo.

— Precisamos confiar em você, Bill. Dependemos uns dos outros aqui em cima.

Furioso, Bill os encarou.

— Vocês estão vendo um louco furioso à sua frente? É isso?

— No momento, você só consegue pensar em sua mulher. Compreendo isso. E...

— Você não compreende. Duvido que tenha pensado muito em sua mulher ultimamente.

E lançou um olhar malicioso para Diana. A seguir, projetou-se através do módulo e entrou no nodo de conexão. Começou a entrar no módulo habitacional, mas parou ao ver que Luther estava lá dentro, preparando o almoço.

Não há onde se esconder. Nenhum lugar onde ficar a sós.

Com lágrimas repentinas nos olhos, recuou e voltou à cúpula.

Dando as costas para os demais, olhou para a Terra através das janelas. A costa do Pacífico começava a aparecer. Outro nascer do sol, outro crepúsculo.

Outra eternidade de espera.

Kenichi observou Griggs e Diana flutuarem para fora do módulo do laboratório impulsionados por um empurrão bem dosado. Moviam-se com graça, como deuses louros. Frequentemente ele os observava quando não estavam olhando. Em particular, gostava de olhar para Diana Estes, uma mulher tão loura e pálida que parecia translúcida.

Sua partida o deixou sozinho no laboratório e ele pôde relaxar. Muitos conflitos naquela estação. Aquilo perturbava os seus nervos e afetava a sua concentração. Era uma pessoa tranquila por natureza, um homem que se contentava em trabalhar sozinho. Embora entendesse inglês razoavelmente bem, tinha dificuldade para se expressar naquele idioma e achava as conversas muito cansativas. Ficava muito confortável trabalhando sozinho e em silêncio, apenas com a companhia dos animais do laboratório.

Olhou através da janela de observação para os ratos no viveiro e sorriu. De um lado da divisória de tela havia 12 machos e, do outro, 12 fêmeas. Quando era criança, no Japão, criara coelhos e gostava de aninhá-los no colo. Aqueles ratos, porém, não eram animais de estimação e estavam isolados do contato humano. Seu ar era filtrado e condicionado antes de se misturar ao ambiente da estação espacial. Todo manuseio de animais era feito na caixa de luvas, lugar onde todos os espécimes biológicos, de bactérias a ratos de laboratório, podiam ser manipulados sem risco de contaminarem o ar da estação.

Aquele era dia de tirar amostras de sangue. Não era um trabalho que ele gostasse de fazer, porque envolvia furar a pele dos ratos com uma agulha. Ele murmurou uma desculpa em japonês, introduziu as mãos nas luvas e transferiu o primeiro rato para a área de trabalho. O animal lutou, tentando escapar de sua mão. Ele o soltou, permitindo que flutuasse livremente enquanto preparava a agulha. Era algo triste de se ver, o rato movendo os membros freneticamente, tentando impulsionar-se para a frente. Não tendo onde se apoiar, vagou indefeso pelo ar.

Com a agulha pronta, ergueu a mão enluvada para recapturar o rato. Somente então notou o glóbulo azul-esverdeado flutuando ao lado do animal. Tão perto que o rato deu-lhe uma lambida com sua língua cor-de-rosa. Kenichi riu. Beber glóbulos flutuantes era algo que os astronautas faziam para se divertirem e era o que o rato parecia estar fazendo agora, divertindo-se com o novo brinquedo.

Então, perguntou-se: de onde viera aquela substância azul-esverdeada? Bill andara usando a caixa de luvas. Seria algo tóxico?

Kenichi flutuou até o terminal de computador e olhou para o protocolo da experiência que Bill requisitara por último. Era o da CUC#23, uma cultura de células. O protocolo assegurava que o glóbulo nada continha de perigoso. *Archaeons* eram organismos marinhos unicelulares e inofensivos, sem propriedades infecciosas.

Satisfeito, voltou à caixa de luvas, inseriu as mãos ali dentro e pegou uma agulha.

5

16 de julho

Não temos sinal da nave para a Terra.

Jack olhou para a esteira de fumaça maculando o céu azul e o terror tomou conta de sua alma. O sol batia-lhe no rosto, mas seu suor estava frio como gelo. Ele vasculhou o céu. Onde estava o ônibus espacial? Havia apenas alguns segundos, sentira o chão tremer com o estrondo do lançamento e observara o arco que traçara ao cruzar o céu sem nuvens. Enquanto subia, levava também o seu coração, impulsionado pelo rugido dos foguetes, e ele seguiu a sua trajetória rumo ao céu até tornar-se apenas um pequeno ponto que refletia a luz do sol.

Não conseguia mais vê-lo. O que fora uma linha reta de fumaça branca transformara-se agora em uma linha serrilhada de fumo negro.

Ele vasculhou o céu freneticamente e divisou um vertiginoso redemoinho de imagens. Fogo no céu. Um tridente diabólico de fumaça. Destroços caindo no mar.

Não temos sinal da nave para a Terra.

Ele acordou, ofegante, o corpo banhado de suor. Já era dia e o sol brilhava, radiante, através da janela de seu quarto.

Com um gemido, sentou-se na beirada da cama e segurou a cabeça entre as mãos. Não ligara o ar-condicionado na véspera e agora o quarto estava quente como um forno. Cambaleou pelo quarto para acionar o interruptor, então voltou a afundar na cama e suspirou aliviado quando o ar frio começou a sair do aparelho.

O velho pesadelo.

Esfregou o rosto, tentando afastar as imagens da mente, mas elas estavam muito profundamente gravadas em sua memória. Ele era calouro na faculdade quando a *Challenger* explodiu: estava caminhando pelo saguão dos dormitórios quando as primeiras imagens do desastre foram divulgadas pela televisão. Naquele dia, e nos dias que se seguiram, diversas vezes observara horrorizado aquelas mesmas imagens, que se cristalizaram tão profundamente em seu subconsciente, tornando-se tão reais para ele quanto para as pessoas que estavam nas arquibancadas do Cabo Canaveral naquela manhã.

Agora, a lembrança voltara à tona em seus pesadelos.

É por causa do lançamento de Emma.

No chuveiro manteve a cabeça debaixo de um poderoso fluxo de água fria, esperando que os últimos vestígios de pesadelo fossem levados pela torrente. Tiraria férias de 21 dias a partir da semana seguinte, mas não estava nem um pouco animado com aquilo. Não saía com o veleiro havia meses. Talvez algumas semanas a bordo, longe do brilho das luzes da cidade, fosse a melhor terapia. Apenas ele, o mar e as estrelas.

Fazia muito tempo que não observava as estrelas. Ultimamente, parecia evitar até mesmo olhar para elas. Quando criança, seus olhos estavam sempre voltados para o céu. Sua mãe contava que Jack, quando criança, certa noite fora ao jardim e estendera as mãos, tentando pegar a lua. Como não conseguiu, chorou de frustração.

A lua, as estrelas, a escuridão do espaço. Tudo isso continuava além de seu alcance agora, e ele frequentemente se sentia como aquele menino que fora outrora, chorando de frustração, com os pés presos à Terra e as mãos ainda estendidas para o céu.

Desligou o chuveiro e pressionou as mãos contra os azulejos, cabeça baixa, cabelo pingando. *Hoje é dia 16 de julho*, pensou. *O lançamento de Emma será daqui a oito dias.* Sentiu a água resfriarlhe a pele.

Em dez minutos, estaria vestido e dentro de seu carro.

Era terça-feira. Emma e sua nova equipe de voo estariam terminando a simulação integrada de três dias e ela estaria cansada e sem vontade de vê-lo. No dia seguinte, porém, estaria a caminho do Cabo Canaveral. No dia seguinte, estaria incomunicável.

No Centro Espacial Johnson, parou o carro no estacionamento do Prédio 30, mostrou o crachá da NASA para o segurança e subiu a escada até a sala de controle de voo do ônibus espacial. Lá dentro, encontrou todos apressados e tensos. A simulação integrada de três dias era como um exame final tanto para os astronautas quanto para a equipe de controle de terra, um ensaio repleto de crises no qual reproduziam toda a missão desde o lançamento até a aterrissagem, com a adição proposital de falhas para manter todos alertas. Três turnos de controladores se revezaram diversas vezes naquela sala nos últimos três dias, e os 24 homens e mulheres que então estavam sentados diante dos consoles pareciam arrasados. A lixeira estava superlotada de copos de café e latas de Pepsi diet. Embora alguns controladores tivessem visto Jack e meneado a cabeça em sua direção, não havia tempo para cumprimentos de verdade, estavam com uma grande crise em mãos, e a atenção de todos estava voltada para o problema. Era a primeira vez em meses que Jack visitava a sala de controle de voo, e novamente sentiu a antiga excitação, a eletricidade que parecia crepitar naquela sala sempre que havia uma missão em curso.

Foi até a terceira fileira de consoles, para ficar ao lado do diretor de voo, Randy Carpenter, que no momento estava muito ocupado para falar com ele.

Carpenter era o sumo sacerdote dos diretores de voo do programa do ônibus espacial. Com 140 quilos, era uma figura imponente na sala, a barriga transbordando sobre o cinto, os pés afastados como um capitão de navio equilibrando-se na ponte de comando. Naquela sala, Carpenter estava no comando. Gostava de dizer: "Sou o melhor exemplo de quão longe um menino gordo de óculos pode chegar na vida." Diferente do lendário diretor de voo Gene Kranz, cuja frase "O fracasso não é uma opção" o fez tornar-se um improvável herói da mídia, Carpenter só era conhecido dentro da NASA. Sua falta de qualidades fotogênicas o tornava um improvável herói de cinema, não importando a circunstância.

Ouvindo o que falavam, Jack rapidamente entendeu a natureza da crise com que Carpenter estava lidando no momento. Jack enfrentara um problema semelhante em sua própria simulação integrada havia dois anos, quando ainda fazia parte do plantel de astronautas, preparando-se para a STS 145. A tripulação do ônibus espacial relatara uma súbita queda de pressão na cabine, indicando um rápido vazamento de ar. Não havia tempo para detectar a origem. Em vez disso, tinham de proceder a uma saída de órbita de emergência.

Sentado em frente a uma fileira de consoles conhecida como a Trincheira, o encarregado de dinâmica de voo rapidamente verificava as trajetórias de voo para determinar o melhor local de aterrissagem. Ninguém considerava aquilo um jogo. Todos sabiam que, se tal crise fosse real, as vidas de sete pessoas estariam ameaçadas.

— Pressão da cabine em 13,9 psi — anunciou o controle ambiental.

— Base da Força Aérea de Edwards — anunciou a dinâmica de voo. — Aterrissagem a aproximadamente 1.300.

— Nesse ritmo, a pressão da cabine chegará a menos de 7 psi — informou o controle ambiental.

— Recomendamos que ponham os capacetes agora, antes de iniciarem a sequência de reentrada.

O Capcom transmitiu o conselho para a *Atlantis*.

— Entendido — respondeu o comandante Vance. — Capacetes postos. Estamos iniciando a queima para saída de órbita.

Contra a sua vontade, Jack foi arrebatado pela urgência do jogo. À medida que os segundos passavam, tinha o olhar fixo na tela principal na frente da sala, onde o caminho do veículo orbital era traçado em um mapa-múndi. Embora soubesse que toda a crise era artificialmente introduzida por uma maliciosa equipe de simulação, a seriedade do exercício o havia contagiado. Mal se dera conta de que seus músculos haviam ficado tensos à medida que se concentrava nos dados que passavam pela tela.

A pressão da cabine caiu para 7 psi.

A *Atlantis* atingiu a atmosfera superior. Estavam em blecaute de rádio, 12 longos minutos de silêncio quando a fricção da reentrada ionizava o ar ao redor do veículo orbital, interrompendo todas as comunicações.

— *Atlantis*, está me ouvindo? — perguntou o Capcom.

De repente, ouviu-se a voz do comandante Vance:

— Ouvimos alto e claro, Houston.

A aterrissagem, momentos depois, foi perfeita. Fim de jogo.

Os aplausos tomaram conta da sala de controle de voo.

— Muito bem, pessoal, bom trabalho — disse o diretor de voo, Carpenter. — Reunião às 15 horas. Pausa para almoço. — Sorrindo, ele tirou o fone de ouvido e pela primeira vez olhou para Jack. — Ei, faz um tempão que não o vejo por aqui.

— Tenho atendido civis.

— Ganhando um dinheirão, hein?

Jack sorriu.

— É mesmo. Mas diga-me o que fazer com todo esse dinheiro. — Ele olhou para os controladores de voo ao seu redor, agora relaxados em seus consoles, tomando refrigerantes e comendo lanches trazidos de casa. — A simulação foi boa?

— Estou feliz. Superamos todas as falhas.

— E a tripulação do ônibus espacial?

— Estão prontos. — Carpenter olhou-o apreensivo. — Inclusive Emma. Ela está em seu elemento, Jack; portanto, não a perturbe. Agora ela precisa se concentrar.

Aquilo fora do mais que um conselho amistoso. Fora uma advertência. *Guarde os seus assuntos pessoais. Não arruíne o moral de minha tripulação.*

Debaixo de um sol escaldante, Jack sentia-se desestimulado, até mesmo um tanto arrependido, enquanto esperava Emma emergir do Edifício 5, que abrigava os simuladores de voo. Ela saiu com o resto da tripulação.

Obviamente acabavam de ouvir uma piada, pois estavam todos rindo. Então, ela viu Jack e o sorriso se desfez.

— Não sabia que viria — disse ela.

Ele deu de ombros e disse, timidamente:

— Nem eu.

— Reunião em dez minutos — disse Vance.

— Estarei lá — respondeu Emma. — Vão na frente.

Ela esperou a equipe se afastar, então se voltou para Jack outra vez.

— Realmente preciso me juntar a eles. Veja, eu sei que esse lançamento complica tudo. Se você estiver aqui para falar dos documentos do divórcio, prometo que eu os assinarei assim que voltar.

— Não foi por isso que eu vim.

— Algum outro motivo, então?

Ele fez uma pausa.

— É. Humphrey. Qual o nome do veterinário dele? Caso engula uma bola de pelo ou algo assim.

Ela olhou-o, perplexa.

— É o mesmo veterinário de sempre, o Dr. Goldsmith.

— Ah, é mesmo.

Ficaram em silêncio um instante, o sol brilhando sobre as suas cabeças. O suor escorria-lhes pelas costas. Ela subitamente pareceu-lhe pequena e frágil. Contudo, aquela era uma mulher que se jogara de um avião. Ela o superava na equitação, rodava ao redor dele na pista de dança. Sua bela e corajosa esposa.

Ela se voltou para olhar para o Prédio 30, onde a equipe a esperava.

— Tenho de ir, Jack.

— A que horas vai para o Cabo Canaveral?

— Às 6 horas.

— Todos os seus primos irão ao lançamento?

— Claro.

Ela fez uma pausa.

— Você não estará lá, certo?

O pesadelo da *Challenger* ainda estava fresco em sua mente, os rolos de fumaça negra maculando o céu azul. *Não poderei ver isso*, pensou. *Não consigo lidar com a possibilidade.*

Ele sacudiu a cabeça em negativa.

Ela aceitou a resposta com um frio gesto de cabeça e um olhar que dizia: *Posso parecer tão desinteressada quanto você.* E voltou-se para ir embora.

— Emma. — Ele a pegou pelo braço e girou-a delicadamente. — Vou sentir saudades suas.

Ela suspirou.

— Claro, Jack.

— Vou mesmo.

— Você passa semanas sem me ligar e agora diz que vai sentir a minha falta?

Ela riu.

Jack sentiu amargura em sua voz. E a verdade de suas palavras. Nos últimos meses ele *de fato* a evitara. Era doloroso ficar por perto porque o sucesso dela apenas aumentava a sua sensação de fracasso.

Não havia esperança de reconciliação, percebia agora, na frieza do olhar dela. Nada a fazer a não ser agir com civilidade em relação a tudo aquilo.

Ele desviou o olhar, subitamente incapaz de encará-la.

— Só vim desejar uma viagem segura. E um ótimo passeio. Acene para mim de vez em quando ao sobrevoar Houston. Estarei olhando para você.

Vista da Terra, a ISS parecia uma estrela em movimento, mais clara que Vênus, atravessando o céu.

— Você também acene, está bem?

Ambos conseguiram sorrir. Seria uma despedida civilizada, afinal de contas. Jack estendeu os braços, e ela se inclinou para que ele a abraçasse. Foi um abraço breve e desajeitado, como se fossem estranhos que tivessem acabado de se conhecer. Ele sentiu o corpo dela, tão quente e vivo, pressionado contra o seu. Então ela se afastou e caminhou em direção ao prédio do controle da missão.

Emma fez uma única pausa para acenar-lhe adeus. A luz do sol caía diretamente sobre seus olhos e, ofuscado pela claridade, viu-a como uma silhueta escura, cabelos levados pelo vento quente. Então, soube que jamais a amara tanto quanto naquele momento em que a observava se afastar.

19 de julho
Cabo Canaveral

Mesmo a distância, a visão tirou o fôlego de Emma. Aprumado na plataforma de lançamento 39B, iluminado por potentes refletores, o ônibus espacial *Atlantis*, acoplado ao seu gigantesco tanque de combustível alaranjado e à dupla de foguetes de combustível sólido, assemelhava-se a um imponente farol em meio à escuridão da noite. Não importava quantas vezes tivesse experimentado aquela sensação. Aquela primeira visão de um ônibus espacial iluminado na plataforma nunca deixou de impressioná-la.

O restante da tripulação, de pé ao lado dela no asfalto, estava igualmente silenciosa. Para alterarem os seus relógios biológicos, haviam despertado às 2 horas e saído de seus aposentos no terceiro andar do prédio de Operações e Partidas para darem uma olhada no colosso que os levaria ao espaço. Emma ouviu o grito de um pássaro noturno e sentiu um vento gelado soprar do golfo do México, refrescando o ar, afastando o cheiro de água parada dos pântanos que os cercavam.

— Faz a gente se sentir insignificante, não é mesmo? — perguntou o comandante Vance com seu ligeiro sotaque texano.

Os outros murmuraram, concordando.

— Pequeno como uma formiga — disse Chenoweth, o único novato da tripulação.

Aquela seria a sua primeira viagem a bordo do ônibus espacial, e ele estava tão excitado que parecia gerar o seu próprio campo de eletricidade.

— Sempre esqueço quão grande ela é. Então, dou outra olhada e penso, meu Deus, todo esse poder. E eu sou o sortudo que vai andar nela. — Todos riram, mas com aquela risada contida e desajeitada de fiéis em uma igreja.

— Nunca achei que uma semana podia demorar tanto para passar — disse Chenoweth.

— Este cara está farto de ser virgem — disse Vance.

— Com certeza. Quero ir lá para cima. — O olhar de Chenoweth ergueu-se faminto para o céu. Para as estrelas. — Vocês todos conhecem o segredo, e não posso esperar para sabê-lo.

O segredo. Pertencia apenas aos poucos privilegiados que haviam subido ao espaço. Não era um segredo, que se pudesse compartilhar com outras pessoas. Você mesmo tinha de vivê-lo, observá-lo com seus próprios olhos, o negro do espaço e o azul da Terra lá embaixo. Ser esmagado contra o assento pelo impulso dos foguetes. Os astronautas que voltam do espaço frequentemente trazem um sorriso nos lábios, uma expressão que diz, *experimentei algo que poucos seres humanos terão a oportunidade de experimentar.*

Emma sorria assim quando emergiu da escotilha da *Atlantis* havia mais de dois anos. Com pernas bambas, caminhou sob o sol e olhou para um céu incrivelmente azul. Em um período de oito dias a bordo do veículo orbital, presenciara mais de 130 auroras, vira incêndios florestais no Brasil, o olho de um furacão sobre as ilhas Samoa e admirara uma Terra que parecia tristemente frágil. Ela voltara mudada para sempre.

Em cinco dias, a não ser que houvesse uma catástrofe, Chenoweth conheceria o segredo.

— É hora de jogar alguma luz em nossas retinas — disse Chenoweth. — Meu cérebro ainda pensa que estamos no meio da noite.

— Estamos no meio da noite — disse Emma.

— Para nós é o romper da aurora, pessoal! — disse Vance.

De todos, ele fora o que mais rapidamente ajustara o seu relógio biológico aos novos horários de sono.

Vance começou a voltar para o prédio de Operações e Partidas para começar o dia de trabalho às 3 horas. Os outros o seguiram. Apenas Emma ficou para trás um instante, olhando para o ônibus espacial. No dia anterior, haviam ido à plataforma de lançamento para uma última revisão dos procedimentos de evasão da tripulação. De perto, à luz do sol, o ônibus espacial parecia muito grande e brilhante para ser visto de uma só vez. Só era possível se concentrar em apenas uma parte da nave a cada olhada. A proa. As asas. Os ladrilhos negros como escamas reptilianas no bojo. À luz do dia, o ônibus espacial era real e sólido. Agora, parecia algo sobrenatural, iluminado contra a escuridão do céu.

Com todos os frenéticos preparativos, Emma não se permitira sentir apreensiva e banira firmemente a ansiedade. Estava pronta para subir. Queria subir. Mas agora sentia uma pontada de medo.

Ela olhou para o céu, viu as estrelas desaparecendo por trás de um véu de nuvens que avançava. O tempo estava mudando.

Com um arrepio, voltou-se e caminhou em direção ao prédio. Em direção à luz.

23 de julho
Houston

Meia dúzia de tubos entrava pelo corpo de Debbie Haning. Na garganta, um tubo de traqueotomia, através do qual o oxigênio era bombeado para os pulmões. Um tubo nasogástrico introduzido em sua narina esquerda atravessava o seu esôfago e ia até o estômago. Um cateter drenava a urina e dois cateteres endovenosos introduziam fluidos em suas veias. No pulso havia uma linha arterial e o osciloscópio monitorava continuamente sua pressão sanguínea. Jack olhou para os sacos intravenosos pendurados sobre a cama e viu que continham poderosos antibióticos. Era um mau sinal. Significava que ela adquirira uma infecção, o que não é incomum em uma pessoa que passa duas semanas em coma. Cada brecha na pele, cada tubo de plástico, é um portal para bactérias e, na corrente sanguínea de Debbie, travava-se agora uma batalha.

Com apenas um olhar, Jack compreendeu tudo, mas nada disse para a mãe de Debbie, que estava sentada ao lado da cama segurando a mão da filha. O rosto de Debbie estava flácido, a mandíbula frouxa, as pálpebras apenas parcialmente fechadas. Permanecia profundamente comatosa, sem se dar conta de nada, nem mesmo da dor.

Quando Jack entrou no cubículo, Margaret voltou-se e cumprimentou-o com a cabeça.

— Ela teve uma noite ruim — disse ela. — Uma febre. Não sabem a origem.

— Os antibióticos ajudarão.

— E daí? Tratamos a infecção, mas o que acontece a seguir? — Margaret inspirou profundamente. — Ela não gostaria disso. Todos esses tubos. Todas essas agulhas. Ela gostaria que nós a deixássemos ir.

— Não é hora de desistir. O EEC ainda está ativo. Ela não tem morte cerebral.

— Então, por que não desperta?

— Ela é jovem. Tem tudo pelo que viver.

— Isto não é *viver*. — Margaret olhou para a mão da filha. Estava repleta de hematoma, inchada por causa das agulhas intravenosas. — Quando o pai dela estava à morte, Debbie me disse que não queria acabar assim, amarrada na cama e sendo alimentada à força. Fico pensando nisso. No que ela me disse... — Margaret voltou a erguer a cabeça. — O que você faria? Se fosse a sua mulher?

— Eu não pensaria em desistir.

— Mesmo se ela tivesse lhe dito que não queria acabar assim?

Ele pensou um instante. Então disse com convicção:

— A *minha* decisão final seria essa. Não importando o que ela ou qualquer outra pessoa me dissesse. Não desistiria de alguém que amo. Nunca. Não se ainda houvesse a mínima chance de salvá-la.

Suas palavras não confortaram Margaret. Ele não tinha direito de questionar suas crenças, seus instintos, mas ela pedira uma opinião, e a resposta de Jack viera do coração, não de sua mente.

Sentindo-se culpado, então, ele deu um último tapinha no ombro de Margaret e deixou o cubículo. Seria a natureza quem provavelmente decidiria aquilo. Um paciente comatoso com uma infecção sistêmica está às portas da morte.

Jack deixou a UTI e entrou no elevador com a expressão sombria. Que modo deprimente de começar as férias. Primeira parada, decidiu ao chegar ao saguão, seria a mercearia da esquina, onde compraria seis latas de cerveja. Uma cerveja bem gelada e uma tarde carregando o veleiro era o que ele precisava então. Aquilo tiraria Debbie Haning de sua mente.

— Código azul, CTI cirúrgico. Código azul, CTI cirúrgico.

Ele se sobressaltou ao ouvir o anúncio no sistema de comunicaçao do hospital. *Debbie*, pensou, e subiu correndo as escadas.

O cubículo dela no CTI cirúrgico já estava lotado de gente. Ele entrou e deu uma olhada no monitor. *Fibrilação ventricular*! O coração dela era um feixe de músculos pulsantes, incapaz de bombear o sangue, incapaz de manter o cérebro vivo.

— Uma ampola de epinefrina entrando agora! — avisou uma das enfermeiras.

— Afastem-se todos! — ordenou um médico, posicionando os contatos do desfibrilador sobre o peito de Debbie.

Jack viu o corpo dela dar um solavanco no momento da descarga e viu uma linha reagir no monitor. Então, voltou a ficar reta. Ainda em fibrilação ventricular.

Uma enfermeira aplicava RCP, seu cabelo louro e curto balançando a cada pressão sobre o peito de Debbie. O neurologista, o Dr. Salomon, olhou para Jack quando este chegou à beira da cama.

— Administrou amiodarona? — perguntou Jack.

— Estamos administrando neste momento, mas não está funcionando.

Jack voltou a olhar para o monitor. A fibrilação ventricular ia de mal a pior. Piorando, numa linha reta.

— Já demos quatro choques — disse Salomon. — Não conseguimos ritmo.

— Epinefrina intracardíaca?

— Só nos resta rezar. Vá em frente!

A enfermeira preparou a seringa de epinefrina, na qual encaixou uma longa agulha cardíaca. Mesmo antes de pegar a seringa, Jack já sabia que haviam perdido aquela batalha. Aquele procedimento não mudaria coisa alguma. Mas pensou em Bill Haning, esperando para voltar à Terra para ficar com a esposa. E pensou no que dissera para Margaret havia alguns instantes.

Não desistiria de alguém que amo. Nunca. Não se houvesse a mínima chance de salvá-la.

Ele olhou para Debbie e, durante um momento constrangedor, a imagem do rosto de Emma passou por sua mente.

Ele engoliu em seco e disse:

— Interromper as compressões.

A enfermeira ergueu as mãos do externo.

Jack passou uma gaze com Betadine sobre a pele e posicionou a ponta da agulha sob o processo xifoide. Seu pulso se acelerou quando furou a pele. Introduziu a agulha no peito, exercendo suave pressão negativa.

Um fluxo de sangue indicou que atingira o coração.

Apertando o êmbolo, injetou toda a dose de epinefrina e retirou a agulha.

— Prossiga com as compressões — disse ele, e ergueu a cabeça para o monitor.

Vamos lá, Debbie. Lute, droga. Não desista. Não desista de Bill.

A sala estava silenciosa, todos os olhares voltados para o monitor. A linha ficou reta, o miocárdio morrendo, célula por célula. Ninguém precisou dizer uma palavra. Todos tinham uma expressão de derrota no rosto.

Ela é tão jovem, pensou Jack. Tinha 36 anos.

A mesma idade de Emma.

Foi o Dr. Salomon quem tomou a decisão.

— Vamos acabar com isso — murmurou. — Hora da morte, 23h15.

A enfermeira que aplicava as compressões afastou-se solenemente do corpo. Sob as luzes brilhantes do cubículo, o tronco de Debbie parecia de feito de plástico. Um manequim. Não a mulher inteligente e ativa que Jack conhecera havia cinco anos em uma festa da NASA ao ar livre, sob as estrelas.

Margaret entrou no cubículo. Ficou um instante em silêncio, como se não reconhecesse a própria filha. O Dr. Salomon pousou a mão sobre o seu ombro e murmurou:

— Foi muito rápido. Nada pudemos fazer.

— Ele devia estar aqui — disse Margaret, a voz trêmula.

— Tentamos mantê-la viva — disse o Dr. Salomon. — Lamento.

— É pelo Bill que estou lamentando — disse Margaret. A seguir, pegou a mão da filha e a beijou. — Ele devia estar aqui. Agora, jamais se perdoará.

Jack saiu do cubículo e afundou em uma cadeira no posto das enfermeiras. As palavras de Margaret ainda soavam em sua cabeça. *Ele devia estar aqui. Agora, jamais se perdoará.*

Ele olhou para o telefone. *E o que eu ainda estou fazendo aqui?*, perguntou-se.

Pegou as Páginas Amarelas sobre o balcão, ergueu o telefone do gancho e discou.

— Lone Star Travel — atendeu uma mulher.

— Preciso ir para o Cabo Canaveral.

6

Cabo Canaveral

Pela janela do carro alugado, Jack inalou o ar úmido das florestas de Merritt Island e sentiu cheiro de solo encharcado e vegetação. A entrada do Centro Espacial Kennedy era, surpreendentemente, uma estrada rural atravessando laranjais, estandes de donuts em ruínas e depósitos de ferro-velho repletos de pedaços de mísseis. Escurecia, e ele viu as lanternas traseiras de centenas de carros que se arrastavam pela estrada mais à frente. O trânsito estava piorando, e logo seu carro ficaria preso no engarrafamento de turistas que procuravam um lugar onde estacionar para assistir ao lançamento na manhã seguinte.

Não adiantava tentar atravessar aquela bagunça. Também não havia por que tentar chegar ao portão de Porto Canaveral. Àquela hora, os astronautas estariam dormindo. Chegara tarde demais para se despedir.

Ele deu meia-volta, fugindo do tráfego, e voltou para a autoestrada AlA. A estrada para Cocoa Beach.

Desde os tempos de Alan Shepard e dos sete astronautas originais do projeto Mercury, Cocoa Beach era o centro festivo dos astronautas, uma faixa de hotéis, bares e lojas de camisetas um tanto arruinadas ao longo de uma faixa de terra entre o rio Banana, a oeste, e o oceano Atlântico, a leste. Jack conhecia bem o lugar, da Tokyo Steak House ao Moon Shot Bar. Outrora, correra na mesma praia onde John Glenn costumava se exercitar. Havia apenas dois anos, estivera em Jetty Park e olhara através do rio Banana para a plataforma de lançamento 39A. Para o *seu* ônibus espacial, o pássaro que supostamente o levaria ao espaço. Tais lembranças ainda eram enevoadas pela dor. Lembrou-se de uma longa corrida em uma tarde abrasadora. Da súbita e dolorosa pontada na lombar, uma agonia tão terrível que o fez cair de joelhos. Depois, em meio a uma névoa de narcóticos, o rosto grave do cirurgião de voo olhando para ele na emergência do hospital, dando-lhe as más notícias. Uma pedra no rim.

Ele fora retirado da missão.

Ainda pior, seu futuro no espaço estava comprometido. Um histórico de pedra no rim era uma das poucas condições que poderiam vetar permanentemente um astronauta. A microgravidade causava mudanças fisiológicas nos fluidos corporais, resultando em desidratação. Também fazia os ossos minarem cálcio. Juntos, tais fatores aumentavam o risco de uma nova pedra nos rins enquanto ele estivesse no espaço — um risco que a NASA não queria correr. Embora ainda no corpo de astronautas, Jack ficou sem voar. Esperou mais um ano na esperança de ser chamado para outro voo, mas nunca mais foi selecionado. Fora reduzido a um astronauta fantasma, condenado a vagar para sempre pelos corredores do Centro Espacial Johnson em busca de uma missão.

De volta ao presente. Lá estava ele, outra vez em Canaveral, não mais um astronauta e, sim, apenas outro turista descendo a

AlA, faminto e mal-humorado, sem ter para onde ir. Todo hotel em um raio de mais de 60 quilômetros estava lotado, e ele estava cansado de dirigir.

Entrou no estacionamento do Hotel Hilton e foi até o bar.

O lugar melhorara consideravelmente desde a última vez que ele estivera ali. Tapetes e tamboretes novos, samambaias penduradas no teto. Antes era um lugar ligeiramente maltratado, um Hilton velho e cansado em uma área turística igualmente velha e cansada. Não havia hotéis de quatro estrelas em Cocoa Beach. Aquele era o lugar mais luxuoso que tinham por lá.

Pediu uísque e água e concentrou-se na TV sobre o bar. Estava sintonizada no canal oficial da NASA, e o ônibus espacial *Atlantis* ocupava a tela, iluminado pelos refletores, vapor fantasmagórico erguendo-se ao seu redor. O veículo que levaria Emma para o espaço. Ele olhou para a imagem, pensando nos quilômetros de fiação dentro daquele casco, nos inúmeros interruptores e barramentos de dados, parafusos, juntas e anéis de obstrução. Milhões de coisas podiam dar errado. Era uma maravilha que tão pouca coisa *de fato* desse errado, e que o homem, imperfeito como é, pudesse projetar e construir um aparelho tão confiável que sete pessoas desejassem viajar ali dentro.

Por favor, que esse lançamento seja perfeito, pensou. *Um lançamento no qual todos façam direito o seu trabalho, que nenhum parafuso esteja frouxo. Tem de ser perfeito porque minha Emma estará a bordo.*

Uma mulher sentou-se no tamborete ao lado dele e disse:

— Imagino o que estarão pensando agora.

Ele se voltou para ela, seu interesse momentaneamente capturado por um relance de uma coxa. Ela era loura, esguia e bronzeada, com um daqueles rostos perfeitos e sem graça cujos traços a gente esquece uma hora depois de irem embora.

— Quem está pensando o quê? — perguntou Jack.

— Os astronautas. Perguntou-me se estão pensando: "Ai, merda! No que fui me meter?"

Ele deu de ombros e bebeu um gole de uísque.

— Não estão pensando em nada agora. Estão todos dormindo.

— Eu não conseguiria dormir.

— O relógio biológico deles está completamente reajustado. Provavelmente foram para a cama há umas duas horas.

— Não, quero dizer que não conseguiria dormir de jeito nenhum. Ficaria deitada e acordada, pensando em um meio de sair dessa.

Ele riu.

— Pois eu lhe garanto que, se estiverem acordados, será porque não conseguem esperar para embarcar naquela belezinha e partir.

Ela olhou para ele com curiosidade.

— Você faz parte do programa, não é?

— Fiz. Eu era astronauta.

— Não é mais?

Ele levou o copo aos lábios, sentiu os cubos de gelo se chocarem com força contra seus dentes.

— Eu me aposentei.

Baixando o copo vazio, levantou-se e viu desapontamento nos olhos da mulher. Permitiu-se considerar durante um instante como o resto da noite *poderia* ser caso ele continuasse aquela conversa. Companhia agradável. A promessa de algo mais a seguir.

Em vez disso, pagou a conta no bar e saiu do Hilton.

À meia-noite, na praia de Jetty Park, olhou através da água em direção à plataforma 39B. *Estou aqui*, pensou. *Mesmo que você não saiba, estou aqui com você.*

Ele se sentou na areia e esperou o amanhecer.

24 de julho
Houston

— Há um sistema de alta pressão sobre o golfo do México que manterá o céu claro sobre o Cabo Canaveral, o que possibilita um cancelamento com retorno ao local de lançamento. A base da Força Aérea em Edwards está com nuvens intermitentes, mas espera-se que se dissipem até o lançamento. O local de aterrissagem transatlântica em Zaragoza, na Espanha, ainda é viável e a previsão é de que continue assim. O mesmo para o local de aterrissagem transatlântica em Morón, na Espanha. Ben Guerir, no Marrocos, experimenta ventos fortes e tempestades de areia e, no momento, não é um local de aterrissagem transatlântica viável.

O primeiro boletim meteorológico do dia, transmitido simultaneamente para o Cabo Canaveral, trazia notícias satisfatórias, e o diretor de voo Carpenter estava feliz. O lançamento continuava viável. As más condições de aterrissagem no aeroporto de Ben Guerir eram apenas uma preocupação menor, uma vez que os dois lugares de aterrissagem transatlânticas alternativos na Espanha estavam operacionais. Aquilo, porém, era apenas precaução dobrada. Tais lugares só seriam necessários em caso de uma grave avaria.

Olhou ao redor para o resto da equipe de lançamento para ver se havia alguma nova preocupação. A tensão nervosa na sala de controle da missão era perceptível e crescente, como sempre costumava ser antes de um lançamento, e aquilo era bom. No dia em que *não estavam* tensos, cometeram erros. Carpenter queria o seu pessoal no limite, com todas as sinapses a postos — um nível de atenção que, à meia-noite, requeria uma dose extra de adrenalina.

Os nervos de Carpenter estavam tão tensos quanto os de todo mundo, apesar da contagem regressiva continuar no horário. A equipe de inspeção no Centro Espacial Kennedy terminara a sua verificação. A equipe de dinâmica de voo havia reconfirmado a hora de lançamento. Enquanto isso, um extenso grupo de milhares de pessoas espalhadas por todo o mundo acompanhava a mesma contagem regressiva.

No Cabo Canaveral, onde o ônibus espacial estava posicionado para o lançamento, a mesma tensão se acumulava na sala de propulsão no Centro de Controle de Lançamento, onde uma equipe estava sentada diante de seus consoles, preparando a decolagem. Assim que os foguetes de combustível sólido fossem acionados, o Controle da Missão em Houston assumiria. Embora a milhares de quilômetros uma da outra, as duas salas de controle em Houston e no Cabo Canaveral estavam tão intimamente interligadas que bem podiam estar localizadas no mesmo prédio.

Em Huntsville, Alabama, no Centro Marshall de Voo Espacial, equipes de pesquisadores esperavam que suas experiências fossem lançados.

A 250 quilômetros ao norte-nordeste do Cabo Canaveral, navios da marinha esperavam para recuperar os foguetes de combustível sólido, que se separariam do ônibus espacial após se esgotarem.

Em locais de aterrissagem de emergência e em estações de rastreamento do mundo inteiro, do NORAD, no Colorado, ao campo de pouso internacional de Banjul, na Gâmbia, homens e mulheres estavam de olho na contagem regressiva.

E, neste momento, sete pessoas estão se preparando para entregar a própria vida em nossas mãos.

Carpenter podia ver os astronautas agora, em circuito fechado de TV, enquanto eram ajudados a vestir os trajes laranja de lançamento e reentrada. As imagens vinham ao vivo da Flórida, mas sem áudio. Carpenter parou um instante para examinar os seus rostos. Embora nenhum deles revelasse qualquer vestígio de medo, ele sabia que o sentiam por trás de suas expressões radiantes. O pulso acelerado, a vibração do nervosismo. Eles conheciam os riscos e tinham de estar amedrontados. Vê-los na tela era uma forte lembrança para o pessoal de terra de que sete seres humanos esperavam que fizessem direito o seu trabalho.

Carpenter tirou os olhos do monitor de vídeo e voltou a concentrar a atenção em sua equipe de controladores de voo, sentados em 16 consoles. Embora conhecesse cada membro da equipe pelo nome, dirigia-se a eles por suas tarefas no comando da missão, seus títulos reduzidos às abreviações do jargão da NASA: o encarregado da orientação era apelidado de GDO, o encarregado da comunicação com a espaçonave era chamado Capcom, o engenheiro de sistemas de propulsão, de Prop, e o cirurgião de voo de Cirurgião. O próprio Carpenter era conhecido como Voo.

A contagem regressiva chegou a "t" menos três horas. A missão continuava confirmada.

Carpenter enfiou as mãos nos bolsos e balançou o chaveiro em forma de trevo. Era seu ritual particular de boa sorte. Até mesmo os engenheiros tinham as suas superstições.

Que nada dê errado, pensou. *Não no meu turno.*

Cabo Canaveral

O passeio de Astrovan do prédio de Operações e Partidas para a plataforma de lançamento 39B demorou 15 minutos. Foi um passeio estranhamente silencioso, ninguém da tripulação querendo dizer muita coisa. Apenas meia hora antes, enquanto se vestiam, brincavam e riam naquele tom agudo e elétrico característico de quem está com os nervos à flor da pele. A tensão começara a aumentar no momento em que despertaram, às 2h30, para fazer o tradicional desjejum de filé com ovos. Durante o boletim meteorológico, no tempo que levou para vestirem os trajes, e no ritual de pré-lançamento — distribuir cartas de jogo e ver quem tinha a melhor mão de pôquer — todos estavam muito barulhentos e alegres, todos irradiando confiança.

Agora, estavam em silêncio.

A van parou. Chenoweth, o novato, sentado ao lado de Emma, murmurou:

— Nunca achei que assadura de fralda fosse um dos riscos da profissão.

Ela teve de rir. Todos usavam fraldas geriátricas sob seus volumosos trajes de voo. Demorariam três longas horas até a decolagem.

Com a ajuda dos técnicos da plataforma de lançamento, Emma saiu da van. Durante um instante, fez uma pausa ao pé da plataforma, olhando maravilhada para o ônibus espacial de trinta andares iluminado pelos refletores. Na última vez que visitara a plataforma, havia cinco dias, os únicos sons que ouviu foram o do vento marinho e dos pássaros. Agora, a própria espaçonave ganhava vida, roncando e fumegando como um dragão que despertava, enquanto os propelentes voláteis ferviam no interior do tanque de combustível.

Foram de elevador até o Nível 195 e saíram no passadiço gradeado. Ainda era noite, mas o céu estava inundado pelas luzes da plataforma, e ela mal podia ver o brilho das estrelas. A escuridão do espaço a esperava.

Na sala esterilizada, técnicos vestindo roupas de uma só peça, que os faziam parecer coelhos, ajudaram cada membro da tripulação a atravessar a escotilha e ingressar no veículo orbital. O comandante e o piloto sentaram-se primeiro. Emma, que ficaria na cabine intermediária, foi a última a se sentar. Acomodou-se no assento acolchoado, cintos de segurança apertados, capacete no lugar e polegar erguido.

A escotilha se fechou, isolando a tripulação do exterior.

Mesmo com as vozes ar-terra tagarelando em seus fones de ouvido e com os gorgolhares e gemidos do ônibus espacial que despertava, as batidas ritmadas de seu próprio coração ainda eram audíveis. Como passageira da cabine intermediária, pouco teria a fazer nas próximas duas horas, a não ser ficar sentada, pensando. As verificações de pré-lançamento seriam feitas pela tripulação. Não tinha vista do exterior, nada para olhar além da área de carga e da despensa de comida.

Lá fora, a manhã logo iluminaria o céu, e os pelicanos sobrevoariam as ondas de Playalinda Beach.

Ela inspirou profundamente e se recostou na cadeira para esperar.

Sentado na praia, Jack observou o nascer do sol.

Não estava só em Jetty Park. Os observadores começaram a se reunir ali bem antes da meia-noite, os carros formando uma fila interminável de faróis ocupando a via expressa Bee Line, alguns indo para o norte, em direção ao santuário de vida selvagem de Merritt Island, outros atravessando o rio Banana em direção à cidade de Cabo Canaveral. A vista seria boa nos dois locais. A multidão ao seu redor estava com espírito de férias, portando toalhas de praia e cestas de piquenique. Ouviu risadas, rádios barulhentos e o choro de crianças sonolentas. Cercado por esse redemoinho de gente festiva, ele era uma presença solitária, um homem a sós com seus pensamentos e seus medos.

Quando o sol iluminou o horizonte, ele olhou para o norte, em direção à plataforma de lançamento. Ela estaria a bordo da *Atlantis* agora, esperando, amarrada ao assento. Excitada, feliz e um tanto temerosa.

Jack ouviu uma criança dizer:

— Ele é um homem mau, mamãe.

Ele se voltou e viu uma menina. Ambos se olharam um instante, uma pequena princesa loura encarando um homem com roupas amarrotadas e barba por fazer. A mãe tomou a menina nos braços e rapidamente se mudou para um lugar mais seguro na praia.

Jack balançou a cabeça, divertido, e voltou a olhar para o norte. Para Emma.

Houston

A Sala de Controle de Voo estava enganadoramente silenciosa. Faltavam vinte minutos para o lançamento, hora de verificar se a missão ainda estava confirmada. Todos os controladores da sala dos fundos haviam completado a verificação de seus sistemas e agora a sala da frente estava pronta para ser acionada.

Com a voz calma, Carpenter leu a lista, requisitando confirmação verbal de cada um dos controladores da sala da frente.

— FDO? — perguntou Carpenter.

— FDO pronto — respondeu o diretor de dinâmica de voo.

— GDO?

— Orientação pronta.

— Cirurgião?

— Cirurgião pronto.

— DPS?

— Processamento de dados pronto.

Ao consultar a todos e receber respostas afirmativas, Carpenter meneou a cabeça vigorosamente para todos na sala.

— Houston, estão prontos? — perguntou o diretor de lançamento em Cabo Canaveral.

— Controle da missão pronto — confirmou Carpenter.

A mensagem tradicional do diretor de lançamento para a tripulação do ônibus espacial foi ouvida por todos no Controle da Missão, em Houston.

—*Atlantis*, lançamento confirmado. Em nome de todos nós em Cabo Canaveral, desejo-lhes sucesso e boa sorte.

—Controle de Lançamento, aqui é a *Atlantis* — foi a resposta do comandante Vance. — Obrigado por terem preparado este pássaro para voar.

Cabo Canaveral

Emma fechou e travou o visor, acionando o fornecimento de oxigênio. Dois minutos para o lançamento. Encasulada e isolada em seu traje, nada mais tinha a fazer a não ser contar os segundos. Ela sentiu o estremecer dos motores principais, ajustando-se para a posição de lançamento.

"T" menos trinta segundos. A ligação elétrica com o controle em terra estava cortada, e os computadores de bordo assumiram o controle.

Seu coração acelerou, a adrenalina invadindo suas veias. Ao ouvir a contagem regressiva, ela já sabia, segundo por segundo, o que esperar, conseguia ver em sua mente a sequência de eventos que agora se desenrolavam.

Em "t" menos oito segundos, milhares de litros de água seriam derramados sob a plataforma para abafar o rugido dos motores.

Em "t" menos cinco, os computadores de bordo abririam as válvulas para permitir que o oxigênio e o hidrogênio líquido tivessem acesso aos motores principais.

Ela sentiu a nave dar uma guinada para o lado quando os três motores principais entraram em ignição, a espaçonave forçando os parafusos que ainda a prendiam à plataforma de lançamento.

Quatro. Três. Dois... O ponto sem retorno.

Ela prendeu a respiração, mãos apertadas com força, quando os foguetes de combustível sólido entraram em ignição. A turbulência era de fazer tremer os ossos, o rugido tão doloroso que ela mal conseguia escutar as comunicações nos fones de ouvido. Teve de trincar os dentes para evitar que se chocassem uns contra os outros. O ônibus espacial traçava a sua planejada trajetória em arco sobre o Atlântico, e ela sentia o corpo esmagado contra a poltrona pela aceleração, que chegava a 3 g. Seus membros estavam tão pesados que mal conseguia movê-los, as vibrações tão violentas que parecia que o veículo orbital certamente se esfacelaria em pedaços. Estavam em Max Q, o pico da turbulência, e o comandante Vance anunciou estar reduzindo a potência dos motores principais. Em menos de um minuto, voltariam à potência máxima.

À medida que os segundos passavam, enquanto o capacete chocalhava ao redor de sua cabeça e a força do lançamento apertava o seu peito como uma mão implacável, ela sentiu uma pontada de apreensão. Fora neste ponto do lançamento que a *Challenger* explodira.

Emma fechou os olhos e lembrou-se da simulação com Hazel havia duas semanas. Agora, estavam se aproximando do ponto em que tudo na simulação começara a dar errado, quando foram forçados a um cancelamento RTLS e Kittredge perdera o controle do veículo orbital. Aquele era um momento crítico do lançamento, e não havia nada que ela pudesse fazer, a não ser ficar sentada e esperar que a vida real fosse mais clemente que a simulação.

Nos fones de ouvido, ouviu Vance dizer:

— Controle, aqui é a *Atlantis*. Aumentando a potência.

— Entendido, *Atlantis*. Aumente.

Jack olhava fixamente para cima, coração na garganta, enquanto o ônibus espacial erguia-se no céu. Ouviu o estalar dos foguetes de combustível sólido quando começaram a cuspir finas línguas de fogo. A trilha de fumaça subia cada vez mais alto, encimada por um pontinho brilhante que era o ônibus espacial. Ao seu redor, a multidão irrompia em aplausos. Um lançamento perfeito, pensavam todos. Mas Jack sabia que havia muitas coisas que ainda podiam dar errado.

Subitamente, entrou em pânico por ter perdido a noção do tempo. Quantos segundos haviam transcorrido? Teriam passado de Max Q? Protegeu os olhos contra o sol da manhã, tentando ver a *Atlantis*, mas só conseguia ver a trilha de fumaça.

A multidão já começava a voltar para seus carros.

Permaneceu imóvel onde estava, apreensivo. Não viu nenhuma explosão terrível. Nenhuma fumaça negra. Nenhum pesadelo.

A *Atlantis* escapara da Terra em segurança e agora cruzava o espaço.

Sentiu lágrimas escorrerem pelo seu rosto, mas não se incomodou em enxugá-las. Deixou-as cair enquanto continuava a olhar para cima, para a trilha de fumaça que se dissipava, marcando a ascensão de sua mulher aos céus.

A Estação

7

25 de julho
Beatty, Nevada

Sullivan Obie despertou com um gemido ao ouvir o telefone tocar. Ouvia sinos badalando dentro de sua cabeça e sentia na boca um gosto de cinzeiro usado. Estendeu a mão para pegar o telefone e acidentalmente derrubou-o no chão. O baque o fez estremecer de dor. *Ah, esqueça*, pensou, e virou-se de lado, enfiando o rosto em um tufo de cabelos emaranhados.

Uma mulher?

Forçando a vista contra o sol da manhã, ele confirmou que, de fato, havia uma mulher deitada na cama ao seu lado. Uma loura. Roncando. Ele fechou os olhos, esperando que, caso voltasse a dormir, ela já tivesse ido embora quando despertasse outra vez.

Mas ele não podia dormir agora. Não com uma voz berrando no aparelho caído.

Apalpou ao redor da cama e encontrou o telefone.

— O que foi, Bridget? — disse ele. — O quê?

— Por que não está aqui? — perguntou Bridget.

— Porque estou dormindo.

— São 10h30! *Alôu?* Reunião com os novos investidores? Também devo adverti-lo que Casper está em dúvida entre crucificá-lo ou estrangulá-lo.

Os investidores. Merda.

Sullivan sentou-se na cama e levou as mãos à cabeça, esperando passar a tontura.

— Olhe, apenas largue essa piranha e venha logo para cá — disse Bridget. — Casper já os está levando para o hangar.

— Dez minutos — disse ele.

Ele desligou e se levantou.

A piranha não se mexeu. Ele não fazia ideia de quem era, mas deixou-a dormindo na cama, dando-se conta de que nada tinha que valesse a pena ser roubado.

Não havia tempo para tomar banho e fazer a barba. Pegou três aspirinas, engoliu-as com uma xícara de café forte e se foi em cima de sua Harley.

Bridget o esperava do lado de fora do hangar. Parecia *mesmo* uma legítima Bridget irlandesa: corpulenta, ruiva e mal-humorada.

Às vezes, infelizmente, os estereótipos se mostram verdadeiros.

— Estão para ir embora — sussurrou entre dentes. — Vá até eles.

— Quem são mesmo esses caras?

— Certos Srs. Lucas e Rashad. Representam um consórcio de 12 investidores. Perca esta oportunidade, Sully, e estamos fritos. — Ela fez uma pausa, olhando para ele com desagrado. — Ah, droga, já estamos fritos. Olhe para você. Não podia ao menos ter se barbeado?

— Quer que eu volte em casa? Posso alugar um smoking no caminho.

— Esqueça.

Entregou-lhe um jornal dobrado.

— O que é isso?

— Casper quer isso aí. Entregue para ele. Agora, vá até lá e convença-os a assinar o cheque. Um cheque gordo.

Suspirando, ele entrou no hangar.

Diante do brilho abrasivo do deserto, a relativa escuridão revelou-se um conforto para seus olhos. Demorou um instante até ver os três homens, de pé, junto à barreira térmica de ladrilhos negros do veículo orbital *Apogee II*. Os dois visitantes, ambos vestindo ternos executivos, pareciam deslocados em meio a todas aquelas ferramentas e equipamento aeronáutico.

— Bom dia, senhores! — exclamou. — Desculpem o atraso, mas fiquei preso em uma teleconferência. Vocês sabem como essas coisas podem demorar... — Ele olhou para Casper Mulholland, que o encarava com uma expressão que dizia *não force a barra, seu babaca*, e engoliu em seco. — Sou Sullivan Obie — disse ele. — Sócio do Sr. Mulholland.

— O Sr. Obie conhece cada porca e parafuso deste RLV — disse Casper. — Trabalhava com o velho mestre Bob Truax, na Califórnia. Na verdade, ele pode explicar o sistema melhor do que eu. Por aqui, nós o chamamos de nosso Obie-Wan.

Os dois visitantes simplesmente piscaram. O fato de o idioma universal de *Guerra nas estrelas* não conseguir extrair-lhes um sorriso de simpatia era um mau sinal.

Sullivan cumprimentou Lucas, depois Rashad, o sorriso se alargando enquanto suas esperanças esmoreciam. Ao mesmo tempo, sentia um ressentimento crescente contra aqueles dois cavalheiros bem-vestidos cujo dinheiro ele e Casper precisavam tão desesperadamente. O Apogee Engineering, seu bebê, o sonho que nutriram nos últimos 13 anos, estava a ponto de falir, e apenas uma injeção de capital de um novo grupo de investidores poderia salvá-los. Ele e Casper teriam de fazer o melhor discurso de vendas de suas vidas. Se aquilo não funcionasse, podiam guardar as ferramentas e vender o veículo orbital como carro alegórico.

Com um floreio, Sullivan estendeu o braço em direção ao *Apogee II*, que mais parecia um hidrante com janelas do que um avião-foguete.

— Sei que não parece ser grande coisa — disse ele. — Mas o que construímos aqui é o veículo de lançamento reutilizável mais econômico e prático que existe atualmente. Usa um sistema de lançamento SSTO assistido. Após a decolagem vertical, após subir 12 quilômetros, foguetes de pressão aceleram o veículo a uma velocidade de Mach 4 com pressões de baixa dinâmica. Este veículo orbital é inteiramente reutilizável e pesa apenas 8,5 toneladas. Preenche os princípios que acreditamos que sejam o futuro da viagem espacial comercial. Menor. Mais rápido. Mais barato.

— Utiliza que tipo de motores de ascensão? — perguntou Rashad.

— Motores Rybinsk RD-38 a ar, importados da Rússia.

— Por que da Rússia?

— Porque, Sr. Rashad, cá entre nós, os russos sabem mais de foguetes do que qualquer outro povo na Terra. Desenvolveram dezenas de motores de foguetes de combustível líquido, usando materiais sofisticados que podem operar em altas pressões. Nosso país, lamento dizer, desenvolveu apenas um novo motor de combustível líquido desde a Apollo. Esta é agora uma indústria internacional. Escolhemos os melhores componentes para nosso produto, venham de onde vierem.

— E como essa... *coisa* aterrissa? — perguntou o Sr. Lucas, olhando com dubiedade para o veículo orbital em forma de hidrante.

— Bem, esta é a beleza do *Apogee II*. Como perceberão, a nave não tem asas. Não precisa de uma pista de pouso. Em vez disso, cai em linha reta, usando paraquedas para desacelerar e airbags para acolchoarem o impacto com a terra. Pode aterrissar em qualquer lugar, até mesmo no mar. Outra vez temos de tirar o chapéu para os russos, porque copiamos deles algumas características de sua antiga cápsula *Soyuz*, que foi seu burro de carga mais confiável durante décadas.

— Vocês gostam dessa antiga tecnologia russa, hein? — perguntou Lucas.

Sullivan se empertigou.

— Gosto de tecnologia que funciona. Digam o que quiserem sobre os russos, mas eles sabem o que estão fazendo.

— Então o que você tem aqui é algo híbrido — disse Lucas. — Uma *Soyuz* misturada com um ônibus espacial.

— Um ônibus espacial bem *pequeno*. Gastamos 13 anos de pesquisa e apenas 65 milhões de dólares para chegar tão longe. Isso é incrivelmente barato se comparado ao que custou o ônibus espacial. Com várias espaçonaves, acreditamos que conseguirão um retorno anual de 30 por cento do investimento, caso haja 1.200 lançamentos por ano. O custo por voo seria de 80 mil dólares. O preço por quilo sairia pela bagatela de 270 dólares. Menor, mais rápido, mais barato. Esse é o nosso mantra.

— Quão menor, Sr. Obie? Qual a sua capacidade de carga útil?

Sullivan hesitou. Aquele era o ponto no qual podia perdê-los.

— Podemos lançar em órbita baixa uma carga útil de 300 quilos, mais o piloto.

Houve um longo silêncio.

O Sr. Rashad disse:

— Isso é tudo?

— São quase 700 libras. Dá para carregar um bocado de material de pesquisa em...

— Sei quanto são 300 quilos. Não é muito.

— O que compensamos com lançamentos mais frequentes. Você quase pode pensar neste veículo orbital como um aeroplano espacial.

— Na verdade... na verdade, já despertamos o interesse da NASA! — exclamou Casper com um tom de desespero. — Este é o tipo de sistema que podem comprar para levar cargas leves para a estação espacial.

Lucas ergueu as sobrancelhas.

— A NASA está interessada?

— Bem, temos uma posição favorável na concorrência.

Merda, Casper, pensou Sullivan. *Não vá por aí.*

— Mostre-lhes o jornal, Sully.

— O quê?

— *Los Angeles Times.* Segunda página.

Sullivan olhou para o jornal que Bridget lhe entregara. Ele foi até a página dois e viu a matéria "NASA substitui astronauta". Ao lado, havia uma foto de altos dignitários do Centro Espacial Johnson em uma coletiva de imprensa. Ele reconheceu o sujeito feioso de orelhas grandes e cabelo mal cortado. Era Gordon Obie.

Casper pegou o jornal e mostrou-o aos visitantes.

— Vê este homem aqui, ao lado de Leroy Cornell? É o Diretor de Operações de Tripulação, o irmão do Sr. Obie.

Os dois visitantes, obviamente impressionados, voltaram-se e olharam para Sullivan.

— Bem? — disse Casper. — Os cavalheiros se importariam em falar de negócios?

— Podemos adiantar o seguinte — disse Lucas. — O Sr. Rashad e eu já demos uma olhada no que outras empresas aeroespaciais estão desenvolvendo. Estivemos na Kelly Astroliner, Roton e Kistler K-1. Ficamos impressionados com todas, especialmente com a K-1. Mas achamos que deveríamos dar uma chance para a sua pequena empresa.

Sua pequena empresa.

Foda-se, pensou Sullivan. Ele odiava pedir dinheiro, odiava ficar de joelhos diante de executivos. Aquilo era uma campanha perdida. Sua cabeça doía, seu estômago roncava, e aqueles dois almofadinhas o estavam fazendo perder tempo.

— Diga-nos por que devemos apostar no seu cavalo — disse Lucas. — O que torna o *Apogee* nossa melhor escolha?

— Francamente, cavalheiros, não creio que sejamos sua melhor escolha — respondeu Sullivan rispidamente. Então, deu-lhes as costas e se afastou.

— Hã... desculpem — disse Casper, e foi atrás do sócio.

— Sully! — sussurrou. — O que diabos está fazendo?

— Esses caras não estão interessados em nós. Você os ouviu. Eles adoraram o K-1. Querem foguetes *grandes*. Iguais aos seus pintos.

— Não estrague tudo! Volte e fale com eles.

— Por quê? Eles não vão assinar cheque nenhum.

— Se os perdemos, perdemos tudo.

— Já perdemos.

— Não. Não, você pode *vender* isso para eles. Tudo o que tem a fazer é dizer-lhes a verdade. Dizer-lhes no que realmente acreditamos. Porque você e eu sabemos que temos o melhor veículo.

Sullivan esfregou os olhos. O efeito da aspirina estava passando e sua cabeça doía. Estava cansado de implorar. Ele era engenheiro e piloto e passaria tranquilamente o resto da vida sujando as mãos com graxa de motor. Mas aquilo nao aconteceria, não sem novos investidores. Não sem dinheiro.

Ele deu meia-volta e voltou para falar com os visitantes. Para a sua surpresa, ambos pareciam olhá-lo com prudente respeito. Talvez porque lhes tivesse dito a verdade.

— Muito bem — disse Sullivan, fortalecido pelo fato de nada ter a perder. Tombaria como um homem. — Este é o acordo:

podemos provar tudo o que dissemos com uma simples demonstração. As outras empresas estão prontas para lançar os seus protótipos? Não, não estão. Precisam de um tempo de *preparação* — desprezou. — Meses e meses. Já nós podemos lançar a qualquer hora. Tudo o que precisamos é posicionar esta belezinha em seu propulsor e poderemos lançá-la em órbita baixa. Droga, podemos mandá-la entregar cachorros-quentes na estação espacial. Portanto, dê-nos uma data. Digam-nos quando querem que lancemos, e o faremos.

Casper ficou branco como... bem, um fantasma. Sullivan os lançara em um limbo tão distante que agora tentavam se agarrar ao nada. O *Apogee II* ainda não fora testado. Estivera naquele hangar por mais de 14 meses, acumulando poeira enquanto eles procuravam dinheiro. Agora Sully queria lançá-lo em órbita em uma viagem inaugural?

—De fato, estou tão confiante que a nave passará no teste — disse Sullivan, aumentando ainda mais a aposta —, que eu mesmo a pilotarei.

Casper levou a mão ao estômago.

—Ah... isso é apenas maneira de falar, senhores. A nave pode voar perfeitamente sem piloto e...

—Mas não há problema — disse Sullivan. — Deixem-me pilotá-la. Será mais interessante para todo mundo. O que dizem?

Digo que você está maluco, responderam-lhe os olhos de Casper.

Os dois executivos se entreolharam e cochicharam entre si. Então Lucas disse:

—Estamos muito interessados em uma demonstração. Vai demorar até conciliarmos os horários de viagem de todos os nossos sócios. Digamos... um mês. Podem fazê-lo?

O outro estava pagando para ver o seu blefe. Sullivan apenas sorriu.

—Um mês? Sem problema.

Ele olhou para Casper, que agora estava de olhos fechados, como se sentisse alguma dor.

— Nos falamos — disse Lucas, e voltou-se para a porta.

— Uma última pergunta, se me permite — disse o Sr. Rashad, apontando para o veículo orbital. — Percebi que o nome de seu protótipo é *Apogee II*. Houve um *Apogee I*?

Casper e Sullivan se entreolharam.

— Hã, sim — disse Casper. — Houve...

— O que aconteceu?

Casper se calou.

Que diabos, pensou Sullivan. A verdade parecia funcionar com aqueles caras. Não custava tentar outra vez.

— Caiu e pegou fogo — disse ele antes de sair do hangar.

Caiu e pegou fogo. Este era o único meio de descrever o que acontecera naquela manhã fria e clara, havia um ano e meio. A manhã em que seus sonhos também caíram e pegaram fogo. Sentado na surrada escrivaninha de seu escritório na empresa, cuidando da ressaca com uma xícara de café, não conseguia evitar reviver cada detalhe doloroso daquele dia. Todas as autoridades da NASA reunidas no local de lançamento. Seu irmão, Gordie, sorridente e orgulhoso. O ar de celebração entre os 12 empregados do projeto Apogee e o grupo de investidores que se reuniram na tenda para os donuts e para o café de pré-lançamento.

A contagem regressiva. A decolagem. Todos olhando para cima enquanto o *Apogee I* subia transformando-se em um pontinho brilhante no céu.

Então, um clarão. E estava tudo acabado.

Seu irmão não dissera muito, apenas algumas palavras de consolo. Mas assim era Gordon. Durante toda a sua vida, sempre que Sullivan se ferrava — o que parecia acontecer com frequência — Gordon apenas balançava a cabeça em pesar. Gordon era o irmão mais velho, o irmão sóbrio e confiável que se distinguira como comandante de ônibus espacial.

Sullivan sequer chegara a ingressar no corpo de astronautas. Embora também fosse piloto e engenheiro aeroespacial, as coisas nunca pareciam favorecê-lo. Se entrasse em uma cabine, esse seria o exato momento em que um fio entraria em curto ou se romperia. Sempre achou que as palavras *não fui eu* deviam ser tatuadas na sua testa, porque frequentemente *não era* sua culpa o fato das coisas darem errado. Mas Gordon não via assim. As coisas nunca davam errado para *ele*. Gordon achava que o conceito de má sorte era uma desculpa para acobertar incompetência.

— Por que não liga para ele?

Sullivan ergueu a cabeça. Bridget estava em pé ao lado de sua escrivaninha, os braços cruzados como uma professora zangada.

— Para quem?

— Para o seu irmão, quem mais? Diga-lhe que lançaremos o segundo protótipo. Convide-o para assistir. Talvez traga o resto da NASA.

— Não quero nada da NASA.

— Sully, se nós os impressionarmos, damos um jeito nesta empresa.

— Como da última vez, não é mesmo?

— Aquilo foi azar. Resolvemos o problema.

— Então, talvez, aconteça outro infortúnio.

— Você está nos agourando, sabia? — Ela empurrou o telefone em sua direção. — Ligue para o Gordon. Se vamos rolar os dados, devemos apostar a casa.

Ele olhou para o telefone, pensando no *Apogee I*. Em como uma vida de sonhos podia se vaporizar em um instante.

— Sully?

— Esqueça — disse ele. — Meu irmão tem mais o que fazer do que andar ao lado de fracassados.

Então, jogou o jornal na lata de lixo.

26 de julho
A bordo da Atlantis

— Ei, Watson — disse o comandante Vance em direção à cabine intermediária. — Suba até aqui e dê uma olhada em seu novo lar.

Emma flutuou escada acima e emergiu na cabine de comando, bem atrás do assento de Vance. Ao olhar pela janela, inspirou profundamente, impressionada. Nunca estivera tão perto da estação. Durante a sua primeira missão, havia dois anos e meio, não acoplaram na ISS, apenas a observaram a distância.

— Linda, não é mesmo? — perguntou Vance.

— Ela é a coisa mais bonita que já vi — disse Emma em voz baixa.

E era mesmo. Com seus enormes painéis solares despontando da imensa estrutura principal, a ISS parecia um veleiro majestoso atravessando o céu. Construída por 16 países, seus componentes foram enviados ao espaço em 45 lançamentos diferentes. Demoraram cinco anos para montá-la, peça por peça, em órbita. Longe de ser apenas uma maravilha da engenharia, era um símbolo do que o homem pode obter quando baixa suas armas e volta os olhos para o céu.

— Que apartamento espetacular! — disse Vance. — Isso é que é vista!

— Estamos na barra R — disse o piloto do ônibus espacial DeWitt. — Belo voo.

Vance deixou o assento e posicionou-se à janela do teto da cabine de comando para a aproximação visual do módulo de acoplagem da ISS. Aquela era a fase mais delicada do complicado processo de encontro. A *Atlantis* fora lançada em uma órbita mais baixa do que a da ISS e, nos últimos dois dias, brincava de pega-pega com a estação espacial. Eles se aproximariam por baixo, usando seus jatos RCS para corrigirem o posicionamento durante a acoplagem. Emma ouviu o ruído dos propulsores e sentiu o veículo orbital estremecer.

— Veja — disse DeWitt. — Há um painel solar que foi atingido no mês passado.

Ele apontou para um dos painéis solares marcado por um buraco. Um dos perigos inescapáveis do espaço é a constante chuva de meteoritos e detritos produzidos pelo homem. Até mesmo um pequeno fragmento pode ser um míssil devastador viajando a milhares de quilômetros por hora.

Ao se aproximarem, a estação preencheu a vista, e Emma sentiu uma tal reverência e orgulho que seus olhos subitamente se encheram de lágrimas. *Estou indo para casa*, pensou.

A escotilha da câmara de ar se abriu e um rosto largo e marrom sorriu-lhes do outro lado do corredor que ligava a *Atlantis* à ISS.

— Trouxeram laranjas! — gritou Luther Ames para os colegas da estação. — Posso sentir o cheiro!

— Serviço de entrega domiciliar da NASA — disse o comandante Vance. — Suas compras chegaram.

Carregando um saco de náilon repleto de frutas frescas, Vance foi da *Atlantis* até a estação espacial.

Fora uma acoplagem perfeita. Com ambas as espaçonaves viajando a uma velocidade de quase 30 mil quilômetros por hora sobre a Terra, Vance se aproximara da ISS à delicada razão de 15 centímetros por segundo, alinhando com perfeição a *Atlantis* ao módulo de acoplagem da ISS.

Agora as escotilhas estavam abertas e os tripulantes da *Atlantis* flutuaram um por um para dentro da estação espacial, para serem recebidos com abraços, apertos de mão e os sorrisos de boas-vindas de gente que não via um rosto diferente havia meses.

O nodo era pequeno demais para abrigar 13 pessoas, e as tripulações rapidamente se espalharam pelos módulos adjacentes.

Emma, a quinta a entrar na estação, atravessou o corredor e inalou uma mistura de aromas, o odor ligeiramente azedo de corpos humanos confinados durante muito tempo em um lugar fechado. Luther Ames, um velho amigo que conhecera no treinamento de astronautas, foi o primeiro a saudá-la.

— Dra. Watson, eu presumo! — exclamou, puxando-a para abraçá-la. — Bem-vinda a bordo. Quanto mais damas, melhor.

— Ei, você sabe que não sou uma dama.

Ele piscou.

— Vamos manter isso entre nós.

Luther estava sempre de bem com a vida, um homem cujo bom humor podia contagiar o ambiente. Todos gostavam de Luther porque Luther gostava de todos. Emma estava feliz por ele estar a bordo.

Especialmente ao olhar para os outros colegas de estação. Primeiro, cumprimentou Michael Griggs, o comandante da ISS, e achou sua réplica educada, embora um tanto militar. Diana Estes, uma inglesa enviada pela Agência Espacial Europeia, foi muito mais cordial. Ela sorriu, mas seus olhos eram de um azul estranho e glacial. Frio e distante.

A seguir, Emma voltou-se para o russo, Nicolai Rudenko, que estava havia mais tempo a bordo da ISS, quase cinco meses. As luzes do módulo pareciam ter lavado todas as cores de seu rosto, tornando-o tão cinzento quanto sua barba por fazer. Ao apertarem as mãos, ele mal a olhou nos olhos. *Esse homem precisa ir para casa*, pensou ela. *Está deprimido. Exausto.*

Kenichi Hirai, o astronauta da NASDA, flutuou em sua direção para cumprimentá-la. Este ao menos sorria e tinha um aperto de mão firme. Gaguejou uma saudação e rapidamente se retirou.

Àquela altura o módulo estava quase vazio, o resto dos tripulantes espalhando-se pela estação. Foi quando se viu sozinha com Bill Haning.

Debbie Haning morrera havia três dias. A *Atlantis* levaria Bill para casa, mas não para a beira do leito hospitalar e, sim, para o funeral de sua mulher.

Emma flutuou em sua direção.

— Sinto muito — murmurou. — Mesmo.

Ele simplesmente meneou a cabeça e desviou o olhar.

— É estranho — disse Bill. — Achávamos que, se algo tivesse de acontecer, seria comigo, porque sou o grande herói da família. Aquele que assume todos os riscos. Nunca nos ocorreu que seria ela...

Ele inspirou profundamente. Emma viu que Bill lutava para manter a compostura e sabia que aquela não era hora para palavras de consolo. Até mesmo um ligeiro toque poderia destruir o seu frágil controle emocional.

— Bem, Watson — disse ele afinal. — Acho que cabe a mim mostrar-lhe os procedimentos, uma vez que você veio para me substituir.

Ela assentiu.

— Quando estiver pronto, Bill.

— Que seja agora. Tenho muito a dizer. E não há muito tempo para a troca.

Embora Emma estivesse familiarizada com a disposição da estação, sua primeira visão do interior da estrutura real foi uma experiência avassaladora. A falta de peso em órbita significava que não havia em cima ou embaixo, chão ou teto. Toda a superfície constituía espaço de trabalho funcional e, caso ela se virasse muito rápido, instantaneamente perderia o senso de direção. Aquilo, somado à náusea, a obrigava a se mover lentamente, concentrando os olhos em um único ponto ao se voltar.

Ela sabia que o núcleo da ISS tinha tanto espaço habitável quanto dois Boeing 747, mas todo esse espaço era distribuído entre uma dúzia de módulos do tamanho de ônibus, unidos por pontos de conexão chamados nodos, como em um jogo de montar. O ônibus espacial acoplara no Nodo 2. Acoplado a este mesmo nodo havia o laboratório da Agência Espacial Europeia, e os laboratórios japonês e americano, que serviam como portais para o resto da estação.

Bill guiou-a para fora do laboratório dos EUA até o ponto de conexão seguinte, o Nodo 1. Ali, fizeram uma breve pausa para olharem pela cúpula de observação. A Terra rodava lentamente sob eles, nuvens leitosas rodopiando sobre os mares.

— É aqui que passo a maior parte de meus momentos de folga — disse Bill. — Fico aqui, olhando através dessas janelas. São quase sagradas para mim. Chamo este lugar de Igreja da Mãe Terra. — Desviou o olhar e voltou-se para a escotilha do nodo seguinte. — No outro lado fica a escotilha de EVA — disse ele. — E a escotilha debaixo leva ao módulo habitacional. Você vai dormir ali. O CRV fica no outro extremo do módulo habitacional, para facilitar o acesso em caso de evacuação.

— Neste módulo dormem três tripulantes?

Ele confirmou.

— Os outros três dormem no módulo de serviço russo. Fica depois daquela escotilha ali. Vamos até lá agora.

Deixaram o Nodo 1 e, como peixes nadando através de um labirinto de túneis, entraram na parte russa da estação.

Aquela era a parte mais antiga da ISS, a seção que estava em órbita havia mais tempo e que já dava mostras de sua idade. Ao passarem por Zarya — a unidade de energia e propulsão —, Emma viu manchas nas paredes, arranhões e mossas ocasionais. O que fora apenas um conjunto de cópias heliográficas em sua cabeça agora assumia textura e detalhes sensoriais. A estação era mais do que um labirinto de laboratórios brilhantes, era também um lar para seres humanos, e o desgaste provocado pelos ocupantes, ao longo do tempo, era evidente.

Entraram no módulo de serviço russo, e Emma foi confrontada com a desorientadora imagem de Griggs e Vance de cabeça para baixo. *Ou sou eu que estou de cabeça para baixo?*, pensou Emma, divertida com aquele mundo desordenado de falta de peso. Assim como o módulo habitacional americano, o RSM tinha uma cozinha, toalete e lugares para três membros da tripulação poderem dormir. Na extremidade oposta, viu outra escotilha.

— Aquilo vai dar na velha *Soyuz?* — perguntou.

Bill assentiu.

— Nós a usamos para armazenar lixo agora. É tudo o que podemos fazer com ela.

A cápsula *Soyuz,* que outrora servira como bote salva-vidas de emergência, estava agora obsoleta, com baterias esgotadas havia muito tempo.

Luther Ames enfiou a cabeça para dentro do RSM.

— Ei, pessoal, é hora do show! Todo mundo no centro de conferência com a mídia. A NASA quer que os contribuintes vejam nosso encontro internacional aqui em cima.

Bill lançou-lhe um olhar cansado.

— Somos como animais no zoológico. Todo dia temos de *sorrir* para as malditas câmeras.

Emma foi a última a se juntar aos outros no módulo habitacional. Quando chegou lá, uma dúzia de pessoas já estava ali reunida. Aquilo parecia um emaranhado de braços e pernas, todos flutuando, tentando não colidir uns contra os outros.

Enquanto Griggs se esforçava para organizar tudo, Emma esperou no Nodo 1. Flutuando, sentiu-se ir lentamente em direção à cúpula. A vista daquelas janelas era de tirar o fôlego.

Lá embaixo, a Terra se estendia em toda a sua magnificência, uma faixa de estrelas coroando a suave curvatura do horizonte. Estavam entrando no lado escuro agora e, lá embaixo, viu pontos de referência familiares em meio à escuridão. Houston. Era sua primeira passagem noturna.

Ela se aproximou da janela, pressionando a mão contra o vidro. *Oh, Jack*, pensou. *Gostaria que estivesse aqui. Queria que você pudesse ver isso.*

Então ela acenou. E teve certeza, sem a menor dúvida, de que em algum lugar na escuridão mais abaixo, Jack estava acenando de volta.

8

28 de julho

E-mail pessoal para: Dra. Emma Watson (ISS)
De: Jack McCallum

Como um diamante no céu. É assim que eu a vejo daqui. Na noite passada, fiquei acordado para vê-la passar. Acenei com vontade.

Esta manhã, na CNN, você foi chamada de Sra. Eleita. "Jovem astronauta é lançada ao espaço e não rói sequer uma unha", ou algo tão superficial quanto. Entrevistaram Woody Ellis e Leroy Cornell, e ambos estavam orgulhosos como papais corujas. Parabéns. Você é a namoradinha da América.

Vance e a tripulação fizeram uma aterrissagem perfeita. Repórteres sanguessugas cercaram o pobre Bill quando ele chegou em Houston. Eu o vi de relance na TV: parece estar vinte anos mais velho. O funeral de Debbie será esta tarde. Comparecerei.

Amanhã, estarei navegando no golfo do México.

Bem, hoje eu recebi os documentos do divórcio e vou ser honesto com você: não gostei nem um pouco do que li. Mas acho que não é algo de que se deva gostar, não é mesmo?

De qualquer modo, estão prontos para serem assinados. Agora que finalmente acabou, talvez possamos voltar a ser amigos. Como costumávamos ser.

Jack

P.S.: Humphrey é uma peste. Você me deve um sofá novo.

E-mail pessoal para: Jack McCallum
De: Emma Watson

Namoradinha da América? Por favor! Aquilo não passou de uma cena de ação, com todos na Terra esperando eu me ferrar. Quando isso acontecesse, eu seria o espécime devíamos-ter-mandado-um-homem número 1. Odeio isso.

Por outro lado, adoro estar aqui em cima. Como gostaria que você visse esta paisagem! Quando olho para a Terra e vejo quão incrivelmente bela ela é, desejo que as pessoas lá embaixo tomem juízo. Se pudessem ver quão pequena e frágil e solitária é a Terra, cercada por todo esse espaço negro, tomariam mais cuidado com ela.

(Oh, lá vai ela outra vez, toda chorosa por causa do planeta. Deviam ter mandado um homem.)

Fico feliz em anunciar que a náusea se foi. Posso flutuar de módulo em módulo sem problemas. Ainda fico um pouco tonta quando inadvertidamente olho para a Terra pela janela. Acaba com meu sentido de direção e demoro alguns segundos até voltar a me orientar. Estou tentando manter o ritmo de exercícios, mas duas horas por dia é muito tempo, especialmente quando tenho tanto a fazer. Dezenas de experiências para monitorar, um zilhão de e-mails de Operações de Carga Útil, cada cientista exigindo prioridade máxima para seu projeto de estimação. Vou acabar pegando o jeito. Esta manhã, porém, estava tão cansada que dormi durante toda a música de despertar enviada por Houston. (E Luther me disse que nos bombardearam com a *Cavalgada das Valquírias*, de Wagner!)

Quanto ao fim do divórcio, também não gosto nem um pouco. Mas, Jack, ao menos tivemos sete bons anos juntos. É mais do que conseguiram muitos casais. Sei que deve estar ansioso para terminar logo com isso. Prometo assinar os documentos assim que voltar.

Não pare de acenar.

Em

P.S.: Humphrey nunca ataca a minha mobília. O que faz você para aborrecê-lo?

Emma desligou e fechou o laptop. Responder e-mails pessoais era a última tarefa do dia. Estava ansiosa por notícias de casa, mas a menção que Jack fizera sobre o divórcio a incomodara. *Então, ele está disposto a ir adiante*, pensou. *Ele está pronto para "ser amigo" outra vez.*

Quando se fechou no saco de dormir, estava furiosa com Jack, pela facilidade com que ele aceitara o fim de seu casamento. No início do divórcio, quando ainda tinham discussões sérias, sentia-se estranhamente confiante a cada grave desentendimento. Mas agora os conflitos haviam terminado, e Jack chegara ao estágio de tranquila aceitação. Sem dor, sem arrependimentos.

E aqui estou eu, ainda sentindo a sua falta. E eu me odeio por isso.

Kenichi hesitou em despertá-la. Deteve-se do lado de fora da cortina de sua estação de sono, perguntando-se se deveria chamá-la outra vez. Era um assunto sem importância, e ele estava odiando ter de perturbá-la. Parecera tão cansada durante o jantar que chegara a cochilar segurando o garfo. Sem a constante atração da gravidade, o corpo não se dobra quando você fica inconsciente, e a cabeça não tomba para a frente para despertá-lo. Há relatos dando conta de astronautas exaustos que adormeceram em meio aos reparos que executavam, ainda segurando as ferramentas.

Decidiu não despertá-la e voltou, sozinho, ao laboratório dos EUA.

Kenichi nunca precisara de mais de cinco horas de sono por noite e, enquanto os outros dormiam, ele frequentemente vagava pelo labirinto da estação espacial, verificando as diversas experiências. Inspecionando, explorando. Parecia que era apenas quando a tripulação humana dormia que a estação assumia sua resplandecente personalidade. Tornava-se um ser autônomo que murmurava e estalava, seus computadores dirigindo mil funções diferentes, comandos eletrônicos percorrendo seu sistema nervoso de fios e circuitos. Enquanto flutuava através do labirinto de túneis, Kenichi pensou em todas as mãos humanas que trabalharam para moldar cada centímetro quadrado daquela estrutura. Os encarregados da eletrônica, do metal, os modeladores de plástico. Os vidraceiros. Por causa de seu trabalho, um filho de fazendeiro nascido em uma aldeia nas montanhas do Japão flutuava agora 354 quilômetros acima da Terra.

Kenichi estava a bordo da estação havia um mês e continuava maravilhado com tudo.

Ele sabia que sua estadia ali seria limitada. Ele sabia o quanto o seu corpo estava pagando por tudo aquilo. Estava ciente da constante perda de cálcio dos ossos, do afrouxamento dos músculos, da diminuição do vigor das artérias e do coração, agora livres do desafio de bombear o sangue contra a gravidade. Cada momento a bordo da ISS era precioso, e ele não queria desperdiçar um minuto sequer. Portanto, durante as horas de sono programadas, vagava pela estação detendo-se junto às janelas e visitava os animais no laboratório.

Foi assim que descobriu o rato morto.

Estava flutuando com as pernas duras e estendidas, a boca rosada escancarada. Outro dos machos. Era o quarto rato a morrer em 16 dias.

Ele verificou se o habitat estava funcionando de acordo, se os limites de temperatura predeterminados não haviam sido ultrapassados e se a taxa de fluxo de ar se mantinha dentro do padrão de 12 mudanças por hora. Por que estavam morrendo? Seria contaminação da água ou da comida? Havia alguns meses, a estação perdera uma dúzia de seus ratos de laboratório quando produtos químicos tóxicos vazaram no reservatório de água do habitat dos animais.

O rato flutuava em um canto do viveiro. Os outros machos estavam aglomerados no outro extremo, um tanto enojados do corpo de seu companheiro de cela. Pareciam ansiosos para se afastarem dele, patas agarradas à tela da gaiola. Do outro lado da divisória de arame, as fêmeas também estavam aglomeradas em um canto. Todas, exceto uma. Esta se contorcia, rodando lentamente em pleno ar, as garras em espasmos semelhantes aos de uma convulsão.

Outro rato doente.

Enquanto observava, a fêmea emitiu o que pareceu ser um último e doloroso suspiro e subitamente relaxou.

As outras fêmeas se juntaram ainda mais, uma massa de pelos brancos que se contorcia, em pânico. Ele tinha de remover os corpos antes que o contágio — caso o fosse — se espalhasse para os outros ratos.

Adaptou a caixa de luvas ao habitat, calçou luvas de látex e introduziu as mãos no espaço. Primeiro, removeu o corpo do rato macho e o introduziu em um saco plástico. Então, abriu o viveiro das fêmeas e pegou o segundo cadáver. Ao removê-lo, viu de relance algo branco e peludo passar junto à sua mão.

Uma das fêmeas conseguira escapar e entrara na caixa de luvas.

Ele a agarrou em pleno ar e quase imediatamente a soltou ao sentir uma dor aguda. Ela conseguira mordê-lo através da luva.

Imediatamente, Kenichi retirou as mãos da caixa, arrancou as luvas e olhou para o dedo. Viu uma gota de sangue que, de tão inesperada, deixou-o nauseado. Ele fechou os olhos, tentando se controlar. Aquilo não era nada, apenas uma pequena mordida. A justa vingança dos ratos por todas aquelas agulhas que ele lhes espetara. Voltou a abrir os olhos, mas ainda sentia-se nauseado.

Preciso descansar, pensou.

Ele recapturou o rato que se debatia no ar e devolveu-o à gaiola. Então, removeu os dois corpos ensacados e colocou-os no refrigerador. No dia seguinte, cuidaria daquilo. No dia seguinte, quando se sentisse melhor.

30 de julho

— Este morreu hoje — disse Kenichi. — É o sexto.

Emma olhou para o habitat animal e franziu o cenho. Os animais estavam alojados em uma gaiola com divisória, os machos separados das fêmeas apenas por uma grade de arame. Compartilhavam o mesmo ar, a mesma comida. Do lado dos machos, um rato morto flutuava, imóvel, os membros estendidos e rígidos.

Os outros machos estavam aglomerados na extremidade oposta do compartimento, agarrando-se à tela como se estivessem ansiosos para sair dali.

— Você perdeu seis ratos em 17 dias? — perguntou Emma.

— Cinco machos. Uma fêmea.

Emma observou os animais remanescentes em busca de sinais de doença. Todos pareciam agitados, olhos limpos, sem muco nas narinas.

— Primeiro, tiramos o que está morto — disse ela. — Depois, olhamos os outros mais de perto.

Usando a caixa de luvas, ela removeu o cadáver. Já estava rígido, as pernas duras, a coluna inflexível. A boca estava parcialmente aberta, a ponta da língua cor-de-rosa para fora. Não era incomum animais de laboratório morrerem no espaço. Em um voo de ônibus espacial em 1998, houvera quase 100 por cento de mortalidade entre ratos recém-nascidos. A microgravidade é um ambiente estranho e hostil, e nem todas as espécies se adaptam bem em tais condições.

Antes do lançamento, os ratos eram examinados em busca de bactérias, fungos e vírus. Se aquilo era uma infecção, eles a haviam contraído a bordo da ISS.

Ela inseriu o rato morto em um saco plástico, trocou as luvas e pegou um dos ratos vivos do compartimento. Ele se debateu com vigor, sem demonstrar sinais de estar doente. A única coisa incomum era uma orelha mordida por seus colegas de cativeiro. Ela o virou para examinar a barriga e se surpreendeu.

— É uma fêmea — exclamou.

— O quê?

— Você tinha uma fêmea no compartimento dos machos.

Kenichi se aproximou para olhar os genitais do rato através da janela da caixa de luvas. Era evidente. Ele enrubesceu, envergonhado.

— Na noite passada, ela me mordeu — explicou. — Eu a devolvi ao viveiro apressadamente.

Emma sorriu-lhe com simpatia.

— Bem, o pior que pode acontecer é uma inesperada proliferação.

Kenichi calçou as luvas e inseriu as mãos no segundo par de luvas da caixa.

— Eu cometi o erro — disse ele. — Eu o conserto.

Juntos, examinaram o restante dos ratos no compartimento, mas não encontraram outros espécimes fora de lugar. Todos pareciam saudáveis.

— Isso é muito estranho — disse Emma. — Se estamos lidando com uma doença contagiosa, deveria haver alguma evidência de infecçao.

— Watson? — chamou uma voz pelo interfone do módulo.

— No laboratório, Griggs — respondeu Emma.

— Há um e-mail urgente para você, enviado por Cargas Úteis.

— Vou lê-lo agora mesmo. — Ela fechou o viveiro e disse para Kenichi. — Preciso verificar essa mensagem. Por que não pega os ratos mortos que você guardou na geladeira? Vamos dar uma olhada neles.

Ele assentiu e flutuou em direção à geladeira.

Diante do console do computador, Emma abriu o e-mail urgente.

Para: Dra. Emma Watson
De: Helen Koenig, Pesquisadora Principal
Re: Experimento CUC#23 (Cultura de Células Archaeon)
Mensagem: Cancele imediatamente a experiência. Os últimos espécimes trazidos pela Atlantis demonstram contaminação por fungos. Todas as culturas Archaeon, além de seus recipientes, devem ser incinerados no cadinho de bordo e as cinzas ejetadas da estação.

Emma leu e releu a mensagem na tela. Nunca antes recebera um pedido tão estranho. Uma contaminação por fungos não era algo perigoso. Incinerar as culturas pareceu-lhe uma solução muito drástica. Estava tão preocupada com aquele pedido intrigante que nem prestou atenção em Kenichi, que tirava os ratos mortos da geladeira. Só se virou quando ouviu sua exclamação espantada.

A princípio, viu apenas o rosto apavorado do colega, manchado por uma gosma asquerosa de entranhas. Então, olhou para o saco plástico que acabara de se romper. Em seu horror, ele o largara e aquilo flutuava livremente, pairando no ar entre eles.

— O *que* é isso? — exclamou Emma.

— O rato — disse ele, incrédulo.

Mas o que ela viu não era um rato morto e, sim, uma massa de tecido desintegrado, uma massa gosmenta e putrefeita de carne e pelos que vazava de dentro do saco em glóbulos fedorentos.

Risco patogênico!

Ela atravessou o módulo rapidamente em direção ao painel de advertência e alarme e acionou o botão que interrompia o fluxo de ar entre os módulos.

Kenichi tirou duas máscaras com filtros de ar do armário de emergência. Atirou uma para Emma, que a usou para proteger o nariz e a boca. Não precisaram trocar palavras. Ambos sabiam o que devia ser feito.

Rapidamente, fecharam as escotilhas de ambas as extremidades do módulo, efetivamente isolando o laboratório do resto da estação. Então, Emma pegou cuidadosamente o saco de isolamento biológico e aproximou-se do saco flutuante de carne liquefeita. A tensão superficial unira o líquido em um único glóbulo, e se ela fosse cuidadosa o bastante para não agitar o ar, poderia capturá-lo integralmente na bolsa. Calmamente baixou a bolsa sobre o espécime flutuante e rapidamente o capturou. Ela ouviu Kenichi emitir um suspiro de alívio. Perigo controlado.

— Vazou dentro da geladeira? — perguntou Emma.

— Não. Explodiu do lado de fora. — Ele limpou o rosto com um pano com álcool, que também selou dentro de um saco plástico para ser eliminado sem riscos. — O saco estava... você sabe, muito inflado. Como um balão.

O conteúdo estava sob pressão, o processo de decomposição liberando gases. Através do saco plástico, podia ver a etiqueta com a data da morte. Isso é impossível, pensou. Em apenas cinco dias, o corpo se deteriorara em um purê escuro de carne podre. O saco estava frio ao toque, o que indicava que a geladeira estava funcionando. Apesar do armazenamento em ambiente frio, algo acelerara a decomposição do corpo. Estreptococos necrotizantes?, perguntou-se. Ou outra bactéria igualmente destrutiva?

Ela olhou para Kenichi e pensou: *Atingiu-o no olho.*

— Precisamos falar com o pesquisador principal — disse ela. — O que enviou esses ratos.

Eram apenas 5 horas na costa do Pacífico, mas a voz do Dr. Michael Loomis, pesquisador principal da experiência "Concepção e gestação em ratos durante voo espacial" estava alerta e obviamente preocupado. Estava falando com Emma do Centro de Pesquisa Ames, da Califórnia. Embora ela não pudesse vê-lo, podia imaginar o homem a quem pertencia aquela voz modulada, forte e enérgica. Um homem que, às 5 horas, já havia começado o seu dia de trabalho.

— Monitoramos esses animais durante um mês — disse Loomis. — É uma experiência de estresse relativamente baixo para os animais. Planejávamos misturar os machos e as fêmeas na semana que vem, na esperança de que conseguissem acasalar e conceber. Esta pesquisa tem aplicações importantes para longas viagens no espaço. Colonização planetária. Como pode imaginar, estas mortes são muito preocupantes.

— Já temos culturas em incubação — disse Emma. — Todos os ratos mortos parecem estar se decompondo mais rapidamente do que deviam. Baseada nas condições dos corpos, estou preocupada com infecções por clostrídia ou estreptococos.

— Pragas assim perigosas na estação? Isso seria um problema sério.

— Exato. Especialmente em um ambiente fechado como o nosso. Estamos todos vulneráveis.

— E quanto a fazer a necropsia dos ratos mortos?

Emma hesitou.

— Aqui em cima só estamos preparados para lidar com contaminações de Nível 2. Nada mais perigoso que isso. Se isso é um patógeno grave, não posso arriscar contaminar outros animais. Ou pessoas.

Houve um breve silêncio e Loomis disse a seguir:

— Compreendo. E acho que devo concordar com você. Então você se livrará de todos os corpos?

— Imediatamente — disse Emma.

Julho 31

Pela primeira vez desde que chegara à ISS, Kenichi não conseguia dormir. Ele se fechara no saco de dormir havia horas, mas ainda estava desperto, ainda refletindo sobre o enigma do rato morto. Embora ninguém tivesse proferido uma palavra de reprovação, de algum modo ele se sentia responsável pelo fracasso da experiência. Tentou pensar no que fizera de errado. Teria usado uma agulha contaminada ao tirar amostras de sangue ou teria sido um valor errado nos ajustes de controle ambiental? Pensar em todos os erros possíveis que pudesse ter cometido não o deixava de dormir.

Além disso, sua cabeça latejava.

Ele notara o desconforto naquela manhã, que começara como um vago formigamento ao redor dos olhos. Ao longo do dia, o formigamento se transformara em dor, e agora toda a metade esquerda de sua cabeça doía. Não uma dor insuportável, apenas um incômodo persistente.

Ele abriu o saco de dormir. Afinal, não conseguia descansar e podia dar outra olhada nos ratos.

Passou pela estação-dormitório de Nicolai e atravessou uma série de módulos de conexão que levavam à parte americana da estação. Apenas quando entrou no laboratório foi que se deu conta de que alguém mais estava acordado.

Ouviu vozes murmuradas no laboratório anexo, o da NASDA. Silenciosamente, flutuou até o Nodo 2 e espiou através de uma escotilha aberta. Viu Diana Estes e Michael Griggs, abraçados, bocas unidas em um beijo ardente. Imediatamente ele retrocedeu sem ser percebido, envergonhado com o que acabara de testemunhar.

E agora? Deveria dar-lhes privacidade e voltar para sua estação-dormitório? *Isso não está certo*, pensou, subitamente ressentido. *Estou aqui para trabalhar, para realizar as minhas tarefas.*

Flutuou até o habitat dos animais. Fez bastante barulho ao abrir e fechar as gavetas dos consoles. Um instante depois, como esperava, Diana e Griggs apareceram, os dois aparentemente envergonhados. *Devem estar mesmo*, pensou, *considerando o que estavam fazendo.*

— Tivemos um problema com a centrífuga — mentiu Diana. — Acho que agora está consertado.

Kenichi simplesmente meneou a cabeça, fingindo que não sabia a verdade.

Diana manteve-se fria como gelo, e isso tanto o chocou quanto o enfureceu. Griggs, ao menos, teve a decência de parecer um tanto culpado.

Kenichi observou enquanto saíam do laboratório e desapareciam pela escotilha. Então, voltou a atenção para o habitat dos animais. Olhou dentro da gaiola.

Outro rato morto. Uma fêmea.

1 de agosto

Diana Estes calmamente estendeu o braço para o torniquete e abriu e fechou a mão diversas vezes para ressaltar a veia antecubital. Não fez careta e nem desviou o olhar quando a agulha perfurou-lhe a pele. Na verdade, Diana estava tão ausente que podia estar vendo outra pessoa sendo picada. Todo astronauta levava diversas picadas ao longo da carreira. Durante o processo de seleção, passavam por diversos exames físicos e de sangue e respondiam a perguntas mais íntimas. A química de seus sangues, ECG e contagem de células eram permanentemente registrados, para serem vasculhados por fisiologistas aeroespaciais. Arfavam e suavam em esteiras com eletrodos fixados ao peito, seus fluidos corporais eram colhidos; seus intestinos, sondados; cada centímetro de pele, examinado. Os astronautas não eram apenas pessoal altamente treinado. Também eram objetos de experiências. Eram o equivalente a ratos de laboratório e, enquanto estavam em órbita, resignavam-se a baterias de testes, às vezes dolorosos.

Aquele era dia de coleta de material. Como médico de bordo, era Emma quem empunhava as agulhas e as seringas. Não era de estranhar que os colegas tivessem lamentado quando a viram chegar.

Diana, porém, simplesmente estendeu o braço e se submeteu à agulha. Enquanto Emma esperava a seringa encher de sangue, viu o olhar da colega, que admirava sua técnica e sua habilidade. Se a princesa Diana era a rosa da Inglaterra, dizia a piada no Centro Espacial Johnson, então Diana Estes era o cubo de gelo da Inglaterra, uma astronauta cuja pose nunca se abalava, mesmo no meio de uma verdadeira calamidade.

Havia quatro anos, Diana estava a bordo da *Atlantis* quando um motor principal falhou. Nas fitas das transmissões da tripulação, as vozes do comandante e do piloto do ônibus espacial se altearam, alarmadas, enquanto lutavam para levar o ônibus espacial para um cancelamento transatlântico. Mas não a voz de Diana, que podia ser ouvida lendo friamente as listas de verificação enquanto a *Atlantis* aproximava-se de uma aterrissagem incerta no Norte da África. O que selou a sua reputação de frieza foram as leituras da biotelemetria. Naquele lançamento em particular, toda a tripulação estava sendo monitorada para que se pudesse registrar seus batimentos cardíacos e sua pressão arterial. Enquanto as taxas cardíacas de todos disparavam, a de Diana mal acelerou, a tranquilos 96 por minuto.

— É por isso que ela não é humana — brincara Jack na ocasião. — Na verdade, ela é um androide. O primeiro de uma nova linha de astronautas da NASA.

Emma tinha de admitir que havia algo não muito humano sobre aquela mulher.

Diana olhou para a picada no braço, viu que o sangramento parara e, muito tranquilamente, voltou à sua experiência com crescimento de cristais de proteínas. Ela de fato era quase tão perfeita quanto um androide, membros longos e esguios, pele imaculada e pálida como papel após um mês no espaço. Tudo isso mais um QI de gênio, de acordo com Jack, que treinara com Diana para a missão do ônibus espacial que ele jamais completara.

Diana tinha um doutorado em ciência de materiais e publicara mais de uma dúzia de trabalhos de pesquisa sobre zeolitos — materiais cristalinos usados no refino de petróleo — antes de ser aceita no programa de astronautas. Agora, era a cientista encarregada das pesquisas de cristais orgânicos e inorgânicos. Na Terra, a formação de cristais era retardada pela gravidade. No espaço, os cristais ficavam maiores e mais desenvolvidos, permitindo a análise integral de suas estruturas. Centenas de proteínas humanas, da angiotensina até a gonadotropina coriônica, eram cultivadas como cristais a bordo da ISS, uma pesquisa farmacêutica vital que poderia levar ao desenvolvimento de novos remédios.

Após terminar com Diana, Emma deixou o laboratório da ESA e flutuou até o módulo habitacional para encontrar Mike Griggs.

— Você é o próximo — disse ela.

Ele gemeu e estendeu o braço, relutante.

— Tudo em nome da ciência.

— Desta vez é apenas um tubo — disse Emma, amarrando o torniquete.

— Somos tão espetados por agulhas que parecemos viciados em drogas injetáveis.

Ela deu alguns tapinhas para que a veia antecubital sobressaísse, azul e nodosa em seu braço musculoso. Griggs tinha uma obsessão por estar em forma, o que não é uma coisa fácil de se conseguir em órbita. A vida no espaço afetava muito o corpo humano. Os rostos dos astronautas eram intumescidos, inchados por mudanças no comportamento dos fluidos. Os músculos das coxas e panturrilhas encolhiam até eles ficarem com "pernas de galinha" despontando pálidas e magras de seus shorts de colegial. As tarefas eram exaustivas, as irritações por demais numerosas para serem contadas. E havia também o custo emocional de ser confinado durante meses com colegas da tripulação estressados, sujos e usando roupas fedorentas.

Emma passou uma mecha com álcool sobre a pele e perfurou a veia. O sangue entrou na seringa. Ela olhou para ele e viu que Griggs desviava o olhar.

— Tudo bem?

— É. Eu gosto de um vampiro habilidoso.

Ela liberou o torniquete e ouviu o suspiro de alívio quando retirou a agulha.

— Pode tomar o seu café agora. Já tirei sangue de todo mundo, menos de Kenichi.

Ela olhou ao redor no módulo habitacional.

— Onde ele está?

— Eu não o vi esta manhã.

— Espero que não tenha comido. Vai arruinar os níveis de glicose.

Nicolai, que flutuava a um canto terminando o seu desjejum em silêncio, disse:

— Ele ainda está dormindo.

— Estranho — disse Griggs. — Ele sempre se levanta antes de todo mundo.

— Ele não dormiu bem esta noite — informou Nicolai. — Eu o ouvi vomitando. Perguntei se precisava de ajuda, mas ele disse que não.

— Vou vê-lo — disse Emma.

Ela deixou o módulo habitacional e subiu o longo túnel até o RSM, onde ficava a estação-dormitório de Kenichi. Encontrou a cortina fechada.

— Kenichi? — chamou.

Não houve resposta.

— Kenichi?

Ela hesitou um instante, então abriu a cortina e olhou para o rosto do colega.

Seus olhos estavam vermelhos-vivos.

— Oh, meu Deus — exclamou Emma.

A Doença

9

O cirurgião de voo ao console do Controle da Missão da ISS era o Dr. Todd Cutler, um médico de rosto tão jovem que os astronautas o apelidaram de "Doogie Howser" por causa da série de TV sobre um médico adolescente. Cutler tinha, na verdade, 32 anos e era reconhecido por ser sereno e competente. Fora o médico particular de Emma quando ela estivera em órbita e, uma vez por semana, durante suas reuniões médicas particulares, ela conversava com ele em circuito fechado de comunicação, relatando detalhes os mais íntimos sobre sua saúde. Emma confiava nas habilidades médicas de Todd e sentia-se aliviada por ele ser o cirurgião de plantão naquela hora na sala do controle da missão da ISS no Centro Espacial Johnson.

— Ele está com hemorragias nas escleras de ambos os olhos — disse ela. — Fiquei apavorada quando vi. Acho que ficou assim por ter vomitado tanto na noite passada. A súbita mudança de pressão estourou alguns vasos nos seus olhos.

— No momento, esta é uma preocupação menor. As hemorragias vão se dissipar — disse Todd. — E quanto ao resto do exame?

— Está com uma febre de 38,5. Pulso 1 por 20, pressão arterial 10 por 6. O coração e os pulmões parecem bem. Reclama de dor de cabeça, mas não detectei qualquer mudança neurológica. O que realmente me preocupa é o fato dele não ter sons nos intestinos e seu abdome estar difusamente dolorido. Ele vomitou diversas vezes na última hora. Até agora, sem sangue.

Emma fez uma pausa.

— Todd, ele parece *doente.* E aqui vão as más notícias. Acabei de verificar seu nível de amilase. Está em 600.

— Oh, merda. Você acha que ele está com pancreatite?

— Com esse aumento de amilase, é bem possível.

A amilase é uma enzima produzida pelo pâncreas, e seus níveis geralmente sobem às alturas quando o órgão fica inflamado. Mas um alto nível de amilase também podia indicar outros processos abdominais agudos. Uma perfuração de intestino ou uma úlcera duodenal.

— A contagem de glóbulos brancos também está alta — disse Emma. — Fiz culturas do sangue, só por segurança.

— Qual o histórico? Alguma coisa digna de nota?

— Duas. Primeiro, ele está sob estresse emocional. Uma de suas experiências falhou, e ele se sente responsável.

— E a segunda?

— Há dois dias ele foi atingido no olho pelos fluidos corporais de um rato de laboratório morto.

— Fale-me mais a esse respeito — murmurou Todd.

— Os ratos da experiência dele têm morrido por razões desconhecidas. Os corpos vêm se decompondo a uma taxa surpreendentemente rápida. Eu estava preocupada com bactérias patogênicas, de modo que peguei amostras dos fluidos corporais para cultura. Infelizmente, todas essas culturas foram arruinadas.

— Como?

— Acho que é contaminação por fungos. As lâminas ficaram completamente verdes. Nenhum patógeno conhecido foi identificado. Tive de descartar as lâminas. O mesmo aconteceu com outra experiência, uma cultura de células de organismos marinhos. Tivemos de cancelar o projeto por causa de fungos no tubo de cultura.

Infelizmente, a proliferação de fungos não era um problema incomum em lugares fechados como a ISS, apesar de o ar ser continuamente renovado. A bordo da antiga estação *Mir*, as janelas às vezes ficavam cobertas de uma fina camada de fungos. Uma vez que o ar de uma espaçonave é contaminado por esses organismos, é quase impossível eliminá-los. Por sorte, em sua maioria, os fungos eram inofensivos para as pessoas e para os animais do laboratório.

— Então não sabemos se ele se expôs a algum patógeno — disse Todd.

— Não. No momento, parece mais um caso de pancreatite, não de infecção por bactérias. Coloquei-o no soro e acho que é hora de um tubo nasogástrico.

Ela fez uma pausa e acrescentou, relutante:

— Precisamos pensar em uma evacuação de emergência.

Houve um longo silêncio. Aquele era um cenário que todos temiam, a decisão que ninguém queria tomar. O Veículo de Retorno de Tripulação, que permanecia acoplado à ISS sempre que havia pessoal a bordo, era grande o bastante para evacuar todos os seis astronautas. Uma vez que as cápsulas *Soyuz* não estavam mais funcionando, o CRV era o único veículo de fuga da estação. Caso partisse, teria de levar todos a bordo. Por causa de um membro doente da tripulação, seriam forçados a abandonar a ISS, interrompendo centenas de experiências. Seria um duro golpe para a estação.

Mas havia uma alternativa. Podiam esperar o próximo voo do ônibus espacial para evacuar Kenichi. Agora, tudo dependia de uma decisão médica. Ele *poderia* esperar? Emma sabia que a NASA confiava no seu julgamento clínico, e a responsabilidade pesava sobre os seus ombros.

— E quanto a um resgate no ônibus espacial? — perguntou.

Todd Cutler compreendeu o dilema.

— A *Discovery* está na plataforma para o STS 161, lançamento previsto para daqui a 15 dias. Mas sua missão é militar e confidencial. Recuperação e reparo de satélite. A tripulação da 161 não está se preparando para encontro e acoplagem com a ISS.

— E que tal substituí-los pela equipe de Kittredge? Minha antiga tripulação do 162? Estão programados para acoplar aqui em sete semanas. Estão inteiramente preparados.

Emma olhou para Mike Griggs, que flutuava ali perto, ouvindo a conversa. Como comandante da ISS, seu principal objetivo era manter a estação funcionando e se opunha firmemente a abandoná-la. Ele se juntou à conversa.

— Cutler, aqui é Griggs. Se a minha tripulação abandonar a nave, perderemos experiências. São meses de trabalho que irão por água abaixo. Um resgate com o ônibus espacial faz mais sentido. Se Kenichi precisa ir para casa, então venham buscá-lo. Deixe que o resto de nós fique aqui para fazer o trabalho.

— O resgate pode esperar tanto assim? — perguntou Todd.

— Em quanto tempo podem mandar esse pássaro aqui para cima? — perguntou Griggs.

— Precisamos falar com a logística. Janelas de lançamento...

— Apenas nos diga quanto tempo.

Cutler fez uma pausa.

— Ellis, o Diretor de Voo, está esperando para entrar no circuito de comunicação. Vá em frente, Voo.

O que começara como uma conversa fechada e confidencial entre dois médicos estava agora aberta ao diretor de voo. Ouviram Woody Ellis dizer:

— Trinta e seis horas. É o mínimo de que precisamos.

Muita coisa podia acontecer em 36 horas, pensou Emma. Uma úlcera podia ser perfurada ou sangrar. A pancreatite podia levar ao choque e ao colapso circulatório.

Ou Kenichi podia se recuperar completamente, vítima de nada mais que uma grave infecção intestinal.

— É a Dra. Watson quem está examinando o paciente — disse Ellis. — Estamos confiando no discernimento dela. Qual é a sua opinião clínica?

Emma pensou a respeito.

— Ele não apresenta um quadro de abdome agudo cirúrgico. Não no momento. Mas as coisas podem piorar rapidamente.

— Então, você não está segura.

— Não, não estou.

— No instante em que se decidir, ainda precisaremos de 24 horas para abastecimento.

Um intervalo de um dia inteiro entre o período de resgate e o lançamento, mais o tempo adicional para o encontro em órbita. Se Kenichi subitamente piorasse, conseguiria mantê-lo vivo todo esse tempo? A situação se tornara extremamente complicada. Ela era uma médica, não uma vidente. Não tinha aparelho de radiografia à sua disposição, nenhuma sala de cirurgia. Os exames físicos e de sangue estavam anormais, mas não eram específicos. Se ela escolhesse retardar o resgate, Kenichi podia morrer. Se ela chamasse ajuda muito cedo, milhões de dólares seriam desperdiçados em um lançamento desnecessário.

Uma decisão errada, fosse qual fosse, acabaria com a sua carreira na NASA.

Esta era a corda bamba a respeito da qual Jack a advertira. *Eu erro, e o mundo inteiro vai ficar sabendo. Eles estão esperando para ver se sou uma Eleita.*

Ela olhou para o resultado do exame de sangue de Kenichi. Nada ali justificava apertar o botão do pânico. Não ainda.

— Voo, vou mantê-lo no soro e começar a sucção nasogástrica. No momento, seus sinais vitais estão estáveis. Só queria saber o que está acontecendo na barriga dele.

— Então, na sua opinião, um lançamento de emergência do ônibus espacial ainda não é indicado?

Ela suspirou profundamente.

— Não. Ainda não.

— De qualquer modo, estaremos prontos para enviar a *Discovery*, caso seja necessário.

— Agradeço. Volto a falar com você mais tarde com um boletim médico atualizado. — Ela desligou e olhou para Griggs. — Espero estar fazendo a coisa certa.

— Apenas cure-o, está bem?

Emma foi ver como estava Kenichi. Ele precisaria de atenção durante toda a noite, motivo pelo qual ela o tirou do módulo habitacional e levou-o ao laboratório dos EUA, de modo a não perturbar o sono do restante da tripulação. Kenichi estava fechado em um saco de dormir. Uma bomba de infusão alimentava um fluxo contínuo de solução salina em suas veias. Ele estava desperto e, obviamente, incomodado.

Luther e Diana, que observavam o paciente, pareceram aliviados ao verem Emma.

— Ele vomitou outra vez — disse Diana.

Emma ancorou os pés para manter a posição e levou o estetoscópio ao ouvido. Suavemente, posicionou o diafragma no abdome de Kenichi. Ainda sem sons intestinais. Seu trato digestivo se fechara, e o fluido começaria a se acumular no seu estômago. Este fluido precisava ser drenado.

— Kenichi — disse ela. — Vou inserir um tubo em seu estômago. Vai ajudar com a dor e, talvez, você pare de vomitar.

— Que... que tubo?

— Um tubo nasogástrico.

Ela abriu o kit médico ALSP. Lá dentro havia uma ampla variedade de instrumentos e remédios, uma coleção tão completa quanto a de uma ambulância moderna. Na gaveta "Vias aéreas", havia diversos tubos, instrumentos de sucção, sacos de coleta e um laringoscópio. Ela abriu o saco que continha o longo tubo nasogástrico. Era fino e estava enrolado, feito de plástico flexível, com uma ponta perfurada.

Os olhos vermelhos de Kenichi se arregalaram.

— Serei tão delicada quanto puder — disse ela. — Você poderá ajudar tomando um gole de água quando eu pedir. Vou inserir esta extremidade em sua narina. O tubo descerá pela sua garganta, e quando você engolir a água, o tubo entrará no seu estômago. A única parte desconfortável será logo no início, quando eu o introduzir em sua narina. Depois que estiver no lugar, quase não o incomodará.

— Quanto tempo isso ficará dentro de mim?

— Um dia, pelo menos. Até seus intestinos voltarem a funcionar — acrescentou Emma. — É realmente necessário, Kenichi.

Ele suspirou e assentiu.

Emma olhou para Luther, que parecia cada vez mais horrorizado com a ideia do tubo.

— Ele vai precisar de um gole de água. Poderia buscar um pouco?

Então, ela olhou para Diana, que flutuava ali perto. Como sempre, Diana parecia imperturbável, friamente distante da crise.

— Preciso do dispositivo de sucção nasogástrica.

Diana automaticamente procurou o instrumento de sucção e a bolsa coletora no kit ALSP.

Emma desenrolou o tubo nasogástrico. Primeiro, mergulhou a ponta em gel lubrificante, para facilitar a passagem através da nasofaringe. Então, entregou a Kenichi o saco que Luther enchera de água.

Ela apertou o braço de Kenichi para dar-lhe confiança. Embora seus olhos estivessem arregalados de medo, ele retribuiu o gesto com um menear de cabeça.

A extremidade perfurada do tubo brilhava com o gel lubrificante. Ela inseriu a ponta na narina direita de Kenichi e delicadamente a empurrou em sua nasofaringe. Ele engasgou, olhos lacrimejantes, e começou tossir em protesto quando o tubo passou por sua garganta. Ela empurrou a sonda mais fundo. Agora ele se debatia, lutando contra o incontrolável instinto de empurrá-la para longe e arrancar o tubo do nariz.

— Engula um pouco de água — exigiu Emma.

Ele inspirou e, com a mão trêmula, levou o canudo aos lábios.

— Engula, Kenichi — disse ela.

Quando um glóbulo de água atravessa a garganta e entra no esôfago, a epiglote fecha a abertura da traqueia, evitando qualquer vazamento para os pulmões. Também faz passar o tubo pela abertura certa. No instante em que viu que ele começava a engolir, ela rapidamente empurrou o tubo nasogástrico, fazendo-o atravessar a garganta e o esôfago, até a ponta chegar ao estômago.

— Pronto — disse ela, fixando o tubo ao seu nariz. — Você se saiu muito bem.

— A sucção está pronta — disse Diana.

Emma conectou o tubo nasogástrico ao instrumento de sucção. Ouviram um borbulhar, então apareceu um líquido no tubo que fluía do estômago de Kenichi para dentro do saco de drenagem. Era de um verde bilioso, mas não era sangue, percebeu

Emma, aliviada. Talvez esse fosse todo o tratamento de que ele precisava: descanso intestinal, sucção nasogástrica e soro. Se ele de fato estivesse com uma pancreatite, esta terapia o faria aguentar os próximos dias, até a chegada do ônibus espacial.

— Minha cabeça... está doendo — disse Kenichi, fechando os olhos.

— Vou lhe dar algo para a dor — disse Emma.

— Então, o que acha? A crise foi evitada?

Era Griggs falando. Ele observara o procedimento da escotilha e, embora o tubo já tivesse sido inserido, continuava longe, como se sentisse nojo de ver alguém doente. Ele sequer olhava para o paciente. Em vez disso, mantinha os olhos fixos em Emma.

— Veremos — disse ela.

— O que digo para Houston?

— Acabei de inserir o tubo. É muito cedo.

— Precisam saber logo.

— Bem, eu *não* sei! — disse ela, irritada. Então, engolindo em seco, acalmou-se. — Podemos discutir isso no módulo habitacional?

Ela deixou Luther com o paciente e atravessou a escotilha.

No módulo habitacional, ela e Griggs se juntaram a Nicolai. Reuniram-se na mesa da cozinha como se compartilhassem uma refeição. Contudo, o que de fato compartilhavam eram as suas frustrações por conta da incerteza da situação.

— Você é a médica — disse Griggs. — Não pode tomar uma decisão?

— Ainda estou tentando estabilizá-lo — disse Emma. — No momento, ainda não sei com o que estou lidando. Pode se resolver em um ou dois dias. Ou pode ficar pior de uma hora para a outra.

— E você não sabe nos dizer qual das duas coisas vai acontecer.

— Sem radiografia, sem uma sala cirúrgica, não posso saber o que está acontecendo dentro dele. Não posso prever como ele estará amanhã.

— Ótimo.

— Acho que ele devia ir para casa. Gostaria que lançassem o quanto antes.

— E quanto a uma evacuação com o CRV? — perguntou Nicolai.

— Um voo controlado a bordo do ônibus espacial é sempre mais indicado para transportar um paciente enfermo — disse Emma.

Um retorno a bordo do CRV era um passeio difícil e, a depender das condições meteorológicas, talvez não conseguissem aterrissar em um local adequado para o transporte médico.

— Esqueça o CRV — disse Griggs. — Não abandonaremos a estação.

— Se a situação ficar crítica... — disse Nicolai.

— Basta que Emma o mantenha vivo até a chegada da *Discovery*. Droga, esta estação é como uma ambulância orbital! Ela *tem de ser* capaz de mantê-lo estável.

— E se ela não puder? — pressionou Nicolai. — A vida de um homem vale mais que todas essas experiências.

— Será a nossa última opção — disse Griggs. — Se entrarmos no CRV, estaremos abandonando meses de trabalho.

— Veja, Griggs — disse Emma. — Assim como você, eu também não quero deixar a estação. Lutei muito para chegar aqui em cima e não quero encurtar a minha estadia. Mas se meu paciente precisar de resgate imediato, então será isso o que decidirei.

— Perdão, Emma — disse Diana, entrando pela escotilha. — Acabei de fazer o último exame de sangue de Kenichi. Acho que devia ver isso.

Diana entregou-lhe uma folha de papel.

Emma olhou para os resultados: *Creatina-quinase: 20,6 (normal de 0 a 3,08).*

Aquela doença era mais que uma pancreatite, mais do que apenas uma perturbação gastrintestinal. Um resultado de CQ alta indicava dano muscular ou cardíaco.

Vomitar, às vezes, é um sintoma de ataque cardíaco.

Ela olhou para Griggs.

—Acabo de me decidir — disse ela. — Diga para Houston enviar o ônibus espacial. Kenichi tem de voltar para casa.

2 de agosto

Jack apertou o cabo da bujarrona, braços bronzeados brilhando de suor enquanto lutava com a manivela. A vela se enfunou e o *Sanneke* adernou para sotavento, o casco atravessando as águas barrentas da baía de Galveston. Deixara o golfo do México para trás. Fizera a volta em Point Bolívar mais cedo naquela tarde, evitando o tráfego marítimo de Galveston Island, e agora passava ao largo das refinarias no litoral de Texas City enquanto navegava para o norte em direção a Clear Lake. De volta para casa.

Após quatro dias no golfo, sua pele estava morena e seus cabelos, desgrenhados. Ele não informara ninguém a respeito de seus planos, simplesmente estocara comida e navegara em direção ao mar aberto, longe da terra, em meio a noites escuras repletas de estrelas. Deitado de costas sobre o convés, as águas do golfo balançando o casco da embarcação, observara o céu noturno durante horas a fio. Com as estrelas se espalhando em todas as direções, quase conseguia se imaginar atravessando o espaço, como se cada oscilar do barco o empurrasse mais profundamente em direção à espiral de uma outra galáxia. Ele esvaziara a mente de tudo que não fosse estrelas ou mar. Então, um meteoro brilhante atravessou o céu, e ele subitamente pensou em Emma.

Jack não conseguia levantar muros altos o bastante para mantê-la a distância. Ela estava sempre ali, pairando no limiar, esperando para imiscuir-se em seus pensamentos quando ele menos esperava. Quando menos queria. Ficou rígido, os olhos fixos no risco deixado pelo meteoro. Embora nada mais tivesse mudado, nem na direção do vento nem no oscilar do barco, de uma hora para a outra ele se sentiu subitamente sozinho.

Ainda estava escuro quando Jack levantou as velas para voltar para casa.

Agora, enquanto subia o canal rumo a Clear Lake, observando a silhueta dos telhados das casas contra o brilho do sol poente, lamentou a decisão de ter voltado mais cedo. No golfo soprava uma brisa constante, mas ali o calor e a umidade eram asfixiantes.

Jack atracou e caminhou pelo cais, as pernas bambas por conta dos dias que passara no mar. *Primeira coisa a fazer*, pensou, *tomar um banho frio*. Deixaria para limpar o barco à noite, quando estivesse mais fresco. Quanto a Humphrey, bem... outro dia no gatil não faria mal àquela bola de pelos.

Carregando a bolsa de lona, Jack passava pela pequena mercearia da marina quando olhou para a banca de jornal. A bolsa caiu de sua mão. Ele olhou para a manchete do *Houston Chronicle* daquela manhã:

"Começa a contagem regressiva do ônibus espacial: lançamento de emergência será amanhã."

O que aconteceu?, pensou. *O que deu errado?*

Com mãos trêmulas, tirou algumas moedas do bolso, enfiou-as na máquina e pegou um exemplar. Duas fotografias ilustravam a matéria. Uma era de Kenichi Hirai, o astronauta da NASDA do Japão. A outra era de Emma.

Ele pegou o saco de lona e correu para procurar um telefone.

Havia três cirurgiões de voo na reunião, uma indicação de que enfrentavam uma crise de natureza médica. Ao entrar na sala, todas as cabeças se voltaram em sua direção, surpresas. Jack intuiu a pergunta não dita nos olhos do diretor de voo da estação espacial, Woody Ellis: *O que Jack McCallum está fazendo aqui?*

O Dr. Todd Cutler deu a resposta.

— Jack ajudou a desenvolver nosso protocolo de procedimentos de emergência médica para a primeira tripulação da estação. Achei que devia se juntar a nós.

Apreensivo, Ellis disse:

— O envolvimento pessoal complica tudo.

Referia-se a *Emma*.

— Cada membro daquela tripulação é como um parente para nós — disse Todd. — Portanto, de certa forma, *tudo* é pessoal.

Jack sentou-se ao lado de Todd. À mesa estavam o diretor assistente do NSTS, o diretor de operações da ISS, cirurgiões de voo e diversos gerentes de programa. Também presente estava a diretora de relações públicas da NASA, Gretchen Liu. Com exceção dos dias de lançamento, a imprensa ignorava a maior parte das operações da NASA. Naquele dia, porém, jornalistas de todas as agências de notícias se acotovelavam na exígua sala de coletivas de imprensa no prédio de informação pública da NASA, esperando a aparição de Gretchen. *Como as coisas podem mudar em um dia*, pensou Jack. A atenção do público é volátil. Exigia explosões, tragédia, crise. O milagre de uma operação impecável não chamava a atenção de ninguém.

Todd passou-lhe uma pilha de papéis com uma nota rabiscada no topo: "*Resultados clínicos e de laboratório de Hirai nas últimas 24 horas. Seja bem-vindo.*"

Jack folheou o boletim médico enquanto assistia à reunião. Tinha de ficar a par do que acontecera naquelas 24 horas e demorou um pouco até absorver o essencial. O astronauta Kenichi

Hirai estava muito doente, e seus exames de laboratório intrigavam a todos. O ônibus espacial *Discovery* estava pronto para ser lançado às 6 horas, horário da Costa Leste, pilotado pela tripulação de Kittredge, acrescida de um médico astronauta. A contagem regressiva estava no horário.

— Alguma alteração em suas recomendações? — perguntou o diretor assistente do NSTS aos cirurgiões de voo. — Ainda acham que Hirai pode esperar para ser resgatado no ônibus espacial?

Todd Cutler respondeu:

— Ainda acreditamos que um resgate no ônibus espacial é a opção mais segura. Não mudamos nossas recomendações a este respeito. A ISS é uma instalação bem equipada, com todas as drogas e equipamentos necessários para uma ressuscitação cardiopulmonar.

— Então você ainda acredita que ele teve um ataque cardíaco?

Todd olhou para os colegas cirurgiões.

— Francamente, não temos certeza absoluta — admitiu. — Algumas coisas apontam para um infarto do miocárdio, um ataque cardíaco, para os leigos. Principalmente, pelos níveis crescentes de enzimas cardíacas no seu sangue.

— Então, por que ainda não têm certeza?

— O ECG só mostra alterações inespecíficas. Algumas inversões de ondas T. Não é um padrão clássico para um infarto do miocárdio. Hirai também foi inteiramente analisado em busca de doença cardiovascular antes de ser aceito no programa. Ele não tinha fatores de risco. Francamente, não estamos certos do que está acontecendo. Mas temos de assumir que teve um ataque cardíaco. O que torna um resgate pelo ônibus espacial a nossa melhor opção. É uma reentrada mais tranquila e uma aterrissagem controlada. Muito menos estresse do que se ele voltasse para casa de CRV. Nesse meio-tempo, a ISS poderá lidar com quaisquer arritmias que ele venha a apresentar.

Jack tirou os olhos dos exames laboratoriais que examinava.

— Sem o equipamento de laboratório necessário, a estação não pode fracionar esses níveis de creatina quinase. Portanto, como ter certeza de que essa enzima de fato vem do coração?

Todos se voltaram para ele.

— O que quer dizer com "fracionar"? — perguntou Woody Ellis.

— A creatina quinase é uma enzima que ajuda as células musculares a utilizar a energia armazenada. É encontrada tanto nos músculos estriados quanto nos cardíacos. Quando há dano às células do coração, digamos, como em um ataque cardíaco, o nível de CQ aumenta no sangue. É por isso que estamos supondo que ele teve um ataque do coração. Mas e se não for o coração?

— O que mais poderia ser?

— Algum outro tipo de dano muscular. Trauma, por exemplo. Ou convulsões. Inflamação... Na verdade, uma simples injeção intramuscular pode aumentar o nível de CQ. É preciso fracionar a CQ para saber se vem do coração. Não há como fazer esse exame na estação.

— Então ele pode não ter tido um infarto.

— Correto. E aqui vai outro detalhe intrigante. Após um dano grave nos músculos, os níveis de CQ voltam ao normal. Mas vejam o padrão. — Jack folheou os resultados de laboratório e leu os resultados. — Nas últimas 24 horas, seus níveis têm *subido* regularmente. O que indica dano contínuo.

— Isso é apenas parte do enigma maior — disse Todd. — Temos resultados anormais em todos os aspectos, sem qualquer padrão reconhecível. Enzimas do fígado, anomalias renais, taxa de sedimentação, contagem de glóbulos brancos. Alguns indicadores sobem enquanto outros baixam. É como se diferentes sistemas de órgãos estivessem sendo atacados em turnos.

Jack olhou para Todd.

— Atacados?

— Apenas uma figura de retórica, Jack. Não sei com que tipo de processo estamos lidando. Sei que não é um erro de laboratório. Fizemos exames em outros membros da tripulação, e todos estão perfeitamente normais.

— Mas ele está doente o bastante para justificar um resgate?

A pergunta foi feita pelo diretor de operações da missão do ônibus espacial, que não estava contente com coisa alguma daquilo. A missão original da *Discovery* seria recuperar e reparar o satélite espião *Capricorn*. Agora, a sua missão fora desviada por aquela crise.

— Washington não está gostando da ideia de adiar o reparo do satélite. Vocês se apoderaram do voo deles para que a *Discovery* possa servir de ambulância voadora. Isso é realmente necessário? Hirai não poderia se recuperar na estação?

— Não podemos prever. Não sabemos o que há de errado com ele — respondeu Todd.

— Vocês têm uma médica lá em cima, pelo amor de Deus! *Ela* não pode descobrir?

Jack ficou tenso. Aquilo fora um ataque contra Emma.

— Ela não tem visão de raios X — disse ele.

— Mas tem tudo o mais à sua disposição. Como você chamava a estação, Dr. Cutler? Uma instalação médica bem equipada?

— O astronauta Hirai precisa voltar para casa o mais rapidamente possível — disse Todd. — Esta continua sendo a nossa posição. Se quiser questionar a opinião de seus cirurgiões de voo, a escolha é sua. Tudo o que posso dizer é que nunca tive a pretensão de questionar a opinião de um engenheiro de sistemas de propulsão.

Aquilo encerrou de vez a discussão.

O diretor assistente do NSTS disse:

— Há alguma outra preocupação?

— O tempo — disse o meteorologista da NASA. — Acho que mencionei o fato de haver tempestades se desenvolvendo a oeste de Guadalupe e movendo-se muito lentamente para o oeste. Não afetará o lançamento. Mas, a depender de sua trajetória, poderá vir a ser um problema para o pessoal do Centro Espacial Kennedy na semana que vem.

— Obrigado pela advertência. — O diretor assistente olhou em torno da sala. Ninguém tinha mais perguntas. — Então o lançamento continua confirmado para as 5 horas, horário da Costa Leste. Vejo todos vocês lá.

10

Punta Arena, México

À luz do poente, o mar de Cortés brilhava como prata batida. De sua mesa na varanda do Las Tres Virgenes Café, Helen Koenig via barcos de pesca voltando para Punta Colorado. Aquela era a hora do dia que ela mais gostava, a brisa fresca de fim de tarde contra sua pele queimada de sol, os músculos agradavelmente doloridos por conta da natação vespertina. Um garçom se aproximou e pousou uma taça de margarita à sua frente.

— *Gracias, señor* — murmurou ela.

Seus olhos se cruzaram um instante, e ela viu um homem tranquilo e digno, com olhos cansados e cabelo repleto de mechas grisalhas, e sentiu-se ligeiramente incomodada. Culpa ianque, pensou, observando-o enquanto voltava para o bar, uma sensação que experimentava toda vez que ia à Baja Califórnia. Bebeu um gole de seu drinque e olhou para o mar, ouvindo os trompetes de uma banda de mariachi que tocava em algum lugar na praia.

Aquele fora um bom dia no qual passara a maior parte do tempo dentro d'água. Um mergulho com dois tanques pela manhã seguido de um mergulho mais raso à tarde. Então, pouco antes do jantar, nadara nas águas douradas pelo pôr do sol. O mar era o seu conforto, seu santuário. Sempre fora assim. Ao contrário do amor de um homem, o mar era constante e jamais a desapontara. Estava sempre pronto a abraçá-la, a consolá-la. Em seus momentos de crise, ela sempre procurava refúgio em seus braços obsequiosos.

Foi por isso que viera para a Baja. Para nadar em águas mornas e ficar a sós em um lugar onde ninguém pudesse encontrá-la. Nem mesmo Palmer Gabriel.

Seus lábios estavam enrugados pelo travo da margarita. Ela terminou o drinque e pediu um segundo. O álcool já a fazia se sentir flutuar. Não importava; agora era uma mulher livre. O projeto estava encerrado, cancelado. As culturas destruídas. Embora Palmer estivesse furioso com ela, Helen sabia ter feito a coisa certa. A coisa mais segura. No dia seguinte, dormiria até mais tarde e pediria chocolate quente e *huevos rancheros* no desjejum. Então, voltaria a mergulhar, outro retorno ao seu amante verde-esmeralda.

A risada de uma mulher atraiu sua atenção. Helen olhou para o bar onde flertava um casal: uma mulher magra e bronzeada e um homem com músculos que pareciam cabos de aço. Um caso de férias acontecendo. Provavelmente jantariam juntos, caminhariam pela praia de mãos dadas. Então, haveria um beijo, um abraço, todos os rituais carregados de hormônios do acasalamento. Helen observou-os tanto com interesse científico quanto com inveja feminina. Ela sabia que tais rituais não se aplicavam em seu caso. Ela tinha 49 anos e parecia ter esta idade. Estava com a cintura larga, mais da metade do cabelo grisalho, e seu rosto era inexpressivo afora a inteligência dos olhos. Ela não era o tipo de mulher que atraísse olhares de Adonis bronzeados.

Helen terminou a segunda margarita. Agora, a sensação de estar flutuando espalhou-se por todo o seu corpo, e ela soube que era hora de comer algo. Ela abriu o menu. "Restaurante de Las Tres Virgenes" dizia no topo. As três virgens. Local apropriado para ela comer. Ela bem que podia ser uma virgem.

O garçom se aproximou para anotar o pedido. Helen acabara de escolher o *dorado* grelhado quando olhou para a TV sobre o bar, para a imagem do ônibus espacial posicionado na plataforma de lançamento.

— O que está havendo? — disse ela, apontando para a TV.

O garçom deu de ombros.

— Aumente o som — gritou ela para o barman. — Por favor! Preciso ouvir isso!

Ele aumentou o volume, e Helen ouviu uma transmissão em inglês. Era um canal dos EUA. Ela foi até o balcão do bar e olhou para a televisão.

— ... resgate médico do astronauta Kenichi Hirai. A NASA não liberou qualquer informação adicional, mas os relatórios indicam que os cirurgiões de voo continuam perplexos com a sua doença. Baseado nos exames de sangue de hoje, os médicos acharam ser prudente lançar uma missão de resgate no ônibus espacial. A *Discovery* tem lançamento previsto para amanhã, às 6 horas, horário da Costa Leste.

— *Señora?* — perguntou o garçom.

Helen voltou-se e viu que ele ainda segurava o bloco de notas.

— Quer outro drinque?

— Não, eu preciso ir.

— Mas a sua comida...

— Cancele o pedido, por favor.

Ela abriu a bolsa, entregou-lhe 15 dólares e saiu correndo do restaurante.

De volta ao seu quarto de hotel, tentou ligar para Palmer Gabriel em San Diego. Teve de tentar seis vezes antes de conseguir falar com a telefonista internacional, e quando a chamada finalmente foi completada, só conseguiu falar com o correio de voz de Palmer.

— Eles estão com um astronauta doente na ISS — disse ela. — Palmer, era isso o que eu temia. Aquilo sobre o que eu o adverti. Se for confirmado, teremos de ser rápidos. Antes...

Ela fez uma pausa olhando para o relógio. *Ora, dane-se*, pensou, e desligou. *Preciso voltar para casa em San Diego. Sou a única que sabe como lidar com isso. Vão precisar de mim.*

Ela jogou as roupas em uma mala de viagem, encerrou a conta do hotel e entrou em um táxi para a viagem de 24 quilômetros até o minúsculo campo de pouso de Buena Vista. Um pequeno avião estaria esperando para levá-la até La Paz, onde poderia pegar um voo comercial para San Diego.

A viagem de táxi foi péssima, a estrada, esburacada e tortuosa, a poeira entrando pela janela aberta. Mas a parte da viagem que ela mais temia era o voo que faria a seguir. Aviões pequenos a aterrorizavam. Não fosse a pressa de voltar para casa, faria o longo trajeto da Baja Península em seu próprio carro, agora estacionado em segurança no resort onde estava hospedada. Ela agarrou o assento das poltronas com as mãos suadas, imaginando que tipo de desastre aéreo a esperava.

Então, viu um relance de céu noturno, negro e aveludado, e pensou nas pessoas a bordo da estação espacial. Pensou nos riscos que outros seres humanos mais corajosos estavam correndo. Tudo era uma questão de perspectiva. Uma viagem em um pequeno avião não era nada comparada aos perigos que um astronauta tinha de enfrentar.

Não era hora de ser covarde. Vidas poderiam estar em jogo. E ela era a única que sabia o que fazer a respeito.

A viagem de chacoalhar os ossos subitamente ficou mais tranquila. Estavam em uma estrada pavimentada agora, graças a Deus, e Buena Vista estava a apenas alguns quilômetros de distância.

Sentindo a urgência daquela viagem, o motorista acelerou, e o vento entrou pelas janelas abertas, ferindo o seu rosto com a areia que carregava. Ela estendeu a mão para baixar o vidro. Foi quando sentiu o carro dar uma guinada para a esquerda para ultrapassar um carro mais lento. Ela ergueu a cabeça e viu, para seu horror, que estavam em uma curva.

— *Señor*! *Más despacio*! — disse ela. *Devagar.*

Estavam lado a lado com outro carro e o táxi continuava a acelerar, o motorista sem querer desistir da ultrapassagem. A estrada à frente fazia uma curva fechada para esquerda.

— Não ultrapasse! — disse ela. — Por favor, não.

Ela olhou para frente e ficou paralisada ao ver as luzes ofuscantes de outro carro.

Helen ergueu os braços para cobrir o rosto, ocultando o brilho daquelas luzes. Mas não teve como calar o cantar dos pneus e nem o seu próprio grito enquanto os faróis avançavam em sua direção.

3 de agosto

Sentado atrás da divisória de vidro do superlotado auditório de visitantes, Jack tinha uma visao clara da sala de controle de voo, onde cada console estava ocupado, cada controlador impecavelmente vestido para aparecer na TV. Embora os homens e mulheres que trabalhavam lá embaixo estivessem intensamente concentrados em seu trabalho, eles nunca se esqueciam inteiramente de que estavam sendo observados, que o olhar da opinião pública estava voltado para eles, e que cada gesto, cada balançar de cabeça, podia ser visto através da parede de vidro atrás deles. Havia apenas um ano, Jack ocupara o console do cirurgião de voo durante um lançamento do ônibus espacial e sentira o olhar daqueles estranhos como um vago, embora desconfortável, calor em sua nuca. Ele sabia que as pessoas lá embaixo estavam sentindo aquilo agora.

A atmosfera na FCR parecia extremamente calma, assim como as vozes no sistema de comunicação. Era a imagem que a NASA lutava para manter, a de profissionais fazendo direito o seu trabalho. O que o público raramente via eram as crises nas salas de controle dos fundos, os quase desastres, o caos que imperava quando as coisas davam errado e reinava a confusão.

Mas não hoje, pensou ele. *Carpenter está no comando, e tudo dará certo.*

O diretor de voo Randy Carpenter liderava a equipe de ascensão.

Ele tinha idade e experiência suficientes para ter testemunhado uma infinidade de crises durante a sua carreira. Ele acreditava que as tragédias durante voos espaciais geralmente não eram resultado de um grande defeito, mas sim de uma série de pequenos problemas que se acumulavam até resultarem em desastre. Por isso, era um aficionado por detalhes, uma pessoa para quem cada problema era uma crise em potencial. Sua equipe o admirava e literalmente via-o de baixo para cima, porque Carpenter era um homem gigantesco, com 1,93m de altura e quase 150kg.

Gretchen Liu, a diretora de relações públicas, estava sentada no extremo esquerdo, na última fila de consoles. Jack a viu se virar e dar aos espectadores um sorriso tranquilizador. Estava vestida em seu melhor traje para aparecer na TV, um terno azul-marinho e uma estola de seda cinza. Aquela missão chamara a atenção do mundo e, embora a maior parte da imprensa estivesse reunida no local de lançamento em Cabo Canaveral, havia repórteres o bastante no controle da missão do Centro Espacial Johnson para lotar o auditório de observadores.

A interrupção de dez minutos da contagem regressiva terminou. No áudio, ouviram a aprovação definitiva da meteorologia, e a contagem recomeçou. Jack inclinou-se para a frente, músculos tensos à medida que a hora do lançamento se aproximava. A velha febre dos lançamentos estava de volta. Há um ano, quando se afastara do programa espacial, achava ter deixado tudo aquilo para trás. Mas lá estava ele, novamente tomado de excitação.

O sonho. Ele imaginou a tripulação afivelada aos seus assentos, o veículo estremecendo à medida que as câmaras de oxigênio e hidrogênio líquido eram pressurizadas. Pensou em sua claustrofobia ao fecharem os visores. No sibilar do oxigênio. No disparar de seus pulsos.

— Temos ignição dos SRB — disse o diretor de relações públicas no Controle de Lançamento do KSC. — E lançamento! Temos lançamento! O controle agora passa para o JSC de Houston...

Na tela principal, todos acompanhavam o curso do ônibus espacial, que se arqueava para leste, de acordo com o plano de voo estipulado. Jack ainda estava tenso, o pulso acelerado. Nas telas de TV montadas no auditório, imagens do ônibus espacial eram transmitidas do KSC. As comunicações entre o Capcom e o comandante do ônibus espacial Kittredge eram ouvidas nos alto-falantes. A *Discovery* começava a rodar enquanto alcançava as camadas superiores da atmosfera, onde o céu azul logo se converteria na escuridão do espaço.

— Estamos indo bem — disse Gretchen no circuito de áudio para a imprensa.

Em sua voz, todos ouviram o triunfo de um lançamento perfeito. E, até agora, *fora* perfeito. Haviam passado pelo ponto de Max Q, pela separação dos SRB, pelo desligamento dos motores principais.

No FCR, o diretor de voo Carpenter ficou imóvel, olhos fixos na tela principal.

— *Discovery*, autorizado separação do ET — disse o Capcom.

— Entendido, Houston — disse Kittredge. — Separação do ET completada.

Foi o súbito erguer da volumosa cabeça de Carpenter que disse para Jack que estava acontecendo algo incomum. No FCR, um surto de atividade pareceu animar todos os controladores de voo ao mesmo tempo. Diversos deles olhavam de esguelha para Carpenter, cujos ombros geralmente relaxados estavam agora tensos de atenção. Gretchen pressionava o fone de ouvido enquanto ouvia atentamente as transmissões.

Algo está errado, pensou Jack.

As comunicações terra-ar continuavam a ser ouvidas no auditório.

— *Discovery* — disse o Capcom — MMACS, indica que portas umbilicais não se fecharam. Por favor, confirme.

— Entendido. Confirmado. As portas não estão se fechando.

— Sugiro que passe ao comando manual.

Houve um silêncio terrível e então ouviram Kittredge dizer:

— Houston, tudo bem agora. As portas acabaram de fechar.

Somente então, quando suspirou profundamente, Jack deu-se conta de que estava prendendo a respiração. Até então, aquela fora a única pequena falha. Tudo o mais, pensou, estava perfeito. Contudo, os efeitos da adrenalina ainda perduravam e suas mãos estavam suadas. Acabavam de receber uma advertência de que muitas coisas podiam dar errado, e ele não conseguia afastar esta nova sensação de inquietude.

Jack olhou para o FCR e perguntou-se se Randy Carpenter, o melhor dos melhores, tinha o mesmo pressentimento.

4 de agosto

Era como se o relógio em seu cérebro tivesse sido automaticamente reprogramado, alterando o seu ciclo de sono e de vigília, de modo que sua mente despertasse à 1 hora. Jack ficou deitado, olhos bem abertos, olhando para o mostruário do despertador. Assim como o ônibus espacial *Discovery*, pensou, estou tentando alcançar a ISS. Alcançar Emma. Seu corpo já estava sincronizado com o dela. Dali a uma hora ela acordaria e começaria o seu dia de trabalho. E lá estava Jack, já desperto, seus ritmos quase paralelos.

Ele não tentou voltar a dormir. Em vez disso, levantou-se e se vestiu.

À 1h30, o Controle da Missão estava fervilhando de atividade. Primeiro olhou para o FCR, onde sentavam os controladores do ônibus espacial. Até então, nenhuma crise ocorrera a bordo da *Discovery*.

Ele desceu o corredor rumo às Operações de Veículo Especial, a sala de controle da ISS. Era muito menor que a FCR do ônibus espacial, mas contava com pessoal e fileiras de consoles exclusivas. Jack foi direto ao console do cirurgião de voo e afundou na cadeira ao lado de Roy Bloomfeld, o médico de plantão. Bloomfeld olhou para ele, surpreso.

— Ei, Jack. Estou vendo que você realmente voltou ao programa.

— Não consigo ficar longe.

— Bem, não pode ser pelo dinheiro. Portanto, tem de ser pela emoção. — Ele se recostou, bocejando. — Hoje à noite não tem havido muita emoção.

— O paciente está estável?

— Tem estado nas últimas 24 horas. — Bloomfeld inclinou a cabeça em direção às leituras da biotelemetria no seu console. O

ECG e as leituras de pressão arterial de Kenichi Hirai piscavam na tela. — O ritmo está firme como uma rocha.

—Nenhum desdobramento?

—O último boletim foi há quatro horas. A dor de cabeça está pior, e ele ainda tem febre. Os antibióticos não parecem estar adiantando. Estamos todos intrigados.

—Emma tem alguma ideia?

—À essa altura, ela provavelmente está exausta demais para pensar. Disse-lhe para dormir um pouco, uma vez que estamos monitorando o paciente. Até agora, tem sido bastante tedioso. — Bloomfeld bocejou outra vez. — Ouça, preciso ir ao banheiro. Poderia olhar o console para mim por alguns minutos?

—Sem problemas.

Bloomfeld saiu da sala, e Jack pôs os fones de ouvido.

Sentia-se em casa ao ver-se outra vez diante de um console. Ouvir a conversa abafada dos outros controladores, observar a tela principal, onde a rota da estação orbital era traçada em uma onda sinuosa sobre um mapa-múndi. Podia não ser um lugar no ônibus espacial, mas era o mais perto que conseguiria chegar. *Jamais tocarei as estrelas, mas posso estar aqui e ver outros fazê-lo.* Foi uma revelação surpreendente o fato de ter aceitado aquela amarga reviravolta em sua vida. O fato de poder estar na periferia de seu antigo sonho e ainda admirá-lo ao longe.

Seu olhar voltou-se para o ECG de Kenichi Hirai, e ele se inclinou para a frente. A linha oscilou rapidamente e, então, transformou-se em uma linha completamente reta no topo da tela.

Jack relaxou. Não havia com o que se preocupar. Entendeu aquilo como uma anomalia elétrica, provavelmente um contato solto do ECG. O marcador de pressão arterial continuava a pulsar na tela, sem alterações. Talvez o paciente tivesse se movimentado e acidentalmente arrancado um contato. Ou Emma tivesse desconectado o monitor, para permitir que ele usasse o toalete em privacidade. Agora, a pressão arterial era cortada abruptamente, outra indicação de que Kenichi estava desconectado dos monitores. Olhou as telas mais um instante, esperando que as leituras voltassem a aparecer.

Quando isso não aconteceu, ele entrou no circuito de comunicação:

— Capcom, aqui é o cirurgião. Estou detectando um padrão de contatos soltos no ECG do paciente.

— Contatos soltos?

— Parece ter sido desconectado do monitor. Não vejo a linha do coração. Poderia falar com Emma para confirmar?

— Entendido, cirurgião. Vou chamá-la.

Um gemido suave tirou Emma de seu sono sem sonhos, e ela despertou com o beijo frio da umidade em seu rosto. Não pretendia cochilar. Embora o controle da missão estivesse monitorando continuamente o ECG de Kenichi pela biotelemetria e a alertasse em caso de alguma alteração, pretendera ficar desperta durante o período de sono da tripulação. Contudo, nos últimos dois dias tivera apenas breves períodos de descanso, que eram frequentemente interrompidos por colegas tripulantes, despertando-a com perguntas sobre as condições do paciente. A exaustão e o extremo relaxamento que a falta de gravidade causara finalmente a pegaram. Sua última lembrança era a de estar observando o ritmo cardíaco de Kenichi piscando na tela em uma linha hipnótica, a linha se transformando em uma mancha verde borrada. Depois, tudo escureceu.

Ciente da água fria contra seu rosto, ela abriu os olhos e viu um glóbulo flutuar em sua direção, rodopiando em um arco-íris de reflexos. Demorou alguns segundos até compreender para o que estava olhando, outros segundos para registrar dezenas de outros glóbulos dançando como ornamentos natalinos prateados ao seu redor.

Estática. Então uma voz irrompeu em sua unidade de comunicação:

— Hã, Watson, aqui é Capcom. Detestamos ter de despertá-la, mas precisamos confirmar a situação dos contatos de ECG do paciente.

Exausta, Emma respondeu:

— Estou acordada, Capcom. Eu acho.

— A biotelemetria mostra uma anomalia no ECG de seu paciente. O cirurgião acha que há algum contato solto.

Ela estivera flutuando, rodopiando no ar enquanto dormia. Agora, se reorientava no módulo, voltando-se para onde o paciente devia estar.

O saco de dormir estava vazio. O tubo de intravenoso flutuava, a extremidade do cateter liberando gotículas de soro no ar. Os fios soltos dos eletrodos também flutuavam, emaranhados.

Imediatamente ela desligou a bomba de infusão e olhou em torno.

— Capcom, ele não está aqui. Ele deixou o módulo! Espere.

Ela pegou impulso na parede e foi em direção ao Nodo 2, que levava aos laboratórios da NASDA e da ESA. Bastou olhar pela escotilha para ver que ele não estava ali.

— Você o localizou? — perguntou o Capcom.

— Negativo. Ainda procurando.

Teria ficado desorientado e estaria vagando confuso pela estação?

Voltando ao laboratório dos EUA, Emma atravessou a escotilha do nodo. Uma gota roçou-lhe a face. Ela a tocou com a mão e surpreendeu-se ao ver o dedo manchado de sangue.

— Capcom, ele atravessou o Nodo 1. Está sangrando por causa da picada da intravenosa.

— Recomendo que feche o fluxo de ar entre os módulos.

— Entendido.

Ela atravessou a escotilha do módulo habitacional. As luzes haviam sido amenizadas e, em meio à penumbra, viu Griggs e Luther, ambos profundamente adormecidos, fechados em seus sacos de dormir. Nada de Kenichi.

Não entre em pânico, pensou, antes de fechar o fluxo de ar entre os módulos. *Pense. Para onde ele iria?*

De volta à sua própria estação-dormitório, na extremidade russa da ISS.

Sem despertar Griggs ou Luther, ela deixou o módulo habitacional e atravessou com rapidez o túnel de nodos e módulos, o olhar voltando-se da esquerda para a direita em busca do paciente fugitivo.

— Capcom, ainda não o localizei. Estou em Zarya indo em direção ao RSM.

Ela entrou no módulo de serviço russo, onde Kenichi normalmente dormia. Na penumbra, viu Diana e Nicolai, ambos adormecidos, flutuando como afogados, braços livres fora do saco de dormir. A estação de Kenichi estava vazia.

Sua ansiedade transformou-se em medo.

Ela cutucou Nicolai. Ele demorou a despertar, e mesmo depois de abrir os olhos, demorou um instante até compreender o que ela estava lhe dizendo.

— Não consigo encontrar Kenichi — repetiu Emma. — Precisamos procurar em todos os módulos.

— Watson — disse o Capcom em seu fone de ouvido. — A engenharia informa anomalia intermitente na câmara de ar do Nodo 1. Favor verificar.

— Qual anomalia?

— Leituras positivas e negativas indicam que a escotilha entre a câmara de equipamentos e a de tripulantes pode não estar fechada direito.

Kenichi. Ele está na câmara de ar.

Com Nicolai logo atrás, ela voou como um pássaro através da estação e entrou no Nodo 1. Ao olhar pela primeira vez através da escotilha aberta, para a câmara de equipamentos, Emma viu o que lhe pareciam ser três corpos. Dois eram apenas o par de trajes de EVA, duras carapaças pendurados nas paredes da câmara de ar para poderem ser facilmente vestidas.

Pairando no ar, o corpo arqueado para trás em um espasmo convulsivo, estava Kenichi.

— Ajude-me a tirá-lo daqui! — exclamou Emma.

Ela foi para trás dele e, fixando o pé na escotilha externa, empurrou-o em direção a Nicolai, que o tirou da câmara pressurizada. Juntos, empurraram-no em direção ao módulo do laboratório, onde o equipamento médico fora montado.

— Capcom, localizamos o paciente — disse Emma. — Parece estar tendo convulsões epiléticas. Preciso falar com o cirurgião!

— Espere, Watson. Prossiga, cirurgião.

Emma ouviu uma voz incrivelmente familiar ao fone de ouvido.

— Ei, Em. Ouvi dizer que está com um problema aí em cima.

— *Jack*? O que está fazendo...?

— Como está o paciente?

Ainda atônita, ela concentrou a atenção em Kenichi. Mesmo enquanto reaplicar as intravenosas e os contatos de ECG, perguntava-se o que Jack estaria fazendo no controle da missão. Ele não se sentava em um console de cirurgião de voo havia mais de um ano e agora lá estava ele ao comunicador, voz calma, enquanto perguntava por Kenichi.

— Ainda está tendo convulsões?

— Não. Está fazendo movimentos deliberados agora, lutando contra nós...

— Sinais vitais?

— O pulso está acelerado, 120, 130. Peito ofegante.

— Bom. Então está respirando.

— Estamos ligando o ECG agora. — Ela olhou para o ritmo cardíaco na tela do monitor. — Taquicardia sinusal, taxa de 124. Ocasionais contrações preventriculares.

— Estou vendo na biotelemetria.

— Tomando a pressão arterial agora... — Emma levantou a manga do paciente e auscultou o pulso braquial à medida que a pressão era lentamente liberada. — É 9,5 por 6. Nada significativo.

O golpe a pegou de surpresa. Emma emitiu um grito agudo de dor quando a mão de Kenichi a atingiu na boca. O impacto a fez se afastar e ela voou através do módulo, colidindo com a parede oposta.

— Emma? — chamou Jack. — *Emma?*

Entontecida, ela tocou o lábio dolorido.

— Você está sangrando! — exclamou Nicolai.

No fone de ouvido, Jack perguntava, angustiado:

— O que diabos está acontecendo aí em cima?

— Estou bem — murmurou ela. E repetiu, irritada: — Estou bem, Jack. Não se altere.

Mas sua cabeça ainda estava zumbindo por causa do golpe. Enquanto Nicolai amarrava Kenichi à maca de contenção de paciente, Emma ficou mais atrás, esperando passar a tontura e, a princípio, não registrou o que Nicolai estava dizendo.

Então, viu descrença nos olhos do colega.

— Olhe para o estômago dele — murmurou Nicolai. — *Olhe!*

Emma se aproximou.

— Que diabo é isso? — sussurrou ela.

— Fale comigo, Emma — disse Jack. — Diga-me o que está acontecendo.

Ela olhou para o abdome de Kenichi, que parecia ondular e fervilhar.

— Há algo se movendo... sob a pele dele...

— Como assim, se movendo?

— Parecem fasciculações. Mas está migrando através da barriga...

— Não é peristaltismo?

— Não. Está *subindo*. Não está seguindo o trato intestinal.

Ela se calou. A movimentação parou subitamente, e o abdome de Kenichi voltou a ser uma superfície macia, sem alterações.

Fasciculações, pensou Emma. Espasmos desordenados de fibras musculares. Era a explicação mais plausível, com exceção de um detalhe: fasciculações não migram em ondas.

Os olhos de Kenichi abriram-se de repente, e ele olhou para Emma.

O alarme cardíaco disparou. Emma voltou-se para ver a linha do ECG na tela.

— Taquicardia ventricular! — exclamou Jack.

— Estou vendo, estou vendo! — Ela apertou o botão de carga do desfibrilador, então sentiu o pulso da carótida de Kenichi.

Ali estava. Tênue, quase imperceptível.

Os olhos do paciente se reviraram e somente a esclera vermelha era visível. Ele ainda respirava.

Emma posicionou os contatos do desfibrilador sobre o peito do paciente e apertou o botão de descarga. Uma carga elétrica de 100 joules atravessou o corpo de Kenichi.

Seus músculos se contraíam em espasmos violentos e simultâneos. Suas pernas golpeavam a maca. Apenas as correias evitavam que ele saísse voando pelo módulo.

— Ainda com taquicardia ventricular! — exclamou Emma.

Diana entrou voando no módulo.

— O que posso fazer? — perguntou.

— Prepare a lidocaína! — disse Emma. — Está na gaveta CDK, à direita.

— Encontrei.

— Ele não está respirando! — exclamou Nicolai.

Emma pegou o ventilador manual e disse:

— Nicolai, me segure!

Ele foi até a posição indicada, firmando os pés na parede oposta, as costas pressionadas contra as de Emma para firmá-la no lugar enquanto aplicava a máscara de oxigênio. Na Terra, uma ressuscitação cardiopulmonar é algo bastante complexo. Em um ambiente de microgravidade, era um pesadelo de complexas acrobacias, com equipamentos pairando ao redor, tubos se enroscando no ar, seringas com drogas preciosas que se afastavam flutuando. O simples ato de pressionar as mãos contra o peito de um paciente podia fazê-lo sair voando pelo ar. Embora a tripulação tivesse sido treinada para uma situação assim, nenhum ensaio podia reproduzir o verdadeiro caos de corpos se movendo freneticamente em um espaço restrito, correndo contra o relógio de um coração moribundo.

Com a máscara sobre a boca e o nariz de Kenichi, ela apertou o ventilador manual, forçando o oxigênio a entrar nos pulmões. A linha do ECG continuava irrequieta.

— Administrada uma ampola de lidocaína intravenosa — disse Diana.

— Nicolai, outro choque! — exclamou Emma.

Após uma breve hesitação, ele pegou os contatos, posicionou-os no tórax e apertou o botão de descarga. Desta vez, 200 joules atingiram o coração de Kenichi.

Emma olhou para o monitor.

— Ele entrou em fibrilação ventricular! Nicolai, comece as compressões cardíacas. Vou entubá-lo!

Nicolai soltou os contatos do desfibrilador, que começaram a flutuar, pendurados à ponta dos fios. Firmando-se à parede oposta do módulo, ele estava a ponto de pousar as mãos espalmadas sobre o esterno de Kenichi quando subitamente as afastou.

Emma olhou para ele.

— O que foi?

— O peito dele. Olhe para o peito!

Eles olharam.

A pele do peito de Kenichi fervilhava, retorcendo-se. Nos pontos onde os contatos do desfibrilador haviam disparado as suas cargas elétricas, haviam se formado dois círculos protuberantes que agora se espalhavam, como ondulações provocadas por uma pedra atirada na água.

— Assistolia! — disse Jack ao fone de ouvido de Emma.

Nicolai ainda estava paralisado, olhando para o peito de Kenichi.

Foi Emma quem se posicionou, pressionando as costas contra as de Nicolai.

Assistolia. O coração parou. Sem as compressões cardíacas, ele vai morrer.

Ela não sentiu nada se movendo, nada incomum. Apenas pele esticada sobre ossos. *Fasciculações musculares,* pensou. *Tem de ser. Não há outra explicação.* Com o corpo em posição, Emma começou as compressões no tórax, mãos fazendo o trabalho do coração de Kenichi, bombeando sangue para seus órgãos vitais.

— Diana, uma ampola de epinefrina intravenosa! — ordenou.

Diana injetou a droga no tubo.

Todos olharam para o monitor, esperando, rezando por um bipe na tela.

11

— Tem de ser feita uma necropsia — disse Todd Cutler.

Gordon Obie, diretor de Operações de Tripulações de Voo, lançou-lhe um olhar irritado. Alguns dos outros na sala de conferências também se irritaram, porque ele apenas dissera o óbvio. É claro que haveria uma necropsia.

Mais de uma dúzia de pessoas compareciam àquela reunião extraordinária. Uma autópsia era a menor de suas preocupações. No momento, Obie lidava com assuntos mais urgentes. Normalmente um homem de poucas palavras, agora se via na desconfortável situação de ter microfones de repórteres enfiados em sua cara sempre que aparecia em público. O doloroso processo de definir os culpados começara.

Obie tinha de aceitar uma porção de responsabilidade pela tragédia, porque aprovara a escolha dos membros da tripulação. Se a tripulação errara, *ele* também errara. E ter escolhido Emma Watson estava começando a parecer um grande erro.

Pelo menos era essa a mensagem que ouvia naquela sala. Como única médica a bordo da ISS, Emma Watson deveria ter se dado conta de que Hirai estava morrendo. Uma evacuação imediata no CRV poderia tê-lo salvado. Agora, um ônibus espacial fora lançado, e uma multimilionária missão de resgate se transformava em nada além de um transporte de cadáver. Washington estava ansiosa por bodes expiatórios, e a imprensa estrangeira fazia uma pergunta politicamente incendiária: será que eles deixariam morrer um astronauta *americano*?

O desastre de relações públicas era, na verdade, o assunto principal daquela discussão.

Gretchen Liu disse:

— O senador Parish fez uma declaração pública.

O diretor do JSC, Ken Blankenship resmungou:

— Tenho até medo de perguntar qual foi.

— A CNN de Atlanta mandou um fax dizendo: "Milhões de dólares de impostos foram usados no Veículo de Retorno de Tripulação. No entanto, a NASA preferiu não usá-lo. Tinham um homem doente em situação crítica lá em cima, cuja vida poderia ter sido salva. Agora, o bravo astronauta está morto e é evidente para todos que um erro terrível foi cometido. Uma morte no espaço é inconcebível. Impõe-se uma investigação do Congresso." — Gretchen ergueu a cabeça com uma expressão grave. — Nosso senador favorito falando.

— Pergunto-me quantas pessoas se lembram que ele tentou vetar nosso programa do Veículo de Retorno da Tripulação — disse Blankenship. — Adoraria esfregar isso na cara dele agora.

— Não pode — disse Leroy Cornell.

Como administrador da NASA, cabia-lhe ponderar todas as implicações políticas. Ele era o contato com o Congresso e com a Casa Branca e nunca perdia de vista a noção de como as coisas aconteciam em Washington.

— Atacar um senador diretamente é atirar merda no ventilador.

— Ele *está* nos atacando.

— Não há nada de novo nisso. Todo mundo sabe.

— O público não sabe — disse Gretchen. — Ele está ganhando as manchetes com esses ataques.

— Esse é o problema: o senador quer as manchetes — disse Cornell. — Se nós contra-atacarmos, vamos alimentar a besta da mídia. Veja, Parish nunca foi nosso apoio. Foi contra todo aumento de orçamento que pedimos. Ele quer comprar navios de guerra, não espaçonaves, e jamais mudaremos a opinião dele. — Cornell inspirou profundamente e olhou ao redor na sala. — Então seria bom prestar atenção nas críticas que ele faz e nos perguntarmos se não são justificadas.

A sala ficou em silêncio um instante.

— Obviamente cometemos erros — disse Blankenship. — Erros de avaliação médica. Por que não sabíamos quão doente ele estava?

Obie viu os dois cirurgiões de voo trocarem olhares inquietos. Todos estavam concentrados no desempenho da equipe médica. E em Emma Watson.

Ela não estava ali para se defender. Obie teria de falar em seu nome.

Todd Cutler se antecipou:

— Watson estava em desvantagem lá em cima. Qualquer médico estaria — disse ele. — Sem radiografia, sem sala de cirurgia. A verdade é que nenhum de nós sabe por que Hirai morreu. É por isso que precisamos de uma necropsia. Precisamos saber o que deu errado e se a microgravidade foi um fator que contribuiu para isso.

— Nenhum problema quanto a uma necropsia — disse Blankenship. — Todos concordamos que deve ser feita.

—Não, o motivo de ter mencionado isso é por causa do... — Cutler baixou a voz — do problema da preservação.

Houve uma pausa. Obie viu os olhares baixarem, todos incomodados com o significado daquelas palavras.

—Estamos falando da falta de refrigeração na estação — disse Obie. — Não temos nada para refrigerar algo tão grande como um corpo humano. Não em um ambiente pressurizado.

Woody Ellis, diretor de Voo da ISS disse:

—O encontro com o ônibus espacial será em 17 horas. Quanto o corpo pode se deteriorar neste tempo?

—Também não há refrigeração a bordo do ônibus espacial — destacou Cutler. — A morte ocorreu há sete horas. Acrescente a isso o tempo gasto na acoplagem, na transferência do corpo, assim como de outras cargas, na desacoplagem. Estamos falando ao menos de três dias com o corpo em temperatura ambiente. E isso se tudo correr dentro do prazo. O que, como todos sabemos, não é certo.

Três dias. Obie pensou no que podia acontecer com um cadáver em dois dias. Em como pedaços de galinha fediam caso fossem deixados uma única noite na lixeira...

—Está me dizendo que a *Discovery* não pode atrasar a volta à Terra nem mesmo em um dia? — perguntou Ellis. — Esperávamos que tivéssemos tempo para executar outras tarefas. Há diversas experiências na ISS prontas para voltarem para casa. Os cientistas em terra estão esperando por isso.

—Uma necropsia não vai ajudar muito se o corpo se deteriorar — disse Cutler.

—Não há algum meio de preservá-lo? Embalsamá-lo?

—Não sem afetar a sua química. Precisamos de um corpo não embalsamado. E precisamos dele logo.

Ellis suspirou.

—Tem de haver um meio-termo. Um modo *de fazerem alguma coisa* enquanto estiverem acoplados.

Gretchen disse:

— Do ponto de vista das relações públicas, não é bom cuidar de assuntos triviais enquanto há um corpo na coberta. Afora isso, não há alguns... bem, riscos para a saúde? Há, também... o cheiro.

— O corpo está lacrado em um saco plástico — disse Cutler. — Podem escondê-lo atrás de uma cortina em uma estação-dormitório.

O assunto estava ficando tão mórbido que a maioria dos rostos na sala estava pálida. Podiam falar de desastre político e crise com a mídia. Podiam falar sobre senadores hostis e anomalias mecânicas. Mas cadáveres e fedor de carne deteriorada eram coisas nas quais não queriam se deter.

Leroy Cornell finalmente rompeu o silêncio.

— Compreendo a sua urgência em levar o corpo para necropsia, Dr. Cutler. E também compreendo o ponto de vista das relações públicas. A aparente... falta de sensibilidade caso façamos nosso trabalho nessas circunstâncias. Mas *há* coisas que precisamos fazer, mesmo diante de nossas perdas. — Ele olhou para todos ao redor da mesa. — Não é este o nosso objetivo principal? Uma de nossas forças como organização? Não importa o que dê errado, não importa o que soframos, sempre lutamos para fazer o nosso trabalho.

Nesse momento, Obie sentiu uma súbita mudança de humor no ambiente. Até então, trabalhavam sob o impacto da tragédia, da pressão da mídia. Ele vira abatimento e derrota naqueles rostos. E autodefesa. Agora, o choque se dissipava. Olhou para Cornell e sentiu diminuir um pouco do desdém que sentia por aquele sujeito. Obie nunca confiara em gente de fala mansa como Cornell. Ele achava os administradores da NASA um mal necessário e os tolerava apenas enquanto mantivessem o nariz fora das decisões operacionais.

Às vezes, Cornell avançava o sinal. Hoje, porém, fizera-lhes um favor obrigando-os recuar e ver o quadro em uma perspectiva mais ampla. Cada um viera para aquele encontro com suas preocupações particulares. Cutler queria um cadáver fresco para necropsia. Gretchen Liu queria a coisa certa para dizer à imprensa. A equipe de administração do ônibus espacial queria expandir a missão da *Discovery.*

Cornell acabara de lembrá-los que tinham de olhar para além daquela morte, para além de suas preocupações individuais e se concentrarem no que era melhor para o programa espacial.

Obie meneou levemente a cabeça, concordando, o que foi notado por outros à mesa. A Esfinge finalmente demonstrara a sua opinião.

— Todo lançamento bem-sucedido é uma dádiva do céu — disse ele. — Não desperdicemos este.

5 de agosto

Morto.

Os tênis de corrida de Emma golpeavam ritmicamente a esteira do TVIS, e cada toque das solas de seus calçados contra a esteira, cada impacto contra seus ossos, juntas e músculos era outro golpe de autopunição.

Morto.

Eu o perdi. Fiz tudo errado e o perdi.

Devia ter me dado conta de quão doente ele estava. Devia ter forçado um resgate no CRV. Mas eu o adiei, porque achei que podia cuidar disso. Achei que poderia mantê-lo vivo.

Com músculos doloridos, suor porejando na testa, ela continuou a se punir, enfurecida com o próprio fracasso. Ela não usava o TVIS havia três dias porque estivera muito ocupada cuidando de Kenichi. Para recuperar o tempo perdido, atara-se à lateral do aparelho, ligara a esteira e começara a correr.

Na Terra ela adorava correr. Não era tão rápida, mas desenvolvera resistência e aprendera a ingressar naquele transe hipnótico que acomete os fundistas, à medida que os quilômetros se desfazem sob seus pés, quando a dor dos músculos dá lugar à euforia. Dia após dia ela trabalhara para obter aquela resistência, forçara-se, teimosamente, a correr mais tempo, ir mais longe, sempre competindo com a última corrida, nunca sendo condescendente. Sempre fora assim desde menina; menor que as outras, embora mais determinada. Sempre fora exigente em sua vida, mas nunca mais do que fora para si mesma.

Errei. Agora meu paciente está morto.

O suor encharcava sua camisa, uma grande mancha de umidade espalhando-se entre seus seios. Suas coxas e panturrilhas estavam além do estágio da dor. Os músculos já estavam se contraindo, à beira do colapso pela constante tensão.

Alguém desligou o interruptor do TVIS.

A esteira subitamente parou. Ela ergueu a cabeça e viu que Luther olhava para ela.

— Acho que já basta, Watson — murmurou.

— Ainda não.

— Está aqui há mais de três horas.

— Só estou aquecendo — murmurou, mal-humorada.

Ela acionou o interruptor e mais uma vez se pôs a correr sobre a esteira.

Luther observou um instante, flutuando ao nível dos olhos dela, sem desviar o olhar. Ela odiava ser analisada e chegou a odiá-lo naquele instante, porque achou que ele podia ver através de sua dor, de sua decepção consigo mesma.

— Não seria mais rápido se batesse a cabeça contra a parede? — perguntou Luther.

— Mais rápido. Mas não doloroso o bastante.

— Entendi. Para ser punição, tem de doer, certo?

— Certo.

— Faria alguma diferença se eu dissesse que isso é uma besteira? Porque de fato é. É perda de energia. Kenichi morreu porque ficou doente.

— Era aí que eu devia entrar.

— E você não pôde salvá-lo. Então agora é a incompetente da corporação, hein?

— Certo.

— Bem, está errada. Porque eu reclamei este título antes de você.

— Isso é algum tipo de competição?

Outra vez ele desligou a TVIS. Outra vez a esteira parou. Ele olhava diretamente para os olhos dela e estava furioso. Tão furiosa quanto ela.

— Lembra quando me ferrei? No *Columbia*?

Ela não respondeu. Não precisava.

Todos na NASA se lembravam. Acontecera havia quatro anos, durante uma missão de reparo a um satélite de comunicação. Luther era o especialista da missão responsável por reativar o satélite após o fim dos reparos. A tripulação o ejetou de seu berço na área de carga útil e observou-o se afastar. Os foguetes entraram em ignição na hora programada, enviando o satélite para a altitude correta, onde ele não respondeu a qualquer comando. Estava morto em órbita, um pedaço de ferro-velho de muitos milhões de dólares circulando a Terra inutilmente.

Quem foi o responsável por tal calamidade?

Quase imediatamente, a culpa recaiu sobre os ombros de Luther Ames. Na sua pressa de reativar o satélite, ele esquecera de digitar códigos de programação vitais. Ou essa foi a alegação do cliente do setor privado. Luther insistiu que *digitara* os códigos, que estava sendo usado como bode expiatório por conta de erros cometidos pelo fabricante do satélite. Embora o público tivesse ouvido muito pouco da controvérsia, dentro da NASA a história era bem conhecida. Luther não foi mais escalado. Foi condenado à categoria de astronauta fantasma, ainda na corporação, mas invisível para os que escolhiam as tripulações do ônibus espacial.

Para complicar tudo, havia o fato de Luther ser negro.

Durante três anos, ele sofreu na obscuridade, seu ressentimento se acumulando. Apenas o apoio de amigos mais próximos entre os outros astronautas — Emma mais que todos — o mantivera na corporação. Sabia não ter cometido erros, mas poucos na NASA acreditavam nele. Ele sabia que as pessoas falavam às suas costas. Luther era o homem que os racistas apontavam como prova de que as minorias não têm as qualidades dos "eleitos". Ele lutara para manter sua dignidade, embora às vezes se sentisse desesperado.

Então, a verdade veio à tona. O satélite estava com defeito. Luther Ames foi oficialmente absolvido de culpa. Em uma semana, Gordon Obie ofereceu-lhe uma missão, uma missão de quatro meses a bordo da ISS. Mas, mesmo agora, Luther ainda sentia a mancha duradoura em sua reputação. Ele sabia, dolorosamente, o que Emma estava sentindo.

Ele a encarou bem de perto, forçando-a a olhar para ele.

—Você não é perfeita, está bem? Todos somos humanos.

Ele fez uma pausa e acrescentou a seguir, secamente:

—Talvez com exceção de Diana Estes.

Contra a vontade, ela riu.

—Acabou a punição. Hora de se mexer, Watson.

A respiração de Emma voltara ao normal, embora seu coração continuasse acelerado, porque ainda estava furiosa consigo mesma. Mas Luther estava certo, ela tinha de prosseguir. Era hora de lidar com as consequências de seus erros. Ainda seria preciso enviar um relatório final para Houston. Resumo médico, histórico clínico. Diagnóstico. Causa da morte.

Médica incompetente.

— A *Discovery* acoplará em duas horas — disse Luther. — Você tem trabalho a fazer.

Após um instante, ela assentiu e livrou-se das correias de contenção do TVIS.

Hora de trabalhar, o rabecão está vindo aí.

7 de agosto

O corpo amarrado, lacrado em sua mortalha, rodopiava lentamente em meio à penumbra. Cercado pela desordem de excesso de equipamento e tubos de lítio vazios, o corpo de Kenichi era como mais uma peça desnecessária da estação descartada na cápsula *Soyuz*. A *Soyuz* não estava operando havia mais de um ano, e a tripulação da estação usava seu compartimento de serviço como espaço de armazenamento de refugos. Parecia um terrível insulto Kenichi estar ali, mas a tripulação ficara muita abalada com a sua morte. Ser confrontado repetidamente com seu corpo, flutuando em um dos módulos onde trabalhavam ou dormiam, teria sido muito perturbador.

Emma voltou-se para o comandante Kittredge e para o médico O'Leary do ônibus espacial *Discovery*.

— Lacrei o corpo imediatamente após a morte — disse ela. — Não foi tocado desde então.

Ela parou de falar e voltou o olhar para o cadáver. A mortalha era negra, e as pequenas e protuberantes bolhas plásticas que a recobriam não permitiam que adivinhassem as formas do corpo humano que envolvia.

— Os tubos ainda estão conectados? — perguntou O'Leary.

— Sim. Duas intravenosas, a sonda endotraqueal, e a nasogástrica. — Emma não mexera em nada, pois sabia que os patologistas que fariam a necropsia desejariam que tudo estivesse no lugar. — Vocês têm todas as culturas de sangue, todos os espécimes que recolhemos dele. Tudo.

Kittredge meneou a cabeça, soturno.

— Vamos lá.

Emma soltou a corda e tocou o corpo. Parecia duro, inchado, como se os tecidos já estivessem passando pela decomposição anaeróbia. Ela evitou pensar em como estaria o corpo de Kenichi sob a película de plástico escuro.

Foi uma procissão silenciosa, tão lúgubre quanto um cortejo fúnebre, os acompanhantes flutuando como espectros enquanto escoltavam o corpo através do longo túnel de módulos. Kittredge e O'Leary iam na frente, guiando o corpo através das escotilhas. Eram seguidos por Jill Hewitt e Andy Mercer, todos em silêncio. Quando o veículo orbital acoplara, havia um dia e meio, Kittredge e sua tripulação trouxeram sorrisos e abraços, maçãs e limões frescos, e a tão esperada edição de domingo do *New York Times*. Aquela era a antiga equipe de Emma, as pessoas com quem ela treinara durante um ano, e vê-los outra vez foi como uma reunião de família agridoce. Agora a reunião terminara e o último item a ser movido para bordo da *Discovery* fazia o seu trajeto fantasmagórico em direção ao módulo de acoplagem.

Kittredge e O'Leary puxaram o corpo através das comportas até o convés intermediário da *Discovery*. Ali, o lugar onde a tripulação do ônibus espacial comia e dormia, ficaria o corpo até a aterrissagem. O'Leary o levou até um dos catres horizontais. Antes do lançamento, aquele catre fora remodelado para servir como estação médica para o paciente adoentado. Agora, seria usado como ataúde temporário.

— Não está entrando — disse O'Leary. — Acho que o corpo está muito distendido. Foi exposto ao calor?

Ele olhou para Emma.

— Não. A temperatura da *Soyuz* foi mantida.

— Aqui está o problema — disse Jill. — A mortalha agarrou na abertura. — Ela estendeu a mão e soltou o plástico. — Tente agora. — Daquela vez o corpo entrou. O'Leary fechou o painel de privacidade do catre de modo que ninguém precisasse olhar para o seu ocupante.

Seguiu-se uma solene cerimônia de despedida entre as duas tripulações.

Kittredge abraçou Emma e murmurou:

— Na próxima missão, Watson, você será a minha primeira escolha.

Quando se separaram, ela estava chorando.

Tudo terminou na tradicional cerimônia de despedida entre os comandantes Kittredge e Griggs. Emma olhou pela última vez para a tripulação do veículo orbital — a *sua* tripulação — acenando-lhes adeus. Então, a escotilha se fechou. Embora a *Discovery* permanecesse acoplada à ISS por mais 24 horas enquanto a tripulação descansava e se preparava para desacoplar, o fechamento daquelas escotilhas pressurizadas encerrava efetivamente qualquer contato humano entre eles. Estavam outra vez em veículos separados, temporariamente acoplados, como duas libélulas em uma dança de acasalamento no espaço.

A piloto Jill Hewitt estava com dificuldade para dormir.

A insônia era algo novo para ela. Até mesmo na noite anterior a um lançamento, conseguia dormir profundamente, confiando em uma vida inteira de boa sorte para ampará-la no dia seguinte. Orgulhava-se de nunca ter precisado de uma pílula para dormir. As pílulas eram para os neuróticos e obsessivos, que se preocupavam com milhares de coisas terríveis. Como piloto naval, Jill já tivera mais do que a parte que lhe cabia de perigo mortal. Voara sobre o Iraque, aterrissara um jato danificado em um porta-aviões em movimento, ejetara-se do avião sobre um mar tempestuoso. Achava ter enganado a morte tantas vezes que esta certamente desistira e voltara derrotada para casa. Portanto, ela geralmente dormia bem.

Naquela noite, porém, o sono não vinha. Era por causa do cadáver.

Ninguém quis ficar perto dele. Embora o painel de privacidade estivesse fechado, ocultando o corpo, todos sentiam a sua presença. A morte entrara no seu espaço vital, lançara a sua sombra sobre o jantar, estragara suas piadas habituais. Era o indesejável quinto membro da tripulação.

Como para fugir daquilo, Kittredge, O'Leary e Mercer abandonaram as suas habituais estações de sono e foram para o convés superior. Apenas Jill permaneceu no convés intermediário, talvez para provar para os homens que ela era menos sensível que eles, que ela, uma mulher, não se incomodava com um cadáver.

Mas agora, com as luzes da cabine atenuadas, ela descobriu que o sono lhe fugia. Ela ficava pensando no que estava atrás daquele painel fechado. Pensava em Kenichi Hirai, quando era vivo.

Lembrava-se dele claramente como alguém pálido e de fala mansa, com cabelo negro rígido como arame. Certa vez, no treinamento de ausência de peso, roçara-lhe o cabelo e surpreendera-se: pareciam pelos de javali de tão duros. Perguntou-se como ele estaria agora. Sentiu uma súbita e doentia curiosidade sobre como estaria o rosto dele, sobre as mudanças que a morte lhe impusera. Era a mesma curiosidade que a compelia, quando criança, a enfiar gravetos nos corpos de animais mortos que às vezes encontrava na floresta.

Decidiu afastar-se ainda mais do corpo.

Levou o saco de dormir para bombordo e prendeu-o atrás da escada de acesso ao convés superior. Era o mais longe que poderia ir, embora ainda estivessem no mesmo nível. Outra vez ela se fechou dentro do saco. No dia seguinte, precisaria de cada reflexo, cada neurônio, para operar no máximo de sua capacidade durante o processo de reentrada e aterrissagem. Usando a sua força de vontade, obrigou-se a cair em um transe profundo.

Ela já estava dormindo quando o redemoinho de líquido iridescente começou a vazar da mortalha de Kenichi Hirai.

Começara com algumas gotículas brilhantes que vazaram através de um pequeno orifício no plástico, rasgado quando a mortalha prendera na abertura do catre. Durante horas, a pressão aumentara, o plástico lentamente inflando enquanto o conteúdo inchava. Então, a brecha se alargara, e um fio bruxuleante começara a escapar por ali. Vazando através dos orifícios de ventilação do catre, o fio se dividira em gotículas azul-esverdeadas que dançavam no ar antes de se agruparem em grandes glóbulos que pairavam na cabine em penumbra. O fluido iridescente continuava a escapar. Os glóbulos se espalharam, levados pelas suaves correntes de ar. Atravessando a cabine, chegaram até Jill Hewitt, que dormia relaxada, sem se dar conta da nuvem brilhante que a envolvia, sem perceber a neblina que inalava a cada inspiração ou as gotículas que se acumulavam como condensação sobre seu rosto. Ela só se mexeu uma vez, para coçar uma das faces, e as gotículas iridescentes escorregaram para perto de seus olhos.

Levadas pelas correntes de ar, as gotículas passaram através da abertura de acesso entre os conveses e começaram a se espalhar em meio à penumbra da cabine onde os três homens se entregavam ao relaxamento total do sono sem gravidade.

12

8 de agosto

Havia alguns dias, um redemoinho ameaçador começara a se formar sobre o leste do Caribe. A princípio, era apenas uma depressão sinuosa na alta atmosfera, uma gentil ondulação de nuvens formadas pelas águas do mar equatorial evaporadas pelo sol. Chocando-se contra uma corrente de ar mais fria vinda do norte, as nuvens começaram a rodar em torno de um sereno olho de ar seco. Agora, era uma espiral definida que parecia aumentar a cada nova imagem transmitida pelo satélite meteorológico GOES. O Serviço Meteorológico Nacional do NOAA a vinha rastreando desde o início. Observara-a vagar, sem direção, pela extremidade leste de Cuba. Agora, novas informações estavam sendo enviadas pelas boias: medidas de temperatura, velocidade e direção dos ventos. Estas informações reforçavam o que os meteorologistas viam agora em suas telas de computador.

Era uma tempestade tropical. E movia-se para o noroeste, em direção à ponta da Flórida.

Aquele era o tipo de notícia que Randy Carpenter, diretor de voo do ônibus espacial, mais temia. Podiam contornar problemas de engenharia. Podiam se virar com múltiplas falhas de sistemas. Mas contra as forças da Mãe Natureza, nada podiam fazer. A preocupação principal daquele encontro matinal da equipe de administração da missão era a decisão de sair de órbita ou não. O desacoplamento e a queima de combustível para o ônibus espacial sair de órbita estavam programados para dali a seis horas. O boletim meteorológico mudara tudo.

— O grupo de meteorologia aeroespacial da NOAA informa que a tempestade tropical está se movendo para norte-nordeste, indo em direção às Keys da Flórida — disse o encarregado do boletim. — O radar da base aérea de Patrick e o NexRad Doppler do Serviço Nacional de Meteorologia em Melbourne indicam ventos radiais com velocidades superiores a 65 nós e chuva intensa. Os balões Rawinsonde e Jimsphere o confirmam. Do mesmo modo, tanto a rede Field Mill ao redor do Cabo Canaveral quanto o LDAR demonstram aumento de atividade elétrica na atmosfera. Estas condições provavelmente continuarão nas próximas 48 horas. Talvez mais.

— Em outras palavras, não aterrissaremos em Kennedy — concluiu Carpenter.

— Kennedy está definitivamente fora de questão. Ao menos pelos próximos três ou quatro dias. — suspirou Carpenter. — Muito bem, precisamos adivinhar o que vem por aí. Vamos ouvir notícias de Edwards.

A Base Aérea de Edwards, localizada em um vale a leste da Sierra Nevada, na Califórnia, não era a sua primeira escolha. Uma aterrissagem em Edwards atrasava o processamento e o preparo do ônibus espacial para a missão seguinte porque o veículo orbital tinha de ser transportado de volta a Kennedy nas costas de um 747.

— Infelizmente, também temos um problema com Edwards — disse o meteorologista.

Carpenter sentiu um nó na boca do estômago. Uma premonição de que aquilo era o começo de uma sequência de acontecimentos ruins. Como principal diretor de voo do ônibus espacial, tinha como missão pessoal registrar qualquer contratempo ocorrido e analisar o que acontecera de errado. Com a vantagem da visão retrospectiva, ele geralmente conseguia rastrear o problema de trás para frente, através de uma sucessão de decisões ruins, embora aparentemente inócuas. Às vezes, tudo começava na fábrica, com um técnico distraído, um painel mal conectado. Diabos, até mesmo algo grande e caro como as lentes do telescópio Hubble começara errado desde o início.

Agora, ele não conseguia afastar a sensação de que, mais tarde, refletiria sobre aquela mesma reunião onde estava e se perguntaria: *O que eu deveria ter feito de diferente? O que eu poderia ter feito para evitar a catástrofe?*

— Quais as condições em Edwards?

— No momento o teto de nuvens está a 7 mil pés.

— Isso automaticamente inviabiliza a base.

— Certo. E venham me falar da ensolarada Califórnia. Mas há a possibilidade de ficar apenas parcialmente nublado nas próximas 24 ou 36 horas. Poderemos ter condições de aterrissagem razoáveis caso esperemos. Senão, teremos de optar pelo Novo México. Acabei de verificar com o MIDDS, e White Sands parece estar bem. Céu claro, ventos de proa entre 5 e 10 nós. Nenhuma previsão meteorológica adversa.

— Então, restam-nos as escolhas de esperar Edwards abrir ou ir para White Sands — disse Carpenter. E olhou em torno da sala para o resto de sua equipe em busca de opiniões.

Um dos administradores do programa disse:

— No momento, eles estão bem lá em cima. Podemos deixá-los acoplados à ISS o quanto precisarmos, até o tempo melhorar. Não vejo necessidade de apressar a volta deles para um lugar que seja menos que o ideal.

Menos que o ideal era um eufemismo. White Sands não passava de uma pista de pouso isolada equipada com cilindros de alinhamento de curso.

— Temos de trazer o corpo de volta o mais rápido possível — disse Todd Cutler. — Enquanto uma necropsia ainda é possível.

— Todos estamos cientes disso — disse o gerente do programa. — Mas pense nos inconvenientes: White Sands é limitada. Não há apoio médico civil nas redondezas caso tenhamos problemas na aterrissagem. Na verdade, somando tudo, sugiro que esperemos até o tempo abrir em Kennedy. Logisticamente, é o melhor para o programa. Teremos um retorno mais rápido do veículo orbital e poderemos posicioná-lo de volta à plataforma para a próxima missão. No meio-tempo, a tripulação pode usar a ISS como hotel.

Diversos outros administradores de programa assentiram. Todos estavam assumindo a abordagem mais conservadora. A tripulação estava segura onde estava, a urgência de trazer o corpo de Hirai diminuía à luz de todos os problemas de uma aterrissagem em White Sands. Carpenter pensou em todos as formas que poderia vir a ser questionado no caso de, Deus o livrasse, fazerem uma aterrissagem catastrófica em White Sands. Pensou nas perguntas que faria caso estivesse revisando as decisões de outro diretor de voo. *Por que não esperou o tempo melhorar? Por que os trouxe de volta com tanta pressa?*

A decisão certa era aquela que minimizava os riscos, embora atingisse os objetivos da missão.

Decidiu escolher o meio-termo.

— Três dias é tempo demais — disse ele. — Portanto, Kennedy está fora de questão. Vamos para Edwards. Talvez tenhamos céu claro amanhã. — Ele olhou para o meteorologista. — Faça essas nuvens desaparecerem.

— Claro. Farei uma dança da chuva ao contrário.

Carpenter olhou para o relógio na parede.

— Tudo bem. Daqui a quatro horas, quando a tripulação despertar, daremos a notícia de que ainda não poderão voltar para casa.

9 de agosto

Jill Hewitt acordou engasgada. Seu primeiro pensamento consciente era que estava ficando asfixiada toda vez que respirava, como se estivesse inalando água.

Ela abriu os olhos e, em pânico, viu o que parecia ser um cardume de águas-vivas flutuando ao seu redor. Ela tossiu, finalmente conseguiu inspirar, e voltou a tossir. O ar expelido com força dispersou todas as águas-vivas que a cercavam.

Ela saiu do saco de dormir e ligou as luzes da cabine.

Atônita, olhou para o ar bruxuleante.

— Bob! — chamou. — Temos um vazamento!

Lá em cima, no convés superior, O'Leary gritou:

— Meu Deus, que diabo é isso?

— Usem as máscaras! — ordenou Kittredge. — Até termos certeza de que não é tóxico. — Jill abriu o armário de emergência, tirou o kit de proteção contra contaminação e jogou máscaras e óculos para Kittredge, O'Leary e Mercer quando estes desceram até o convés intermediário. Não houve tempo para se vestirem, todos ainda em roupas de baixo, ainda estremunhados.

Agora, já com as máscaras, olharam para os glóbulos azulesverdeados que flutuavam ao seu redor.

Mercer estendeu a mão e capturou um deles.

— Estranho — disse ele, esfregando-o entre os dedos. — É grosso. Gosmento. Como algum tipo de muco.

O'Leary, o médico de bordo, capturou um dos glóbulos e levantou os óculos de proteção para olhá-lo de perto.

— Nem mesmo é líquido.

— Parece-me líquido — disse Jill. — Comporta-se como tal.

— Mas é mais gelatinoso. Quase como...

Todos se sobressaltaram quando uma música muito alta começou a tocar. Era Elvis Presley cantando "Blue Suede Shoes" com sua voz aveludada.

A chamada de despertar matinal do controle da missão.

— E um bom dia para vocês, *Discovery* — veio a voz alegre do Capcom. — Hora de acordar, pessoal!

Kittredge respondeu:

— Capcom, já estamos acordados. Estamos, hã... numa situação estranha aqui em cima.

— Estranha?

— Temos um tipo de vazamento na cabine. Estamos tentando identificar o que é. É uma substância viscosa, de um azul-esverdeado leitoso. Parecem pequenas opalas flutuantes. Já se espalhou por ambos os conveses.

— Estão usando máscaras?

— Afirmativo.

— Sabem de onde vêm?

— Nenhuma ideia.

— Muito bem, estamos consultando o ECLSS. Devem ter uma ideia do que seja.

— Seja o que for, não parece ser tóxico. Dormimos todos com esse negócio flutuando no ar. Nenhum de nós parece doente. — Kittredge olhou para a tripulação mascarada e todos menearam a cabeça afirmativamente.

— O vazamento tem algum cheiro? — perguntou o Capcom. — O ECLSS quer saber se pode ser do sistema de recolhimento de dejetos.

Jill sentiu-se nauseada. Era esse negócio que ela estava respirando? Um vazamento de dejetos sanitários?

— Hã... acho que um de nós terá de cheirar — disse Kittredge. Ele olhou para a tripulação, que simplesmente olhou de volta para ele. — Ei, pessoal, não se ofereceram todos de uma vez — murmurou antes de finalmente erguer a máscara; apertou um glóbulo entre os dedos e cheirou. — Não creio que seja esgoto. Nem nada químico. Ao menos, nenhum derivado de petróleo.

— Qual o cheiro? — perguntou Capcom.

— Cheira a... peixe. Como gosma de truta. Algo da cozinha, talvez?

— Ou pode ser um vazamento de uma das cargas úteis de seres vivos. Vocês estão transportando algumas experiências da ISS. Não há aquários a bordo?

— Esse troço me faz lembrar ovos de sapo. Vamos verificar os aquários — disse Kittredge, olhando em torno da cabine, para as massas brilhantes grudadas nas paredes. — Está assentando em tudo agora. Vai demorar para limparmos isso aqui. Vai atrasar a nossa reentrada.

— Hã, *Discovery*, detesto ser eu a dar a notícia — disse o Capcom. — Mas a reentrada vai atrasar de qualquer modo. Terão de esperar.

— Qual o problema?

— O tempo. Kennedy está enfrentando ventos cruzados de mais de 40 nós, com possibilidade de tempestades elétricas na vizinhança. Tempestade tropical vindo de sudeste. Já fez muito estrago na República Dominicana e avança para as Keys.

— E quanto a Edwards?

— Atualmente estão anunciando um teto de nuvens de mais de 7 mil pés. Deve melhorar nos próximos dois dias. Portanto, a não ser que vocês estejam ansiosos para pousar em White Sands, estamos prevendo um atraso de ao menos 36 horas. Talvez seja aconselhável reabrir as escotilhas e se juntarem à tripulação da ISS outra vez.

Kittredge olhou para os glóbulos flutuantes.

— Negativo, Capcom. Contaminaríamos a estação com esse vazamento. Temos de limpar esse negócio.

— Entendido. O cirurgião, que está aqui ao meu lado, quer confirmar se a sua tripulação não está sentindo qualquer efeito adverso. Isso é correto?

— O vazamento parece ser inofensivo. Ninguém demonstra sinais de doença. — Ele afastou um aglomerado de glóbulos, que se espalharam como pérolas. — São até bonitas. Mas detesto imaginá-las melando nossos equipamentos eletrônicos, de modo que é bom começarmos a cuidar da limpeza.

— Nós os atualizaremos sobre as mudanças do tempo, *Discovery*. Agora, peguem os baldes e os esfregões.

— É — riu Kittredge. — Chamem-nos de serviço de limpeza em altitude. Limpamos até janelas. — Ele tirou a máscara. — Acho que é seguro retirá-las.

Jill tirou a máscara e os óculos de proteção e flutuou até o armário de emergência. Havia acabado de guardar o equipamento quando viu Mercer olhando para ela.

— O que foi? — disse ela.

— Seu olho... o que aconteceu com ele?

— O que há de errado com meu olho?

— É melhor você dar uma olhada.

Ela foi até a estação de higiene.

Sua primeira visão no espelho foi chocante. A esclera de um de seus olhos estava vermelho-sangue. Não apenas rajada, mas tomada de um púrpura sólido.

— Meu Deus — murmurou, horrorizada com seu próprio reflexo. *Sou piloto. Preciso de meus olhos. E um deles parece uma bolsa de sangue.*

O'Leary tomou Jill pelos ombros, voltou-a e examinou o olho dela.

— Nada com o que se preocupar, está bem? — disse ele. — É apenas uma hemorragia da esclera.

— Apenas?

— Um pequeno sangramento no branco dos seus olhos. Parece mais sério do que é de fato. Vai desaparecer, sem qualquer dano à sua visão.

— Como aconteceu?

— Mudanças súbitas na pressão intracraniana podem provocar esse tipo de hemorragia. Às vezes, um ataque de tosse violento ou vomitar muito é o que basta para estourar um pequeno vaso sanguíneo.

Ela suspirou aliviada.

— Deve ser isso. Acordei sufocava com essa gosma flutuante.

— Viu? Nada com o que se preocupar. — Ele deu um tapinha no ombro de Jill. — São 50 dólares. Próximo paciente!

Mais tranquila, ela voltou-se para o espelho. *É apenas um pequeno sangramento*, pensou. *Nada com o que se preocupar.* Mas a imagem a horrorizava. Um olho normal, o outro de um vermelho brilhante e maligno.

Algo alienígena. Satânico.

10 de agosto

— São uns convidados infernais — disse Luther. — Nós batemos a porta na cara deles, mas ainda assim se recusam a ir embora.

Todos na cozinha riram, até mesmo Emma. Nos últimos dias, o humor estivera em baixa a bordo da ISS, e foi um alívio ouvir as pessoas brincando de novo. Desde que haviam transferido o corpo de Kenichi para a *Discovery*, o humor de todos parecia ter melhorado.

O corpo amortalhado fora uma lúgubre e constante lembrança da morte, e Emma estava aliviada por não ter mais de se confrontar com a evidência de seu próprio fracasso. Podia voltar a se concentrar em seu trabalho.

Ela conseguiu até rir da piada de Luther, embora o objeto de seu humor — o fracasso da partida do veículo orbital — não fosse muito engraçado. Aquilo lhes complicara o dia. A *Discovery* deveria ter desacoplado cedo na manhã anterior. Agora já se havia passado um dia, e a nave ainda estava acoplada e não poderia partir nas próximas 12 horas pelo menos. Seu horário incerto de partida também alterou o horário de trabalho da estação. Desacoplar era mais do que uma simples questão do veículo orbital se soltar por conta própria e se afastar. Era uma manobra delicada entre dois objetos imensos voando a mais de 28 mil quilômetros por hora e requeria cooperação tanto da tripulação do veículo orbital quanto da ISS. Durante a desacoplagem, o programa de controle da estação espacial tinha de ser temporariamente reconfigurado para as operações de proximidade, e sua tripulação tinha de suspender muitas de suas atividades de pesquisa. Todos tinham de estar concentrados na partida do veículo orbital, de modo a evitar uma calamidade.

Agora, um dia nublado sobre uma base da Força Aérea na Califórnia atrasara tudo, provocando o caos no horário de trabalho da estação espacial. Mas esta era a natureza dos voos espaciais: a única coisa previsível a seu respeito era o imprevisível.

Um glóbulo alarmante de suco de uva passou flutuando sobre a cabeça de Emma. *Aí está outra coisa imprevisível*, pensou, rindo, enquanto um envergonhado Luther saía correndo atrás dele com um canudo. Você se distrai um instante, e lá se vai uma ferramenta vital ou um gole de suco. Sem gravidade, um objeto solto podia ir parar em qualquer lugar.

Era exatamente isso que a tripulação da *Discovery* estava enfrentando naquele momento.

— Temos montes desse negócio em todos os nossos controles DAP de proa. — Ela ouviu Kittredge dizer pelo rádio. O comandante da *Discovery* conversava com Griggs no subsistema espaço-espaço. — Ainda estamos tentando limpar todas as nossas chaves de alternância, mas parece catarro grosso quando seca. Só espero que não tenha danificado nenhuma porta de dados.

— Descobriu de onde está vindo? — perguntou Griggs.

— Encontramos uma pequena fissura no aquário do peixe-sapo. Mas não parece ter vazado muita coisa. Não o bastante para ser o que estava flutuando na cabine.

— De onde mais pode estar vindo?

— Estamos verificando a cozinha e os armários agora. Estivemos tão ocupados limpando a cabine que não tivemos oportunidade de procurar a fonte. Não consigo identificar o que é esse negócio. Isso me lembra ovos de sapo. Há umas bolotas dentro dessa massa verde pegajosa. Devia ver a minha tripulação. Estão cobertos de gosma, como no filme *Os caça-fantasmas.* E Hewitt está com aquele olho vermelho horrível. Cara, estamos feios de se ver.

Olho vermelho horrível? Emma voltou-se para Griggs.

— O que há de errado com o olho de Hewitt? — disse ela. — Não me falaram a esse respeito.

Griggs fez a pergunta à *Discovery*.

— É apenas um sangramento da esclera — respondeu Kittredge. — Nada sério, de acordo com O'Leary.

— Deixe-me falar com Kittredge — disse Emma.

— Vá em frente.

— Bob, aqui é Emma — disse ela. — O que provocou esse sangramento na esclera de Jill?

— Ontem, ela acordou tossindo. Achamos que foi isso.

— Ela está com dores abdominais ou de cabeça?

— Ela se queixou de uma leve dor de cabeça agora há pouco. E todos estamos com dores musculares. Mas temos trabalhado como burros de carga aqui.

— Náusea? Vômito?

— Mercer está com o estômago embrulhado. Por quê?

— Kenichi também teve hemorragia na esclera.

— Mas isso não é grave — disse Kittredge. — Foi o que O'Leary disse.

— Não. É o somatório de sintomas que me preocupa — disse Emma. — A doença de Kenichi começou com vômitos e uma hemorragia escleral. Dores abdominais. Dor de cabeça.

— Está me dizendo que é algum tipo de contágio? Então por que não está doente? Você cuidou dele.

Era uma boa pergunta que ela não sabia como responder.

— De que doença estamos falando? — perguntou Kittredge.

— Eu não sei. O que sei é que Kenichi ficou incapacitado um dia após o início dos primeiros sintomas. Vocês precisam desacoplar e ir embora agora. Antes que alguém na *Discovery* fique doente.

— Não é possível. Edwards ainda está coberta de nuvens.

— Então White Sands.

— Não é uma boa opção agora. Eles estão com um problema com um de seus TACAN. Ei, estamos bem. Vamos apenas esperar o tempo melhorar. Não deve durar mais de 24 horas.

Emma olhou para Griggs.

— Quero falar com Houston.

— Eles não vão mudar a aterrissagem para White Sands só porque Hewitt está com um olho vermelho.

— Pode ser mais que apenas uma hemorragia da esclera.

— E como pegaram a doença de Kenichi? Eles não foram expostos a ele.

O corpo, pensou Emma. *O corpo está no veículo orbital.*

— Bob — disse ela. — Aqui é Emma outra vez. Quero que verifique a mortalha.

— O quê?

— Verifique se há algum furo na mortalha de Kenichi.

— Você viu que estava bem selada.

— Tem certeza de que ainda está?

— Tudo bem — suspirou ele. — Tenho de admitir, não verificamos o corpo desde que veio para bordo. Acho que estávamos todos um tanto assustado com ele. Mantivemos o painel do catre fechado para não termos de olhar para ele.

— Como está a mortalha?

— Estou tentando abrir o painel agora. Parece estar agarrando um pouco, mas...

Houve um silêncio. Então um murmúrio:

— Meu Deus!

— Bob?

— O vazamento vem da mortalha!

— O que é? Sangue, soro?

— Há um rasgão no plástico. Posso ver o vazamento!

O que estaria vazando?

Ouviu outras vozes ao fundo. Gemidos assustados e o som de alguém vomitando.

— Fechem. Fechem isso! — gritou Emma.

Mas eles não responderam.

Jill Hewitt disse:

— O corpo dele parece um purê. É como se estivesse... se dissolvendo. Precisamos descobrir o que está acontecendo.

— Não! — gritou Emma. — *Discovery*, não abram a mortalha!

Para seu alívio, Kittredge finalmente respondeu:

— Entendido, Watson. O'Leary, feche isso. Não vamos deixar mais desse... negócio... vazar.

— Talvez devêssemos ejetar o corpo — disse Jill.

— Não — respondeu Kittredge. — Eles o querem para necropsia.

— Que tipo de fluido é esse? — perguntou Emma. — Bob, responda!

Houve um silêncio. Então ele disse:

— Eu não sei. Mas seja o que for, espero que não seja infeccioso, pois todos fomos expostos.

Treze quilos de gordura e pelo. Assim era Humphrey, esparramado como um paxá sobre o peito de Jack. *Este gato está tentando me matar*, pensou Jack, olhando para os olhos verdes e malevolentes de Humphrey.

Ele adormecera no sofá e despertara com uma tonelada de gordura felina esmagando suas costelas, expelindo o ar para fora de seus pulmões.

Ronronando, Humphrey cravou uma unha no peito de Jack.

Com um grito, Jack o empurrou, e Humphrey caiu sobre as quatro patas num baque considerável.

— Vá caçar ratos — murmurou Jack, virando-se de lado para voltar a dormir.

Mas não adiantou. Humphrey começou a miar pedindo comida. Outra vez.

Bocejando, Jack se arrastou do sofá até a cozinha. Assim que abriu a despensa onde ficava a ração, Humphrey começou a miar mais alto. Jack encheu a vasilha com Little Friskies e observou, chateado, enquanto seu castigo comia. Eram 15 horas, e Jack ainda não conseguira dormir. Estivera acordado a noite inteira, ocupando o console do cirurgião na sala de controle da estação espacial, e então voltara para casa e se sentara no sofá para rever os subsistemas ECLSS da estação espacial. Estava de volta ao jogo e gostava daquilo. Até mesmo de ler um árido manual de treinamento MOD. Mas a fadiga finalmente o venceu e ele acabou adormecendo perto do meio-dia, cercado de pilhas de manuais de voo.

O estômago de Humphrey já estava meio vazio. Inacreditável.

Quando Jack se voltou para sair da cozinha, o telefone tocou.

Era Todd Cutler.

— Estamos reunindo pessoal médico para receber a *Discovery* em White Sands — disse ele. — O avião deixará Ellington em trinta minutos.

— Por que White Sands? Achei que a *Discovery* ia esperar que o tempo abrisse em Edwards.

— Temos uma situação médica a bordo e não podemos esperar o tempo abrir. Vão sair de órbita em uma hora. Estamos tomando precauções contra uma infecção.

— Qual infecção?

— Ainda não foi identificada. Estamos apenas tomando precauções. Vem conosco?

— Sim, vou — disse Jack, sem hesitação.

— Então é bom vir rápido para não perder o avião.

— Espere. Quem é o paciente? Qual deles está doente?

— Todos eles — disse Cutler. — A tripulação inteira.

13

Precauções contra infecção. Saída de órbita de emergência. Com o que estamos lidando?

O vento soprava levantando poeira enquanto Jack corria pela pista em direção ao jato que o aguardava. Com olhos semicerrados por causa da poeira em suspensão, subiu os degraus e entrou no avião. Era um Gulfstream IV de 15 passageiros, um de uma frota de robustos e confiáveis burros de carga que a NASA usava para transportar o pessoal do ônibus espacial entre seus distantes centros de operações. Já havia 12 pessoas a bordo, incluindo um certo número de enfermeiras e médicos da Clínica de Medicina de Voo. Diversos deles acenaram para Jack.

— Precisamos ir, senhor — disse o copiloto. — Assim, aperte o seu cinto de segurança, por favor.

Jack sentou-se junto a uma janela, na frente do avião.

Roy Bloomfeld foi o último a embarcar, cabelo ruivo-claro despenteado pelo vento. Assim que Bloomfeld se sentou, o copiloto fechou a escotilha.

— Todd não vem? — perguntou Jack.

— Ele está no console, para controlar a aterrissagem. Parece que nós seremos a tropa de choque.

O avião começou a taxiar na pista. Não tinham tempo a perder. O voo até White Sands demoraria uma hora e meia.

— Vocês sabem o que está acontecendo? — perguntou Jack. — Porque eu estou no escuro.

— Tenho um breve resumo. Você sabe aquele vazamento que aconteceu na *Discovery* ontem? Aquele que tentavam identificar? O fato é que os fluidos estavam vazando do saco onde está o corpo de Kenichi Hirai.

— O saco foi bem fechado. Como vazou?

— Um rasgão no plástico. A tripulação diz que o conteúdo parece estar sob pressão. Está acontecendo algum tipo de decomposição avançada.

— Kittredge descreveu o fluido como verde, com um leve odor de peixe. Isso não me parece a descrição de um fluido oriundo de um corpo em decomposição.

— Estamos todos intrigados. O saco foi selado outra vez. Teremos de esperar que aterrissem para descobrir o que está acontecendo lá dentro. É a primeira vez que lidamos com despojos humanos em microgravidade. Talvez haja algo de diferente quanto ao processo de decomposição. Talvez as bactérias anaeróbias morram e seja por isso que o cadáver não exale odores fétidos.

— Como está a tripulação?

— Tanto Hewitt quanto Kittredge queixam-se de fortes dores de cabeça. Mercer está vomitando como um cachorro e O'Leary está com dores abdominais. Não estamos certos de quanto disso é psicológico. Tem de haver alguma reação emocional quando você engole pedaços de um colega em decomposição.

Os fatores psicológicos certamente complicavam a situação. Sempre que há um surto de intoxicação alimentar, uma significativa porcentagem das vítimas está, em verdade, livre de infecção. O poder da sugestão é tão forte que pode causar vômitos tão severos quanto qualquer doença de verdade.

— Tiveram de atrasar o desacoplamento. White Sands também estava tendo problemas. Um de seus TACAN estava transmitindo sinais erráticos. Precisaram de algumas horas para fazê-los voltar a funcionar.

O TACAN, ou Sistema Tático de Localização para Navegação Aérea, constituía uma série de transmissores no solo que forneciam atualizações de vetor de navegação para o veículo orbital. Um sinal de TACAN defeituoso poderia fazer o ônibus espacial errar completamente a pista.

— Agora, decidiram que não podem esperar — disse Bloomfeld. — Na última hora, a tripulação ficou ainda mais doente. *Tanto* Kittredge *quanto* Hewitt estão com hemorragias esclerais. Hirai começou assim.

O avião começou a corrida para a decolagem. O rugido das turbinas preencheu seus ouvidos e o chão se afastou.

Jack gritou acima do barulho das turbinas:

— E quanto à ISS? Há alguém doente na estação?

— Não. Mantiveram as escotilhas fechadas entre os veículos para deter o vazamento.

— Então, está confinado à *Discovery*?

— Ao que saibamos, sim.

Então Emma está bem, pensou, suspirando profundamente. *Emma está a salvo*. Mas se o contágio fora levado para bordo da *Discovery* dentro do cadáver de Hirai, por que a tripulação da estação espacial também não foi contaminada?

— Qual o ETA do ônibus espacial? — perguntou Jack.

— Estão desacoplando agora. A queima está programada para daqui a 45 minutos, e a aterrissagem deve ser por volta das 17 horas.

Aquilo não dava muito tempo para o pessoal em terra se preparar. Ele olhou pela janela quando romperam a camada de nuvens e o sol inundou a cabine. *Tudo conspira contra nós*, pensou. *Uma aterrissagem de emergência. Um TACAN quebrado. Uma tripulação doente.*

E tudo isso sem contar com uma pista de pouso no meio do nada.

A cabeça de Jill Hewitt doía, e seus globos oculares estavam tão doloridos que ela mal conseguia ver a lista de procedimentos de desacoplamento. Em apenas uma hora, a dor tomara cada músculo de seu corpo, e agora ela sentia como se parafusos dentados estivessem rasgando suas costas, suas pernas. O branco de ambos os olhos ficara vermelho, assim como o de Kittredge. Seus globos oculares pareciam sacos de sangue. Brilhantes. Vermelhos. Pelo modo como ele se movia e girava a cabeça lentamente, percebeu que ele também sentia dor. Ambos estavam sofrendo, contudo nenhum deles ousou aceitar uma injeção de narcóticos. O desacoplamento e a aterrissagem exigiam atenção total, e não podiam arriscar perder nem uma fração de sua capacidade de concentração.

Leve-nos para casa. Leve-nos para casa. Este era o mantra que se repetia na mente de Jill enquanto ela lutava para continuar na ativa, o suor encharcava sua camisa e a dor atrapalhava sua concentração.

Conferiam a lista de partida. Ela conectou o cabo do computador ThinkPad da IBM em uma das portas de dados do console de popa, ligou-o e abriu o programa de Operações de Encontro e Aproximação.

— Não há fluxo de dados — disse ela.

— O quê?

— A porta de dados deve ter sido danificada pelo vazamento. Vou tentar o PCMMU da coberta.

Ela desconectou o cabo. Cada osso de sua face gritava de dor enquanto ela atravessava o acesso entre os conveses carregando o ThinkPad. Seus olhos pulsavam tanto que pareciam a ponto de saltar das órbitas. Na coberta, viu que Mercer já vestira o traje de lançamento e estava amarrado à poltrona para a reentrada. Estava inconsciente, provavelmente por causa da dose de narcóticos. O'Leary, também afivelado à poltrona, ainda estava desperto, mas parecia estar zonzo. Jill foi até a porta de dados da coberta e conectou o ThinkPad.

Ainda sem fluxo de dados.

— Merda. *Merda.*

Esforçando-se para se concentrar, ela voltou à cabine de comando.

— Sem sorte? — perguntou Kittredge.

— Vou mudar o cabo fonte e tentar esta porta outra vez.

A cabeça dela doía tanto, agora, que seus olhos estavam marejados de lágrimas. Dentes trincados, ela retirou o cabo e substituiu-o por outro. Religou o computador. Através do Windows, abriu a RPOP. O logotipo do programa de *Operações de Encontro e Aproximação* apareceu na tela.

O suor se acumulava sobre seu lábio superior quando começou a digitar o tempo da missão. Dias, horas, minutos, segundos. Seus dedos não a obedeciam como deviam. Estavam lentos, desajeitados. Ela teve de voltar atrás para corrigir os números. Finalmente, selecionou "Ops Prox" e clicou em "OK".

— RPOP iniciado — disse ela, aliviada. — Pronto para processar dados.

Kittredge disse:

— Capcom, estamos prontos para separação?

— Espere, *Discovery.*

A espera era angustiante. Jill olhou para as mãos e viu que seus dedos estavam começando a ter espasmos, que os músculos de seu antebraço se contraíam como se houvesse uma dúzia de vermes retorcendo-se sob a sua pele. Como se algo vivo estivesse cavando túneis em sua carne. Lutou para manter a mão firme, mas seus dedos continuavam a se retorcer em espasmos elétricos. *Leve-nos para casa agora. Enquanto eu ainda sou capaz de fazer esse pássaro voar.*

— *Discovery* — disse o Capcom. — Autorizada separação.

— Entendido. Piloto automático digital em Z baixo. Prontos para desacoplamento. — Kittredge lançou a Jill um olhar de profundo alívio. — Vamos para casa — murmurou, e agarrou os controles manuais.

O diretor de voo Randy Carpenter estava em pé como a estátua do Colosso de Rodes, olhos fixos na tela principal, sua mente de engenheiro monitorando friamente diferentes fluxos de informação visual e as conversas no circuito de comunicação.

Como sempre, Carpenter estava pensando diversos passos adiante. A base de acoplagem estava agora despressurizada. Os engates que ligavam o veículo orbital à ISS seriam abertos, e molas previamente comprimidas no sistema de acoplagem delicadamente afastariam ambos os veículos, fazendo com que se separassem. Apenas quando estivessem a dois metros um do outro os jatos RCS da *Discovery* seriam ligados para afastar o veículo orbital. Em qualquer ponto desta delicada sequência de eventos, as coisas podiam dar errado, mas para cada defeito possível, Carpenter tinha um plano alternativo. Se os engates de acoplagem não se soltassem, dispararíam cargas explosivas que arrebentariam os parafusos de contenção. Se isso falhasse, dois membros da tripulação da ISS poderiam fazer uma EVA e manualmente remover os parafusos. Tinham planos de emergência para planos de emergência, uma saída para cada defeito.

Ao menos, para cada defeito que conseguiam prever. O que Carpenter temia era o defeito no qual ninguém havia pensado. E agora ele se fazia a mesma pergunta — que sempre fazia no início de uma nova fase da missão: *O que não conseguimos antecipar?*

— ODS desengatado com sucesso — ouviu Kittredge anunciar. — Engates soltos. Estamos livres agora.

O controlador de voo ao lado de Carpenter deu um pequeno soco de triunfo no ar.

Carpenter pensava adiante, na aterrissagem. O tempo em White Sands continuava firme, ventos de proa de 15 nós. O TACAN estaria ativo e operacional quando o ônibus espacial estivesse chegando. Naquele momento, as equipes de terra convergiam para a pista de pouso. Não havia nenhuma nova falha a vista, embora soubesse que algum defeito poderia estar esperando por eles na próxima esquina.

Tudo isso passava por sua cabeça, mas seu rosto estava impassível. Ninguém na sala de controle de voo desconfiava que ele estava sentindo o medo, amargo como bílis, em sua garganta.

A bordo da ISS, Emma também observava e esperava. Todas as atividades de pesquisa estavam temporariamente suspensas. Haviam se reunido na cúpula do Nodo 1 para ver o desacoplamento do ônibus espacial. Griggs também monitorava a operação em um ThinkPad da IBM, que mostrava o mesmo programa RPOP que o Controle da Missão de Houston acompanhava.

Através das janelas da cúpula, Emma viu a *Discovery* começar a se afastar e emitiu um suspiro aliviado. O veículo orbital estava em queda livre agora, a caminho de casa.

O médico de bordo O'Leary flutuava em um transe induzido por narcóticos. Ele injetara 50 miligramas de Demerol em seu próprio braço, apenas o bastante para aliviar a dor e permitir que verificasse o cinto de segurança de Mercer e preparar a cabine para a reentrada. Mas mesmo aquela pequena dose de narcótico estava confundindo seus processos mentais.

Estava afivelado em sua poltrona na coberta, pronto para sair de órbita. A cabine parecia entrar e sair de foco, como se ele a estivesse enxergando debaixo d'água. As luzes feriam seus olhos, e ele as desligou. Há alguns instantes, achou ter visto Jill Hewitt passar com o ThinkPad. Agora ela já havia ido embora, mas podia ouvir sua voz dolorida no fone de ouvido, além da de Kittredge e de Capcom. Eles haviam desacoplado.

Mesmo em seu estado de torpor, sentia-se impotente, envergonhado por estar amarrado àquela poltrona como um inválido enquanto seus colegas de tripulação estavam na cabine de comando lutando para levá-los para casa. O orgulho o obrigou a resistir ao confortável esquecimento do sono, e ele emergiu sob o brilho intenso das luzes da coberta. Buscou a trava de seus arneses e, quando as correias se afrouxaram, flutuou para fora do assento. A coberta começou a rodar ao seu redor, e ele teve de fechar os olhos para conter o súbito surto de náusea. *Resista*, pensou. *Mente contra matéria. Eu sempre tive um estômago de ferro.* Mas não conseguia abrir os olhos e confrontar aquele oscilar desorientador do ambiente.

Até ouvir o som. Foi um farfalhar, tão perto que pensou ter sido Mercer movendo-se enquanto dormia. O'Leary voltou-se na direção do som e deu-se conta de que não estava olhando para Mercer. Ele olhava para o saco de dormir de Kenichi Hirai.

Estava inflando. Expandindo-se.

Meus olhos estão me pregando uma peça, pensou.

Ele piscou e voltou a se concentrar. A mortalha ainda estava estufada, o plástico inflado como um balão sobre o abdome do cadáver. Algumas horas atrás eles haviam remendado o rasgão, e agora a pressão lá dentro parecia estar aumentando outra vez.

Movendo-se através de uma névoa onírica, ele flutuou até o catre e pousou a mão sobre o saco inflado.

E a retirou, horrorizado. Naquele breve instante de contato, ele o sentiu inflar, retrair e inflar outra vez.

O cadáver estava pulsando.

Com suor acumulado sobre o lábio superior, Jill Hewitt observava a *Discovery* se afastar da ISS através da janela do teto da cabine. Lentamente, o espaço aumentava entre a nave e a estação, e ela olhou para os dados que fluíam na tela de seu computador. Trinta centímetros de separação. Sessenta. *Estamos indo para casa.* De repente, a dor tomou sua cabeça com punhaladas tão insuportáveis que ela sentiu que estava prestes a desmaiar. Jill resistiu, agarrando-se à consciência com a teimosia de um buldogue.

— ODS concluída — disse ela com dentes trincados.

Kittredge respondeu:

— Mudando para RCS OP, baixo Z.

Usando os propulsores, Kittredge se afastaria lentamente da ISS, movendo-se até um quilômetro abaixo da estação, onde suas órbitas diferenciadas automaticamente começariam a afastá-los.

Jill ouviu o ruído dos propulsores e sentiu o veículo orbital estremecer enquanto Kittredge, nos controles de popa, lentamente os afastava da barra-R. Suas mãos estavam trêmulas e seu rosto estava contraído pelo esforço de manter o controle. Ela, e não o computador, estava pilotando o veículo orbital, e qualquer esbarrão na alavanca de controle os lançaria para fora do trajeto.

Um metro e meio de distância. Três. Haviam superado a fase crucial, afastando-se cada vez mais da estação.

Jill começou a relaxar.

Então ouviu um berro na coberta. Um berro de horror e descrença. *O'Leary.*

Ela se voltou no exato momento em que uma macabra fonte de restos humanos irrompeu na cabine de comando e explodiu em sua direção.

Kittredge, que estava mais perto do acesso entre os dois conveses, recebeu a maior parte do impacto e foi arremessado contra o controlador manual de rotação. Jill tombou para trás, perdeu o fone de ouvido, o corpo atingido por fragmentos fedorentos de intestinos, pele e tufos de cabelo preto ainda grudados ao couro cabeludo. *Era o cabelo de Kenichi.* Ela ouviu o ruído dos propulsores sendo acionados e o veículo orbital pareceu girar ao seu redor. A nuvem de partes desintegradas de um corpo humano se espalhou pela cabine de comando como uma fantasmagórica galáxia espiral feita de pedaços flutuantes de plástico, órgãos despedaçados e aquelas estranhas massas esverdeadas. Uma delas, em forma de uva, flutuou e chocou-se contra uma parede próxima.

Quando líquidos colidem e aderem a superfícies planas em microgravidade, estremecem brevemente por causa do impacto e, então, ficam inertes. Mas aquela coisa não parou de se mover.

Incrédula, Jill viu o movimento se intensificar, como uma superfície perturbada por ondulações. Somente então ela viu, bem no meio daquela massa gelatinosa, um núcleo de algo negro, algo que se movia, revolvendo-se como uma larva de mosquito.

Subitamente, ela viu outra imagem, ainda mais assustadora. Ao olhar pela janela no teto da cabine de comando, viu a estação espacial se aproximando rapidamente, tão perto agora que ela quase podia discernir os rebites da armação de painéis solares.

Em meio ao pânico, ela pegou impulso em uma parede e atravessou a macabra nuvem de carne decomposta, os braços estendidos para a frente para alcançar a alavanca de controle do veículo orbital.

— Rota de colisão! — gritou Griggs no rádio espaço-espaço. — *Discovery*, vocês estão em rota de colisão!

Não houve resposta.

— *Discovery*! Reverta o curso!

Emma observou horrorizada enquanto o desastre avançava em sua direção.

Através da cúpula da estação espacial, viu o veículo orbital simultaneamente erguer a proa e girar para estibordo. Viu a asa-delta da *Discovery* cortando o espaço com impulso suficiente para romper o casco de alumínio da estação. E, na iminente colisão, via a própria morte chegar.

Subitamente, os propulsores RCS no bico do veículo orbital foram acionados. A *Discovery* começou a baixar a proa, revertendo o impulso. Simultaneamente, a asa-delta de estibordo se endireitou, mas não rápido o bastante para evitar a principal armação de painéis solares da estação.

Emma sentiu o coração parar de bater e ouviu Luther murmurar:

— Meu Deus.

— CRV! — gritou Griggs em pânico. — Todos para o veículo de resgate!

Braços e pernas se debateram em pleno ar, pés voando em todas as direções, enquanto a tripulação lutava para evacuar o nodo. Nicolai e Luther foram os primeiros a atravessar a escotilha do módulo habitacional. Emma havia acabado de se apoiar na escotilha quando ouviu o ranger de metal rasgado, o rugido do alumínio sendo torcido e deformado pela colisão de dois imensos objetos.

A estação espacial estremeceu e, no terremoto que se seguiu, ela teve a desorientadora visão das paredes do nodo girando, do ThinkPad de Griggs rodopiando no ar e do rosto aterrorizado de Diana, banhado de suor.

As luzes piscaram e se apagaram. Na escuridão, uma luz vermelha piscava.

Uma sirene começou a tocar.

14

O diretor de voo do ônibus espacial Randy Carpenter observava a morte na tela principal.

No instante do impacto do veículo orbital, sentiu como se tivesse levado um soco na boca do estômago e chegou a levar a mão ao peito.

Durante alguns segundos, pairou um silêncio absoluto na sala de controle de voo. Olhares atônitos voltaram-se para a tela principal. Ao centro, havia um mapa-múndi no qual era traçada a trajetória do ônibus espacial. À direita, o painel de RPOP estava congelado, a *Discovery* e a ISS representadas por diagramas. O veículo orbital pairava acima da ISS como um brinquedo quebrado. Carpenter sentiu os pulmões se expandirem subitamente, dando-se conta de que, em meio ao horror, esquecera-se de respirar.

A FCR transformou-se em caos.

— Voo, não recebemos transmissões de voz — ouviu o Capcom dizer.

— A *Discovery* não está respondendo.

— Voo, ainda estamos recebendo dados do TCS...

— Voo, não houve queda na pressão da cabine do veículo orbital. Nenhuma indicação de vazamento de oxigênio.

— E quanto à ISS? — rebateu Carpenter. — Temos transmissões vindas de lá?

— A SVO está tentando entrar em contato. A pressão da estação está caindo...

— Quanto?

— Está em 710... 690. Merda, estão descomprimindo rapidamente!

Uma brecha no casco da estação!, pensou Carpenter.

Mas aquilo não era problema dele e, sim, do pessoal da sala de Operações de Veículo Especial, corredor abaixo.

O engenheiro de sistemas de propulsão subitamente entrou no circuito de comunicação.

— Voo, tenho ignição de RCS, F2U, F3U, e F1U. *Alguém* está operando os controles do veículo orbital.

Carpenter ergueu a cabeça, atento. O painel RPOP ainda estava congelado, sem novas imagens. Mas o relatório da propulsão dizia que os foguetes de manobra da *Discovery* haviam sido disparados. Devia ser mais do que uma descarga casual. A tripulação estava tentando afastar o veículo orbital da ISS. Mas até terem contato de rádio, não podiam confirmar a situação da tripulação do veículo orbital. Não podiam confirmar se estavam vivos.

Era o pior dos mundos, aquilo que mais temia. Uma tripulação morta em um ônibus espacial em órbita. Embora Houston pudesse controlar a maioria das manobras do veículo orbital através de comandos de solo, não podiam trazê-lo de volta sem auxílio da tripulação. Era necessário um ser humano funcional para acionar os interruptores para a queima de saída de órbita OMS. Era preciso a mão humana para lançar as sondas de dados atmosféricos e baixar os trens de pouso para a aterrissagem. Sem alguém nos controles para realizar tais funções, a *Discovery* permaneceria em órbita, um navio fantasma circundando silenciosamente a Terra durante alguns meses até a sua órbita baixar e ela cair em um rastro de fogo. Era isso que passava pela cabeça de Carpenter à medida que se passavam os segundos, enquanto o pânico lentamente ganhava força ao seu redor na FCR. Ele não podia pensar na estação espacial, cuja tripulação podia estar agora agonizando devido à descompressão. Sua atenção tinha de permanecer centrada na *Discovery*. Em *sua* tripulação, cuja sobrevivência parecia cada vez menos provável a cada segundo de silêncio.

Então, ouviram a voz. Fraca, entrecortada.

—Controle, aqui é a *Discovery*. Houston. Houston...

—É Hewitt! — exclamou o Capcom. — Prossiga, *Discovery*!

—... grande anomalia... não pude evitar a colisão. O dano estrutural no veículo orbital parece ser mínimo...

—*Discovery*, precisamos de imagens da ISS.

—Não posso estender a antena Ku... o circuito fechado não funciona.

—Sabe a extensão dos danos na estação?

—O impacto arrebentou o painel solar. Acho que fizemos um buraco no casco...

Carpenter sentiu-se nauseado. Ainda não tinham notícia da tripulação da ISS. Nenhuma confirmação de que haviam sobrevivido ao impacto.

—Qual a situação de sua tripulação? — perguntou o Capcom.

—Kittredge mal responde. Bateu com a cabeça no painel dos controles de proa. E a tripulação na coberta... não sei como estão...

—Como você está, Hewitt?

—Tentando... oh, meu Deus, minha cabeça...

Ouviu-se um soluço de choro. Então ela disse:

— Está vivo.

— Não entendi.

— A coisa que está flutuando na cabine... o vazamento da mortalha. Está se movendo ao meu redor. Está *dentro* de mim. Posso vê-lo se mover sob a minha pele, e está *vivo*.

Um calafrio subiu pela coluna de Carpenter.

Alucinações.

Deve ter batido com a cabeça. Eles a estavam perdendo, assim como à chance de trazer de volta o veículo orbital.

— Voo, estamos nos aproximando do momento da queima de saída de órbita — advertiu o FDO. — Não podemos perder a oportunidade.

— Diga-lhe para sair de órbita — ordenou Carpenter.

— *Discovery* — disse o Capcom. — Autorizado o pré-início da APU.

Não houve resposta.

— *Discovery*? — repetiu o Capcom. — Você vai perder o ponto de queima! — À medida que os segundos se passavam, os músculos de Carpenter ficavam mais tensos, e seus nervos pareciam fios carregados de eletricidade. Ele suspirou aliviado quando Hewitt finalmente respondeu:

— Tripulação da coberta em posição de aterrissagem. Ambos estão inconscientes. Eu os prendi às poltronas. Mas não consigo vestir o LES de Kittredge...

— Dane-se o traje de reentrada! — exclamou Carpenter. — Não percamos o ponto. Apenas traga este pássaro para baixo!

— *Discovery*, aconselhamos a procederem diretamente ao pré-início de APU. Prenda Kittredge na poltrona de estibordo e proceda com a saída de órbita.

Ouviram um terrível grito de dor. Então Hewitt disse:

— Minha cabeça... estou com dificuldade para me concentrar...

— Entendido, Hewitt. — disse a voz do Capcom, mais gentil, quase consoladora. — Veja, Jill, sabemos que você está no comando agora. Sabemos que está sofrendo. Mas podemos guiá-la em aterrissagem automática, até as rodas pararem de rodar na pista. Apenas *fique conosco.*

Ela emitiu um soluço torturado.

— Pré-início de APU completado — murmurou. — Carregando OPS 3-0-2. Diga-me quando, Houston.

— Iniciar queima para saída de órbita — disse Carpenter.

O Capcom transmitiu a instrução:

— Iniciar queima para saída de órbita, *Discovery.* — E acrescentou em voz baixa. — Agora, deixem-nos trazê-los para casa.

Em meio à escuridão infernal, Emma se preparou para o choque da descompressão. Ela sabia exatamente o que esperar. Como morreria. Ouviria o rugido do ar escapando pelo casco. O súbito estourar de seus tímpanos. O rápido aumento da dor enquanto seus pulmões se expandiam e seus alvéolos explodiam. À medida que a pressão do ar baixa até chegar ao vácuo absoluto, a temperatura em que os líquidos fervem também baixa, até tornar-se a mesma da temperatura de congelamento. Em um instante, o sangue ferve. No outro, congela solidamente em suas veias.

As luzes vermelhas de advertência, a sirene, confirmavam os seus maiores temores. Era uma emergência de Classe 1. Tinham um casco avariado, e seu ar estava escapando para o espaço.

Sentiu os ouvidos estalarem. *Evacuar agora!*

Ela e Diana entraram no módulo habitacional, atravessando a penumbra iluminada apenas pelo brilho vermelho das luzes dos painéis de advertência. A sirene era tão alta que tinham de gritar para se fazerem ouvir. Em pânico, Emma esbarrou em Luther, que a segurou antes que ela ricocheteasse em outra direção.

— Nicolai já está no CRV. Você e Diana são as próximas! — gritou.

— Espere. Onde está Griggs? — perguntou Diana.

— Apenas *entre!*

Emma se voltou. Sob o brilho psicodélico das luzes vermelhas de advertência, não viu mais ninguém no módulo habitacional. Griggs não os seguira. Uma névoa estranha e fina parecia pairar na penumbra, mas não era sugada em direção à ruptura.

E ela *não sentia dor*, deu-se conta. Sentira os ouvidos estalarem, mas não sentia dor no peito, nenhum sintoma de descompressão explosiva.

Podemos salvar esta estação. Temos tempo de isolar o vazamento.

Deu uma volta de nadador, chutou a parede e saiu voando em direção ao nodo.

— Ei! Mas que merda, Watson? — gritou Luther.

— Não abandone o navio!

Ela ia tão rápido que bateu na borda da escotilha, machucando o cotovelo. Lá estava a dor agora, não por causa da descompressão, mas por sua falta de jeito. O braço doía quando voltou a tomar impulso para entrar no nodo.

Griggs não estava lá, mas ela viu o ThinkPad dele, flutuando na extremidade do cabo de dados. Na tela piscava um aviso de "Descompressão" em vermelho. A pressão do ar estava em 650 e caindo. Tinham poucos minutos para agir antes que seus cérebros parassem de funcionar.

Ele deve ter ido procurar o vazamento, pensou Emma. *Ele vai fechar o módulo danificado.*

Emma entrou no laboratório dos EUA, atravessando a névoa branca que se adensava. *Seria* névoa ou era a sua visão que estava ficando enevoada por causa da hipoxia? Uma advertência de que estava a ponto de cair inconsciente? Emma atravessou a escuridão e se sentiu desorientada pelas luzes de advertência que continuavam a piscar como lâmpadas estroboscópicas. Ela se chocou contra a escotilha. Faltava-lhe coordenação e estava ficando ainda mais desajeitada. Atravessou a escotilha e entrou no Nodo 2.

Griggs estava lá. Lutava para desligar um emaranhado de cabos estendidos entre o módulo da NASDA e o da ESA.

— O vazamento é no NASDA! — gritou ele acima das sirenas. — Se tirarmos os cabos dessa escotilha e a fecharmos, poderemos isolar o módulo.

Ela voou até lá para ajudá-lo a desligar os cabos. Então descobriu que um deles não podia ser desconectado.

— O que diabos é isso? — perguntou Emma.

Todos os cabos que atravessavam escotilhas deveriam poder ser facilmente desligados em caso de emergência. Aquele era contínuo, uma violação às regras de segurança.

— Não há dispositivo de desconexão! — gritou.

— Consiga uma faca que eu corto!

Ela se voltou e flutuou até o laboratório dos EUA. *Uma faca. Onde diabos há uma faca?* Em meio aos pulsos de luz vermelha, viu um gabinete de medicina. *Um bisturi.* Ela abriu uma gaveta, remexeu a bandeja de instrumentos e voltou ao Nodo 2.

Griggs pegou o bisturi e começou a cortar o cabo.

— O que podemos fazer para ajudar?

Emma voltou-se e viu Luther, Nicolai e Diana pairando ansiosamente à escotilha.

— O vazamento é no NASDA! — disse ela. — Vamos fechar o módulo!

Fagulhas irromperam como fogos de artifício. Griggs gritou e afastou-se do cabo.

— Merda! É um cabo carregado!

— Temos de desligá-lo! — exclamou Emma.

— E sermos fritos como torresmos? Negativo.

— Então, como vedar a escotilha?

Luther disse:

—Vamos voltar ao laboratório! Fecharemos todo o nodo. Isolaremos esta extremidade da estação.

Griggs olhou para o fio que soltava fagulhas. Ele não queria fechar o Nodo 2, porque significaria sacrificar tanto os módulos da NASDA quanto o da ESA, que estariam completamente despressurizados e inalcançáveis. Também significava abrir mão do ponto de acoplamento do ônibus espacial, que também era anexo ao Nodo 2.

—Pressão caindo, pessoal! — avisou Diana, lendo um medidor de pressão manual. — Estamos a 625 milímetros! Apenas voltemos e fechemos a droga do nodo!

Emma já sentia estar respirando mais rápido, tentando recuperar o fôlego. Hipoxia. Todos desmaiariam caso não fizessem algo rapidamente.

Ela agarrou o braço de Griggs.

—Recue! É o único meio de salvar a estação!

Ele assentiu, atônito, e recuou com Emma para o laboratório dos EUA.

Luther tentou fechar a escotilha, mas não conseguiu movê-la. Agora que estavam fora do Nodo 2, teriam de puxar, não empurrar a escotilha para fechá-la. E trabalhavam contra a pressão do ar que escapava em uma rápida despressurização atmosférica.

—Teremos de abandonar este módulo também! — gritou Luther. — Recuar ao Nodo 1 e fechar a próxima escotilha!

—Droga, não! — disse Griggs. — Não vou abrir mão deste módulo também!

—Griggs, não temos escolha. Não consigo fechar a escotilha!

—Então me deixe fazer isso! — Griggs agarrou a alavanca e empurrou com força, mas a escotilha moveu-se apenas alguns centímetros antes dele desistir, exausto.

— Vai matar a todos só para salvar esta merda de módulo! — gritou Luther.

Foi Nicolai quem subitamente gritou a solução.

— *Mir*! Alimentar o vazamento! Alimentar o vazamento!

Ele saiu do laboratório e dirigiu-se à extremidade russa da estação.

Mir. Todos imediatamente entenderam o que ele estava falando. 1997. A colisão da *Progress* com o módulo Spektr da *Mir*. Houvera uma brecha no casco, e a *Mir* começara a liberar no espaço seu ar precioso. Os russos, com anos de experiência em estações espaciais, responderam prontamente à emergência, alimentando o vazamento. Introduziram oxigênio extra no módulo para aumentar a pressão. Aquilo não apenas lhes daria tempo para trabalhar, como também estreitaria o gradiente de pressão o bastante para conseguirem fechar a escotilha.

Nicolai voltou voando do laboratório com dois tanques de oxigênio. Freneticamente, abriu as válvulas ao máximo. Mesmo com a sirene ensurdecedora, podiam ouvir o sibilar do ar escapando dos tanques. Nicolai atirou ambos os tanques no Nodo 2. *Alimentando o vazamento*. Estavam aumentando a pressão do ar do outro lado da escotilha.

Também estavam liberando oxigênio em um módulo com um fio energizado, pensou Emma, lembrando-se das fagulhas. Poderiam provocar uma explosão.

— Agora! — gritou Nicolai. — Tentem fechar a escotilha!

Luther e Griggs pegaram a alavanca e puxaram. Jamais saberiam se foi devido ao seu desespero combinado ou se os tanques de oxigênio haviam conseguido baixar o gradiente de pressão através daquela escotilha, mas o fato é que a escotilha lentamente começou a se fechar.

Griggs a travou.

Por um instante, ele e Luther simplesmente pairaram, no lugar onde estavam, ambos exaustos demais para dizer uma palavra. Então, Griggs se voltou, o rosto suado iluminado pelas luzes que piscavam.

— Agora vamos desligar esse maldito barulho — disse ele.

No Nodo 1, o ThinkPad ainda flutuava onde fora deixado. Olhando para a tela brilhante, ele rapidamente digitou uma série de comandos. Para o alívio de todos, as sirenes pararam de berrar. As luzes vermelhas intermitentes também pararam, ficando apenas o piscar amarelo e constante nos painéis de advertência. Finalmente conseguiam se comunicar sem terem de gritar.

— A pressão do ar está de volta a 690 e subindo — disse ele, sorrindo aliviado depois. — Parece que escapamos.

— Por que ainda estamos em um nível de alerta de Classe 3? — perguntou Emma, apontando para a luz amarela na tela.

Um nível de alerta de Classe 3 podia significar três coisas. O computador de orientação reserva não estava funcionando, um de seus giroscópios de controle de movimento estava inoperante ou haviam perdido a ligação em banda-S com o Controle da Missão.

Griggs digitou mais algumas teclas.

— É a banda-S. Nós a perdemos. A *Discovery* deve ter atingido a estrutura P-1 e arrancado o rádio. Parece que também atingiu nossas baterias solares de bombordo. Perdemos um módulo fotovoltaico. É por isso que ainda estamos sem energia.

— Houston deve estar desesperada tentando entender o que está acontecendo — disse Emma.

— E agora não podem falar conosco. E quanto à *Discovery*? O que há com eles?

Diana, que já trabalhava no rádio espaço-espaço, disse:

— A *Discovery* não está respondendo. Devem estar fora do alcance do UHF.

Ou estavam todos mortos e não podiam responder.

— Podemos ligar as luzes outra vez? — perguntou Luther. — Cruzar a energia primária?

Griggs voltou a digitar. Parte da beleza do projeto da ISS residia em sua redundância. Cada um de seus canais de energia era configurado para fornecer eletricidade para setores específicos, mas esses canais podiam ser redirecionados — "cruzados" — quando necessário.

Embora tivessem perdido um módulo fotovoltaico, tinham três outros com que contar.

Griggs disse:

— Sei que é um clichê, mas que se faça a luz.

Ele pressionou uma tecla no computador, e as luzes do módulo mal acenderam. Mas era o bastante para poderem navegar através das escotilhas.

— Eu redirecionei a energia. Funções de carga útil não essenciais estão desativadas agora. — Emitiu um profundo suspiro e olhou para Nicolai. — Precisamos entrar em contato com Houston. É hora do show, Nicolai.

O russo compreendeu imediatamente o que devia fazer. O controle da missão de Moscou mantinha um vínculo de comunicação separado com a estação. A colisão podia não ter afetado a extremidade russa da ISS.

Nicolai assentiu com gravidade.

— Vamos esperar que Moscou tenha pagado a conta de luz.

ITEM 3-7-EXEC
ITEM 3-8-EXEC
OPS 3-0-4 PRO

Jill Hewitt arfava de dor, pequenos gemidos que pontuavam cada apertar de botão no painel de controle. Sua cabeça parecia um melão maduro pronto para explodir. Seu campo de visão se estreitara de tal forma que ela parecia estar enxergando através de um túnel longo e escuro e que os controles haviam se afastado quase para além de seu alcance. Precisava usar toda a sua concentração para se certificar de qual interruptor devia acionar, para focar a atenção em cada botão instável diante de seu dedo. Agora ela lutava para encontrar o indicador de atitude-direção, com a visão borrada, enquanto o giroscópio parecia girar violentamente dentro de seu invólucro. *Não consigo ver. Não consigo discernir arfada de guinada...*

— *Discovery*, você está em interface de entrada — disse o Capcom. — Ponha o flap de fuselagem no automático.

Jill forçou a vista olhando para o painel e estendeu a mão para acionar o interruptor. Mas parecia estar tão longe...

— *Discovery*?

Seus dedos trêmulos tocaram o interruptor. Ela o moveu para a posição "auto".

— Confirmado — murmurou, e deixou os ombros caírem.

Os computadores estavam agora no controle, dirigindo a nave. Ela não confiava em si mesma na alavanca. Ela sequer sabia quanto tempo permaneceria consciente. O túnel negro já se fechava sobre a sua visão, engolindo a luz. Pela primeira vez ouviu o som do ar golpeando o exterior do casco e sentiu o seu corpo ser empurrado contra o assento.

O Capcom estava em silêncio. Ela estava em blecaute de comunicação, a espaçonave atravessando a atmosfera com tal força que arrancava os elétrons das moléculas de ar. Essa tempestade eletromagnética interrompia todas as ondas de rádio, cortava toda comunicação. Nos 12 minutos seguintes, seriam apenas ela, a nave e o rugido do ar.

Nunca se sentira tão só.

Percebeu quando o piloto automático começou a primeira manobra de desaceleração, girando a espaçonave de lado, reduzindo-lhe a velocidade. Ela imaginou o brilho nas janelas da cabine e pôde sentir seu calor, como o sol de encontro ao seu rosto.

Ela abriu os olhos e só viu escuridão.

Onde estão as luzes? pensou. *Onde está o brilho na janela?*

Piscou diversas vezes e esfregou os olhos, como para forçá-los a ver, para forçar suas retinas a absorverem luz. Ela estendeu a mão em direção ao painel de controle. A não ser que acionasse os interruptores certos, a não ser que lançasse as sondas de dados atmosféricos e baixasse o trem de pouso, Houston não poderia pousar aquela nave. Não poderiam trazê-la viva de volta para casa. Seus dedos roçaram uma imensa fileira de mostradores e botões, e Jill emitiu um uivo de desespero.

Ela estava cega.

15

O ar no Campo de Teste de Mísseis de White Sands, situado a 1,2 mil metros acima do nível do mar, estava seco e rarefeito. A pista de pouso atravessava o que outrora fora o leito de um mar e localizava-se em um vale formado entre as cadeias de montanhas de Sacramento e Guadalupe a leste, e as montanhas San Andres, a oeste. A cidade mais próxima era Alamogordo, no Novo México. O terreno era árido e apenas a vegetação mais resistente do deserto conseguia sobreviver.

A área servira durante muito tempo como base de treinamento para pilotos de caça. Também tivera outros usos ao longo das décadas. Durante a Segunda Guerra Mundial, abrigava um campo de prisioneiros alemães. Serviu também como o ponto Trinity, onde os EUA explodiram a sua primeira bomba atômica, montada não muito longe dali, em Los Alamos. Arame farpado e anônimos prédios governamentais haviam brotado naquele vale desértico, mas suas funções eram um mistério até mesmo para os moradores de Alamogordo.

Através de binóculos, Jack podia ver a pista de pouso emanando calor a distância. A pista 16/34 tinha uma orientação quase norte-sul, 4,5 quilômetros de extensão e 90 metros de largura — larga o bastante para receber os jatos mais pesados, mesmo naquele ar rarefeito, o que tornava as aterrissagens e decolagens mais longas.

A oeste do ponto de aterrissagem, Jack e a equipe médica esperavam a chegada da *Discovery*, junto a um pequeno comboio de veículos da NASA e da United Space Alliance. Traziam macas, oxigênio, desfibriladores e kits ACLS — tudo o que se encontra em uma ambulância moderna; e ainda mais. Nas aterrissagens em Kennedy, havia 150 membros da equipe de terra preparados para receber o veículo orbital. Ali, naquele pedaço de deserto, mal havia uma dúzia, e oito deles eram de pessoal médico. Alguns vestiam roupas de proteção atmosférica, para isolá-los de qualquer vazamento de propelente. Seriam os primeiros a encontrar o veículo orbital e, com sensores atmosféricos, rapidamente estabeleceriam o risco de explosões antes de permitirem que os médicos e enfermeiras se aproximassem.

Um rumor distante fez Jack baixar o binóculo e olhar para leste. Helicópteros se aproximavam, tantos que pareciam um enxame de vespas negras.

— O que é isso? — perguntou Bloomfeld, também percebendo os helicópteros. Agora, o restante da equipe de terra olhava para o céu, murmurando, intrigada.

— Podem ser reforços — disse Jack.

Ao ouvir a sua unidade de comunicação, o líder do comboio balançou a cabeça.

— O Controle da Missão diz que não são nossos.

— Este espaço aéreo tem de estar livre de aeronaves — disse Bloomfeld.

— Estamos tentando nos comunicar com os helicópteros, mas não estão respondendo.

O rumor aumentava, e Jack podia senti-lo em seus ossos agora, uma batida profunda e constante no esterno. Eles iam invadir o espaço aéreo do veículo orbital. Em 15 minutos, a *Discovery* cairia do céu e encontraria aqueles helicópteros em seu caminho. Ele ouviu o líder do comboio falando com urgência em seu fone de ouvido e sentiu o pânico que começava a tomar conta da equipe de terra.

— Estão firmando posição — disse Bloomfeld.

Jack ergueu o binóculo. Contou cerca de 12 helicópteros. De fato, eles haviam interrompido a aproximação e agora estavam pousando, como um bando de abutres, a leste do ponto de aterrissagem do veículo orbital.

— O que acha que é isso? — perguntou Bloomfeld.

Ainda faltavam dois minutos de blecaute nas comunicações. Quinze minutos até a aterrissagem.

Randy Carpenter começava a se sentir otimista. Sabia que podiam aterrissar a *Discovery* em segurança. Afora uma catastrófica pane de computador, poderiam comandar aquele pássaro do solo. Hewitt era a chave de tudo. Ela tinha que permanecer consciente e estar apta para acionar dois interruptores na hora certa. Tarefas simples, embora cruciais. Em seu último contato de rádio, dez minutos antes, Hewitt parecia alerta, mas sofria de dores. Ela era uma boa piloto, uma mulher com uma espinha de aço temperado na refinada forja da Marinha dos EUA. Tudo o que ela precisava fazer era se manter consciente.

— Voo, temos boas notícias do NASCOM — disse o controle de terra. — O Controle da Missão em Moscou fez contato pelo rádio com a ISS na faixa-S Regul.

Regul era o sistema russo de rádio de faixa-S a bordo da ISS. Era completamente separado e independente do sistema dos

EUA, operado através de estações de terra russas e do seu satélite LUCH.

— O contato foi breve. Estavam no fim da passagem do satélite LUCH — disse o controle de terra. — Mas a tripulação está viva e passa bem.

O otimismo de Carpenter aumentou e ele fechou os dedos gorduchos em um punho triunfante.

— Relatório de danos?

— Têm uma brecha no casco do módulo da NASDA e tiveram de fechar o Nodo 2 e tudo mais dali em diante. Também perderam ao menos dois painéis solares e diversos segmentos de estrutura treliçada. Mas ninguém está ferido.

— Voo, estamos saindo do blecaute de comunicação — disse o Capcom.

Imediatamente, a atenção de Carpenter voltou-se para a *Discovery*. Estava feliz com as notícias da ISS, mas sua responsabilidade principal era o ônibus espacial.

— *Discovery*, está ouvindo? — perguntou o Capcom. — *Discovery?*

Os minutos passavam. Minutos demais. Logo Carpenter estaria novamente à beira do pânico.

A orientação informou:

— Segunda volta em S completada. Todos os sistemas parecem operacionais.

Então, por que Hewitt não respondia?

— *Discovery* — repetiu o Capcom, agora com urgência na voz. — Está ouvindo?

— Entrando na terceira volta em S — disse a orientação.

Nós a perdemos, pensou Carpenter.

Então, ouviu a voz de Jill. Baixa e trêmula.

— Aqui é a *Discovery*.

Ouviram claramente o suspiro de alívio do Capcom no circuito de comunicação.

— *Discovery*, bem-vinda de volta! É bom ouvir sua voz! Agora precisa lançar as sondas de informações atmosféricas.

— Eu... estou tentando encontrar os interruptores.

— Suas sondas de informações atmosféricas — repetiu o Capcom.

— Eu sei, eu sei! *Não consigo ver o painel*!

Carpenter sentiu o sangue gelar em suas veias. *Meu Deus, ela está cega. E está sentada na poltrona do comandante, não na sua.*

— *Discovery*, precisa lançar as sondas agora! — repetiu o Capcom. — Painel C-três...

— Eu *sei* qual o painel! — gritou.

Houve um silêncio. Então, o som de sua respiração em um suspiro de dor.

— As sondas foram lançadas — disse o MMACS. — Ela conseguiu. Ela encontrou o interruptor!

Carpenter permitiu-se voltar a respirar. Voltar a ter esperança.

— Quarta volta em S — disse a orientação. — Agora, em interface TAEM.

— *Discovery*, como está indo? — perguntou o Capcom.

Um minuto e trinta segundos para a aterrissagem. A *Discovery* viajava agora a quase mil quilômetros por hora, a uma altitude de 8 mil pés e caindo rapidamente. Os pilotos a chamavam de "tijolo voador" — pesado, sem motores, planando sobre asas-delta. Não havia segundas chances, nada de cancelar o pouso e dar uma volta para tentar outra vez. Ela aterrissaria de um modo ou de outro.

— *Discovery?* — chamou o Capcom.

Jack podia vê-la brilhando no céu, rastros de fumaça emanando de seus jatos de guinada. Parecia uma lasca de prata brilhante enquanto fazia a volta final para se alinhar com a pista.

— Vamos lá, garota. Você parece bem! — gritou Bloomfeld.

Seu entusiasmo foi compartilhado pelos 36 membros da equipe de terra.

Toda aterrissagem de ônibus espacial é um evento de celebração, uma vitória tão comovente que faz as lágrimas brotarem dos olhos daqueles que a assistem do solo. Todos os olhos estavam agora voltados para o céu, cada coração batendo forte enquanto observavam aquela lasca de prata, seu bebê, planando em direção à pista.

—Que beleza. Meu Deus, ela é linda!

—Viva!

—O alinhamento está perfeito! Sim *senhor*!

Ouvindo Houston em seu fone de ouvido, o líder do comboio ficou tenso, coluna ereta, e disse inesperadamente:

—Oh, merda. Os trens de pouso não foram baixados!

Jack voltou-se para ele.

—*O quê?*

—A tripulação não baixou o trem de pouso!

Jack voltou-se para observar o ônibus espacial que se aproximava. Estava a menos de 30 metros do chão, movendo-se a mais de 480 quilômetros por hora. Ele não via as rodas.

A multidão subitamente se calou. A celebração se transformou em descrença. Em horror.

Jack teve vontade de gritar: *Abaixe. Abaixe essas rodas!*

O ônibus espacial estava a 23 metros acima da pista, perfeitamente alinhado. Dez segundos até a aterrissagem.

Apenas a tripulação podia baixar o trem de pouso. Nenhum computador podia acionar o interruptor, tarefa concebida para ser feita por mãos humanas. Nenhum computador poderia salvá-los.

Quinze metros e ainda voando a mais de 300 quilômetros por hora.

Jack não queria ver o evento final, mas não conseguiu desviar o olhar. Ele viu a cauda da *Discovery* bater no chão, lançando uma chuva de fagulhas e ladrilhos térmicos estilhaçados. Ouviu os gritos e lamentos da multidão quando a proa da *Discovery* bateu a seguir. O ônibus espacial começou a escorregar de lado, espalhando um redemoinho de detritos. Uma asa-delta se quebrou e saiu rodopiando como uma foice negra. O ônibus espacial continuou a se arrastar de lado, produzindo um ruído ensurdecedor.

A outra asa se quebrou, rodou, estilhaçou-se. A *Discovery* saiu da pista e ganhou a areia do deserto. Um tornado de poeira se ergueu, obscurecendo a visão de Jack dos segundos finais. Seus ouvidos estavam tomados pelos gritos da multidão, mas ele não conseguia emitir qualquer som. Também não podia se mover. O choque o adormecera tão profundamente que sentiu como se tivesse deixado o próprio corpo e estivesse pairando, como um fantasma, em algum pesadelo.

Então, a nuvem de poeira começou a baixar e ele viu o ônibus espacial, tombado como um pássaro ferido em uma terrível paisagem de destroços.

Subitamente, os motores foram ligados e o comboio começou a se mover. Jack e Bloomfeld pularam de volta no interior do veículo médico para atravessar o terreno pedregoso do deserto em direção ao local do desastre. Mesmo em meio ao rugido dos motores do comboio, Jack ouvia outro som, palpitante e ameaçador.

Os helicópteros também estavam se aproximando.

O veículo parou abruptamente. Carregando kits médicos de emergência, Jack e Bloomfeld pularam no chão em uma nuvem de poeira. A *Discovery* ainda estava a uns 90 metros de distância. Os helicópteros já haviam pousado, formando um círculo em torno do ônibus espacial, barrando o acesso do comboio.

Jack começou a correr em direção à *Discovery*, pronto para baixar a cabeça sob as pás das hélices dos rotores. Foi parado antes de chegar aos helicópteros.

— O que diabos está acontecendo? — gritou Bloomfeld, quando soldados uniformizados saltaram dos helicópteros e formaram uma parede armada diante do pessoal de terra da NASA.

— Afastem-se! Afastem-se! — gritou um dos soldados.

O líder do comboio tomou a frente.

— Minha equipe precisa chegar ao veículo orbital!

— Seu pessoal vai ficar onde está!

— Vocês não têm autoridade aqui! Isto é uma operação da NASA!

— Todo mundo para trás *agora*, porra!

Os soldados ergueram os rifles, canos apontados para a equipe de terra desarmada. O pessoal da NASA começou a se afastar, olhos fixos nas armas, na ameaça implícita de uma chacina.

Olhando para além dos soldados, Jack viu que erguiam rapidamente uma tenda de plástico branco sobre a escotilha da *Discovery*, isolando-a do ar exterior. Doze figuras encapuzadas vestindo roupas cor de laranja emergiram de dois helicópteros e se aproximaram do veículo orbital.

— Estão usando trajes espaciais biológicos Racal* — disse Bloomfeld.

A escotilha do veículo orbital estava agora completamente oculta sob uma tenda de plástico. Eles não puderam ver a escotilha ser aberta, assim como não viram aqueles sujeitos com trajes espaciais entrarem na coberta.

É a nossa tripulação que ali está, pensou Jack. *É a nossa gente que pode estar morrendo naquele veículo orbital. E não podemos nos aproximar. Temos médicos e enfermeiras aqui, um caminhão*

---

* Trajes pressurizados, com suprimento de ar movido a baterias, usados em trabalhos de alto risco patogênico *(N. do T.)*.

repleto de equipamento médico, e eles não nos deixam fazer o nosso trabalho.

Ele foi até a fileira de soldados e parou diante do oficial que parecia estar no comando.

— Minha equipe médica vai entrar — disse ele.

O oficial sorriu com desdém.

— Creio que não, senhor.

— Somos funcionários da NASA. Somos médicos, encarregados da saúde e do bem-estar daquela tripulação. Pode atirar em nós se quiser. Mas terão de matar todo mundo aqui, porque todos serão testemunhas. E não acredito que você faça isso.

O rifle se ergueu, o cano apontado diretamente para o peito de Jack. Sua garganta estava seca e seu coração batia contra as costelas, mas ele contornou o soldado, passou sob as pás da hélice e continuou andando.

Nem mesmo olhou para trás quando o soldado ordenou:

— Pare ou eu atiro!

Ele continuou andando, olhar fixo na tenda à sua frente. Viu os homens em trajes Racal se voltarem e olharem surpresos para ele. Viu o vento erguer um punhado de areia e fazê-lo redemoinhar diante de seu caminho. Estava quase na tenda quando ouviu Bloomfeld gritar:

— Jack, cuidado!

O impacto o atingiu na base do crânio. Ele caiu de joelhos, vendo estrelas de dor. Outro o atingiu no lado do tórax, e ele caiu de cara na areia quente do deserto. Jack rolou de costas e viu o soldado vindo em sua direção, cabo do rifle erguido para golpear outra vez.

— Já basta — disse uma voz estranhamente abafada. — Deixe-o em paz.

O soldado se afastou. Agora outra face surgia em cena, olhando para Jack através da viseira transparente do traje Racal.

— Quem é você? — perguntou o sujeito.

— Dr. Jack McCallum.

Suas palavras não eram mais altas que um murmúrio. Ele se sentou e sua visão ficou borrada, oscilando no limiar da escuridão. Ele levou as mãos à cabeça, desejando ficar consciente, lutando contra a escuridão que parecia querer dominá-lo.

— *Meus* pacientes estão naquele veículo orbital — disse Jack. — Exijo vê-los.

— Isso não é possível.

— Precisam de cuidados médicos...

— Eles estão mortos, Dr. McCallum. Todos eles.

Jack ficou paralisado. Lentamente, ergueu a cabeça e viu os olhos do homem através da viseira. Não conseguiu decifrar-lhes a expressão e nada viu que refletisse a tragédia da perda de quatro vidas.

— Lamento por seus astronautas — disse o homem, e se afastou.

Jack lutou para se erguer. Embora tonto e cambaleante, conseguiu ficar de pé.

— E quem diabos é *você*? — perguntou.

O homem fez uma pausa e se voltou.

— Sou o Dr. Isaac Roman, do USAMRIID — disse ele. — Aquele veículo orbital é agora uma área de risco. O exército vai assumir o controle.

USAMRIID. O Dr. Roman pronunciara aquilo como uma só palavra, mas Jack sabia o que as letras queriam dizer: Instituto de Pesquisas Médicas de Doenças Infecciosas do Exército dos EUA. Por que o exército estava lá? Desde quando aquilo se tornara uma operação militar?

Jack protegeu os olhos da areia levada pelo vento, a cabeça ainda dolorida por causa da pancada, e lutou para registrar aquela informação terrível. Uma eternidade pareceu ter se passado, uma progressão de imagens surrealistas em câmera lenta. Homens em trajes Racal caminhando em direção ao veículo orbital. Os soldados olhando para ele com olhos inexpressivos. A tenda de isolamento agitada pelo vento, como um organismo vivo a respirar. Olhou para os soldados que ainda mantinham a equipe de terra a distância. Olhou para o veículo orbital e viu os homens em trajes espaciais tirarem a primeira maca da tenda. O corpo estava selado dentro de um saco. O plástico fora carimbado repetidas vezes com o símbolo vermelho-vivo de risco patogênico, como flores jogadas sobre um cadáver.

A visão daquela maca fez a mente de Jack voltar à razão.

— Para onde estão levando os corpos? — perguntou.

O Dr. Roman sequer virou-se para ele. Em vez disso, mandou que a maca fosse levada até um dos helicópteros. Jack voltou a caminhar em direção ao veículo orbital, mas outra vez encontrou um soldado à sua frente, o cabo do rifle pronto para golpear outra vez.

— Ei! — gritou alguém da equipe de terra. — Se ousar atingi-lo de novo, temos trinta testemunhas aqui!

O soldado voltou-se e olhou para os furiosos funcionários da NASA e da United Space Alliance, que agora avançavam, vozes ultrajadas.

— Acham que isso aqui é a Alemanha nazista?

— ... acham que podem espancar civis agora?

— Quem diabos são *vocês*?

Nervosos, os soldados cerraram fileiras enquanto a tripulação de terra continuava a avançar, gritando, os pés levantando poeira.

Um rifle foi disparado para o ar. A multidão silenciou.

Há algo de muito errado acontecendo por aqui, pensou Jack. *Algo que não entendemos*. Esses soldados estão prontos para atirar para matar.

O líder do comboio também entendeu aquilo porque gritou, em pânico:

— Estou em contato com Houston! Neste momento, uma centena de pessoas no Controle da Missão está nos ouvindo!

Lentamente, os soldados baixaram os rifles e olharam para seu oficial. Seguiu-se um longo silêncio, quebrado apenas pelo vento e pelas rajadas de areia que golpeavam os helicópteros.

O Dr. Roman apareceu ao lado de Jack.

— Sua gente não compreende a situação — disse ele.

— Explique-nos.

— Estamos lidando com um sério risco patogênico. O Conselho de Segurança da Casa Branca ativou a Equipe de Resposta Biológica Rápida do Exército, criada por um ato do Congresso, Dr. McCallum. Estamos aqui por ordens da Casa Branca.

— Qual risco patogênico?

Roman hesitou. Ele olhou para a equipe de terra da NASA, aglomerada além da linha de soldados.

— Qual o organismo? — perguntou Jack.

Finalmente, Roman olhou para ele através da viseira de plástico.

— Esta informação é confidencial.

— Somos a equipe médica encarregada da saúde desta tripulação. Por que não fomos informados?

— A NASA não sabe com o que está lidando.

— E como vocês sabem?

A pergunta, repleta de significado, ficou sem resposta.

Outro corpo emergiu da tenda. De quem seria?, perguntou-se Jack. Os rostos dos quatro membros da tripulação passaram por sua mente.

Todos mortos agora. Ele não conseguia aceitar aquilo. Não conseguia imaginar aquela gente vibrante e saudável reduzida a ossos quebrados e órgãos rompidos.

— Para onde estão levando os corpos? — perguntou.

— Para uma instalação de Nível 4, para necropsia.

— Quem fará a necropsia?

— Eu farei.

— Como cirurgião de voo da tripulação, devo estar presente.

— Por quê? Você é patologista?

— Não.

— Então não vejo como possa ser útil.

— Quantos pilotos mortos já examinou? — rebateu Jack. — Quantos acidentes aéreos já investigou? *Eu* fui treinado para trauma aeroespacial. É o meu campo de especialização. Podem precisar de mim.

— Não creio — disse Roman antes de se afastar.

Rígido de ódio, Jack olhou para a tripulação de terra da NASA e disse para Bloomfeld:

— O exército assumiu o controle deste lugar. Estão levando os corpos.

— Com que autoridade?

— Dizem que a ordem veio diretamente da Casa Branca. Ativaram algo chamado Equipe de Resposta Biológica Rápida.

— É uma equipe antiterrorista — disse Bloomfeld. — Ouvi falar deles. Foram criados para lidar com bioterrorismo.

Observaram o helicóptero decolar levando os dois corpos. *Que diabos está acontecendo? O que estão escondendo de nós?*

Ele se voltou para o líder do comboio.

— Pode me conectar com o JSC?

— Alguém em particular?

Jack pensou em quem podia confiar, em quem era forte o bastante dentro da burocracia da NASA para elevar a batalha ao nível mais alto possível.

— Gordon Obie — disse ele. — Operações de Tripulações de Voo.

A Necropsia

16

Gordon Obie entrou na sala de conferência de vídeo preparado para uma batalha sangrenta, mas nenhuma das autoridades sentadas ao redor da mesa suspeitava o quanto ele estava furioso. Não era de se estranhar. Obie exibia sua habitual expressão de jogo de pôquer e não disse uma palavra ao se sentar à mesa, ao lado da uma diretora de relações públicas, Gretchen Liu, chorosa e de olhos inchados. Todos pareciam absolutamente chocados. Sequer notaram a entrada de Gordon.

Também à mesa estavam o administrador da NASA, Leroy Cornell, o diretor do JSC, Ken Blankenship, e meia dúzia de altas autoridades da NASA, todos olhando para duas telas de vídeo com expressões sombrias. Na primeira, estava o coronel Lawrence Harrison, do USAMRIID, falando da base do exército em Fort Detrick, em Maryland. No segundo monitor, um homem solene de cabelos escuros e vestindo roupas civis identificado como Jared Profitt, Conselho de Segurança da Casa Branca. Não parecia um burocrata. Com olhos repletos de pesar e um rosto magro, quase ascético, parecia mais um monge medieval, transportado a contragosto a uma Idade Moderna de ternos e gravatas.

Blankenship dirigia os seus comentários ao coronel Harrison:

— Seus soldados não apenas impediram que meu pessoal fizesse o seu trabalho, como o ameaçou à ponta de armas. Um de nossos cirurgiões de voo foi atacado... derrubado pelo cabo de um rifle. Temos 36 testemunhas...

— O Dr. McCallum invadiu o nosso cordão de segurança. Recusou-se a parar como foi ordenado — respondeu o coronel Harrison. — Tínhamos uma zona de risco a proteger.

— Então o exército dos EUA está preparado para atacar e até disparar contra civis?

— Ken, vamos tentar ver isso do ponto de vista do USAMRIID — disse Cornell, pousando a mão sobre o braço de Blankenship.

O toque diplomático, pensou Gordon, incomodado. Cornell podia ser o porta-voz da NASA na Casa Branca e sua melhor opção no que dizia respeito a adular o Congresso para conseguir dinheiro, mas muita gente na NASA nunca confiara nele de fato. Nunca poderiam confiar em alguém que pensava mais como político do que como engenheiro.

— Proteger uma área de risco é um motivo válido para a aplicação de força — disse Cornell. — O Dr. McCallum rompeu a linha de segurança.

— E os resultados poderiam ter sido desastrosos — disse Harrison pela linha de áudio. — Nossos relatórios da inteligência afirmam que o vírus Marburg pode ter sido introduzido propositalmente na estação espacial. Marburg é um primo do vírus Ebola.

— Como entraria a bordo? — perguntou Blankenship. — Todo protocolo de experiência é revisado pela segurança. Todo animal de laboratório é saudável. Não mandamos patógenos para o espaço.

— Claro que esta é a linha de sua agência. Mas vocês recebem cargas úteis experimentais de cientistas de todo o país. Vocês podem vasculhar seus protocolos, mas não podem examinar cada bactéria ou cultura de tecidos que chega para o lançamento. Para manter o material biológico vivo, as cargas úteis são embarcadas diretamente no ônibus espacial. E se uma dessas experiências estiver contaminada? Considere quão fácil seria substituir culturas inofensivas por organismos perigosos como o Marburg.

— Está dizendo que isso foi uma tentativa de sabotagem deliberada contra a estação? — perguntou Blankenship. — Um ato de bioterrorismo?

— É exatamente isso que estou dizendo. Deixe-me descrever o que acontece se você for infectado por esse vírus em particular. Primeiro seus músculos começam a doer e você fica com febre. A dor é tão severa, agonizante, que você mal pode ser tocado. Uma injeção intramuscular o faz berrar de dor. Então, seus olhos ficam vermelhos. Sua barriga começa a doer e você vomita sem parar. Começa a vomitar sangue. Vem negro, a princípio, por causa dos processos digestivos. Então fica vermelho-vivo, tão rápido quanto uma bomba de sucção. Seu fígado incha, racha. Seus rins param de funcionar. Os órgãos internos são destruídos, transformando-se em um purê fedorento e escuro. Então, desastrosamente, a sua pressão arterial cai e você morre. — Harrison fez uma pausa. — É com isso que podemos estar lidando, cavalheiros.

— Isso é *babaquice*! — gritou Gordon Obie.

Todos à mesa o olharam para ele, atônitos. A Esfinge falara. Nas raras ocasiões em que Obie dissera algo em uma reunião, geralmente era em um tom de voz monocórdio, e suas palavras costumavam expor dados e informações, não emoção. Aquele rompante chocou a todos.

— Posso perguntar quem acabou de falar? — perguntou o coronel Harrison.

—Sou Gordon Obie, Diretor de Operações de Tripulações de Voo.

—Ah, o chefão dos astronautas.

—Por assim dizer.

—E por que isso é uma babaquice?

—Não creio ser um vírus Marburg. Não sei o que é isso, mas sei que não está nos dizendo a verdade.

O rosto do coronel Harrison congelou em uma máscara rígida. Ele não falou. Foi Jared Profitt quem tomou a palavra. Sua voz soava exatamente como Gordon esperava: fina e modulada. Ele não era agressivo como Harrison, mas um homem que preferia apelar para o intelecto e a razão.

—Compreendo a sua frustração, Sr. Obie — disse Profitt. — Há muita coisa que não podemos revelar por questões de segurança. Mas o Marburg é algo com o qual não podemos brincar.

—Se já sabem que é mesmo o Marburg, então por que estão excluindo os nossos cirurgiões de voo da necropsia? Têm medo de que descubramos a verdade?

—Gordon, por que não discutimos isso em particular? — murmurou Cornell.

Gordon ignorou-o e disse para a tela:

—De que doença estamos falando aqui? Uma infecção? Uma toxina? Algo carregado no ônibus espacial como carga útil militar, talvez?

Houve um silêncio. Então Harrison explodiu:

—De novo essa paranoia da NASA! A sua agência gosta de culpar os militares por tudo que dá errado!

—Por que se recusa a admitir meu cirurgião de voo na necropsia?

—Está falando do Dr. McCallum? — perguntou Profitt.

—Sim. McCallum é especialista em traumas de acidentes aéreos e patologia. Também é um cirurgião de voo e ex-membro do corpo de astronautas. O fato de se recusarem a deixá-lo a assistir às autópsias, assim como *qualquer um* de nossos médicos, me faz pensar no que não querem que a NASA veja o que estão fazendo.

O coronel Harrison voltou o rosto para o lado, como se estivesse se dirigindo para outra pessoa na sala. Quando olhou outra vez para a câmera, seu rosto estava vermelho de raiva.

— Isso é absurdo. Vocês derrubaram um ônibus espacial! Vocês estragaram a aterrissagem, mataram a sua própria tripulação e agora apontam o dedo acusando o exército dos EUA?

— Todo o corpo de astronautas está unido quanto a isso — disse Gordon. — Queremos saber o que realmente aconteceu com nossos colegas. Insistimos que permitam que um de *nossos* médicos veja os corpos.

Leroy Cornell voltou a tentar interceder.

— Gordon, você não pode fazer exigências assim — murmurou. — Eles sabem o que estão fazendo.

— Eu também.

— Vou pedir que volte atrás *agora*.

Gordon olhou para Cornell nos olhos. Cornell era o representante da NASA na Casa Branca, a voz da NASA no Congresso. Opor-se a ele era um suicídio profissional. Mas ele o fez mesmo assim.

— Falo pelos astronautas — disse ele. — O *meu* pessoal. — Ele se voltou para a tela de vídeo, o olhar fixo no rosto pétreo do coronel Harrison. — E não descartamos a possibilidade de levar as nossas preocupações à imprensa. Não é fácil considerar tal hipótese, a de expor assuntos confidenciais da NASA. O corpo de astronauta sempre foi discreto. Mas se formos obrigados a tanto, exigiremos uma investigação pública.

Gretchen Liu ficou boquiaberta.

— Gordon — sussurrou ela. — O que diabos está fazendo?

— O que tenho de fazer.

O silêncio na mesa se estendeu por um minuto.

Então, para a surpresa de todos, Ken Blankenship disse:

— Estou do lado de nossos astronautas.

— Eu também — disse outra voz.

— Eu também...

— ... e eu.

Gordon olhou para seus colegas ao redor da mesa. A maioria daquelas pessoas era de engenheiros e gerentes operacionais cujos nomes raramente apareciam na imprensa. Frequentemente, viviam em conflito com os astronautas, a quem consideravam playboys voadores com egos enormes. Os astronautas ficavam com todas as glórias, mas aqueles homens e mulheres que realizavam os trabalhos sem glamour que tornavam os voos espaciais uma realidade eram o coração e a alma da NASA. E agora estavam do lado de Gordon.

Leroy Cornell pareceu aflito, um líder abandonado por suas tropas. Ele era um homem orgulhoso e encarou aquilo como uma humilhação pública. Cornell pigarreou e lentamente ajeitou os ombros. Então, olhou para a imagem do coronel Harrison no vídeo.

— Não tenho escolha senão também apoiar os astronautas — disse ele. — Insisto que um de nossos cirurgiões de voo seja admitido para assistir às necropsias.

O coronel Harrison não disse nada. Jared Profitt, que obviamente era quem estava no comando, foi quem tomou a decisão final. Ele se voltou para falar com alguém fora da tela. Então, olhou para a câmera e assentiu.

Ambas as telas se apagaram. A teleconferência havia terminado.

— Bem, você realmente desacatou o exército dos EUA — disse Gretchen. — Viu como Harrison ficou furioso?

Não, pensou Gordon, lembrando-se da expressão do coronel Harrison pouco antes da tela se apagar. *Aquilo que vi no rosto dele não era raiva. Era medo.*

Os corpos não haviam sido levados para o quartel-general do USAMRIID em Fort Detrick, Maryland, como pensara Jack. Haviam sido transportados para um lugar a cerca de 100 quilômetros da pista de pouso de White Sands, um edifício de concreto sem janelas, parecido com outras dezenas de prédios governamentais que haviam brotado naquele vale seco e desértico. Mas aquele tinha um detalhe diferente: diversos tubos de ventilação despontavam do teto e havia arame farpado em cima da cerca. Ao atravessarem a barreira militar, Jack ouviu o zumbido de fios de alta voltagem.

Ladeado por sua escolta armada, Jack se aproximou da entrada da frente — a única entrada, deu-se conta. Na porta havia um símbolo assustadoramente familiar, a flor vermelha que indicava risco patológico. *O que aquela instalação fazia no meio do nada?*, perguntou-se. Então, ele olhou para o horizonte desolado, e sua pergunta foi respondida. O prédio estava ali precisamente porque ficava no meio do nada.

Jack foi escoltado porta adentro e atravessou uma série de corredores austeros que levavam ao interior do prédio. Viu homens e mulheres com uniformes do exército, outros com roupas de laboratório. Toda luz era artificial, e os rostos pareciam azulados e doentios.

Os guardas pararam do lado de fora de uma porta com a placa "Vestiário Masculino".

— Entre — disseram-lhe. — Siga ao pé da letra as instruções escritas. Depois, atravesse a porta. Estão esperando por você.

Jack entrou na sala. Lá dentro havia armários, um carrinho de lavanderia contendo diversos tamanhos de aventais cirúrgicos verdes, uma prateleira com gorros de papel, uma pia, um espelho. Havia uma lista de instruções na parede que começava com: "*Remova TODAS as suas roupas de passeio, inclusive as peças íntimas.*"

Ele se despiu, deixou as roupas em um armário que não estava trancado e vestiu o avental. Atravessou a porta seguinte, estampada com o símbolo universal de risco patológico, até uma sala iluminada com luz ultravioleta. Ali, fez uma pausa, perguntando-se o que fazer a seguir.

Uma voz disse ao interfone:

— Há uma prateleira com meias ao seu lado. Calce um par e atravesse a porta.

Foi o que ele fez.

Uma mulher usando um avental cirúrgico o esperava na outra sala. Era rude, séria e disse-lhe para calçar luvas esterilizadas. Então, com gestos bruscos, vedou as mangas de sua camisa e de suas calças com fita adesiva. O exército podia ter se resignado a deixar Jack fazer uma visita. Mas não seria uma visita amistosa. Ela adaptou um fone de ouvido em sua cabeça, então lhe deu um chapéu "Snoopy", parecido com um gorro de natação, para que o equipamento ficasse preso no lugar.

— Agora, vista-se — ordenou.

Hora do traje espacial. Aquele era azul, com luvas já acopladas. Enquanto a hostil assistente baixava o gorro sobre sua cabeça, Jack ficou preocupado. Em sua raiva, aquela mulher podia sabotar o processo, fazendo com que ele não ficasse completamente isolado e livre de contaminação.

Ela fechou a trava em seu peito, conectou-o a um bico de ar na parede, e ele sentiu o traje inflar. Era tarde demais para se preocupar com o que poderia dar errado. Jack estava pronto para entrar na área de risco.

A mulher desconectou-o do bico de ar e apontou para a porta seguinte. Ele a atravessou e ingressou em uma câmara de ar. A porta bateu atrás dele. Um homem vestindo um traje espacial o esperava. Não falou, mas gesticulou para que Jack o seguisse através de uma porta no outro extremo da câmara.

Eles a atravessaram e desceram um corredor até a sala de necropsia.

Lá dentro havia uma mesa de aço inoxidável sobre a qual havia um corpo deitado, ainda selado dentro do saco. Dois homens em trajes espaciais já estavam ao lado do corpo. Um dos homens era o Dr. Roman. Ele se virou e viu Jack.

— Não toque em nada. Não interfira. Você só está aqui para observar, Dr. McCallum; portanto, fique fora de nosso caminho.

Que boas-vindas!

O sujeito com traje espacial que o escoltava adaptou o traje de Jack a um bico na parede, e mais uma vez o ar sibilou dentro de seu capacete. Não fosse o fone de ouvido, não conseguiria ouvir coisa alguma do que os outros diziam.

O Dr. Roman e seus dois colegas abriram o saco.

Jack sentiu o ar lhe faltar, a garganta se estreitar. Era o corpo de Jill Hewitt. O capacete fora removido, mas ela ainda vestia o traje cor de laranja de lançamento e entrada em órbita, com seu nome bordado. Mesmo sem aquela identificação, saberia que era Jill, por causa do cabelo. Era de um castanho sedoso, curto, os primeiros fios grisalhos começando a despontar. Seu rosto estava estranhamente intacto, os olhos entreabertos. O branco de ambos os olhos estava vermelho-vivo.

Roman e seus colegas abriram o LES e expuseram o corpo. O tecido era à prova de fogo, grosso demais para ser cortado. Tiveram de despi-lo. Trabalharam com eficiência, comentários pragmáticos, sem qualquer sinal de emoção. Nua, Jill parecia uma boneca quebrada. Suas duas mãos estavam deformadas por fraturas, reduzidas a massas de ossos partidos. Suas pernas também estavam quebradas e tortas, as tíbias curvadas em ângulos impossíveis. As pontas de duas costelas quebradas atravessaram a parede torácica, e hematomas escuros marcavam os lugares onde estavam os arneses que a prendiam à poltrona.

Jack sentiu estar respirando muito rapidamente e teve de controlar o espanto cada vez maior. Ele testemunhara autópsias em corpos em muito pior estado. Vira pilotos queimados a ponto de parecerem troncos carbonizados, crânios explodidos pela pressão provocada pelo cozimento de seus cérebros. Vira um corpo cujo rosto fora amputado pelas pás do rotor traseiro de um helicóptero. Vira a espinha de um piloto naval quebrada pela metade e dobrada para trás por ele ter se ejetado da cabine com a cobertura fechada.

Mas aquilo era muito, muito pior, porque ele conhecia a falecida. Ele se lembrava dela enquanto viva. Seu horror vinha misturado com ódio porque aqueles três homens olhavam para o corpo exposto de Jill com frio distanciamento. Para eles, ela era um pedaço de carne sobre a mesa, nada mais. Ignoraram os seus ferimentos, os membros grotescamente fraturados. A causa da morte era uma preocupação secundária para eles. Estavam mais interessados no invasor microbiológico que se escondia em seu cadáver.

Roman começou a incisão em Y. Segurava o bisturi com uma das mãos, a outra protegida por uma luva metálica. Um corte seguia uma diagonal que começava no ombro direito e passava pelo seio até chegar ao processo xifoide. Outro corte diagonal corria do ombro esquerdo e encontrava-se com o primeiro corte no xifoide. A incisão continuava reta até o abdome, com um pequeno desvio ao redor do umbigo, terminando perto do osso pubiano. Ele cortou as costelas, liberando o esterno. O escudo corporal foi erguido para revelar a cavidade torácica.

A causa da morte ficou imediatamente evidente.

Quando um avião cai, um automóvel bate em um muro ou um amante desprezado se joga de um prédio de dez andares, aplicam-se as mesmas forças de desaceleração. O corpo humano, deslocando-se em alta velocidade, para abruptamente. O impacto pode fragmentar as costelas e lançar lascas de ossos como se fossem mísseis contra os órgãos vitais. Pode fraturar vértebras, romper colunas vertebrais e esmagar crânios contra painéis de instrumentos. Mas mesmo quando os pilotos estão firmemente presos às suas poltronas e usando capacete, mesmo quando nenhuma parte de seus corpos entra em contato com a aeronave, apenas a força da desaceleração pode ser fatal, porque, embora o torso seja contido, o mesmo não acontece com os órgãos internos. O coração, os pulmões e os grandes vasos sanguíneos estão suspensos dentro do tórax, seguros apenas por tecidos conjuntivos. Quando o torso para abruptamente, o coração continua a balançar para frente como um pêndulo, movendo-se com tal força que rasga os tecidos e rompe a aorta. O sangue explode no mediastino e na cavidade da pleura.

O tórax de Jill Hewitt era um lago de sangue.

Roman sugou o sangue e então franziu as sobrancelhas ao olhar para o coração e os pulmões.

— Não consigo ver por onde ela sangrou — disse ele.

— Por que não remove todo o bloco? — perguntou seu assistente. — Teríamos melhor visibilidade.

— O rompimento parece ter sido na aorta ascendente — disse Jack. — Em 65 por cento das vezes, se localiza bem acima da válvula aórtica.

Roman olhou irritado para ele. Até então, conseguira ignorar Jack, mas agora se ressentia de seu comentário intrusivo. Sem dizer palavra, ele posicionou o bisturi para cortar os grandes vasos.

— Recomendo examinar o coração no lugar antes de cortar — disse Jack.

— Como e onde ela sangrou não é a nossa principal preocupação — retorquiu Roman.

Eles não se importam com o que a matou, pensou Jack. *Tudo o que querem saber é qual organismo podia estar crescendo, multiplicando-se dentro dela.*

Roman cortou a traqueia, o esôfago e os grandes vasos, então removeu o coração e os pulmões em um único bloco. Os pulmões estavam repletos de hemorragias. Traumáticas ou infecciosas? Jack não sabia. A seguir, Roman examinou os órgãos abdominais. O intestino delgado, assim como os pulmões, estava repleto de hemorragias mucosais. Ele o removeu e recolheu em uma vasilha. A seguir, eviscerou o estômago, o pâncreas e o fígado. Tudo seria seccionado e examinado microscopicamente. Todos os tecidos seriam postos em cultura em busca de bactérias e vírus.

O corpo já estava desprovido de quase todos os seus órgãos internos. Jill Hewitt, piloto naval, triatleta, que gostava de uísque J&B, de apostar alto no pôquer e que adorava os filmes de Jim Carrey, não passava agora de uma casca vazia.

Roman se aprumou, parecendo um tanto aliviado. Até então, a necropsia nada revelara de inesperado. Se havia alguma prova evidente de vírus Marburg, Jack não a detectou.

Roman circundou a mesa e foi até a cabeça do cadáver.

Aquela era a parte que Jack temia. Teve de se forçar a olhar quando Roman cortou o couro cabeludo fazendo uma incisão no topo da cabeça que ia de orelha a orelha. Puxou o couro cabeludo para a frente e dobrou a aba sobre o rosto de Jill, uma franja de cabelo castanho caindo-lhe sobre o queixo. Com um fórceps, abriu o topo da caixa craniana. Nenhuma serra, nenhuma poeira de ossos em suspensão era permitida em uma necropsia de Nível 4.

Uma massa de sangue coagulado do tamanho de um punho fechado saiu pela abertura, manchando a mesa de aço inoxidável.

— Grande hematoma subdural — disse um dos assistentes de Roman. — Teria sido provocado pelo trauma?

— Não creio — disse Roman. — Você viu a aorta... a morte ocorreu instantaneamente, no momento do impacto. Não creio que o coração tenha bombeado por tempo suficiente para produzir tal sangramento intracraniano.

Suavemente, ele introduziu os dedos enluvados na cavidade, sondando a superfície da massa cinzenta. Uma substância gelatinosa escorreu dali e caiu sobre a mesa.

Roman recuou, assustado.

— Que diabos é *isso?* — perguntou o assistente.

Roman não respondeu. Apenas olhou para a massa de tecido. Estava coberta de uma membrana azul-esverdeada. Através desse véu brilhante, a massa parecia irregular, um emaranhado de carne informe. Ele estava a ponto de romper a membrana quando parou e olhou para Jack.

— É algum tipo de tumor — disse ele. — Ou cisto. Isso deve explicar a dor de cabeça de que ela se queixava.

— Não, não explica — disse Jack. — A dor de cabeça dela apareceu subitamente... em um prazo de algumas horas. Um tumor demora meses para crescer.

— Como sabe que ela não vinha ocultando os sintomas nos últimos meses? — rebateu Roman. — Mantendo-os em segredo para não ser excluída do lançamento?

Jack tinha de concordar que era uma possibilidade. Os astronautas queriam tanto voar que podiam ocultar qualquer sintoma que os pudesse tirar de uma missão.

Roman olhou para o colega à sua frente, no outro lado da mesa, que introduziu a massa em um recipiente de espécimes e levou-o para fora da sala.

— Não vão abri-lo? — perguntou Jack.

— Precisa ser fixado e contrastado primeiro. Se começássemos a cortar agora, poderíamos deformar a arquitetura celular.

— Você não sabe se é um tumor.

— E o que mais pode ser?

Jack não tinha resposta. Nunca vira algo assim antes.

Roman continuou a examinar a cavidade craniana de Jill Hewitt. Evidentemente, aquela massa, fosse o que fosse, havia aumentado a pressão em seu cérebro, deformando as suas estruturas. Há quanto tempo estaria ali? Meses, anos? Como era possível que Jill conseguisse trabalhar normalmente, quanto mais pilotar um veículo complicado como o ônibus espacial? Tudo isso passava pela cabeça de Jack enquanto observava Roman remover o cérebro e introduzi-lo em uma bacia de aço.

— Ela estava perto de um rompimento do tentório — disse Roman.

Não admira que Jill tivesse ficado cega. Não admira não ter baixado o trem de pouso. Ela já estava inconsciente, seu cérebro a ponto de sair como pasta de dente pela base do crânio.

O cadáver de Jill — ou o que restava dele — foi selado em outro saco e tirado da sala, junto com os recipientes à prova de risco patogênico que guardavam os seus órgãos.

Um segundo corpo foi trazido à mesa. Era Andy Mercer.

Usando luvas novas sobre as luvas do traje espacial e um bisturi limpo, Roman começou a fazer a incisão em Y. Agia com mais rapidez, como se Jill tivesse sido apenas o aquecimento e somente agora ele estivesse entrando no seu ritmo.

Mercer reclamara de dor abdominal e vômitos, lembrou-se Jack enquanto observava o bisturi de Roman cortar a pele e a gordura subcutânea. Mercer não se queixara de dor de cabeça, como Jill, mas tivera febre e expelira um pouco de sangue ao tossir. Seus pulmões apresentariam efeitos do vírus Marburg?

Outra vez, os cortes diagonais de Roman se encontraram abaixo do xifoide, e ele cortou uma linha rasa do abdome ao púbis. Outra vez cortou as costelas, liberando o escudo triangular que protegia o coração, e ergueu o esterno.

Ofegante, tropeçou para trás e deixou cair o bisturi, que retiniu sobre a mesa. Seus assistentes ficaram paralisados de incredulidade.

Na cavidade torácica de Mercer havia um aglomerado de cistos azul-esverdeados, idênticos ao cisto do cérebro de Jill Hewitt. Estavam concentrados ao redor do coração, como pequenos ovos translúcidos.

Roman ficou paralisado, o olhar fixo no tórax aberto. Então, seu olhar voltou-se para a brilhante membrana do peritônio. Estava distendida, repleta de sangue e projetando-se através da incisão abdominal.

Roman deu um passo em direção ao corpo, olhando para a proeminente membrana do peritônio. Quando ele fizera a incisão através da parede abdominal, seu bisturi perfurara a superfície da membrana, e um fluido misturado com sangue começou a verter. A princípio não passava de algumas gotas. Então, começou a jorrar em um fluxo contínuo. A incisão subitamente se abriu em um largo rasgão e o sangue esguichou, trazendo com ele uma inundação escorregadia de cistos azul-esverdeados.

Roman emitiu um grito horrorizado quando os cistos escorreram para o chão aglomerando-se em poças de sangue e muco.

Um deles rolou pelo chão de concreto e chocou-se contra a bota de borracha de Jack. Ele se curvou para tocá-lo com suas mãos enluvadas. Abruptamente foi puxado para trás por um dos colegas de Roman.

— Tire-o daqui! — ordenou Roman. — Tire-o da sala!

Os dois empurraram Jack em direção à porta. Ele resistiu, afastando as mãos enluvadas que agarravam seus ombros. Um deles desequilibrou-se, tropeçou em uma bandeja de instrumentos cirúrgicos e caiu no chão escorregadio de cistos e sangue.

O segundo homem arrancou a mangueira de ar de Jack de sua conexão e ergueu a extremidade solta.

— Eu o aconselho a sair conosco, Dr. McCallum — disse ele. — Enquanto ainda tem ar aí dentro.

— Meu traje! Meu Deus, ele rasgou!

Era o homem que tropeçara na bandeja de instrumentos, que agora olhava horrorizado para um rasgão de 5 centímetros na manga de seu traje espacial, que estava coberta pelos fluidos de Mercer.

— Está úmido. Posso sentir. Minha manga interna está molhada.

— *Vá!* — gritou Roman. — Descontaminação *já!*

O homem tirou o traje e saiu correndo da sala, em pânico. Jack o seguiu através da porta da câmara de ar, e ambos entraram sob o chuveiro de descontaminação. A água esguichava dos jatos do teto, caindo como chuva grossa sobre seus ombros. Então, começou o banho de desinfetante, uma torrente verde que caía ruidosamente contra seus capacetes de plástico.

Quando finalmente acabou, atravessaram outra porta e tiraram os trajes. O homem arrancou o traje já seco e enfiou o braço sob uma torneira de água corrente, para lavar os fluidos corporais que tivessem vazado sob a manga.

— Tem algum ferimento na pele? — perguntou Jack. — Cortes ou pele solta na raiz da unha?

— O gato de minha filha me arranhou ontem à noite.

Jack olhou para os braços do sujeito e viu marcas de garra, três linhas paralelas na parte interna do antebraço. O mesmo braço rasgado no traje. Ele olhou para o sujeito e viu medo em seus olhos.

— O que acontece agora? — perguntou Jack.

— Quarentena. Vou ficar preso. Merda...

— Já sei que não é o Marburg — disse Jack.

O homem suspirou profundamente.

— Não. Não é.

— Então o que é? Diga-me com o que estamos lidando — disse Jack.

O homem apoiou ambas as mãos na pia e olhou para a água que escorria pelo ralo. A seguir, murmurou:

— Não sabemos.

17

Sullivan Obie dirigia sua Harley em Marte.

À meia-noite, com a lua cheia brilhando e o deserto esburacado estendendo-se à sua frente, imaginava que o vento marciano agitava os seus cabelos e a poeira que seus pneus levantava era a areia vermelha de Marte. Aquela era uma antiga fantasia de infância, dos tempos em que os precoces irmãos Obie lançavam foguetes caseiros, construíam módulos lunares de papelão e usavam trajes espaciais com papel alumínio enrugado. Dias em que ele e Gordie sabiam, simplesmente sabiam, que seu futuro era o espaço.

E é assim que acabam os grandes sonhos, pensou. *Bêbado de tequila, andando de moto no deserto.* Ele jamais iria a Marte. Ou à Lua. Havia a possibilidade dele sequer sair da maldita plataforma de lançamento e, em vez disso, ser instantaneamente atomizado. Uma morte rápida e espetacular. Que diabos, era melhor que morrer de câncer aos 75 anos.

Parou derrapando de lado, a motocicleta levantando poeira, e olhou para o *Apogee II* através das dunas iluminadas pela lua. Brilhava como um raio prateado, o cone da proa apontado para as estrelas. Fora levado à plataforma de lançamento na véspera. Tinha sido uma procissão lenta, triunfante, os 12 empregados da Apogee tocando as buzinas e batendo no teto de seus carros enquanto seguiam o caminhão-plataforma através do deserto. Quando a nave finalmente foi erguida na posição de lançamento, todos olharam para ela, ofuscados pelo sol a pino, e ficaram imediatamente silenciosos.

Todos sabiam que aquela era a sua última chance. Dali a três semanas, quando o *Apogee II* decolasse, estaria transportando todas as suas esperanças e sonhos.

E minha triste carcaça, pensou Sullivan.

Sentiu um calafrio ao dar-se conta de que podia estar olhando para o próprio ataúde.

Acelerou a Harley e voltou à estrada, pulando sobre dunas e valas. Dirigia com descaso, a imprudência abastecida por tequila e pela súbita e absoluta certeza de que já era um homem morto que, dali a três semanas, estaria levando aquele foguete para o esquecimento. Até então, nada podia atingi-lo, nada podia feri-lo.

A promessa da morte o tornava invencível.

Ele acelerou, voando através da árida paisagem lunar de suas fantasias infantis. *E aqui estou eu, no jipe lunar, atravessando o Mar da Tranquilidade. Subindo uma colina lunar. Projetando-me para uma aterrissagem macia...* Sentiu o chão lhe faltar. Sentiu-se atravessando a noite, a Harley rugindo entre seus joelhos, a lua brilhando em seus olhos. Ainda pairando no ar. Quão longe? Quão alto?

Bateu no chão com tanta força que perdeu o controle e rolou de lado. A Harley caiu em cima dele. Por um instante, ficou imóvel, atônito, preso entre a motocicleta e uma pedra plana. Bem, que posição ridícula, pensou.

Então, a dor o atingiu, profunda e lacerante, como se seu quadril tivesse se estilhaçado.

Ele gritou e tombou de costas, o rosto voltado para o céu. A lua brilhava, debochada.

— A pélvis dele está fraturada em três partes — disse Bridget. — Os médicos colocaram pinos na noite passada. Disseram-me que vai ficar internado por um mínimo de seis semanas.

Casper Mulholland quase podia ouvir o som de seus sonhos estourando como balões.

— Seis... semanas?

— Então ficará na reabilitação durante outros três ou quatro meses.

— Quatro meses?

— Pelo amor de Deus, Casper. Diga algo original.

— Estamos fodidos.

Bateu com a palma da mão contra a testa como se para se punir por ter ousado sonhar que poderiam ser bem-sucedidos. Era a antiga maldição da Apogee outra vez, cortando seus tendões justo quando estavam perto da linha de chegada. Explodindo seus foguetes. Incendiando seu primeiro escritório. E, agora, tirando-lhes seu único piloto comissionado. Caminhou a esmo pela sala de espera, pensando: *Nada dá certo para nós.* Eles haviam investido todas as suas economias, bem como sua reputação e seus últimos 13 anos de vida. Este era o modo de Deus lhes dizer para desistirem. Pararem com suas perdas antes que alguma coisa *realmente* ruim acontecesse.

— Ele estava bêbado — disse Bridget.

Casper parou e voltou-se para ela. Estava mal-humorada, os braços cruzados, os cabelos ruivos como a aura flamejante de um anjo vingador.

— Os médicos me disseram — disse ela. — Nível de álcool no sangue de 0,19. Tão curtido quanto um arenque. Isso não é apenas a nossa habitual falta de sorte. É o nosso próprio Sully ferrando tudo outra vez. Meu único consolo é que, nas próximas seis semanas, ele vai ficar com um tubo enfiado no pinto.

Sem dizer nada, Casper saiu da sala de espera, subiu o corredor e entrou no quarto de Sullivan.

— Seu idiota — disse ele.

Sully olhou-o com olhos zonzos de morfina.

— Obrigado pela gentileza.

— Você não merece gentileza alguma. Três semanas antes do lançamento e você resolve dar uma de Chuck Yeager no deserto? Por que não terminou o serviço e aproveitou para arrebentar a cabeça? Droga, não notaríamos a diferença!

Sully fechou os olhos.

— Lamento.

— Você está sempre lamentando.

— Eu ferrei tudo. Eu sei...

— Você prometeu-lhes um voo tripulado. Não foi ideia minha, foi *sua*. Agora, estão esperando por isso. Estão empolgados com a ideia. Quando foi a última vez que um investidor ficou interessado em nosso trabalho? Isso poderia ter feito a diferença. Se você ao menos mantivesse a garrafa arrolhada...

— Eu estava com medo.

Sully falou tão baixo que Casper não estava certo de tê-lo ouvido direito.

— O quê? — disse ele.

— Sobre o lançamento. Tive um... pressentimento.

Um pressentimento. Lentamente, Casper afundou na cadeira ao lado da cama, toda a sua fúria imediatamente dissipada. Medo não é algo que um homem admita tão prontamente. O fato de

Sully, que regularmente flertava com o perigo, confessar estar com medo abalou Casper.

E, ao menos, tornou-o mais compreensivo.

— Você não precisa de mim para o lançamento — disse Sully.

— Eles esperam que um piloto entre naquela cabine.

— Você poderia sentar um macaco no meu lugar e nem notariam a diferença. A nave não precisa de um piloto, Cap. Você pode comandá-la de terra.

Casper suspirou. Não lhes restava escolha. Teria de ser um voo não tripulado. Evidentemente tinham uma boa desculpa para não lançar Sully, mas será que os investidores aceitariam aquilo? Ou, em vez disso, achariam que a Apogee estava fraquejando? Que não tinham confiança de arriscar uma vida humana?

— Acho que perdi a minha confiança — murmurou Sully. — Bebi ontem à noite. Não consegui parar...

Casper compreendeu o medo do parceiro — do mesmo modo como compreendeu como uma derrota podia levar inexoravelmente a outra, e outra, até a única certeza na vida de uma pessoa ser o fracasso. Não admira que Sully estivesse com medo. Ele perdera a fé nos seu sonho. Na Apogee.

Talvez todos a tivessem perdido.

Casper disse:

— Ainda podemos fazer esse lançamento funcionar. Mesmo sem um macaco na cabine.

— É. Podemos mandar Bridget no lugar.

— E quem atenderia o telefone?

— O macaco.

Ambos riram. Eram como dois velhos soldados, fazendo graça às vésperas de uma derrota inevitável.

— Então vamos prosseguir? — perguntou Sully. — Vamos lançar?

— Esta é a ideia quando se constrói um foguete.

— Então, tudo bem. — Sully inspirou profundamente, e uma sombra de sua antiga audácia voltou-lhe ao rosto. — Vamos fazer isso direito. Vamos enviar boletins para todas as agências de notícias. Uma tremenda festa ao ar livre com champanhe. Droga, convide meu santificado irmão e seus colegas da NASA. Se explodir na plataforma, ao menos saímos do ramo com estilo.

— É. Sempre tivemos estilo de sobra.

Eles riram.

Casper levantou-se para ir embora.

— Melhore, Sully — disse ele. — Precisaremos de você no *Apogee III*.

Encontrou Bridget ainda na sala de espera.

— Então? — disse ela.

— Vamos lançar na data prevista.

— Sem piloto?

Ele assentiu.

— Nos a pilotaremos da sala de controle.

Para a surpresa de Casper, ela suspirou aliviada.

— Aleluia!

— Por que está tão satisfeita? Nosso homem está imobilizado em uma cama de hospital.

— Exatamente. — Ela pendurou a bolsa no ombro e voltou-se para ir embora. — O que quer dizer que ele não estará lá para ferrar tudo.

11 de agosto

Nicolai Rudenko entrou na câmara de ar e observou Luther lutando para entrar na parte de baixo do traje de EVA. Para o pequeno Nicolai, Luther era um gigante exótico, com aqueles ombros largos e pernas vigorosas como pistões. E a sua pele!

Enquanto Nicolai se tornara pálido durante os meses a bordo da ISS, Luther ainda tinha uma pele de um marrom profundo e brilhante, um contraste marcante em comparação com os rostos macilentos que habitavam o seu mundo sem cor. Nicolai já estava vestido e agora pairava ao lado de Luther, pronto para ajudar o parceiro a vestir a parte de cima do traje de EVA. Pouco falavam um para o outro. Nenhum dos dois estava para conversa fiada.

Haviam passado uma noite sem muita conversa na câmara de ar, o que permitiu que seus corpos se ajustassem a uma pressão atmosférica mais baixa que 10,2 libras por polegada quadrada — dois terços da pressão na estação espacial. A pressão em seus trajes seria ainda menor, de 4,3. Os trajes não podiam ser inflados com uma pressão maior, ou seus membros ficariam muito rígidos e volumosos, e eles seriam incapazes de flexionar as juntas. Sair diretamente de uma espaçonave pressurizada para o ambiente de pressão atmosférica mais baixo de um traje de EVA era o mesmo que emergir muito rapidamente das profundezas do oceano. O astronauta podia sentir os efeitos da descompressão. Bolhas de nitrogênio se formariam no sangue, obstruindo seus vasos capilares, interrompendo o precioso fluxo de oxigênio para o cérebro e para a coluna vertebral. As consequências podiam ser devastadoras: paralisia e derrame cerebral. Como mergulhadores de águas profundas, os astronautas precisavam dar aos seus corpos tempo para que se ajustassem às mudanças de pressão. Na noite anterior a um passeio no espaço, a equipe de EVA inundava os pulmões com 100 por cento de oxigênio e se fechava na câmara de descompressão para "acampar". Durante horas, eram encerrados em uma câmara apertada, já repleta de equipamentos. Não era lugar para claustrofóbicos.

Estendendo os braços acima da cabeça, Luther esgueirou-se para dentro da sólida armadura peitoral, que estava presa à parede da câmara de ar. Era uma dança exaustiva, como se arrastar por um túnel por demais estreito. Por fim, sua cabeça saiu pelo buraco do pescoço, e Nicolai ajudou-o a fechar a junta da cintura, selando as duas metades do traje.

Vestiram os capacetes. Quando Nicolai olhou para baixo para encaixar o capacete à armadura peitoral, percebeu algo brilhante na borda da junta do pescoço. Apenas cuspe, pensou, e trancou o capacete. Calçaram as luvas. Isolados em seus trajes, abriram a escotilha da câmara de equipamentos, flutuaram para o cômodo anexo e fecharam a escotilha atrás de si. Estavam agora em um compartimento ainda menor, onde quase não cabiam os dois astronautas e o volumoso equipamento de sobrevivência.

Seguiram-se trinta minutos de "pré-respiração". Enquanto inspiravam oxigênio puro, expurgando do sangue qualquer vestígio de nitrogênio, Nicolai flutuava de olhos fechados, preparando-se mentalmente para o passeio no espaço que viria a seguir. Se eles não conseguissem liberar a junta rotacional, se não pudessem reorientar os painéis solares em direção ao sol, ficariam sem energia. Aleijados. O que Nicolai e Luther conseguissem fazer nas próximas seis horas bem poderia determinar o destino da estação espacial.

Embora a responsabilidade pesasse sobre seus ombros cansados, Nicolai estava ansioso para abrir a escotilha e flutuar para fora da estação. Fazer uma EVA era como nascer outra vez, o feto emergindo daquela abertura pequena e estreita, o cordão umbilical balançando à medida que saía na vastidão do espaço. Não fosse tão grave a situação, estaria ansioso para fazer aquilo, excitado para ganhar a liberdade de flutuar em um universo sem paredes, a incrível Terra azul girando lá embaixo.

Mas as imagens que lhe vinham à mente enquanto esperava de olhos fechados a passagem daqueles trinta minutos nada tinham a ver com um passeio no espaço. O que via em vez disso era a face da morte. Ele imaginava a *Discovery* baixando do céu. Via a tripulação, atada às suas poltronas, corpos chacoalhando como bonecos, colunas vertebrais se rompendo, corações explodindo. Embora o Controle da Missão não tivesse fornecido detalhes da catástrofe, aquelas visões de pesadelo preenchiam-lhe a mente, faziam seu coração bater forte e sua boca ficar seca.

— Seus trinta minutos acabaram, rapazes — disse a voz de Emma pelo interfone. — Hora de despressurizar.

Com mãos úmidas de suor, Nicolai abriu os olhos e viu Luther acionar a bomba de despressurização. O ar estava sendo sugado para fora, a pressão ambiente baixando lentamente. Se houvesse algum vazamento em seus trajes, seria então detectado.

— Tudo bem? — perguntou Luther, verificando os fechos de seus cordões umbilicais.

— Estou pronto.

Luther deixou a atmosfera do compartimento vazar para o espaço. Então, liberou a trava e abriu a escotilha.

O ar remanescente sibilou ao escapar.

Fizeram uma pausa, agarrando a borda da escotilha, olhando admirados para fora. Então, Nicolai saiu para a escuridão do espaço.

— Eles estão saindo — disse Emma, acompanhando no circuito fechado de TV a saída dos dois astronautas atados aos seus cordões umbilicais.

Eles removeram as ferramentas da caixa que ficava do lado de fora da escotilha. Então, de apoio em apoio, avançaram em direção à estrutura principal de painéis solares. Ao passar pela câmera instalada sob a estrutura, Luther acenou.

— Estão assistindo ao show? — disse através do sistema de áudio UHF.

— Nós o vemos bem pela câmera externa — disse Griggs. — Mas suas câmeras EMU não estão transmitindo.

— A de Nicolai também não?

— De nenhum dos dois. Vamos tentar descobrir qual é o problema.

— Tudo bem, vamos até a estrutura para verificar os danos.

Os dois saíram do campo de visão da primeira câmera. Por um instante, desapareceram de vista. Então Griggs disse:

— Lá estão eles.

E apontou para outra tela, na qual viam os astronautas movendo-se em direção à segunda câmera, avançando ao longo do topo da estrutura. Mais uma vez sumiram de vista. Agora estavam na área cega da câmera danificada e não podiam ser vistos.

— Estão perto, rapazes? — perguntou Emma.

— Quase... estamos quase lá — disse Luther, soando ofegante.

Devagar, pensou Emma. *Vão devagar.*

Durante um tempo aparentemente interminável, nada ouviram da equipe de EVA. Emma sentiu o pulso acelerar e a ansiedade aumentar. A estação já estava danificada e sem energia. Nada podia dar errado durante os reparos. *Se ao menos Jack estivesse aqui*, pensou. Jack era um faz-tudo talentoso que podia reconstruir qualquer motor de barco ou fazer um rádio de ondas curtas a partir de peças de ferro-velho. Em órbita, as ferramentas mais valiosas eram um par de mãos habilidosas.

— Luther? — chamou Griggs.

Não houve resposta.

— Nicolai? Luther? Por favor respondam.

— Merda — disse Luther.

— O que foi? O que veem? — perguntou Griggs.

— Estou olhando para o problema e, cara, está uma droga. Toda a extremidade P-6 da estrutura principal está retorcida. A *Discovery* deve ter enganchado no painel 2-B e curvado aquela extremidade para cima. Então, virou de lado e quebrou as antenas de banda S.

— O que você acha? Dá para consertar alguma coisa?

— As antenas de banda S não são problema. Temos um ORU para as antenas e apenas as substituiremos. Mas os painéis solares de bombordo... podem esquecer. Precisamos de uma estrutura nova naquela extremidade.

— Tudo bem. — Cansado, Griggs esfregou o rosto. — Bem, então estamos definitivamente sem um PVM. Acho que podemos lidar com isso. Mas precisamos que os painéis P-4 sejam reorientados, ou estaremos ferrados.

Houve uma pausa enquanto Luther e Nicolai voltavam ao longo da estrutura principal. Subitamente, entraram na área de cobertura da câmera. Emma os viu passarem lentamente dentro de seus trajes volumosos com mochilas enormes às costas, como mergulhadores de águas profundas movendo-se debaixo d'água. Pararam nos painéis P-4. Um deles flutuou até o lado da estrutura e olhou para o mecanismo que unia os enormes painéis solares à estrutura.

— A junta rotacional está emperrada — disse Nicolai. — Não gira.

— Consegue soltá-la? — perguntou Griggs.

Ouviram um breve diálogo entre Luther e Nicolai. Então Luther disse:

— Quão elegantemente querem que esse trabalho seja feito?

— Do jeito que for possível. Precisamos disso logo ou estaremos em apuros, rapazes.

— Acho que podemos tentar uma abordagem de lanterneiro.

Emma olhou para Griggs.

— Ele disse o que eu estou pensando?

Foi Luther quem respondeu:

— Vamos pegar uma marreta e martelar esse negócio de volta ao lugar.

Ele ainda estava vivo.

O Dr. Isaac Roman olhou através da janela de observação para o infeliz colega sentado em uma cama hospitalar assistindo à TV. Desenhos animados, acredite se quiser. Canal Nickelodeon, para o qual o paciente olhava com concentração quase desesperada. Ele sequer olhou para a enfermeira com traje espacial que entrou na sala para remover a bandeja intocada do almoço.

Roman apertou o botão do interfone.

—Como está se sentindo hoje, Nathan?

O Dr. Nathan Helsinger voltou o olhar assustado para a janela e somente então notou que Roman estava do outro lado do vidro.

—Estou bem. Estou perfeitamente saudável.

—Não manifestou nenhum sintoma?

—Já disse, estou *bem*.

Roman observou-o um instante. O sujeito parecia bem saudável, mas seu rosto estava pálido e tenso. Com medo.

—Quando posso sair do isolamento? — disse Helsinger.

—Mas só se passaram trinta horas.

—Os astronautas manifestaram sintomas em 18 horas.

—Isso em microgravidade. Não sabemos o que esperar aqui e não podemos arriscar. Você sabe disso.

Helsinger voltou-se abruptamente para a TV, mas não antes que Roman visse o brilho das lágrimas em seus olhos.

—Hoje é aniversário de minha filha.

—Enviamos um presente em seu nome. Sua esposa foi informada que você não poderia comparecer. Que você está em um avião para o Quênia.

Helsinger riu com amargura.

—Vocês não deixam ponto sem nó, não é mesmo? E se eu morrer? O que dirão?

—Que aconteceu no Quênia.

— Um lugar tão adequado quanto qualquer outro, suponho. — Ele suspirou. — O que deram para ela?

— Para a sua filha? Acho que foi uma Dra. Barbie.

— Era exatamente o que ela queria. Como sabiam?

O celular de Roman tocou.

— Falo com você depois — disse ele, então se afastou da janela para atender o telefone.

— Dr. Roman, é o Carlos. Temos alguns resultados de DNA. Devia subir para ver isso.

— Estou a caminho.

Encontrou o Dr. Carlos Mixtal sentando diante do computador do laboratório. Os dados rolavam pelo monitor em um fluxo contínuo:

GTGATTAAAGTGGTTAAAGTTGCTCATGTTCAATTATGCA-
GTTGTTGCGGTTGCTTAGTGTCTTTAGCAGACACATAT-
GAAAAGCTTTTAGATGTTTTGAATTCAATTGAGTTGGTTTA
TTGTCAAACTTTAGCAGATGCAAGAGAAATTCCTGAATG
CGATATTGCTTTAGTTGAA GGCTCTGT...

Os dados constavam de apenas quatro letras, *G*, *T*, *A*, e *C*. Era um sequência de nucleotídeos, e cada uma das letras representava os blocos formadores do DNA, a matriz genética de todo organismo vivo.

Carlos virou-se ao ouvir os passos de Roman, e a expressão em seu rosto era inconfundível. Carlos parecia estar amedrontado. *Igual a Helsinger*, pensou Roman. *Todo mundo está com medo.*

Roman sentou-se ao lado dele.

— É isso? — perguntou, apontando para a tela.

— Esse é o organismo que infectou Kenichi Hirai. Retiramos o material dos restos que conseguimos... raspando das paredes da *Discovery*.

Restos era uma palavra apropriada para o que sobrara do corpo de Hirai. Massas de tecido esfacelado, grudadas às paredes do veículo orbital.

— A maior parte do DNA permanece não identificável. Não fazemos ideia do que codifica. Mas esta sequência em particular aqui na tela nós pudemos identificar. É o gene da coenzima F420.

— O que é isso?

— Uma enzima específica de *Archaeons.*

Roman recostou-se na cadeira, sentindo-se levemente nauseado.

— Então, está confirmado — murmurou.

— Sim. O organismo definitivamente tem um DNA de *Archaeon.* — Carlos fez uma pausa. — Infelizmente, tenho más notícias.

— O que quer dizer com "más notícias"? Isso, por si só, já não é ruim o bastante?

Carlos digitou algo no teclado, e a sequência de nucleotídeos passou para um segmento diferente.

— Este é outro gene que encontramos. A princípio, pensei que fosse um engano, mas a coisa acabou se confirmando. Bate com o de uma *Rana pipiens.* A rã-leopardo do norte.

— O quê?

— Exato. Só Deus sabe como o organismo adquiriu esse gene de sapo. Agora, a coisa fica realmente assustadora. — Carlos rolou a tela até outro segmento do genoma. — Outro grupo identificável — disse ele.

Roman sentiu um calafrio subir-lhe pela espinha.

— E que genes são esses?

— Esse DNA é específico de um *Mus musculis.* O rato comum.

Roman olhou para o colega.

— Isso é impossível.

— Eu confirmei. Esta forma de vida de algum modo incorporou DNA de mamíferos em seu genoma. Acrescentou novas capacidades enzimáticas. Está mudando. Evoluindo.

Para se tornar o quê?, perguntou-se Roman.

— Há mais. — Outra vez, Carlos digitou no teclado, e outra sequência de bases de nucleotídeos passou pelo monitor. — Este segmento também não veio de um *Archaeon*.

— O que é? Mais DNA de rato?

— Não. Esta parte é humana.

Roman sentiu um calafrio na espinha. Os cabelos de sua nuca se eriçaram. Atônito, procurou o telefone.

— Ligue-me com a Casa Branca — disse ele. — Preciso falar com Jared Profitt.

Sua chamada foi atendida no segundo toque.

— Fala Profitt.

— Nós analisamos o DNA — disse Roman.

— E?

— A situação é pior do que pensávamos.

18

Nicolai fez uma pausa para descansar, braços trêmulos de fadiga. Após meses no espaço, seu corpo enfraquecera, e ele se desacostumara ao esforço físico. Em microgravidade, não há como erguer pesos, e os músculos pouco se exercitam. Nas últimas cinco horas, ele e Luther haviam trabalhado sem parar. Consertaram as antenas de banda S, desmontaram e remontaram a junta rotacional. Agora, ele estava exausto. O simples ato de dobrar os braços dentro do volumoso traje de EVA dificultava as mais simples tarefas.

Trabalhar dentro do traje era um experiência penosa. Para isolar o corpo humano de temperaturas extremas, que variavam de – 418 a – 482 graus centígrados, e para manter a pressão contra o vácuo do espaço, o traje era feito de múltiplas camadas: isolante aluminizado Mylar, náilon à prova de rasgaduras, uma cobertura Ortho-fabric e uma camada inflada de náilon coberto de uretano. Dentro do traje, o astronauta vestia uma ceroula recoberta de tubos de refrigeração à água. Também tinha de usar uma mochila de sobrevivência contendo água, oxigênio, um pacote de foguetes para autorresgate e equipamento de rádio. Em essência, o traje de EVA era uma espaçonave pessoal, volumosa e difícil de manobrar, e apenas o ato de apertar um parafuso exigia esforço e concentração.

O trabalho exaurira Nicolai. Sentia cãibras nos dedos e estava suando por baixo das luvas espaciais.

Também estava com fome.

Sugou um gole de água do bico instalado dentro do traje e emitiu um profundo suspiro. Embora a água tivesse um gosto esquisito, quase de peixe, ele não se abalou. Tudo tinha gosto estranho em microgravidade. Tomou outro gole e sentiu que molhara o queixo. Não podia introduzir a mão no capacete para se enxugar, de modo que ignorou o incidente e olhou para a Terra lá embaixo. Aquela rápida visão do planeta, com toda a sua glória, o fez se sentir um pouco tonto, um tanto nauseado. Nicolai fechou os olhos, esperando a sensação passar. Era apenas cinetose, nada mais. Acontecia sempre que, inesperadamente, alguém olhava para a Terra. À medida que o estômago se acomodava, deu-se conta de outra sensação: a água que derramara estava subindo pelo seu rosto. Ele fez uma careta tentando afastar a gota, mas aquilo continuou a subir pelo seu rosto.

Mas estou em microgravidade, onde não há em cima ou embaixo. A água não devia estar escorrendo.

Começou a balançar a cabeça e bateu com a mão enluvada no capacete.

Voltou a sentir a gota subindo por seu rosto, traçando uma linha úmida sobre o seu maxilar. Em direção ao seu ouvido. Já chegara à borda do gorro que fixava a unidade de comunicação. Certamente o tecido absorveria a umidade, evitaria que continuasse escorrendo...

Imediatamente seu corpo enrijeceu. A umidade entrara por baixo da borda do gorro. Estava agora se esgueirando em direção ao seu ouvido. Não era uma gota de água e nem um rastro de umidade, mas algo que estava se movendo por conta própria. *Algo vivo.*

Ele se voltou para a esquerda, depois para a direita, tentando deslocá-la. Bateu com força no capacete. Ainda assim, sentiu-a se mover, esgueirando-se por baixo da unidade de comunicação.

Olhou para a Terra, então para o espaço e voltou a olhar para a Terra, enquanto se debatia e se revirava em movimentos frenéticos.

A gota entrara em seu ouvido.

—Nicolai? Nicolai, por favor responda! — disse Emma, observando-o no monitor de TV.

Ele rodopiava, as mãos enluvadas batendo freneticamente no capacete.

—Luther, ele parece estar tendo um ataque!

Luther apareceu na câmera, movendo-se com rapidez em direção ao seu colega de EVA. Nicolai continuava a se debater, balançando a cabeça para a frente e para trás. Emma podia ouvi-los em UHF. Luther perguntava, ansioso:

—O que foi? O que foi?

—Meu ouvido... Está no meu ouvido.

—Dói? Seu ouvido dói? *Olhe* para mim!

Nicolai voltou a bater no capacete.

—Está *entrando*! —gritou. — Tire isso de mim! Tire isso de mim!

—O que há de errado com ele? —gritou Emma.

—Eu não sei! Meu Deus, ele está em pânico.

—Ele está muito perto do poste de ferramentas. Tire-o daí antes que danifique o traje!

No monitor de TV, Luther segurou o parceiro pelo braço.

— Vamos, Nicolai! Vamos voltar à estação.

Subitamente Nicolai agarrou o capacete, como se para arrancá-lo.

— Não! *Não faça isso*! — gritou Luther, segurando ambos os braços do parceiro em uma tentativa desesperada de contê-lo. Rolaram juntos, os cordões umbilicais emaranhando-se ao seu redor.

Griggs e Diana se juntaram a Emma diante do monitor de TV e os três observaram, horrorizados, o drama que se desenrolava do lado de fora da estação.

— Luther, o poste de ferramentas! — disse Griggs. — Cuidado com seus trajes!

Neste exato momento, Nicolai voltou-se súbita e violentamente para se livrar de Luther. Seu capacete bateu no poste de ferramentas. Um jato fino de algo que parecia ser uma névoa branca imediatamente escapou pela viseira.

— Luther! — gritou Emma. — Verifique o capacete dele! Verifique o capacete dele!

Luther olhou para a viseira de Nicolai.

— Merda, está rachada! — gritou. — Posso ver o ar escapando! Ele está descomprimindo!

— Acione o O_2 de emergência e tire-o daí *agora*!

Luther estendeu a mão e apertou o botão que acionava o suprimento de oxigênio de emergência no traje do parceiro. O fluxo extra de ar manteria o traje inflado tempo o bastante para que Nicolai fosse trazido de volta com vida. Ainda lutando para contê-lo, Luther começou a arrastá-lo para a escotilha.

— Rápido — murmurou Griggs. — Meu Deus, *rápido*.

Passaram preciosos minutos até Luther conseguir arrastar Nicolai até a cabine, até a escotilha ser fechada e a atmosfera pressurizada. Não esperaram a verificação habitual da integridade da câmara. Em vez disso, a pressurizaram imediatamente em uma atmosfera.

A escotilha se abriu e Emma atravessou a câmara de equipamento.

Luther já havia removido o capacete de Nicolai e tentava desesperadamente arrancar a armadura peitoral. Trabalhando juntos, tiraram um Nicolai rebelde de dentro do traje de EVA. Emma e Griggs o arrastaram pela estação até o RSM, onde havia a energia e a luz estavam normalizadas. Ele gritou durante todo o percurso, agarrando o lado esquerdo de seu gorro com comunicador. Seus olhos estavam fechados e inchados, as pálpebras intumescidas. Ela tocou-lhe as faces e sentiu ar aprisionado no tecido subcutâneo devido à descompressão. Um linha de saliva brilhava em seu queixo.

— Nicolai, acalme-se! — disse Emma. — Você está bem, está me ouvindo? Você vai ficar bem!

Ele gritou e arrancou o gorro, que saiu voando.

— Ajudem-me a colocá-lo na maca! — disse Emma.

Foram necessárias todas as mãos disponíveis para preparar a maca de contenção, tirar os tubos de ventilação de Nicolai e amarrá-lo. Agora, ele estava completamente imobilizado. Enquanto Emma auscultava-lhe o coração e os pulmões e examinava-lhe o abdome, ele continuava a gemer e a virar a cabeça de um lado para o outro.

— É o ouvido — disse Luther, que se livrara do volumoso traje de EVA e olhava de olhos arregalados para o atormentado Nicolai. — Ele disse que era algo em seu ouvido.

Emma olhou mais de perto para o rosto de Nicolai. Para a linha de saliva que saía de seu queixo e contornava a curva do maxilar. Em direção ao ouvido. Havia uma gota de umidade na parte externa do ouvido.

Ela ligou o otoscópio movido a bateria e inseriu a ponta no canal auricular de Nicolai.

A primeira coisa que viu foi sangue. Uma gota, brilhando à luz do otoscópio. Então, Emma se concentrou no tímpano.

Estava perfurado. Em vez do brilho da membrana timpânica, viu um orifício negro. *Trauma da descompressão* foi a primeira coisa que pensou. Teria a súbita descompressão estourado os tímpanos de Nicolai? Ela verificou o outro tímpano. Este, porém, estava intacto.

Confusa, desligou o otoscópio e olhou para Luther.

— O que aconteceu lá fora?

— Eu não sei. Ambos estávamos descansando um pouco antes de trazermos as ferramentas de volta. Em um minuto ele estava bem, no outro, entrou em pânico.

— Preciso ver o capacete dele.

Ela deixou o RSM e foi até a câmara de equipamentos. Abriu a escotilha, entrou e examinou ambos os trajes de EVA, que Luther havia recolocado na parede.

— O que está fazendo, Watson? — perguntou Griggs, que a seguira.

— Quero ver o tamanho da rachadura. Quão rapidamente ele descomprimiu.

Foi até o traje de EVA menor, com o nome "Rudenko", e removeu o capacete. Olhando lá dentro, viu algo úmido grudado na viseira rachada. Pegou um cotonete de um de seus bolsos e levou a ponta ao fluido. Era grosso e gelatinoso. Azul-esverdeado.

Um calafrio percorreu-lhe a espinha.

Kenichi esteve aqui, lembrou-se de repente. *Na noite em que morreu, nós o encontramos nesta câmara. De algum modo ele a contaminou.*

Imediatamente, Emma recuou, em pânico, colidindo com Griggs na escotilha.

— Fora! — gritou. — Saia daqui!

— O que foi?

— Acho que temos risco de contaminação! Feche a escotilha! Feche!

Deixaram a câmara e entraram no nodo. Juntos, fecharam a escotilha e a vedaram. Trocaram olhares tensos.

— Acha que vazou alguma coisa? — perguntou Griggs.

Emma vasculhou o nodo, procurando gotículas pairando no ar. À primeira vista, nada encontrou. Então, viu um relance de movimento, um brilho, que parecia tremular na mais extrema periferia de sua visão.

Ela se voltou para olhar, mas o brilho já havia desaparecido.

Jack sentou-se diante de seu console na sala de Operações de Veículo Especial, a tensão crescendo a cada minuto enquanto observava o relógio na tela principal. As vozes que ouvia pelo fone de ouvido falavam com urgência renovada, a conversa rápida e em *staccato* à medida que os relatórios da situação eram passados entre os controladores e o diretor de voo da ISS, Woody Ellis. Semelhante em disposição à Sala de Controle Voo do ônibus espacial e instalada no mesmo edifício, a sala do SVO era menor, uma versão mais especializada, controlada por uma equipe dedicada apenas às operações da estação espacial. Nas últimas 36 horas, desde que a *Discovery* colidira com a ISS, aquela sala fora palco de ansiedade crescente, temperada com pânico intermitente. Com tanta gente na sala, tantas horas ininterruptas de estresse, o próprio ar cheirava a crise, uma mistura dos odores de suor e café requentado.

Nicolai Rudenko sofria dos males da descompressão e evidentemente tinha de ser resgatado. Por haver apenas um bote salva-vidas — O Veículo de Retorno de Tripulação —, toda a tripulação teria de voltar para casa. Seria uma evacuação controlada. Sem atalhos, sem erros. Sem pânico. A NASA fizera aquela simulação diversas vezes, mas uma evacuação por CRV nunca fora realizada de verdade. Não com cinco seres humanos a bordo.

Não com alguém que amo a bordo.

Jack suava e estava quase nauseado de tanto medo.

Olhava para o relógio na tela a toda hora e comparava-o com seu relógio de pulso. Esperavam que a trajetória orbital da ISS chegasse à posição certa antes que pudessem proceder à separação do veículo. O objetivo era descer o CRV do modo mais direto possível em um local de aterrissagem imediatamente acessível às equipes médicas. Toda a tripulação precisaria de assistência. Depois de semanas no espaço, estariam fracos como gatinhos recém-nascidos, os músculos incapazes de sustentá-los.

O momento da separação se aproximava. Demoraria 25 minutos para se afastarem da ISS e adquirirem orientação por GPS, 15 minutos para a sequência de queima de combustível para saída de órbita. Uma hora para aterrissarem.

Em menos de duas horas, Emma estaria de volta à Terra. *De um modo ou de outro.* O pensamento ocorreu-lhe antes que pudesse afastá-lo. Antes que pudesse evitar se lembrar da terrível visão do corpo despedaçado de Jill Hewitt na mesa de autópsia.

Fechou as mãos em punho, forçando-se a se concentrar nas leituras de biotelemetria de Nicolai Rudenko. Os batimentos cardíacos estavam rápidos, embora regulares, e a pressão arterial continuava estável. *Vamos, vamos. Agora, nós os traremos de volta para casa.*

Ouviu Griggs informar:

— Capcom, minha tripulação está a bordo do CRV e a escotilha está fechada. Está um pouco apertado aqui, mas estaremos prontos quando vocês estiverem.

— Aguardem o momento de acionar — disse Capcom.

— Estamos aguardando.

— Como vai o paciente?

O coração de Jack acelerou ao ouvir a voz de Emma:

— Suas funções vitais continuam estáveis, mas ele está muito desorientado. A crepitação migrou para o pescoço e para o peito, e está lhe causando algum desconforto. Dei-lhe outra dose de morfina.

A súbita descompressão provocara bolhas de ar em seus tecidos macios. Tal condição era inofensiva, embora dolorosa. O que preocupava Jack eram as bolhas de ar no sistema nervoso. Seria por isso que Nicolai estava confuso?

Woody Ellis disse:

— Preparem-se para acionar. Removam os selos ECCLES.

— ISS — disse o Capcom — Vocês estão autorizados a...

— Suspendam o procedimento! — interrompeu uma voz.

Jack olhou confuso para o diretor de voo Ellis, que parecia tão confuso quanto ele. Ellis voltou-se e topou com o diretor do JSC, Ken Blankenship, que acabara de entrar na sala, acompanhado de um sujeito de terno com cabelos escuros e mais meia dúzia de oficiais da Força Aérea.

— Desculpe, Woody — disse Blankenship. — Acredite, não foi decisão minha.

— Que decisão? — disse Ellis.

— O resgate foi cancelado.

— Temos um homem doente lá em cima! O CRV está pronto para partir e...

— Eles não podem voltar.

— E quem tomou tal decisão?

O homem de cabelos escuros deu um passo adiante e disse, quase pedindo desculpas:

— A decisão é minha. Sou Jared Profitt, Conselho de Segurança da Casa Branca. Por favor, diga para a sua tripulação voltar a abrir as escotilhas e deixar o CRV.

— Minha tripulação está em apuros — disse Ellis. — Vou trazê-los para casa.

O encarregado da trajetória interrompeu:

— Voo, teremos de separar agora se quisermos que aterrissem no alvo.

Ellis meneou a cabeça para o Capcom.

— Acionar CRV. Vamos proceder à separação.

Antes que o Capcom pudesse dizer outra palavra, seu fone de ouvido foi arrancado e ele foi arrastado de sua cadeira. Um oficial da Força Aérea tomou o lugar do Capcom ao console.

— Ei! — gritou Ellis. — *Ei!*

Todos os controladores de voo ficaram paralisados enquanto os outros oficiais da Força Aérea imediatamente se espalhavam pela sala. Nenhuma arma foi sacada, mas a ameaça era evidente.

— ISS, não acione o CRV — disse o novo Capcom. — O resgate foi cancelado. Voltem a abrir as escotilhas e deixem o CRV.

Atônito, Griggs respondeu:

— Acho que não entendi, Houston.

— O resgate foi cancelado. Deixem o CRV. Estamos tendo dificuldades com os computadores de TOPO e GNC. O comando de voo decidiu que será melhor adiar a evacuação.

— Por quanto tempo?

— Indefinidamente.

Jack levantou-se da cadeira, pronto para arrancar o fone de ouvido do novo Capcom.

Jared Profitt subitamente apareceu à sua frente, barrando-lhe a passagem.

— O senhor não compreende a situação.

— Minha mulher está naquela estação. Vamos trazê-la de volta para casa.

— Eles não podem voltar. Podem estar todos infectados.

— Com o quê?

Profitt não respondeu.

Furioso, Jack avançou para cima dele, mas foi contido por dois oficiais da Força Aérea.

— Infectados com o *quê?* — gritou Jack.

— Um novo organismo — disse Profitt. — Uma quimera.

Jack olhou para o rosto aflito de Blankenship. Olhou para os oficiais da Força Aérea, prontos para assumirem o controle dos consoles. Então, notou outro rosto familiar: o de Leroy Cornell, que acabara de entrar na sala. Cornell parecia pálido e trêmulo. Foi quando Jack compreendeu que aquela decisão fora tomada pelo alto-comando. Que nada que ele, Blankenship ou Woody Ellis dissessem faria alguma diferença.

A NASA já não estava mais no controle.

A Quimera

19

13 de agosto

Reuniram-se na casa de Jack, com todas as cortinas fechadas. Não ousaram se encontrar no JSC, onde certamente seriam notados. Estavam tão atônitos com a súbita apropriação das operações da NASA que não tinham ideia de como proceder. Aquela era uma crise para a qual não tinham manual de operações, nenhum plano de contingência. Jack convidara apenas algumas pessoas, todas envolvidas com as operações da NASA: Todd Cutler, Gordon Obie, os diretores de voo Woody Ellis e Randy Carpenter, e Liz Gianni, da Diretoria de Carga Útil.

A campainha tocou e todos ficaram tensos.

— É ele — disse Jack antes de abrir a porta.

O Dr. Eli Petrovitch, da Superintendência de Ciências Naturais da NASA, entrou, carregando uma pasta de laptop. Era um homem magro e frágil que, nos últimos dois anos, vinha lutando contra um linfoma. Obviamente estava perdendo a guerra. A maior parte de seu cabelo caíra, restando apenas uns tufos esbranquiçados. Sua pele parecia pergaminho amarelado, esticado sobre os ossos proeminentes da face. Mas seus olhos brilhavam de excitação, iluminados pela infatigável curiosidade dos cientistas.

— Conseguiu? — perguntou Jack.

Petrovitch meneou a cabeça e deu um tapinha na pasta. Naquele rosto esquelético, seu sorriso parecia fantasmagórico.

— O USAMRIID concordou em compartilhar um pouco de seus dados.

— Um pouco?

— Nem tudo. A maior parte do genoma permanece confidencial. Nos deram apenas partes da sequência, com grandes vazios entre uma e outra. Estão nos mostrando apenas o suficiente para provarem que a situação é grave.

Levou o laptop até a mesa da sala de jantar e o abriu. Quando todos se reuniram para olhar, Petrovitch ligou o computador e, então, introduziu-lhe um disco flexível.

Os dados começaram a deslizar na tela, linha após linha de letras aparentemente aleatórias passando em um ritmo vertiginoso. Não era um texto. Aquelas letras não enunciavam palavras, mas sim um código. As mesmas quatro letras se repetiam indefinidamente, em sequência alternada: *A*, *T*, *G* e *C*. Representavam nucleotídeos adeninas, timinas, guaninas e citosinas. Os tijolos que compõem o DNA. Aquela sequência de letras era um genoma, a matriz química de um organismo vivo.

— Isto é a quimera deles — disse Petrovitch. — O organismo que matou Kenichi Hirai.

— E o que *vem a ser* essa tal "quimera"? — perguntou Randy Carpenter. — Poderia explicar para nós, engenheiros ignorantes?

— Claro — disse Petrovitch. — E não há por que se sentir ignorante. Não é um termo muito usado fora da biologia molecular. A palavra vem da Grécia Antiga. A Quimera era um monstro mitológico, supostamente imbatível. Uma criatura que punha fogo pelas ventas com cabeça de leão, corpo de bode e cauda de serpente. Acabou morta pelo herói Belerofonte. Não foi exatamente uma luta justa, porque ele trapaceou. O herói pegou uma carona em Pégaso, o cavalo alado e, lá de cima, a matou a flechadas.

— Interessante toda essa mitologia — interrompeu Carpenter, impaciente. — Mas qual é a relevância da informação?

— A quimera grega era uma criatura bizarra feita de três animais diferentes. Leão, bode e serpente combinados em um único ser. E isso é exatamente o que estamos vendo aqui, nestes cromossomos. Uma criatura tão bizarra quanto o monstro morto por Belerofonte. Esta é uma quimera biológica, cujo DNA vem de ao menos de três espécies distintas.

— Você consegue identificar tais espécies? — perguntou Carpenter.

Petrovitch assentiu.

— Ao longo dos anos, os cientistas do mundo inteiro reuniram uma biblioteca de sequências de genes de diversas espécies, de vírus a elefantes. Contudo, reunir tal informação é um trabalho lento e tedioso. Demoraram décadas apenas para analisar o genoma humano. Portanto, como você pode imaginar, há diversas espécies cujo genoma não foi decodificado. Grandes partes do genoma da quimera não podem ser identificadas. Não fazem parte da biblioteca. Mas aqui está o que conseguimos identificar até agora.

Ele clicou sobre o ícone "espécies identificadas".

Na tela, apareceu:

Mus musculis (rato comum)
Rana pipiens (rã-leopardo do norte)
Homo sapiens

— Este organismo é parte rato, parte anfíbio e parte humano. — Ele fez uma pausa. — De certo modo, o inimigo somos *nós*.

A sala ficou em silêncio.

— Qual gene humano está neste cromossomo? — perguntou Jack em voz baixa. — Qual parte da quimera é humana?

— Pergunta interessante — disse Petrovitch, assentindo em sinal de aprovação. — Merece uma resposta interessante. Você e o Dr. Cutler vão gostar do que diz esta lista.

Ele digitou algo no teclado e, na tela, apareceu:

Amilase
Lipase
Fosfolipase A
Tripsina
Quimotripsina
Elastase
Enteroquinase

— Meu Deus — murmurou Todd Cutler. — São enzimas digestivas.

O organismo está programado para devorar seus hospedeiros, pensou Jack. *Usa as enzimas para nos digerir de dentro para fora, reduzindo nossos músculos, órgãos e tecidos conjuntivos a pouco mais que uma sopa fedorenta.*

— Jill Hewitt... ela nos disse que o corpo de Hirai havia se desintegrado — disse Randy Carpenter. — Achei que ela estava tendo alucinações.

Subitamente, Jack disse:

— Isso deve ser um organismo de bioengenharia! Alguém preparou isso em um laboratório. Pegou uma bactéria ou vírus e acrescentou genes de outras espécies, para torná-lo uma máquina mortal mais eficiente.

— Mas *qual* bactéria? *Qual* vírus? — perguntou Petrovitch. — Este é o mistério aqui. Sem mais partes do genoma para examinar, não podemos identificar com quais espécies começaram. O USAMRIID se recusa a nos revelar a parte mais importante do cromossomo deste organismo. A parte que identifica o assassino. — Ele olhou para Jack. — Você é o único aqui que viu a patologia em necropsia.

— Apenas de relance. Eles me tiraram da sala tão rapidamente que mal pude olhar. O que vi parecia ser algum tipo de cisto. Do tamanho de pérolas, envoltas em uma matriz azul-esverdeada. Estavam no tórax e no abdome de Mercer. No crânio de Hewitt. Nunca vi nada parecido antes.

— Poderiam ser cistos hidátides? — disse Petrovitch.

— O que é isso? — perguntou Woody.

— É uma infecção causada pelo estado larval de uma tênia chamada equinococo. Provoca cistos no fígado e nos pulmões. Portanto, em qualquer órgão.

— Você acha que isso pode ser um parasita?

Jack balançou a cabeça.

— Os cistos hidátides demoram muito para se desenvolver. Anos e não dias. Não creio que seja um parasita.

— Talvez não fossem cistos — disse Todd. — Talvez fossem esporos. Bolas de fungos. Aspergilos ou criptococos.

Liz Gianni, de Cargas Úteis, atalhou:

— A tripulação reportou um problema de contaminação por fungos. Uma das experiências teve de ser destruída por causa de proliferação excessiva.

— Qual experiência? — perguntou Todd.

— Terei de verificar. Lembro-me que foi uma das culturas de células.

— Mas uma simples contaminação por fungos não seria responsável por tais mortes — disse Petrovitch. — Lembrem-se, havia fungos flutuando na *Mir* todo o tempo, e ninguém morreu por causa disso. — Ele olhou para a tela do computador. — Este genoma nos diz que estamos lidando com uma nova forma de vida inteiramente diferente. Concordo com Jack. Tem de ter sido fabricada em laboratório.

— Então, trata-se de bioterrorismo — disse Woody Ellis. — Alguém sabotou a nossa estação. Devem tê-la enviado em uma das cargas úteis.

Liz Gianni balançou a cabeça vigorosamente. Agressiva e intensa, era uma presença forte em qualquer reunião e agora falava com absoluta segurança.

— Toda carga útil passa por revistas de segurança. Há relatórios de riscos e análises de três fases dos dispositivos de contenção. Acreditem, teríamos vetado qualquer coisa assim perigosa.

— Supondo que soubessem que era perigoso — disse Ellis.

— Claro que saberíamos!

— E se houve uma brecha na segurança? — disse Jack. — A maior parte das experiências vem diretamente dos pesquisadores principais, dos próprios cientistas. Não sabemos como é a segurança *deles*. Não sabemos se têm um terrorista trabalhando em seu laboratório. Se mudassem uma cultura de bactérias no último minuto, quem saberia, necessariamente?

Pela primeira vez, Liz pareceu insegura.

— É... é improvável.

— Mas pode acontecer.

Embora ela não admitisse a possibilidade, seus olhos pareciam aflitos.

— Vamos inquirir cada pesquisador principal — disse ela. — Cada cientista que tenha enviado uma experiência. Se tiveram uma falha de segurança... merda, eu vou descobrir.

Provavelmente descobrirá, pensou Jack. Como os outros homens naquela sala, ele também tinha um pouco de medo de Liz Gianni.

— Tem uma pergunta que ainda não nos fizemos — disse Gordon Obie, que falava pela primeira vez. Como sempre, se fizera de Esfinge, ouvindo sem comentários, processando a informação silenciosamente. — A pergunta é *por quê?* Por que alguém sabotaria a estação? Alguém tem algo contra nós? Um fanático adversário da tecnologia?

— O equivalente biológico do Unabomber — disse Todd Cutler.

— Então, por que não liberar o organismo no JSC e matar toda a nossa infraestrutura? Seria mais fácil e muito mais lógico.

— A lógica não se aplica quando se trata de fanáticos — destacou Cutler.

— Você pode aplicar lógica a qualquer um, incluindo os fanáticos — respondeu Gordon. — Desde que você saiba em que bases operam. E é isso o que me preocupa. Por isso me pergunto se realmente estamos lidando com sabotagem.

— O que mais seria, senão sabotagem? — perguntou Jack.

— Há outra possibilidade. E pode ser tão assustadora quanto a anterior — disse Gordon, seu olhar preocupado virando-se para Jack. — Um erro.

Com medo do que estava prestes a enfrentar, o Dr. Isaac Roman avançava às carreiras pelo corredor, o alarme do pager soando à sua cintura. Silenciou o aparelho e abriu a porta que levava à suíte de isolamento no Nível 4. Não entrou no quarto do paciente, mas ficou em pé e a salvo do lado de fora enquanto olhava horrorizado para o que acontecia do outro lado da janela de observação.

Havia sangue espirrado nas paredes e acumulado em poças pelo chão onde o Dr. Nathan Helsinger estava deitado, debatendo-se. Duas enfermeiras e um médico usando trajes espaciais tentavam evitar que ele se ferisse, mas seus espasmos eram tão violentos e poderosos que não conseguiam contê-lo. Uma perna escapou e uma enfermeira foi projetada para trás, escorregando no chão de concreto manchado de sangue.

Roman apertou o botão do interfone.

— Seu traje! Há alguma brecha?

Quando a enfermeira se levantou lentamente, ele pôde ver a expressão de terror no rosto dela. A mulher olhou para as luvas, para as mangas, então para a junção da mangueira de ar de seu traje.

— Não — disse ela em meio a um suspiro de alívio. — Nenhuma brecha.

Havia sangue manchando a janela. Roman recuou quando as gotículas brilhantes escorreram pelo vidro. Helsinger voltou a bater a cabeça no chão, sua coluna relaxando e, então, distendendo-se outra vez. Opistótonos. Roman só vira aquela postura bizarra uma vez, em uma vítima de envenenamento por estricnina, o corpo se curvando para trás como um arco retesado. Helsinger teve outro espasmo, e seu crânio se chocou contra o concreto. O sangue manchou as viseiras das duas enfermeiras.

— Afastem-se! — ordenou Roman pelo interfone.

— Ele está se ferindo! — disse o médico.

— Não quero mais ninguém exposto.

— Se pudéssemos controlar estes espasmos...

— Nada podem fazer para salvá-lo. Quero quer todos se afastem agora, antes de se ferirem.

Relutantes, as duas enfermeiras se afastaram. Após uma pausa, o médico também recuou. Ficaram imóveis e em silêncio enquanto a cena de horror se desenrolava aos seus pés.

Novas convulsões fizeram Helsinger voltar a bater com a cabeça no chão. O couro cabeludo se abriu, como tecido rasgando na costura. A poça de sangue tornou-se um lago.

— Oh, meu Deus, olhe para os olhos dele! — gritou uma das enfermeiras.

Os olhos estavam saltados para fora, como duas bolas de gude gigantes tentando escapar das órbitas. *Proptose traumática*, pensou Roman. Os olhos estavam sendo empurrados por uma pressão intracraniana catastrófica, as pálpebras inteiramente arregaçadas.

As convulsões prosseguiram, implacáveis, a cabeça batendo no chão. Lascas de osso voavam e se chocavam contra o vidro. Era como se ele estivesse tentando romper o próprio crânio para liberar o que quer que estivesse preso ali dentro.

Outro estalo. Mais sangue e ossos.

Devia estar morto. Por que ainda tinha convulsões?

Mas até mesmo as galinhas continuam a estremecer e a se debater quando decapitadas, e os estertores de Helsinger ainda não haviam terminado. Sua cabeça ergueu-se do chão, a espinha curvando-se para a frente como uma mola sendo pressionada até o limite antes de ser liberada. Seu pescoço foi projetado para trás. Ouviu-se um estalo, e o crânio se abriu como um ovo. Lascas de ossos voaram. Um aglomerado de matéria cinzenta chocou-se contra o vidro.

Roman recuou, atônito, a náusea subindo à sua garganta. Ele baixou a cabeça, lutando para manter o controle. Lutando contra a escuridão que ameaçava tomar conta de sua visão.

Suado, trêmulo, conseguiu erguer a cabeça e olhar outra vez pela janela.

Nathan Helsinger finalmente ficara imóvel. O que restava de sua cabeça repousava sobre um lago de sangue. Havia tanto sangue que, por um instante, Roman não conseguiu ver nada além daquela poça escarlate que se alargava. Então, seu olhar se voltou para o rosto do morto. Para a massa azul-esverdeada que palpitava grudada à sua testa. Cistos.

Quimera.

14 de agosto

—Nicolai? Nicolai, por favor responda!

—Meu ouvido… Está em meu ouvido!

—Dói? Seu ouvido dói? Olhe para mim!

— *Está entrando! Tire isso! Tire...*

Jared Profitt, o consultor de ciências do Conselho de Segurança da Casa Branca, desligou o gravador cassete e olhou para os homens e mulheres sentados ao redor da mesa. Todos tinham expressões horrorizadas estampadas na face.

— O que aconteceu com Nicolai Rudenko foi mais que um acidente de descompressão — disse ele. — Por isso fizemos o que fizemos. Por isso, peço que todos mantenham as ações. Há muito em jogo. Até sabermos mais sobre esse organismo, como ele se reproduz, como infecta, não podemos deixar os astronautas voltarem para casa.

A reação foi um silêncio atônito. Até mesmo o administrador da NASA, Leroy Cornell, que começara a reunião com um protesto veemente contra a intervenção em sua agência, ficou sentado, calado, sem palavras.

Foi o presidente quem fez a primeira pergunta.

— O que nós *sabemos* sobre este organismo?

— O Dr. Isaac Roman, do USAMRIID, pode responder melhor que eu — disse Profitt, acenando para o médico, Roman, que não estava sentado à mesa, mas na periferia, onde permaneceu sem ser notado pelos outros na sala. Ele deu um passo adiante, um homem alto e grisalho com olhos exaustos.

— Infelizmente, as notícias não são boas — disse ele. — Injetamos a Quimera em diversas espécies de mamíferos, incluindo cães e macacos-aranha. Em 96 horas, todos tinham morrido. Um taxa de mortalidade de 100 por cento.

— E não há tratamento? Nada que tenha funcionado? — perguntou o secretário de Defesa.

— Nada. O que é bastante assustador. Mas há notícias piores.

A sala ficou em silêncio, e o medo despontou no rosto de todos. O que podia ser pior do que aquilo?

— Repetimos a análise de DNA de ovos de gerações mais recentes deste organismo, coletados de macacos mortos. A Quimera adquiriu um novo aglomerado de genes, especificamente do *Ateles geoffroyi*. O macaco-aranha.

O presidente empalideceu. Ele olhou para Profitt.

—Isso quer dizer o que estou pensando?

—É devastador — disse Profitt. — Toda vez que essa forma de vida invade um novo hospedeiro, toda vez que produz uma nova geração, ela parece adquirir um novo DNA. Ela tem a habilidade de estar sempre diversos passos à nossa frente, adquirindo novos genes, novas capacidades que não tinha antes.

—Como diabos consegue fazê-lo? — perguntou o general Moray, do Estado-Maior. — Um organismo que adquire um novo gene? Que se refaz? Isso me parece impossível.

Roman disse:

—Não é impossível, senhor. Na verdade, há um processo semelhante que ocorre na natureza. Frequentemente, as bactérias compartilham genes umas com as outras, usando os vírus como intermediários. É assim que adquirem resistência a antibióticos tão rapidamente. Elas ampliam seus genes para terem mais resistência, acrescentando novo DNA aos seus cromossomos. Como tudo o mais na natureza, usam as armas que têm para sobreviver. Para perpetuar a sua espécie. E é isso que esse organismo está fazendo. — Ele foi até a cabeceira da mesa, onde havia um cartaz com uma fotografia tirada por um microscópio eletrônico. — Estes pequenos grânulos nesta célula são aglomerados de vírus assistentes. Mensageiros que entram na célula do hospedeiro, vasculham seu DNA e trazem de volta pedaços de material genético para a Quimera. Acrescentando novos genes, novas armas para seu arsenal. — Roman olhou para o presidente. — Esse organismo está equipado para sobreviver em qualquer condição ambiental. Tudo o que precisa é vasculhar o DNA da fauna local.

O presidente pareceu adoentado.

—Então, ainda está mudando. Ainda está evoluindo.

Ouviram-se murmúrios de desalento ao redor da mesa. Olhares atemorizados, cadeiras rangendo.

—E quanto àquele médico que foi infectado? — perguntou uma mulher do Pentágono. — Aquele que o USAMRIID mantinha em isolamento de Nível 4? Ainda está vivo?

Roman fez uma pausa, a dor espelhada nos olhos.

—O Dr. Helsinger morreu na noite passada. Testemunhei o seu fim e foi... uma morte horrível. Ele começou a se contorcer de modo tão terrível que não ousamos controlá-lo, com medo do traje espacial de alguém se romper e expor o seu ocupante. Nunca vi convulsões assim. Era como se cada neurônio de seu cérebro tivesse entrado em curto. Ele quebrou o anteparo da cama. Arrancou-o da moldura com uma pancada. Rolou para fora do colchão e começou... a bater com a cabeça no chão com tanta força que pudemos... — Ele engoliu em seco. — Pudemos ouvir o seu crânio partir. À essa altura, havia sangue por toda parte. Ele continuou batendo a cabeça no chão, como se estivesse tentando abri-la para liberar a pressão interna. O trauma só piorou as coisas, porque o cérebro começou a sangrar. No fim, a pressão intracraniana era tão grande que expeliu seus olhos das órbitas. Como um personagem de desenho animado. Como um animal que a gente vê atropelado na estrada. — Ele inspirou profundamente. — Esse... — disse ele baixinho — foi o seu fim.

—Agora vocês compreendem a possível epidemia que temos pela frente — disse Profitt. — Por isso, não podemos nos dar ao luxo de sermos fracos, descuidados ou sentimentais.

Houve outro longo silêncio. Todos se voltaram para o presidente. Todos esperavam — ansiavam — por uma decisão inequívoca.

Em vez disso, o presidente guiou sua cadeira em direção à janela e olhou para fora.

—Certa vez, desejei ser astronauta — disse ele com tristeza.

Todos nós desejamos isso algum dia, pensou Profitt. *Qual criança neste país já não sonhou em subir ao espaço a bordo de um foguete?*

—Estive lá quando lançaram John Glenn no ônibus espacial — disse o presidente. — E chorei. Como todo mundo. Droga, eu chorei como um bebê. Porque estava orgulhoso dele. E deste país. Orgulhoso apenas por ser membro da espécie humana... — Ele fez uma pausa, inspirou profundamente e passou a mão sobre os olhos. — Como posso condenar essa gente à morte?

Profitt e Roman trocaram olhares de desagrado.

—Não temos escolha, senhor — disse Profitt. — São cinco vidas contra as de sabe-se lá quanta gente aqui na Terra.

—Eles são *heróis*. Heróis de verdade. E vamos deixá-los morrer lá em cima.

—As probabilidades indicam que não poderíamos salvá-los de qualquer modo, senhor presidente — disse Roman. — Todos provavelmente estão infectados. Ou logo estarão.

—Então alguns deles podem *não* estar infectados?

—Não sabemos. Rudenko com certeza está. Acreditamos que foi infectado em seu traje de EVA. Se bem se lembra, o astronauta Hirai foi encontrado tendo convulsões na câmara de equipamentos de EVA há dez dias. Isso pode explicar como o traje foi contaminado.

—Por que os outros ainda não estão doentes? Por que apenas Rudenko?

—Nossos estudos indicam que esse organismo precisa de tempo de incubação antes de atingir o estágio infeccioso. Acreditamos que é mais contagioso à hora da morte do hospedeiro, ou logo depois, quando sai de seu corpo. Mas não temos certeza. Não podemos nos dar ao luxo de errar. Devemos assumir que são todos portadores.

— Então, vamos mantê-los em isolamento de Nível 4 até sabermos. Mas ao menos vamos trazê-los para *casa.*

— Senhor, é aí que entra o risco — disse Profitt. — No trazê-los para casa. O CRV não é como um ônibus espacial, que você pode guiar até um campo de pouso específico. Eles virão para casa em um veículo bem menos controlável, essencialmente uma cápsula dotada de paraquedas. E se algo der errado? E se o CRV explodir na atmosfera ou se espatifar na aterrissagem? Este organismo seria liberado no ar. O vento poderia levá-lo para qualquer parte! À essa altura, haveria tanto DNA humano no seu genoma que não poderíamos combatê-lo. Seria muito como *nós mesmos.* Qualquer droga que usássemos contra ele mataria os humanos também. — Profitt fez uma pausa para que suas palavras fizessem efeito. — Não podemos deixar que as emoções afetem a nossa decisão. Não com tanto em jogo.

— Sr. presidente — interrompeu Leroy Cornell —, com todo o respeito, devo destacar que esta seria uma decisão politicamente desastrosa. O público não deixará cinco heróis morrerem no espaço.

— A política deveria ser a nossa última preocupação agora! — disse Profitt. — Nossa principal prioridade é a saúde pública!

— Então, por que o segredo? Por que tiraram a NASA da jogada? Só nos mostraram partes do genoma do organismo. Nosso pessoal de ciências naturais está pronto, querendo colaborar com a sua experiência. Queremos encontrar uma cura tanto quanto... ou até mais... que vocês. Se o USAMRIID compartilhasse suas informações conosco, poderíamos trabalhar juntos.

— Nossa preocupação é com a segurança — disse o general Moray. — Um país hostil poderia transformar isto em uma arma biológica devastadora. Divulgar o código genético da Quimera é como entregar o projeto de tal arma.

— Quer dizer que não confiaria esta informação à NASA?

O general Moray encarou Cornell.

— Infelizmente, a nova filosofia da NASA de compartilhar tecnologia com cada pequeno país sob o sol não faz de sua agência um lugar seguro.

Cornell ficou roxo de raiva, mas não disse nada.

Profitt olhou para o presidente.

— Senhor, realmente *é* uma tragédia o fato de cinco astronautas terem de ser abandonados lá em cima para morrer. Mas temos de olhar para além disso, para a possibilidade de uma tragédia muito maior. Uma epidemia mundial, causada por um organismo que ainda estamos começando a entender. O USAMRIID está trabalhando dia e noite para aprender como ele funciona. Até lá, aconselho vivamente que mantenham tudo como está. A NASA não está equipada para lidar com um desastre biológico. Eles têm apenas um encarregado de proteção planetária. *Um*. A Equipe de Resposta Biológica Rápida está preparada exatamente para este tipo de crise. Quanto às operações da NASA, deixem-nas sob controle do Comando Espacial dos EUA, apoiado pelos 14 da Força Aérea. A NASA tem muitos laços pessoais e emocionais com os astronautas. Precisamos agir com firmeza. Precisamos de disciplina absoluta.

Profitt olhou lentamente para os homens e mulheres sentados à longa mesa. Na verdade, respeitava poucas daquelas pessoas. Algumas só estavam interessadas em prestígio e poder. Outras só estavam ali devido às suas ligações políticas. Ainda outras eram muito facilmente influenciadas pela opinião pública. Poucos tinham motivos tão elementares quanto os seus.

Poucos compartilhavam os seus pesadelos ou despertavam encharcados de suor durante a noite, abalados pela terrível visão daquilo que teriam de enfrentar.

— Então, está dizendo que os astronautas nunca mais poderão voltar para casa — disse Cornell.

Profitt olhou para o rosto pálido do administrador da NASA e sentiu autêntica simpatia por ele.

— Quando encontrarmos uma cura, quando soubermos como matar este organismo, então poderemos falar em trazer o seu pessoal de volta.

— Se ainda estiverem vivos — murmurou o presidente.

Profitt e Roman se entreolharam, mas nenhum deles respondeu. Já haviam compreendido o óbvio. Não encontrariam uma cura a tempo. Os astronautas não voltariam vivos para casa.

Jared Profitt caminhava de terno e gravata naquele dia escaldante, mas não ligava para o calor. Outros podiam reclamar do calor de verão em DC. Já ele não se incomodava com as altas temperaturas. Por ser tão sensível ao frio, era o inverno que ele temia. Em dias frios, seus lábios ficavam azulados e ele tremia até mesmo sob várias camadas de cachecóis e suéteres. Mesmo durante o verão, ele mantinha um suéter no escritório para combater o frio do ar-condicionado. Naquele dia, a temperatura chegava a 32 graus e o suor brilhava em todos os rostos com os quais cruzava na rua. Mas ele não tirava o terno e nem afrouxava a gravata.

A reunião o deixara com muito frio, tanto no corpo quanto na alma.

Trazia o almoço em um saco de papel marrom, o mesmo almoço que preparava toda manhã antes de ir para o trabalho. O trajeto que seguia era sempre o mesmo, oeste em direção ao Potomac, o Espelho D'água à sua esquerda. Ele gostava de rotina, de familiaridades. Ultimamente, havia poucas coisas em sua vida que oferecessem segurança e, ao envelhecer, descobriu-se aderindo a certos rituais, muito semelhante ao modo como um monge em uma ordem religiosa adere ao ritmo diário de trabalho, rezas e meditação. Em muitos aspectos ele se assemelhava a esses antigos ascetas, um homem que só comia para alimentar o corpo e vestia ternos apenas porque esperavam isso dele. Um homem para quem a riqueza nada significava.

O nome *Profitt* — semelhante à palavra "lucro", em inglês — não podia ser mais inadequado.

Diminuiu a marcha de sua caminhada ao passar pela colina relvada junto ao Memorial da Guerra do Vietnã e olhou para a fila solene de visitantes que passava diante do muro onde estavam gravados os nomes dos mortos. Sabia o que todos estavam pensando ao confrontarem aqueles painéis de granito negro e considerarem os horrores da guerra: *Tantos nomes. Tantos mortos.*

E pensou: *Vocês não fazem ideia.*

Encontrou um banco vazio à sombra e sentou-se para comer. Do saco marrom tirou uma maçã, uma fatia de queijo cheddar e uma garrafa de água. Não era Evian e nem Perrier, mas água da bica. Comeu lentamente, observando os turistas que faziam o circuito do memorial. *Então, nós honramos os nossos heróis de guerra,* pensou. A sociedade erige estátuas, grava placas de mármore, ergue bandeiras. Estremece diante do número de vidas perdidas de ambos os lados no matadouro das guerras. Dois milhões de soldados e civis mortos no Vietnã. Cinquenta milhões mortos na Segunda Guerra Mundial. Vinte e um milhões na Primeira Guerra Mundial. Os números eram consternadores. As pessoas deviam se perguntar: teria o homem um inimigo mais letal do que ele mesmo?

A resposta era "sim".

Embora os seres humanos não possam vê-lo, o inimigo está à sua volta. Dentro deles. No ar que respiram, na comida que ingerem. Através da história da humanidade, aquilo foi a sua nêmesis, algo que sobreviveria a eles muito tempo depois de terem desaparecido da face da Terra. O inimigo era o mundo dos micróbios que, ao longo dos séculos, matou mais gente do que todas as guerras combinadas.

De 542 a 767 d.C., 40 milhões de pessoas morreram durante a pandemia Justiniana.

No século XII, 25 milhões de pessoas morreram com a volta da Peste Negra.

Entre 1918 e 1919, 30 milhões morreram de gripe.

E, em 1997, Amy Sorensen Profitt, 43 anos, morreu de uma pneumonia provocada por pneumococos.

Ele terminou de comer a maçã, guardou o talo no saco marrom e enrolou tudo em um volume bem apertado. Embora o almoço tivesse sido frugal, sentia-se satisfeito, e ficou algum tempo sentado no banco, terminando de beber sua água.

Uma turista passou perto dali, uma mulher de cabelo castanho-claro. Quando ela se voltou e o sol iluminou seu rosto, achou-a parecida com Amy. A mulher sentiu estar sendo observada e voltou-se para ele. Olharam-se um instante, ela desconfiada, ele desculpando-se em silêncio. Então a mulher se foi, e Profitt decidiu que ela não se parecia com sua falecida esposa. Ninguém se parecia. Ninguém poderia se parecer.

Levantou-se, descartou os restos em uma lixeira e começou a voltar pelo caminho que viera. Passou pelo muro. Pelos veteranos uniformizados, já grisalhos e desgrenhados, fazendo a sua vigília. Honrando a memória dos mortos.

Mas até mesmo as memórias esvaecem, pensou. A imagem de seu sorriso do outro lado da mesa da cozinha, o eco de sua risada — tudo isso desaparecia lentamente à medida que o tempo passava. Apenas as memórias dolorosas permaneciam. Um quarto de hotel em São Francisco. Um telefonema no meio da noite. Imagens frenéticas de aeroportos, táxis e cabines telefônicas, enquanto ele atravessava o país para chegar a tempo ao Hospital Bethesda.

Mas o estreptococo necrotizante tinha a sua própria agenda, seu próprio horário para matar. *Exatamente como a Quimera.*

Inspirou uma golfada de ar e perguntou-se quantos vírus, quantas bactérias, quantos fungos haviam acabado de entrar em seus pulmões. E qual deles o mataria.

20

15 de agosto

— Eles que se fodam — disse Luther.

A comunicação ar-terra estava desligada, e sua conversa não estava sendo monitorada pelo Controle da Missão.

— Vamos voltar ao CRV, acionar os botões e *ir embora*. Eles não podem nos obrigar a dar meia-volta.

Uma vez que deixassem a estação, não *poderiam* voltar. O CRV era essencialmente um planador com paraquedas. Depois da separação da ISS, podia dar um máximo de quarto voltas ao redor da Terra antes de ser forçado a sair de órbita e pousar.

— Fomos aconselhados a esperar — disse Griggs. — E é isso o que faremos.

— Seguir ordens idiotas? Nicolai vai *morrer* caso não o levemos para casa!

Griggs olhou para Emma.

— Sua opinião, Watson?

Nas última 24 horas, Emma estivera junto ao paciente, monitorando as condições de Nicolai. Todos podiam ver que ele estava em condições críticas. Amarrado à maca, tinha espasmos e tremores tão violentos que Emma teve medo de que fraturasse algum osso dos braços ou das pernas. Parecia um lutador de boxe que tivesse apanhado impiedosamente no ringue. Enfisemas subcutâneos manchavam o tecido macio de seu rosto, inchando suas pálpebras a ponto de elas quase se fecharem. Através da estreita brecha, dava para ver que o branco de seus olhos estava tomado de um vermelho-brilhante, demoníaco.

Ela não sabia o quanto Nicolai podia ouvir e entender; portanto, não ousava dizer em voz alta o que estava pensando. Fez sinal para que os outros tripulantes saíssem do módulo de serviço russo.

Reuniram-se no modulo habitacional, onde Nicolai não podia ouvi-los, e onde podiam remover as máscaras e os óculos de proteção com segurança.

— Houston precisa autorizar o nosso resgate o quanto antes — disse ela. — De outro modo, vamos perdê-lo.

— Eles estão cientes da situação — disse Griggs. — Eles não podem autorizar uma evacuação sem ordens da Casa Branca.

— Então vamos ficar aqui em cima vendo um por um adoecer? — disse Luther. — E se apenas entrássemos do CRV e fôssemos embora? O que fariam? Atirariam em nós?

Diana disse baixinho.

— Podem fazê-lo.

A verdade do que ela acabara de dizer fez com que todos se calassem. Todo astronauta que já embarcou em um ônibus espacial e aguardou a contagem regressiva sabia que, sentada em um *bunker* no KSC, havia uma equipe de oficiais da Força Aérea cujo único trabalho era explodir o ônibus espacial, incinerando a sua tripulação. Caso o sistema direcional falhasse durante o lançamento, caso o ônibus espacial desviasse perigosamente em direção a uma área populosa, era dever desses encarregados da segurança apertarem os botões de destruição. Eles conheciam cada membro da tripulação do ônibus espacial. Provavelmente tinham visto fotografias das famílias dos astronautas. Sabiam exatamente quem estariam matando. Era uma responsabilidade terrível, mas ninguém duvidava de que aqueles oficiais cumpririam a sua missão.

Do mesmo modo que eles quase certamente destruiriam o CRV caso lhes fosse ordenado. Diante do espectro de uma epidemia nova e letal, a vida de cinco astronautas pareceria algo trivial.

— Aposto que nos deixariam pousar em segurança — disse Luther. — Por que não o fariam? Quatro de nós ainda estão saudáveis. *Nós* não pegamos nada.

— Mas já fomos expostos — disse Diana. — Respiramos o mesmo ar, compartilhamos os mesmos ambientes. Você e Nicolai dormiram juntos naquela câmara, Luther.

— Sinto-me perfeitamente bem.

— Eu também, assim como Griggs e Watson. Mas, caso seja uma infecção, já podemos estar na fase de incubação.

— Por isso devemos seguir ordens — disse Griggs. — Ficaremos exatamente onde estamos.

Luther voltou-se para Emma.

— Você concorda com esta baboseira de mártir?

— Não — disse ela. — Não concordo.

Griggs olhou surpreso para ela.

— Watson?

— Não estou pensando em mim — disse Emma. — Estou pensando em meu paciente. Nicolai não pode falar; portanto, tenho de falar por ele. Eu o quero em um hospital, Griggs.

— Você ouviu o que Houston disse.

— O que ouvi foi muita confusão. Ordens de evacuação sendo dadas, depois canceladas. Primeiro, nos dizem ser o vírus Marburg. Depois, dizem que não é um vírus, mas um novo organismo fabricado por bioterroristas. Não sei o que diabos está acontecendo lá embaixo. Tudo o que sei é que meu paciente... — Emma baixou abruptamente o tom de voz. — ... está morrendo. Minha responsabilidade primeira é mantê-lo vivo.

— E a minha responsabilidade é agir como comandante desta estação — disse Griggs. — Tenho de acreditar que Houston está fazendo o melhor que pode. Não nos deixariam correr perigo a não ser que a situação fosse realmente grave.

Emma não tinha como discordar. O Controle da Missão era administrado por gente que ela conhecia, pessoas em quem confiava. *E Jack está lá,* pensou. Não havia um ser humano em que ela confiasse mais.

— Parece que estão enviando algo lá de baixo — disse Diana, olhando para o computador. — É para Watson.

Emma flutuou através do modulo para ler a mensagem que brilhava na tela. Era da Superintendência de Ciências Naturais da NASA.

> Dra. Watson,
> Achamos que você devia saber exatamente com o que está lidando — com o que todos estamos lidando. Esta é a análise do DNA do organismo que infectou Kenichi Hirai.

Emma abriu o arquivo anexado.

Demorou um instante para que ela processasse mentalmente a sequência do nucleotídeo que passava pela tela. Alguns minutos mais para realmente acreditar nas conclusões.

Genes de três espécies *diferentes* em um único cromossomo. Rã-leopardo. Rato. E humano.

— O que é esse organismo? — perguntou Diana.

Emma disse baixinho:

— Uma nova forma de vida.

Era um monstro de Frankenstein. Uma abominação da natureza. Subitamente ela se concentrou na palavra "rato" e pensou:

os ratos. Eles foram os primeiros a ficar doentes. Durante uma semana e meia continuaram a morrer. Na última vez que ela verificara a gaiola, apenas um rato, uma fêmea, ainda estava viva.

Ela deixou o modulo habitacional e dirigiu-se para a metade sem energia da estação.

O laboratório dos EUA estava imerso em penumbras. Ela flutuou através da semiescuridão em direção às gavetas onde ficavam as gaiolas. Teriam sido os ratos os portadores originais desse organismo, os recipientes nos quais a Quimera fora trazida para bordo da ISS? Ou eram apenas outras vítimas acidentais, infectadas pela de exposição a outra coisa dentro da estação?

O último rato ainda estaria vivo?

Ela abriu a gaveta e olhou dentro da gaiola para seu último residente.

Decepcionou-se. O rato estava morto.

Ela passara a pensar naquela fêmea com uma orelha mordida como uma lutadora, uma aguerrida sobrevivente que, por pura teimosia, sobrevivera aos seus colegas de gaiola. Agora, Emma sentia uma inesperada tristeza ao olhar para o corpo inerte flutuando na outra extremidade da gaiola. Seu abdome já parecia inchado. O corpo teria de ser removido e descartado imediatamente com o lixo contaminado.

Conectou a gaiola à caixa de luvas, inseriu as mãos nas luvas e as estendeu para pegar o rato. Contudo, no instante em que seus dedos se fecharam, o corpo subitamente voltou à vida. Emma emitiu um grito surpreso e soltou-o.

O rato se voltou e olhou feio para ela, os bigodes irrequietos de irritação.

Emma emitiu uma sonora gargalhada.

—Então, você não está morta, afinal de contas — murmurou.

— *Watson!*

Ela se voltou para o interfone que acabara de gritar seu nome.

— Estou no laboratório.

— Venha para cá! No RSM. Nicolai está tendo convulsões!

Emma saiu voando do laboratório, ricocheteando nas paredes em meio à escuridão enquanto avançava em direção à extremidade russa. A primeira coisa que viu ao chegar ao RSM foi o rosto dos outros tripulantes, o horror evidente que expressavam mesmo através dos óculos de segurança. Então todos se afastaram e ela olhou para Nicolai.

Seu braço esquerdo se estendia em espasmos tão poderosos que faziam tremer toda a maca de contenção.

As convulsões passaram para o lado esquerdo de seu corpo, e a perna também começou a ser vítima de espasmos. Agora eram seus quadris que se moviam abruptamente, estremecendo a maca à medida que as convulsões continuavam a marcha inexorável através de seu corpo. As convulsões se intensificaram, as amarras ferindo-lhe os pulsos. Emma ouviu um estalo macabro quando os ossos de seu antebraço esquerdo se romperam. A amarra do pulso direito se partiu, e o braço começou a se mover descontroladamente, as costas da mão golpeando a borda da mesa, esmagando ossos e carne.

— Contenham-no! Vou enchê-lo de Valium! — gritou Emma, remexendo freneticamente o kit médico.

Griggs e Luther agarraram os braços de Nicolai, mas nem mesmo Luther era forte o bastante para conter o membro livre. O braço direito de Nicolai moveu-se como um chicote e empurrou Luther para o lado. Luther caiu e seu pé tocou a face de Diana, deslocando-lhe os óculos de segurança.

A cabeça de Nicolai subitamente se chocou contra a mesa. Ele ofegou com a respiração gorgolejante, seu peito encheu-se de ar e a tosse explodiu de sua garganta.

O catarro atingiu o rosto de Diana. Ela emitiu um grito enojado e soltou Nicolai, afastando-se enquanto esfregava o olho exposto.

Um glóbulo de muco azul-esverdeado passou flutuando perto de Emma. No interior daquela massa gelatinosa havia um núcleo parecido com uma pérola. Apenas quando passou diante da luminária do sistema de iluminação Emma se deu conta do que estava vendo. Quando um ovo de galinha é erguido diante da chama de uma vela, é possível ver-lhe o conteúdo através da casca. Agora, a luminária estava funcionando como a vela, seu brilho penetrando a membrana opaca do núcleo.

Lá dentro, algo se movia. Algo estava vivo.

O monitor cardíaco disparou. Emma voltou-se e viu que Nicolai havia parado de respirar. Uma linha plana atravessava o monitor.

16 de agosto

Jack colocou os fones de ouvido. Estava a sós na sala dos fundos do Controle da Missão, e aquela conversa supostamente seria confidencial, mas ele sabia que tudo o que ele e Emma dissessem não ficaria apenas entre eles. Ele suspeitava que todas as comunicações com a ISS estavam sendo monitoradas pela Força Aérea e pelo Comando Espacial dos EUA.

— Capcom, aqui é o Cirurgião. Estou pronto para a minha conferência particular de família.

— Entendido, Cirurgião — disse o Capcom. — Controle de Terra, estabeleça a conexão ar-terra. — Houve uma pausa. — Cirurgião, proceda a PFC.

O coração de Jack batia forte. Ele inspirou profundamente e disse:

— Emma, sou eu.

— Ele talvez tivesse sobrevivido se o tivéssemos levado para casa — disse ela. — Talvez tivesse tido uma chance.

— Não fomos nós que cancelamos o resgate! A NASA foi desautorizada a fazê-lo. Estamos lutando para trazê-los para casa o quanto antes. Vocês têm de aguentar.

— Não vai dar tempo, Jack — disse ela baixinho, pragmática. As palavras dela fizeram gelar a espinha de Jack. — Diana está infectada.

— Tem certeza?

— Acabei de medir o seu nível de amilase. Está subindo. Nós a estamos observando agora. Esperando pelos primeiros sintomas. Aquele negócio se espalhou por todo o módulo. Nós limpamos tudo, mas não estamos certos se alguém mais foi exposto. — Ela fez uma pausa, e ele a ouviu inspirar, trêmula. — Sabe aquelas coisas que você viu dentro de Andy e Jill? As coisas que achou que eram cistos? Seccionei uma sob o microscópio. Acabei de enviar as imagens para o pessoal de Ciências Naturais. Não são cistos, Jack. E não são esporos.

— E o que são?

— São ovos. Há algo dentro deles. Algo crescendo.

— Crescendo? Está dizendo que são multicelulares?

— Sim. É exatamente isso que estou dizendo.

Ele ficou atônito. Achavam estar lidando com um micróbio, nada maior que uma bactéria unicelular. Os inimigos mais mortais da humanidade sempre foram micróbios: bactérias, vírus e protozoários, pequenos demais para serem detectados pelo olho humano. Se a Quimera era multicelular, então era muito mais avançada que uma simples bactéria.

— A que eu vi ainda não estava formada — disse ela. — Era mais como um... *aglomerado* de células. Mas com canais vasculares. E movimentos contráteis. Como se toda a coisa pulsasse, como uma cultura de células miocárdicas.

— Talvez fosse *mesmo* uma cultura. Um grupo de células aglomeradas.

— Não, acho que era um único organismo. E ainda era jovem, ainda estava se desenvolvendo.

— Para se tornar o quê?

— O USAMRIID sabe — disse ela. — Essas coisas estavam crescendo dentro do corpo de Kenichi Hirai. Digerindo os seus órgãos. Quando seu corpo se desintegrou, devem ter se espalhado por todo o veículo orbital.

Que os militares imediatamente puseram em quarentena, pensou Jack, lembrando-se dos helicópteros e dos homens com trajes espaciais.

— Também estão se desenvolvendo no corpo de Nicolai.

— Ejete o corpo, Emma! Não perca tempo.

— Estamos fazendo isso agora. Luther está se preparando para lançar o corpo através da escotilha. Esperemos que o vácuo do espaço mate esta coisa. É um evento histórico, Jack. O primeiro funeral humano no espaço.

Ela deu uma risada estranha que rapidamente silenciou.

— Ouça — disse ele. — Eu vou trazê-la de volta para casa. Mesmo que tenha de arranjar um foguete e subir até aí para buscá-la.

— Eles não vão deixar que voltemos para casa. Sei disso agora.

Ele jamais a ouvira soar tão derrotada, o que o deixou furioso. Desesperado.

— Não me venha com choradeiras, Emma!

— Só estou sendo realista. Eu vi o inimigo, Jack. A Quimera é uma forma de vida complexa e multicelular. Ela se move. Se reproduz. Usa o *nosso* DNA, os *nossos* genes, contra nós. Se o organismo é fruto de bioengenharia, algum terrorista acabou de criar a arma perfeita.

— Então ele deve ter projetado uma defesa. Ninguém usa uma nova arma sem saber como se defender dela.

— Um fanático, sim. Um terrorista cujo único interesse é o de matar pessoas. Muita gente. Esse organismo pode fazê-lo. Não apenas mata, mas se reproduz. Se *espalha.* — Ela fez uma pausa, a exaustão tomou conta de sua voz. — Por causa disso, obviamente não voltaremos para casa.

Jack tirou os fones de ouvido e baixou a cabeça entre as mãos. Ficou sentado sozinho na sala durante um longo tempo, o som da voz de Emma ainda vívido em sua mente. *Não sei como salvá-la, pensou. Nem mesmo sei por onde começar.*

Ele não ouviu a porta se abrir. Apenas quando Liz Gianni, de Cargas Úteis, chamou foi que ele ergueu a cabeça para olhá-la.

— Temos um nome — disse ela.

Ele balançou a cabeça, confuso.

— O quê?

— Eu lhe disse que verificaria qual experiência teve de ser destruída por causa de proliferação de fungos. Acontece que era uma cultura de células. O pesquisador principal é a Dra. Helen Koenig, uma bióloga marinha da Califórnia.

— E o que sabe sobre ela?

— Desapareceu. Demitiu-se há duas semanas do laboratório SeaScience onde trabalhava. Ninguém sabe dela desde então. E, Jack, ouça só isso: acabei de falar com alguém do SeaScience. Ela me disse que investigadores federais vasculharam o laboratório de Koenig em 9 de agosto. Eles levaram todos os arquivos dela.

Jack ajeitou-se na cadeira.

— Qual era a experiência de Koenig? Que tipo de cultura de célula ela mandou lá para cima?

— Organismos marinhos unicelulares — disse Liz. — Chamam-se *Archaeons.*

21

— Era para ser um protocolo de três meses. Um estudo de como os *Archaeons* se multiplicam em microgravidade. A cultura começou a demonstrar alguns resultados bizarros. Rápida proliferação, formação de torrões. Estava se multiplicando em uma taxa inacreditável.

Eles caminhavam sozinhos por um dos caminhos que cruzavam o campus do JSC, junto a uma lagoa onde uma fonte espalhava água no ar inerte. O dia estava desagradavelmente quente e abafado, mas sentiam-se mais seguros do lado de fora. Ali, ao menos, podiam conversar em particular.

— No espaço, as células se comportam de modo diferente — disse Jack.

Este, na verdade, era o motivo das culturas serem postas em órbita. Na Terra, os tecidos crescem ao longo da superfície plana de uma lâmina de cultura. No espaço, a ausência de gravidade permite que os tecidos cresçam em três dimensões, assumindo formas que jamais poderiam adquirir na Terra.

— Considerando quão excitantes devem ter sido tais resultados, é de se estranhar que a experiência tenha sido cancelada abruptamente há seis semanas e meia — disse Liz.

— Quem cancelou a experiência? — perguntou Jack.

— A ordem veio diretamente de Helen Koenig. Aparentemente, ela analisou amostras de *Archaeons* que foram trazidas à Terra a bordo da *Atlantis* e descobriu que estavam contaminadas por um fungo. Mandou que a cultura a bordo da ISS fosse destruída.

— E é só?

— Sim. Mas o estranho é o *modo* como foi destruída. A tripulação não podia simplesmente misturá-la ao lixo contaminado e lançá-la ao espaço, que era o que normalmente fariam com um organismo não perigoso. Não. Koenig disse-lhes para porem as culturas em um cadinho e *incinerá-las*. Depois, então, ejetar as cinzas.

Jack parou e olhou para Liz.

— Se a Dra. Koenig é uma bioterrorista, por que destruiria a sua própria arma?

— Sei tanto quanto você.

Ele pensou a respeito um instante, tentando tirar algum sentido de tudo aquilo, mas sem conseguir uma resposta.

— Diga-me mais sobre a experiência dela — pediu Jack. — O que, exatamente, é um *Archaeon*?

— Petrovitch e eu pesquisamos a literatura científica. *Archaeons* são membros de um estranho tipo de organismos unicelulares chamados *extremófilos* ou "aqueles que amam condições extremas". Foram descobertos há apenas vinte anos, vivendo e proliferando perto de chaminés vulcânicas borbulhantes no fundo dos oceanos. Também já foram encontrados enterrados no gelo polar e em rochas no fundo da crosta terrestre. Lugares onde a vida não deveria existir.

— Então são um tipo de bactéria resistente?

— Não, são um tipo de vida completamente diferente. Literalmente, seu nome significa "os antigos". De fato, são tão antigos que suas origens remontam ao ancestral universal de *todas* as formas de vida. Um tempo anterior à existência das bactérias. Os *Archaeons* foram um dos primeiros habitantes de nosso planeta e provavelmente serão os últimos a sobreviver. Não importa o que aconteça... guerra nuclear, impacto de asteroides... eles estarão aqui muito tempo depois de estarmos extintos. — Ela fez uma pausa. — De certo modo, serão os últimos donos da Terra.

— São infecciosos?

— Não. São inofensivos para os humanos.

— Então este não é o nosso organismo assassino.

— Mas e se havia *algo mais* na cultura? E se ela a substituiu por um organismo diferente antes de nos enviar a carga útil? Acho interessante o fato de Helen Koenig desaparecer justo quando esta crise começou a esquentar.

Jack calou-se um instante, pensando em por que Helen Koenig subitamente mandaria incinerar a sua própria experiência. Lembrou-se do que Gordon Obie dissera naquela reunião. Talvez não fosse um ato de sabotagem, mas algo igualmente assustador. Um erro.

— Há mais — disse Liz. — Algo mais a respeito desta experiência que me fez desconfiar.

— O quê?

— Como foi financiada. Experiências de fora da NASA têm de competir para conseguirem espaço a bordo da estação. Os cientistas preenchem os seus requerimentos OLMSA explicando os possíveis usos comerciais de suas experiências. Nós os analisamos e os requerimentos passam por diversos comitês antes de priorizarmos quais serão aceitos. O processo é demorado. No mínimo um ano.

—Quanto tempo demorou para o requerimento do *Archaeon* ser aceito?

—Seis meses.

Ele franziu o cenho.

—Tão rápido?

Liz assentiu.

—Correu por fora. Não teve de competir por patrocínio da NASA, como a maioria das experiências. Foi uma transação comercial. Alguém pagou para mandar a experiência lá para cima.

Essa era, na verdade, uma das maneiras da NASA manter a ISS financeiramente viável: vendendo espaço de carga útil a bordo da estação para usuários comerciais.

—Então, por que uma empresa gastaria dinheiro, e estou falando em muito dinheiro mesmo, para desenvolver um tubo de ensaio de organismos essencialmente sem valor comercial? Curiosidade científica?

Ela riu, debochada.

—Eu não creio.

—Qual empresa pagou por isso?

—A firma para a qual a Dra. Koenig trabalhava. O SeaScience, em La Jolla, Califórnia. Desenvolvem produtos marinhos comerciais.

O desespero que Jack sentira anteriormente finalmente diminuía. Agora ele tinha informação com que trabalhar. Um plano de ação. Afinal, ele *poderia* fazer alguma coisa.

—Preciso do endereço e do telefone do SeaScience. E o nome do empregado com quem você falou.

Liz concordou vivamente.

—Agora mesmo, Jack.

17 de agosto

Diana despertou de um sono agitado, a cabeça doendo, os sonhos ainda enevoando sua mente. Sonhos da Inglaterra. De sua infância na Cornualha. Da bela calçada de tijolos ladeada por roseiras que levava à porta da frente. Em seu sonho, ela abria o pequeno portão e ouvia-o ranger como sempre rangia ao ser aberto, as dobradiças precisando de óleo. Começava a subir o caminho que levava ao chalé de pedra. Apenas meia dúzia de passos e estaria no alpendre, abrindo a porta. Gritando para dizer que estava em casa, finalmente em casa. Ela queria os abraços e o conforto da mãe. Mas aquela meia dúzia de passos se tornavam uma dúzia. Duas dúzias. O chalé continuava inalcançável, o caminho cada vez mais longo, até a casa encolher e ficar do tamanho de uma casa de boneca.

Diana despertou com ambos os braços estendidos, um grito de desespero na garganta.

Abriu os olhos e viu Michael Griggs observando-a. Embora seu rosto estivesse parcialmente oculto pela máscara e pelos óculos de proteção, ela pôde ver a sua expressão horrorizada.

Diana abriu o zíper do saco de dormir e flutuou através do módulo de serviço russo. Mesmo antes de olhar para seu reflexo no espelho, já sabia o que veria.

Uma língua flamejante de um vermelho vívido tomava o branco do seu olho esquerdo.

Emma e Luther falavam em surdina enquanto flutuavam juntos no laboratório em penumbra. A maior parte da estação ainda estava sem energia. Apenas o segmento russo, que tinha fornecimento de energia independente, operava a plena carga. A parte dos EUA estava reduzida a um labirinto fantasmagórico de túneis sombrios e, na penumbra do modulo habitacional, a fonte de luz mais brilhante era a tela do computador que exibia os diagramas dos sistemas de Controle Ambiental e Suporte à Vida. Emma e Luther já estavam familiarizados com o sistema ECLS, haviam memorizado seus componentes e subsistemas durante seu treinamento na Terra. Agora, tinham um motivo urgente para revisar o sistema. Havia uma contaminação a bordo, e eles não tinham certeza se toda a estação estava contaminada. Quando Nicolai tossiu, espalhando ovos por todo o módulo de serviço russo, a escotilha estava aberta. Em segundos, o sistema de circulação de ar da estação, projetado para evitar a formação de bolsões de ar estagnado, levou as gotículas para outras partes da estação. Teria o controle de sistema ambiental filtrado e capturado as partículas em suspensão, como era projetado para fazer? Ou estaria o contágio em toda parte agora, em cada módulo?

Na tela do computador havia diagramas do fluxo de ar que entrava e saía da atmosfera da estação. O oxigênio era fornecido por diversas fontes independentes. A fonte primária era o gerador russo Elektron, que transformava água em hidrogênio e oxigênio por meio de eletrólise. Um gerador de combustível sólido que usava cartuchos químicos era uma das fontes reserva, assim como os tanques de armazenamento de oxigênio, que eram recarregados pelo ônibus espacial. Um sistema de tubos distribuía o oxigênio misturado ao nitrogênio por toda a estação, e ventiladores mantinham o ar circulando entre os módulos. Os ventiladores também faziam o ar atravessar diversos filtros e purificadores, que removiam o dióxido de carbono, a água e as partículas em suspensão.

— Esses filtros HEPA devem ter capturado cada ovo ou larva em um prazo de 15 minutos — disse Luther, apontando para o diagrama dos filtros de partículas aéreas de alta eficiência. — O sistema tem uma eficiência de 99,9 por cento. Tudo maior que um terço de mícron deve ter sido filtrado.

— Supondo-se que os ovos tenham ficado em suspensão — disse Emma. — O problema é que eles aderem às superfícies. E eu os vi se moverem. Podem entrar em fendas e se esconder atrás de painéis onde não podemos vê-los.

— Demoraria meses para que desmontássemos cada painel para procurá-los. Mesmo assim, provavelmente deixaríamos passar algum.

— Esqueça o desmonte dos painéis. É inútil. Vou trocar o resto dos filtros HEPA. Amanhã, volte a verificar as amostras de micróbios no ar. Temos de supor que funcionará. Mas se essas larvas entraram nos condutores elétricos, jamais as encontraremos. — Ela suspirou, tão exausta que tinha dificuldade para raciocinar. — Seja lá o que fizermos, talvez não adiante nada. Pode ser tarde demais.

— Definitivamente, já é muito tarde para Diana — disse Luther, baixinho.

As hemorragias haviam aparecido no branco dos olhos de Diana naquele mesmo dia. Agora, ela estava confinada no módulo de serviço russo. Uma cortina plástica fora instalada na abertura da escotilha e ninguém podia entrar ali sem máscara e óculos de proteção. *Um exercício inútil*, pensou Emma. Todos respiravam o mesmo ar e todos haviam tocado em Nicolai. Talvez estivessem todos infectados.

— Temos de considerar o módulo de serviço russo como irremediavelmente contaminado — disse Emma.

— Mas é o único módulo ainda com energia plena. Não podemos fechá-lo inteiramente.

— Então acho que sei o que temos de fazer.

Luther suspirou em desalento.

— Outra EVA.

— Precisamos restaurar a energia nesta extremidade — disse ela. — Vocês têm de terminar os reparos na junta rotacional ou estaremos à beira da catástrofe. Se algo mais der errado com o que resta do nosso fornecimento de energia, poderemos perder o Controle Ambiental. Ou os computadores de Orientação e Navegação.

Era o que os russos costumavam chamar de *situação de ataúde.* Sem energia para se orientar, a estação começaria a rodar descontroladamente.

— Mesmo que restauremos a energia, isso não resolve nosso problema real — disse Luther. — A biocontaminação.

— Se conseguirmos contê-la na extremidade russa...

— Mas ela está incubando larvas neste exato momento! Ela é como uma bomba, esperando para explodir.

— Vamos ejetar o corpo dela assim que morrer — disse Emma. — Antes de expelir qualquer ovo ou larva.

— Pode ser tarde demais. Nicolai tossiu aqueles ovos quando ainda estava vivo. Se esperarmos Diana morrer...

— O que está sugerindo, Luther? — A voz de Griggs assustou a ambos, que se voltaram para ele.

Ele os observava da escotilha, o rosto brilhando nas sombras.

— Esta sugerindo que a ejetemos enquanto ainda estiver viva?

Luther aprofundou-se ainda mais em meio à penumbra, como se recuando do ataque.

— Meu Deus, não era isso que eu estava dizendo.

— Então, o que você *estava* dizendo?

— Apenas que sabemos que as larvas estão dentro dela. Sabemos que é uma questão de tempo.

— Talvez estejam dentro de todos nós. Talvez estejam dentro de *você*. Crescendo, desenvolvendo-se neste exato momento. Devemos ejetar o seu corpo?

— Se for para evitar que isso se espalhe... Veja, todos sabemos que ela vai morrer. Não há nada que possamos fazer a respeito. Precisamos pensar com antecipação...

— Cale-se! — Griggs atravessou o módulo habitacional e agarrou a camisa de Luther.

Ambos se chocaram contra a parede oposta e voltaram a ricochetear. Rodaram diversas vezes no ar, Luther tentando se livrar das mãos de Griggs, Griggs recusando-se a soltá-lo.

— Parem! — gritou Emma. — Griggs, *solte-o*!

Griggs soltou Luther. Ambos se afastaram, ainda ofegantes. Emma se posicionou como um juiz entre os dois.

— Luther está certo — disse ela para Griggs. — Temos de pensar adiante. Talvez não desejemos fazer isso, mas não temos escolha.

— E se fosse você, Watson? — rebateu Griggs. — Como se sentiria ao ouvir-nos discutir o que fazer com o seu corpo? Quão rapidamente poderemos ensacá-lo e nos livrarmos de você?

— Eu *desejaria* que estivessem fazendo tais planos! Há outras três vidas em jogo, e Diana sabe disso. Estou fazendo de tudo para mantê-la viva, mas neste instante não sei como agir. Tudo o que posso fazer é enchê-la de antibióticos e esperar que Houston nos dê algumas respostas. Ao que eu saiba, estamos por conta própria aqui em cima. Temos de nos preparar para o pior!

Griggs balançou a cabeça. Seus olhos estavam com as bordas avermelhadas, o rosto pesaroso.

— Como isso pode ficar pior? — murmurou ele.

Emma não respondeu. Em vez disso, olhou para Luther e leu os seus próprios pensamentos nos olhos dele. *O pior ainda está por vir.*

— ISS, o Cirurgião deseja falar — disse o Capcom.

— Prossiga, ISS.

— Jack?

Emma ficou desapontada ao ouvir a voz de Todd Cutler.

— Sou eu, Emma. Infelizmente, Jack não estará aqui no JSC hoje. Ele e Gordon foram para a Califórnia.

Droga, Jack, pensou Emma. *Eu preciso de você.*

—Aqui embaixo, todos concordamos com a EVA — disse Todd. — Precisa ser feita, e logo. A minha primeira pergunta para você é: como está Luther Ames, física e mentalmente? Ele consegue fazê-lo?

—Está cansado. Todos estamos cansados. Mal dormimos nas últimas 24 horas. A limpeza está nos mantendo ocupados.

—Se dermos a ele um dia de descanso, ele conseguiria realizar a EVA?

—No momento, um dia de descanso soa como um sonho impossível.

—Mas seria tempo bastante?

Ela pensou um instante.

—Creio que sim. Ele só precisa pôr o sono em dia.

—Tudo bem. Aqui vai a minha segunda pergunta. Você estaria pronta para uma EVA?

Emma fez uma pausa, surpresa.

—Você quer que *eu* o acompanhe?

—Não acreditamos que Griggs esteja pronto para isso. Ele tem evitado se comunicar com a Terra. Nossos psicólogos acham que ele está muito instável a essa altura.

—Ele está sofrendo, Todd. E está muito amargurado por não nos deixarem voltar para casa. Talvez você não saiba, mas ele e Diana são...

Ela fez uma pausa.

—Sabemos disso. E tais emoções têm comprometido seriamente a sua capacidade. Isso tornaria uma EVA perigosa. Por isso você precisa ser a parceira de Luther.

—E quanto ao traje? O outro EMU é grande demais para mim.

—Há um traje Orlan-M na velha *Soyuz.* Foi feito para Elena Savitskaya e foi deixado a bordo há várias missões. Elena tinha quase o mesmo peso e altura que você. Deve caber.

— Será minha primeira EVA.

— Você passou por treinamento WET-F. Você consegue. Luther só precisa de sua assistência.

— E quanto à minha paciente? Se eu estiver lá fora fazendo uma EVA, quem cuidará dela?

— Griggs pode trocar as intravenosas, cuidar das necessidades dela.

— E se ocorrer uma crise médica? E se ela entrar em convulsão?

Todd disse em voz baixa:

— Ela está morrendo, Emma. Não acreditamos que você possa fazer algo.

— Isso por que não me deram nenhuma informação útil com que trabalhar! Estão mais interessados em manter a estação viva! Parece que se importam mais com os malditos painéis solares do que com a tripulação. Precisamos de uma cura, Todd, ou vamos todos morrer aqui em cima.

— Não temos uma cura. Não ainda.

— Então nos levem para casa!

— Você acha que nós *queremos* deixá-los aí em cima? Acha que temos escolha? Aqui parece o alto-comando nazista! Há babacas da Força Aérea em todo o Controle da Missão e...

Houve um silêncio súbito.

— Cirurgião? — disse Emma. — Todd?

Ainda sem resposta.

— Capcom, perdi contato com Cirurgião — disse ela. — Preciso que a comunicação seja restaurada.

Uma pausa e, então:

— Aguarde, ISS.

Ela esperou por uma eternidade. Quando a voz de Todd voltou, estava contida. *Intimidada*, pensou Emma.

— Eles estão nos ouvindo, não é mesmo? — perguntou.

— Afirmativo.

— Isto supostamente é uma PMC! Uma conferência particular!

— Nada mais é particular. Lembre-se disso.

Ela engoliu em seco, contendo a ira.

— Muito bem. Vou pular as reclamações. Apenas me diga o que sabem sobre esse organismo. Diga-me o que posso usar contra ele.

— Infelizmente, não temos muito a dizer. Acabo de falar com o USAMRIID. Com um certo Dr. Isaac Roman, que está a cargo do projeto Quimera. As notícias dele não são boas. Todos os testes com antibióticos e antielmínticos falharam. Ele diz que a Quimera tem tanto DNA estrangeiro que agora está mais perto do genoma de um mamífero do que de qualquer outra coisa. O que quer dizer que qualquer droga que usarmos contra ele vai matar os *nossos* tecidos também.

— Tentaram drogas contra o câncer? Esta coisa se multiplica tão rapidamente que está se comportando como um tumor. Podemos atacá-lo desta forma?

— O USAMRIID tentou antimitóticos, esperando que pudessem matá-lo durante a fase de divisão celular. Infelizmente, as doses necessárias eram tão altas que também acabaram matando o hospedeiro. Toda a mucosa gastrintestinal dissolveu-se. Os animais hospedeiros tiveram hemorragia.

A pior morte imaginável, pensou Emma. Hemorragia maciça no estômago e nos intestinos. Sangue vertendo da boca e do reto. Ela já vira uma morte assim na Terra. No espaço, seria ainda mais terrível, glóbulos gigantes de sangue preenchendo a cabine como balões vermelhos, manchando todas as superfícies, cada membro da tripulação.

— Então, nada deu certo — disse ela.

Todd não disse nada.

— Então não há nada? Nenhum tipo de cura que não mate o hospedeiro?

— Só mencionaram uma coisa. Mas Roman acha que é apenas um efeito temporário, não uma cura.

— Qual o tratamento?

— Uma câmara hiperbárica. Requer um mínimo de dez atmosferas de pressão. O equivalente a mergulhar em uma profundidade de 90 metros. Animais infeccionados mantidos nessas condições de alta pressão ainda estão vivos seis dias após a exposição.

— Tem de ser um *mínimo* de dez atmosferas?

— Menos que isso, a infecção prossegue. O hospedeiro morre.

Ela emitiu um gemido de frustração.

— Mesmo que *pudéssemos* aumentar a pressão de nosso ar, dez atmosferas é mais do que esta estação aguenta.

— Até mesmo duas vai estressar o casco — disse Todd. — Fora isso, você precisaria de uma atmosfera de hélio e oxigênio. Você não poderá reproduzir tal atmosfera na estação. Foi por isso que não quis mencionar a alternativa. Em sua situação, é uma informação inútil. Já pensamos na possibilidade de mandar uma câmara hiperbárica para a ISS, mas um equipamento assim volumoso, algo capaz de produzir tamanha pressão, precisaria ser mandado no compartimento de carga da *Endeavour*. O problema é que ela já saiu do processamento horizontal. Demoraria um mínimo de duas semanas para carregar e lançar a câmara. Isso também significaria acoplar o veículo orbital à ISS. Expor a *Endeavour* e sua tripulação à contaminação. — Ele fez uma pausa. — O USAMRIID diz que isso não é uma opção.

Ela ficou em silêncio, a frustração transformando-se em raiva. Sua única esperança, uma câmara hiperbárica, exigiria que voltasse à Terra. Aquela também não era uma opção.

— Tem de haver algo que possamos fazer com tal informação — disse ela. — Explique-me: por que a terapia hiperbárica funciona? Por que o USAMRIID pensou em experimentar isso?

— Fiz a mesma pergunta ao Dr. Roman.

— E o que ele respondeu?

— Que este é um organismo novo e bizarro. Que exige que consideremos terapias não convencionais.

— Ele não respondeu à sua pergunta.

— Foi tudo o que ele me disse.

Dez atmosferas de pressão era perto do limite da tolerância humana. Emma era uma ávida mergulhadora, mas nunca ousara ir mais fundo que 35 metros. Uma profundidade de 90 metros era apenas para os mergulhadores mais fortes e experientes. Porque o USAMRIID testara pressões tão extremas?

Devem ter um motivo, pensou. *Algo que sabem sobre este organismo os fez achar que funcionaria.*

Algo que não nos disseram.

22

O motivo de Gordon Obie ser conhecido como Esfinge nunca foi tão evidente como durante seu voo até San Diego. Eles pegaram um dos jatos T-38 em Ellington Field, com Obie nos controles e Jack apertado no único banco de passageiro da aeronave. O fato de não terem trocado palavra durante o voo não era de surpreender. O T-38 não estimula as conversas, uma vez que passageiro e piloto sentam-se um atrás do outro como ervilhas em uma vagem. Mas mesmo durante a escala de abastecimento em El Paso, quando ambos saíram para esticar as pernas depois de uma hora e meia de aperto, Obie continuou calado. Apenas uma vez, quando estavam na beira da pista bebendo Dr. Peppers compradas na máquina do hangar, ele fez um comentário espontâneo. Pouco depois do meio-dia, olhou para o sol com olhos semicerrados e disse:

— Se ela fosse minha mulher, eu também estaria apavorado.

Então, jogou a lata de refrigerante vazia na lixeira e voltou para o jato.

Depois que aterrissaram em Lindbergh Field, Jack assumiu o volante do carro alugado e rumaram para o norte pela I-5 a caminho de La Jolla. Gordon não disse quase nada, limitando a olhar pela janela. Jack sempre achara que Gordon era mais máquina do que ser humano e imaginou aquele cérebro computadorizado registrando a paisagem como bits de dados: COLINA. VIADUTO. CONJUNTO HABITACIONAL. Embora Gordon já tivesse sido astronauta, ninguém na corporação realmente o conhecia. Ele comparecia religiosamente a todos os eventos sociais, mas ficava ensimesmado, uma figura quieta e solitária, nunca bebendo algo mais forte que seu favorito Dr. Pepper. Parecia tranquilo com a própria mudez, aceitava-a como parte de sua personalidade, assim como aceitava suas orelhas comicamente protuberantes e seus péssimos cortes de cabelo. Se ninguém realmente conhecia Gordon Obie, era porque ele não via motivo para se revelar.

Foi por isso que aquele comentário em El Paso surpreendeu Jack. *Se fosse minha mulher, eu também estaria apavorado.*

Jack não podia imaginar a Esfinge apavorada, assim como não podia imaginá-la casada. Ao que ele sabia, Gordon sempre fora solteiro.

Quando subiram a estrada costeira para La Jolla, a névoa da tarde já avançava do mar para a terra. Quase perderam a entrada do SeaScience. O acesso era sinalizado por uma pequena placa, e a estrada mais adiante parecia levar a um bosque de eucaliptos. Quase um quilômetro além da entrada, avistaram o edifício, um complexo surreal, quase uma fortaleza de concreto branco voltada para o mar.

Uma mulher com avental de laboratório recebeu-os na mesa da segurança.

— Rebecca Gould — disse ela, apertando-lhes as mãos. — Trabalho para Helen. Falei com vocês esta manhã.

Cabelo curto, corpulenta, Rebecca podia passar por qualquer gênero. Até mesmo sua voz grave era ambígua.

Pegaram o elevador para descerem ao subsolo.

— Realmente não sei por que insistiram em vir até aqui — disse Rebecca. — Como já disse ao telefone, o USAMRIID já limpou o laboratório de Helen. — Ela apontou para uma porta. — Podem ver com os seus próprios olhos que deixaram pouco para trás.

Jack e Gordon entraram no laboratório e olharam em torno, desiludidos. Os gabinetes de arquivos e as gavetas vazias continuavam abertas. Todo o equipamento nas mesas e prateleiras havia sido levado. Não se via sequer uma estante de tubos de ensaio. Apenas a decoração nas paredes fora deixada para trás, a maior parte cartazes de viagem emoldurados, fotografias sedutoras de praias tropicais, palmeiras e mulheres morenas bronzeando-se ao sol.

— Eu estava em meu laboratório, no corredor abaixo, quando eles chegaram. Ouvi um bocado de vozes alteradas e vidro quebrando. Olhei pela minha porta e vi homens levando arquivos e computadores. Levaram tudo. As incubadoras com as culturas. As amostras de água do mar. Até mesmo as rãs que ela mantinha naquele terrário. Meus assistentes tentaram evitar o assalto e foram detidos para interrogatório. Naturalmente, liguei para o escritório do Dr. Gabriel, lá em cima.

— Gabriel?

— Palmer Gabriel. O presidente desta empresa. Ele desceu pessoalmente, acompanhado de um advogado do SeaScience. Também não conseguiram evitar o confisco. O exército entrou com as suas caixas de papelão e levaram tudo. Levaram até o almoço dos empregados! — Ela abriu a geladeira e apontou para as prateleiras vazias. — Não sei o que diabos pensavam achar. — Ela se voltou para eles. — Também não sei por que vocês estão aqui.

— Acho que estamos todos procurando Helen Koenig.

— Já disse. Ela pediu demissão.

— Sabe por quê?

Rebecca deu de ombros.

— É o que o USAMRIID fica perguntando. Se ela estava ressentida com o SeaScience. Se ela era mentalmente instável. Eu nunca vi isso. Acho que ela estava apenas cansada. Exaurida por trabalhar aqui sete dias por semana, Deus sabe quantas horas por dia.

— E agora ninguém consegue encontrá-la.

O queixo de Rebecca se ergueu, furioso.

— Não é crime deixar a cidade. Isso não quer dizer que ela seja uma bioterrorista. Mas o USAMRIID tratou este laboratório como uma cena de crime. Como se ela estivesse cultivando um vírus Ebola ou algo assim. Helen estudava *Archaeons*. Micróbios marinhos inofensivos.

— Tem certeza de que este era o único projeto em curso neste laboratório?

— Está me perguntando se eu ficava bisbilhotando o trabalho de Helen? Claro que não. Estou muito ocupada fazendo o meu trabalho. Mas o que mais Helen poderia fazer? Ela dedicou anos de sua vida à pesquisa dos *Archaeons*. Aquele tipo em particular que ela mandou para a ISS foi descoberto dela. Ela o considerava seu triunfo pessoal.

— Há alguma aplicação comercial para os *Archaeons*?

Rebecca hesitou.

— Não que eu saiba.

— Então por que estudá-los no espaço?

— Já ouviu falar em ciência pura, Dr McCallum? Conhecimento pelo conhecimento? São criaturas estranhas e fascinantes. Helen encontrou os espécimes dela na fenda de Galápagos, junto a uma chaminé vulcânica, a uma profundidade de 5,8 mil metros. Seiscentas atmosferas de pressão, temperaturas abrasadoras, e aquele organismo *proliferava*. Isso nos mostra como a vida pode se adaptar. É absolutamente natural se perguntar o que aconteceria se você pegasse esta forma de vida, a tirasse daquelas condições extremas e a trouxesse para um ambiente mais ameno. Sem milhares de quilos de pressão para esmagá-la. Sem sequer a gravidade para alterar o seu crescimento.

— Perdão — interrompeu Gordon, e ambos se voltaram em sua direção.

Ele andara vagando pelo laboratório, vasculhando gavetas vazias e olhando dentro de latas de lixo. Agora, estava de pé ao lado de um dos cartazes de viagem pendurados na parede. Apontava para uma fotografia que fora presa com fita adesiva a um canto da moldura do cartaz. Mostrava um grande avião estacionado em uma pista. Debaixo da asa havia dois pilotos.

— De onde veio esta fotografia?

Rebecca deu de ombros.

— Como poderia saber? Aqui é o laboratório de Helen.

— É um KC-135 — disse Gordon.

Agora Jack compreendia por que Gordon se concentrara na fotografia. O KC- 135 era o mesmo avião que a NASA usava para introduzir os astronautas à microgravidade. Voando em gigantescas curvas parabólicas, era como uma montanha russa aérea, produzindo mais de trinta segundos de ausência de peso a cada mergulho.

— A Dra. Koenig usou um KC-135 em alguma de suas pesquisas? — perguntou Jack.

— Sei que passou quatro semanas em um campo de pouso no Novo México. Não faço ideia de que tipo de avião ela estava usando.

Jack e Gordon trocaram olhares. Quatro semanas de pesquisa com um KC-135 custariam uma fortuna.

— Quem aprovaria tal despesa? — perguntou Jack.

— Teria de ser aprovada pelo próprio Dr. Gabriel.

— Podemos falar com ele?

Rebecca balançou a cabeça em negativa.

— Você não fala com Palmer Gabriel na hora que quiser. Até mesmo os cientistas que trabalham aqui mal o veem. Ele tem instalações de pesquisa por todo o país, de modo que pode nem estar na cidade agora.

— Outra pergunta — interrompeu Gordon, que caminhara até o terrário vazio e estava olhando para o musgo e os seixos do fundo. — Para que servia esse cercado?

— Era para as rãs. Eu falei sobre elas, lembra-se? Eram os animais de estimação de Helen. O USAMRIID as levou junto com todo o resto.

Gordon subitamente se aprumou e olhou para ela.

— Que tipo de rãs?

Ela soltou uma gargalhada.

— Vocês da NASA sempre fazem perguntas assim estranhas?

— Estou apenas curioso para saber qual espécie de rã alguém escolheria como animal de estimação.

— Acho que era um tipo de rã-leopardo. Eu a aconselharia a ter um poodle. São muito menos escorregadios. — Ela olhou para o relógio. — Então, senhores. Mais alguma pergunta?

— Acho que estamos satisfeitos, obrigado — disse Gordon.

E, sem mais palavras, saiu do laboratório.

Ficaram sentados dentro do carro alugado, a maresia soprando nas janelas, a umidade recobrindo o vidro. *Rana pipiens*, pensou Jack. A rã-leopardo do norte. Uma das três espécies no genoma da Quimera.

— Foi daqui que veio aquilo — disse ele. — Deste laboratório.

Gordon assentiu.

— O USAMRIID sabia deste lugar há uma semana — disse Jack. — Como o descobriram? Como sabiam que a Quimera veio do SeaScience? Deve haver algum meio de forçá-los a compartilhar essa informação conosco.

— Não se for uma questão de segurança nacional.

— A NASA não é o inimigo.

— Talvez achem que sejamos. Talvez achem que a ameaça veio de *dentro* da NASA — disse Gordon.

Jack olhou para ele.

— Um dos nossos?

— É uma das duas razões da Defesa nos manter fora de ação.

— E a outra razão?

— Porque são uns babacas.

Jack gargalhou e recostou-se no assento. Nenhum deles falou durante algum tempo. O dia os exaurira, e ainda tinham de voar de volta a Houston.

— Sinto-me impotente — disse Jack, apertando os olhos com as mãos. — Não sei contra quem ou contra o que estou lutando. Mas não posso *parar* de lutar.

— Eu também não desistiria daquela mulher — disse Gordon.

Nenhum dos dois disse o nome, mas ambos sabiam que ele falava de Emma.

— Lembro-me do primeiro dia dela no Johnson — disse Gordon.

Na pouca luz que se filtrava pelas janelas, o rosto feioso de Gordon estava delineado em sombras de cinza sobre cinza. Ficou sentado, imóvel, olhar fixo à frente, um homem sóbrio e monótono.

— Eu ministrei sua aula inaugural de astronauta. Olhei para todos aqueles rostos na sala. E lá estava ela, no centro da primeira fila. Sem medo de ser escolhida. Sem medo de ser humilhada. Sem medo de nada. — Ele fez uma pausa e meneou a cabeça ligeiramente. — Não gostei de mandá-la lá para cima. Toda vez que era escolhida para uma tripulação, desejava retirar o nome dela da lista. Não porque ela não fosse boa. Meu Deus, não. Eu só não gostava de vê-la cruzando a plataforma de lançamento, sabendo como sei de tudo o que pode dar errado.

Gordon parou de falar subitamente. Jack nunca o ouvira falar tanto de uma só vez e jamais o vira revelar tanto de seus sentimentos. Contudo, nada do que ele dissera o surpreendeu. Pensou nas inúmeras maneiras que ele amava Emma. *E que homem não a amaria?*, perguntou-se. *Nem mesmo Gordon Obie está imune.*

Ele ligou o carro e os limpadores afastaram o véu de maresia do para-brisa. Já eram 17 horas e voltariam para Houston no escuro. Jack saiu da vaga e dirigiu-se à saída.

Quando ainda estavam no estacionamento, Gordon disse:

— Que diabos é aquilo?

Jack pisou no freio quando um sedan preto avançou em sua direção através da neblina. A seguir, um segundo carro entrou no estacionamento cantando pneus e parou, o para-choque dianteiro quase encostado no do carro onde estavam. Quatro homens saíram de dentro do sedan.

Jack ficou paralisado quando a sua porta foi escancarada e uma voz ordenou:

— Cavalheiros, por favor, saiam do carro. Os dois.

— Por quê?

— Vocês vão sair do carro *agora*.

Gordon disse baixinho:

— Estou com a impressão de que isto não é negociável.

Relutantes, ambos saíram. Foram rapidamente revistados e suas carteiras apreendidas.

— Ele quer falar com vocês dois. Entrem no banco de trás — disse o homem apontando para o sedan.

Jack olhou para os quatro homens que os observavam. *Resistir é inútil* resumia a situação. Ele e Gordon caminharam em direção ao sedan preto e se acomodaram no banco de trás.

Havia um homem sentado no banco da frente. Tudo o que viam era a sua nuca e os seus ombros. Tinha uma vasta cabeleira grisalha, penteada para trás, e usava um terno cinza. Ele baixou o vidro da janela e as duas carteiras confiscadas lhe foram entregues. Ele voltou a fechar a janela de vidro escurecido para evitar olhos curiosos. Durante alguns minutos, analisou o conteúdo das carteiras. Então, voltou-se para os visitantes. Tinha olhos escuros, quase tão negros quanto a obsidiana, que pareciam estranhamente sem reflexos. Dois buracos negros aprisionando a luz. Ele jogou as carteiras no colo de Jack.

— Estão muito longe de Houston, cavalheiros.

— Deve ter sido aquele desvio errado que pegamos em El Paso — disse Jack.

— O que a NASA quer por aqui?

— Queremos saber o que de fato havia naquela cultura de células que vocês mandaram lá para cima.

— O USAMRIID já esteve aqui. Limparam o lugar. Eles têm tudo. Os arquivos de pesquisa da Dra. Koenig, seus computadores. Se tiverem alguma pergunta, sugiro que perguntem para *eles*.

— O USAMRIID não quer falar conosco.

— Isso é problema seu, não meu.

— Helen Koenig trabalhava para *você*, Dr. Gabriel. Você não sabe o que acontece no seu laboratório?

Pela expressão do sujeito, Jack viu que adivinhara corretamente. Aquele era o fundador do SeaScience. *Palmer Gabriel.* Um último nome angelical para um homem cujos olhos não refletiam a luz.

— Tenho centenas de cientistas trabalhando para mim — disse Gabriel. — Tenho instalações em Massachusetts e na Flórida. Não posso saber de tudo o que acontece nesses laboratórios. Também não posso ser responsabilizado por quaisquer crimes que meus empregados cometam.

— Isso não é apenas um crime. Esta Quimera é fruto de bioengenharia, um organismo que matou toda uma tripulação de ônibus espacial. E veio do seu laboratório.

— Meus pesquisadores dirigem os seus próprios projetos. Eu não interfiro. Também sou cientista, Dr. McCallum, e sei que cientistas trabalham melhor quando lhes é concedida completa independência, a liberdade de darem asas à sua imaginação. Seja lá o que for que Helen tenha feito, era assunto dela.

— Por que estudar *Archaeons*? O que ela esperava encontrar?

Ele se voltou para a frente, e eles viram apenas o cabelo grisalho na parte de trás de sua cabeça.

— O conhecimento é sempre útil. A princípio, talvez não reconheçamos o seu valor. Por exemplo, quais possíveis benefícios poderiam advir do conhecimento dos hábitos reprodutivos da lesma-marinha? Então, descobrimos todos os valiosos hormônios que podemos extrair daquele animal e, subitamente, a sua reprodução ganhou uma enorme importância.

— E qual a importância dos *Archaeons*?

— Esta é a questão, não é verdade? É isso que fazemos aqui. Estudar um organismo até descobrirmos a sua utilidade. — Ele apontou para a sua instalação de pesquisa, agora envolta em neblina. — Deve ter notado que fica à beira mar. Todos os meus prédios ficam à beira mar. É o meu campo de petróleo. É ali que procuro a nova droga contra o câncer, a nova cura milagrosa. Faz perfeito sentido buscar ali, porque foi dali que *viemos*. Nosso lugar de nascimento. Toda a vida veio do mar.

— Você não respondeu à minha pergunta. Há algum valor comercial nos *Archaeons*?

— Isso ainda precisa ser verificado.

— E por quer mandá-los para o espaço? Ela descobriu alguma coisa naqueles voos que fez no KC-135? Algo a ver com a falta de peso?

Gabriel baixou o vidro da janela e acenou para os homens. As portas traseiras se abriram.

— Por favor, saiam.

— Espere — disse Jack. — Onde está Helen Koenig?

— Não ouço falar dela desde que se demitiu.

— Por que ela mandou que a cultura de células fosse incinerada?

Jack e Gordon foram arrancados do banco traseiro e empurrados em direção ao carro alugado.

— Do que ela tinha medo? — gritou Jack.

Gabriel não respondeu. A janela do carro se fechou e seu rosto desapareceu atrás do escudo de vidro escurecido.

23

18 de agosto

Luther deixou vazar para o espaço o resto de ar que havia na câmara de tripulantes e abriu a escotilha de EVA.

— Eu vou primeiro — disse ele. — Você vá devagar. É sempre assustador na primeira vez.

Aquela primeira visão do vazio fez Emma ofegar à borda da escotilha, em pânico. Ela sabia que aquela sensação era comum e que passaria. Aquela breve paralisia provocada pelo medo era comum a quase todos durante o primeiro passeio no espaço. A mente tem dificuldade para aceitar a vastidão do espaço, a ausência de em cima ou embaixo. Milhões de anos de evolução imprimiram na mente humana o medo de cair, e era aquilo que Emma lutava para superar. Todos os seus instintos lhe diziam que, caso se soltasse, caso se aventurasse fora da escotilha, cairia gritando em uma queda interminável. Racionalmente, ela sabia que aquilo não aconteceria. Estava ligada à câmara de tripulantes pelo cordão umbilical. Se esse cordão se rompesse, poderia usar os jatos

SAFER para voltar à estação. Seria necessário uma improvável série de contratempos para causar uma catástrofe.

Contudo, foi exatamente isso que aconteceu com esta estação, pensou. Contratempo atrás de contratempo. Seu próprio *Titanic* no espaço. Ela não conseguia afastar a premonição de outro desastre.

Já haviam sido obrigados a violar o protocolo. Em vez da noite de sempre sob pressão reduzida, passaram apenas quatro horas na câmara de ar. Teoricamente, devia ser tempo bastante para evitar os efeitos da descompressão, mas qualquer mudança no procedimento normal acrescentava um elemento de risco.

Ela inspirou profundamente algumas vezes e a paralisia começou a se dissipar.

—Como está indo? — perguntou Luther, pela unidade de comunicação.

—Estou só... fazendo uma pausa para desfrutar da paisagem — disse ela.

—Sem problemas?

—Não. Estou OK.

Ela se soltou e flutuou para fora da escotilha.

Diana está morrendo.

Griggs olhava com amarga tristeza para os monitores de circuito fechado de TV que mostravam Luther e Emma trabalhando do lado de fora da estação. Zangões, pensou. Robôs obedientes, seguindo cada ordem de Houston. Durante muitos anos, ele também fora um zangão. Agora, porém, compreendia melhor sua situação. Ele, e todos os demais, eram sacrificáveis. Unidades de substituição orbital cuja real função era manter o glorioso equipamento da NASA. *Podemos estar todos morrendo aqui em cima, mas, sim senhor, vamos manter o lugar em perfeita ordem.*

Ele estava fora. A NASA o traíra, traíra a todos eles. Que Watson e Ames fizessem o papel de bons soldados. Ele não queria mais saber disso.

Diana era tudo com o que ele se preocupava.

Ele deixou o módulo habitacional e foi até a extremidade russa da estação. Passando por baixo do isolamento de plástico da porta, entrou no RSM. Não se importou em vestir a máscara e nem os óculos de proteção. Que diferença faria? Todos eles iam morrer.

Diana estava amarrada à mesa de tratamento. Seus olhos estavam inchados, as pálpebras intumescidas. Seu abdome, outrora tão plano e firme, estava estufado. *Repleto de ovos*, pensou Griggs. Imaginou-os crescendo dentro dela, expandindo-se por sob a pele pálida.

Ele tocou-lhe a face com delicadeza. Diana abriu os olhos carregados de sangue e tentou focá-los no rosto dele.

— Sou eu — sussurrou Griggs, vendo que ela tentava se livrar da amarra ao redor do pulso, e segurou-lhe a mão. — Precisa ficar com o braço quieto, Diana. Por causa da intravenosa.

— Não posso vê-lo. — lamentou Diana. — Não consigo ver nada.

— Estou aqui. Bem ao seu lado.

— Não quero morrer assim.

Griggs afastou as lágrimas e tentou dizer algo, dar-lhe falsas garantias de que ela não morreria, que ele não deixaria que ela morresse. Mas as palavras não vinham. Sempre tinham sido honestos um com o outro. Não mentiria para ela agora. Por isso, ele não disse nada.

— Nunca pensei... — disse Diana

— Em quê? — murmurou ele.

— Que.. aconteceria assim. Sem eu ter a chance de fazer o papel de heroína. Apenas o de uma doente inútil. — Ela riu e a seguir fez uma careta de dor. — Não é a minha ideia de partir... em meio a uma explosão gloriosa.

Uma explosão gloriosa. Era assim que todo astronauta imaginava que morreria no espaço. Um breve momento de terror e, então, uma morte rápida. Súbita descompressão ou fogo. Jamais imaginaram uma morte assim, um lento e doloroso declínio à medida que o corpo era consumido e digerido por outra forma de vida. Abandonado. Silenciosamente sacrificado pelo bem maior da humanidade.

Sacrificável. Conseguia aceitar aquilo para si, mas não conseguia aceitar o fato de que Diana também fosse sacrificável. Não conseguia aceitar o fato que estava a ponto de perdê-la.

Era difícil crer que, no dia em que se conheceram, durante o treinamento no JSC, ele a tivesse achado antipática, uma loura fria e excessivamente confiante. Seu sotaque britânico também o incomodava, porque a fazia soar muito superior. Era claro e culto quando comparado ao seu sotaque texano. Na primeira semana, detestaram tanto um ao outro que mal se falavam.

Na terceira semana, por insistência de Gordon Obie, declararam uma trégua relutante.

Na oitava semana, Griggs já a visitava em casa. A princípio, apenas para tomar um drinque, dois profissionais revendo a próxima missão. Então, as conversas sobre a missão deram lugar a assunto de natureza mais pessoal. O casamento infeliz de Griggs. Os mil e um interesses que tinham em comum. Tudo isso levou, é claro, ao inevitável.

Esconderam o caso de todos no JSC. Apenas ali, na estação, seu relacionamento se tornara aparente para os colegas. Se houvesse uma leve suspeita antes disso, Blankenship os teria tirado da missão. Mesmo em nossos tempos modernos, um divórcio era um ponto negativo na carreira de um astronauta. E se tal divórcio tivesse sido motivado por uma ligação com outro membro da corporação — bem, ele podia esquecer de ser escalado para alguma outra missão. Griggs seria reduzido a um membro invisível da corporação. Não seria visto e nem ouvido.

Ele a amava havia dois anos. Durante dois anos, sempre que se deitava ao lado da esposa adormecida, ele desejava Diana e tramava para estarem juntos. Algum dia, *estariam* juntos, mesmo que tivessem de se demitir da NASA. Esse era o sonho que o fizera suportar todas aquelas noites infelizes. Mesmo depois desses dois meses vivendo tão perto dela, mesmo depois de seus desentendimentos ocasionais, ele não deixara de amá-la. Não havia desistido do sonho. Até agora.

— Que dia é hoje? — murmurou Diana.

— É sexta-feira — Ele voltou a acariciar-lhe o cabelo. — Em Houston, são 17h30. Happy Hour.

Ela sorriu.

— TGIF.

— Estão no bar agora. Fritas e margaritas. Meu Deus, adoraria uma bebida forte. Um belo pôr do sol. Você e eu, no lago...

As lágrimas que afloraram aos olhos de Diana quase partiram o seu coração. Agora, ele estava pouco se importando com a biocontaminação, com os perigos de vir a ser infectado e limpou-lhe as lágrimas com as mãos nuas.

— Sente dor? — perguntou Griggs. — Quer mais morfina?

— Não. Economize. — *Alguém mais vai precisar disso em breve,* foi o que Diana deixou de dizer.

— Diga-me o que quer. O que posso fazer por você.

— Estou com sede — disse ela. — Toda essa conversa sobre margaritas...

Ele riu.

— Vou preparar uma para você. A versão não alcoólica.

— Por favor.

Flutuou até a cozinha e abriu o armário de comida. Estava repleto de suprimentos russos, que eram diferentes dos itens no módulo habitacional dos EUA. Viu peixe em conserva embalado a vácuo. Salsichas. Uma quantidade de comida russa pouco apetecível. E vodca — uma pequena garrafa, enviada pelos russos, ostensivamente com propósitos medicinais.

Este pode ser o último drinque que tomaremos juntos.

Introduziu um pouco de vodca em dois sacos de beber e devolveu a garrafa ao lugar. Então, acrescentou água, diluindo a bebida dela até ficar quase não alcoólica. Apenas um gostinho, pensou, para trazer de volta as boas lembranças. Pra lembrá-la das tardes que passaram juntos, observando os pores do sol no pátio. Ele deu uma boa sacudida nos sacos para misturar a água e a vodca. Então se voltou para ela.

Um balão de sangue brilhante saía da boca de Diana.

Ela entrara em convulsão. Seus olhos estavam voltados para trás, seus dentes cravados na língua, que já tinha um pedaço rasgado, pendurado apenas por um fio de tecido.

— Diana! — berrou.

O balão de sangue brilhante flutuou para longe. Imediatamente, outro balão começou a se formar, alimentado pelo sangue que fluía do ferimento.

Ele pegou um aparador de mordida, preso com fita adesiva à maca de contenção, e tentou forçá-lo entre os dentes dela, para proteger os tecidos macios de mais traumas. Mas não conseguiu abrir-lhe os dentes. Os maxilares têm alguns dos músculos mais poderosos do corpo humano, e os dela estavam trincados. Ele agarrou a seringa de Valium, já preparada para injeção rápida, e introduziu a ponta no interruptor da intravenosa. Antes mesmo de terminar de injetar, as convulsões começaram a diminuir. Ele aplicou a dose completa.

O rosto de Diana relaxou. Seu queixo se abriu, flácido.

— Diana?

Ela não respondeu.

A nova bolha de sangue crescia, vertendo de sua boca. Ele teria de aplicar pressão para contê-la.

Griggs abriu o kit médico, encontrou gaze esterilizada e abriu o pacote, deixando que algumas unidades voassem para longe. Ele se posicionou atrás da cabeça dela e delicadamente abriu-lhe a boca para expor a língua cortada.

Ela tossiu e tentou virar o rosto. Ela estava se asfixiando com o próprio sangue. Aspirando-o para os pulmões.

— Não se mexa, Diana.

Com o pulso direito forçando os dentes do maxilar inferior, para que a boca ficasse aberta, Griggs pegou um chumaço de gaze com a mão esquerda e começou a limpar o sangue. Subitamente, porém, o pescoço dela se enrijeceu em uma nova convulsão, e Diana voltou a trincar os dentes.

Ele gritou, a parte carnuda da mão presa entre os dentes de Diana, a dor tão súbita e tão terrível que sua visão começou a escurecer. Sentiu sangue quente contra o rosto e viu um glóbulo brilhante emergindo. Era seu sangue, misturado ao dela. Ele tentou se livrar, mas os dentes de Diana estavam cravados muito profundamente. O sangue vertia, o glóbulo inflando-se até ficar do tamanho de uma bola de basquete. *Artéria rompida!* Ele não conseguia abrir os maxilares de Diana. A convulsão fizera os seus músculos se contraírem com força sobre-humana.

A escuridão tomava a sua visão.

Desesperado, golpeou-lhe os dentes com o punho livre. Os maxilares não relaxaram.

Ele bateu outra vez. A "bola de basquete" se espalhou em dezenas de pequenos glóbulos, manchando seu rosto, seus olhos. Ainda assim, não conseguiu abrir-lhe a boca. Havia tanto sangue agora que ele parecia estar nadando em um lago vermelho, incapaz de inalar uma golfada de ar puro.

Cegamente, ele a socou diretamente no rosto e sentiu ossos se partirem, e ainda assim não conseguiu se livrar. A dor era esmagadora, insuportável. O pânico tomou conta dele, cegando-o para qualquer outra coisa que não fosse fazer parar a dor. Ele mal se dava conta do que estava fazendo quando a atingiu outra vez. E ainda outra.

Com um berro, Griggs finalmente livrou a mão e saiu flutuando de costas, agarrando o pulso, liberando um redemoinho de sangue brilhante ao seu redor. Demorou algum tempo até ele parar de ricochetear nas paredes e voltar a ver com clareza. Concentrou-se no rosto partido de Diana, nos cacos de dentes ensanguentados. Um dano causado por seu próprio punho.

Seu uivo de desespero ecoou pelas paredes, preenchendo-lhe os ouvidos com o som de sua própria angústia. *O que foi que eu fiz? O que foi que eu fiz?*

Ele flutuou para o lado dela e tomou-lhe o rosto ferido entre as mãos. Já não sentia a dor do próprio ferimento. Tornara-se nada, obliterada pelo horror maior de seus atos.

Uivou outra vez, agora de ódio. Bateu com o punho contra a parede do módulo. Rasgou a proteção de plástico que cobria a escotilha. *Vamos todos morrer de qualquer modo!* Então, concentrou-se no kit médico.

Griggs se aproximou e pegou um bisturi.

O Cirurgião de Voo Todd Cutler olhou para seu console e sentiu uma pontada de pânico. Na tela, via as leituras de telemetria de Diana Estes. O ECG irrompera em um padrão serrilhado de picos rápidos. Para seu alívio, aquilo não se manteve. Quase tão abruptamente quanto se alterou, o padrão voltou a um rápido ritmo sinus.

— Voo — disse ele. — Estou detectando um problema com o ritmo cardíaco de minha paciente. O ECG acabou de apontar um período de cinco segundos de taquicardia ventricular.

— Importância? — respondeu Woody Ellis bruscamente.

— É um ritmo potencialmente fatal, se for prolongado. No momento ela voltou a sinus, perto de 1 por 30. É mais rápido do que estava antes. Não é perigoso, mas preocupa.

— Seu conselho, Cirurgião?

— Eu lhe daria um antiarrítmico. Precisa de lidocaína intravenosa ou amiodarona. Eles têm ambas as drogas no pacote ALS.

— Ames e Watson ainda estão fora em EVA. Griggs terá de ministrar os remédios.

— Vou falar com ele.

— Muito bem. Capcom, ponha Griggs no comunicador.

Enquanto esperavam Griggs responder, Todd olhou o monitor com mais atenção. E o que viu deixou-o preocupado. O pulso de Diana estava acelerando: 135, 140.

Então, um breve período de 160, picos quase perdidos em um confusão de movimentos do paciente ou de interferência elétrica. O que estava acontecendo lá em cima?

O Capcom disse:

— O comandante Griggs não está respondendo.

— Ela precisa de lidocaína — disse Todd.

— Não estamos conseguindo nos comunicar com ele.

Ou não pode nos ouvir ou está se recusando a responder, pensou Todd. Todos estavam preocupados com a saúde emocional de Griggs. Teria ele se fechado tão completamente a ponto de ignorar uma comunicação urgente?

O olhar de Todd subitamente voltou-se para a tela do console. Diana Estes entrava e saía de taquicardia ventricular. Seus ventrículos se contraíam tão rapidamente que não conseguiam bombear com eficiência. Não podiam manter a pressão cardíaca.

— Ela precisa desse remédio *agora*! — gritou.

— Griggs não responde — disse o Capcom.

— Então chame de volta a tripulação em EVA!

— *Não* — atalhou o Voo. — Estão em um momento delicado dos reparos. Não podemos interrompê-los.

— Ela está entrando em estado crítico.

— Se interrompermos a EVA, teremos de suspender os reparos durante 24 horas.

A tripulação não podia simplesmente entrar e sair de novo. Precisavam de tempo para se recuperarem e mais tempo para repetirem o ciclo de descompressão. Embora Woody Ellis não tenha dito em voz alta, ele provavelmente estava pensando o mesmo que todos os demais na sala: mesmo que chamassem a tripulação para dentro, não faria muita diferença para Diana Estes. Sua morte era inevitável.

Para o horror de Todd, o ECG mantinha uma taquicardia ventricular constante. Diana não estava se recuperando.

— Ela está piorando! — disse ele. — Chame *um* deles para dentro agora! Chame Watson!

Houve um segundo de hesitação.

Então, o Voo disse:

— Faça isso.

Por que Griggs não responde?

Freneticamente, Emma avançava de apoio em apoio, movendo-se o mais rápido que podia ao longo da estrutura principal. Sentia-se lenta e desajeitada naquele traje Orlan-M, e suas mãos doíam pelo esforço de flexioná-las devido à resistência das luvas volumosas. Já estava exausta por causa do trabalho de reparo. Agora, uma nova leva de suor ensopava o forro de seu traje, e seus músculos tremiam de fadiga.

— Griggs, responda. Droga, responda! — gritou Emma ao microfone.

A ISS permanecia em silêncio.

— Qual é a situação de Diana? — perguntou, ofegante.

Ouvia a voz de Todd.

— Ainda com taquicardia ventricular.

— Merda.

— Não se apresse, Watson. Não se descuide!

— Ela não vai durar muito. Onde diabos está Griggs?

Ela estava tão ofegante agora que mal podia falar. Forçou-se a se concentrar em agarrar o apoio seguinte, em não enrolar o cordão. Deixando a estrutura principal, pulou em direção à escada, mas subitamente sentiu um puxão. Sua manga prendera em um canto da plataforma de trabalho.

Devagar. Assim vai acabar se matando.

Cuidadosamente, soltou a manga e viu que não se rompera. O coração ainda disparado, desceu a escada e entrou na câmara de ar. Rapidamente, fechou a escotilha e abriu a válvula de equalização de pressão.

— Diga-me, Todd — disse ela enquanto a câmara de ar começava a ser repressurizada. — Qual o ritmo?

— Está em fibrilação ventricular grossa. Ainda não conseguimos falar com Griggs.

— Nós a estamos perdendo.

— Eu sei, eu sei!

— Muito bem, estou em quase 5 psi...

— Não pule a verificação de integridade da câmara de ar.

— Não tenho tempo.

— Watson, *nada de atalhos.*

Ela fez uma pausa e inspirou profundamente. Todd estava certo. No ambiente hostil do espaço, não se deve seguir atalhos. Ela completou a verificação de integridade da câmara de ar, terminou a repressurização e abriu a escotilha seguinte, que dava para a câmara de equipamentos. Ali, removeu as luvas rapidamente. O traje russo Orlan-M era mais fácil de tirar que o EMU americano, mas ainda assim demorava para abrir o sistema traseiro de sobrevivência e retirá-lo. *Não vou conseguir chegar a tempo*, pensou, enquanto se livrava da parte inferior do traje.

— Problemas, cirurgião! — gritou ao microfone.

— Está em fibrilação fina.

Um ritmo terminal, pensou Emma. Era a sua última chance de salvar Diana.

Agora, vestindo apenas a roupa de refrigeração à água, ela abriu a escotilha que dava para a estação. Ansiosa para alcançar sua paciente, apoiou-se na parede e mergulhou de cabeça através da abertura.

Sentiu algo úmido no rosto que lhe embaçou a visão. Por isso, errou o corrimão e colidiu com a parede oposta. Durante alguns segundos, pairou, confusa, piscando. *O que será que entrou nos meus olhos?* pensou. *Ovos não. Por favor, ovos não...* Lentamente, sua visão clareou, mas mesmo então não conseguiu compreender o que estava vendo.

Flutuando ao seu redor no nodo em penumbra havia glóbulos gigantescos. Sentiu mais umidade roçar-lhe a mão e olhou para a mancha escura em sua manga e em sua roupa de refrigeração a água. Aproximou a manga de uma das lâmpadas do nodo.

A mancha era de sangue.

Horrorizada, olhou para os glóbulos gigantes que pairavam nas sombras. Tanto sangue...

Rapidamente, Emma fechou a escotilha para evitar que a contaminação se espalhasse para dentro da câmara de ar. Era tarde demais para proteger o resto da estação. Os glóbulos estavam em toda parte. Ela entrou no módulo habitacional, abriu o CCPK e vestiu máscara e óculos de proteção. Talvez o sangue não fosse infeccioso. Talvez ainda pudesse se proteger.

— Watson? — disse Cutler.

— Sangue... Há sangue por toda parte.

— O ritmo de Diana é agônico... não há muito o que reanimar!

— Estou a caminho!

Ela deixou o nodo e entrou no módulo tubular Zarya. O módulo russo parecia profusamente iluminado após ela ter se acostumado à extremidade americana em penumbra, os glóbulos de sangue como balões coloridos flutuando alegremente pelo ar. Alguns haviam se chocado contra as paredes, manchando Zarya de um vermelho brilhante. Vindo da extremidade oposta do módulo, não conseguiu evitar uma bolha gigante que vinha flutuando diretamente em sua direção. Instintivamente, Emma fechou os olhos quando a bolha atingiu seus óculos de proteção, obscurecendo-lhe a visão. Pairando às cegas, passou a manga da camisa nos óculos para limpá-los.

Foi quando se viu frente à frente com o rosto pálido como giz de Michael Griggs.

Ela gritou. Horrorizada, debateu-se inutilmente em meio ao ar, sem ir para parte alguma.

— *Watson?*

Ela olhou para a grande bolha de sangue que ainda estava presa ao buraco do pescoço de Griggs. Aquela era a fonte de todo aquele sangue: uma carótida cortada. Ela se forçou a tocar o lado intacto de seu pescoço, em busca de pulso. Não encontrou.

— O ECG de Diana tornou-se uma reta! — disse Todd.

O olhar atônito de Emma voltou-se para a escotilha que levava ao RSM, onde Diana supostamente estaria isolada. A proteção de plástico não estava mais no lugar. O módulo estava aberto para o resto da estação.

Apavorada, ela entrou no RSM.

Diana ainda estava amarrada à maca. Seu rosto fora espancado até ser desfigurado, dentes partidos em cacos. Um balão de sangue fluía de sua boca.

O alarme do monitor cardíaco finalmente chamou a atenção de Emma. Uma reta atravessava a tela. Ela estendeu o braço para desligar o alarme, e sua mão parou em meio ao gesto. Brilhando sobre o interruptor, havia um aglomerado gelatinoso azul-esverdeado.

Ovos. Diana já liberou ovos. Ela já disseminou a Quimera pelo ar.

O volume do alarme do monitor pareceu aumentar de modo insuportável, embora Emma permanecesse imóvel, olhando para aquele aglomerado de ovos. Pareciam tremular e sair de foco. Ela piscou, e sua visão voltou a ficar nítida. Então, lembrou-se da umidade que lhe atingira o rosto e os olhos quando atravessara a escotilha da câmara de ar. Não estava usando óculos na ocasião. Ainda sentia a umidade no pescoço, fria e pegajosa.

Estendeu a mão para tocar o rosto e olhou para os ovos, como pérolas pulsantes, na ponta de seus dedos.

O alarme do monitor cardíaco tornou-se insuportável. Emma desligou o monitor, e o ruído cessou. O silêncio que se seguiu era tão alarmante quanto o barulho que substituíra. Ela não podia ouvir o sibilar dos ventiladores. Deveriam estar funcionando, forçando o ar através dos filtros HEPA. *Há sangue demais no ar. Isto bloqueou todos os filtros.* O aumento no gradiente de pressão desses filtros acionara os sensores, automaticamente desligando os ventiladores superaquecidos.

— Watson, por favor responda! — disse Todd.

— Estão mortos. — Sua voz irrompeu em um soluço de choro. — Os dois estão mortos!

Ela ouviu a voz de Luther no comunicador.

— Vou entrar.

— Não — disse ela. — Não.

— Apenas aguente firme, já estou indo.

— Luther, você não pode entrar! Há sangue e ovos por toda parte. A estação não é mais habitável. Você tem de ficar na câmara de ar.

— Esta não é uma solução de longo prazo.

— *Não há* uma droga de solução de longo prazo!

— Veja, estou na câmara de tripulantes agora. Estou fechando a escotilha externa. Começando a pressu...

— Os ventiladores estão todos desligados. Não há como limpar o ar.

— Estou acima de 5 psi. Pausa para verificação de integridade.

— Se entrar, você vai se expor!

— Pressurização completada.

— Luther, eu já estou exposta! Entrou no meu olho. — Ela inspirou profundamente e emitiu um soluço de choro. — Você é o único que sobrou. O único com alguma chance de sobrevivência.

Houve um longo silêncio.

— Meu Deus, Emma — murmurou Luther.

— Muito bem, muito bem. Ouça. — Ela fez uma pausa para se acalmar. Para pensar logicamente. — Luther, quero que vá para a câmara de equipamentos. Ainda deve estar relativamente limpo por lá, de modo que você poderá tirar o capacete. Então desligue a sua unidade de comunicação pessoal.

— O quê?

— *Faça isso.* Estou indo para o Nodo 1. Estarei do outro lado da escotilha para conversar com você.

Todd interrompeu:

— Emma? Emma, não interrompa as comunicações ar-terra...

— Desculpe, Cirurgião — murmurou ela, e desligou a unidade de comunicação.

Um momento depois, ela ouviu Luther através do sistema de comunicação interno da estação:

— Estou na câmara de equipamentos.

Falavam em particular agora, sua conversa não mais monitorada pelo Controle da Missão.

— Você tem uma opção — disse Emma. — Aquela na qual você tem insistido todo o tempo. Não posso fazê-lo, mas você pode. Você ainda está limpo. Não levará a doença para casa.

— Já falamos sobre isso. Ninguém vai ficar para trás.

— Você tem três horas de ar não contaminado em seu EMU. Se mantiver o seu capacete no CRV e sair de órbita imediatamente, pode descer a tempo.

— Você ficará presa aqui.

— Estou presa aqui de qualquer modo! — Ela voltou a inspirar profundamente e falou com mais calma: — Veja, ambos sabemos que isso contraria as ordens que recebemos. Pode ser uma péssima ideia. Não sabemos como responderão a isso. Este é o jogo. Mas, Luther, a escolha é sua.

— Você não terá como sair daqui.

— Tire-me da equação. Sequer pense em mim. — E acrescentou em voz baixa: — Eu já estou morta.

— Emma, não...

— O que *você* quer fazer? Responda. Pense apenas em *você*.

Ela o ouviu suspirar profundamente.

— Quero ir para casa.

Eu também, pensou ela, afastando as lágrimas. *Oh, meu Deus, eu também.*

— Ponha o capacete — disse ela. — Vou abrir a escotilha.

24

Jack subiu a escada do Edifício 30, mostrou o crachá para o segurança e foi direto à sala de Operações de Veículo Especial.

Gordon Obie interceptou-o do lado de fora da sala de controle.

—Jack, espere. Se você entrar aí para fazer confusão, eles o expulsarão. Espere um minuto para esfriar a cabeça ou não poderá ajudá-la.

—Quero a minha mulher de volta para casa *agora.*

—Todos os queremos de volta! Estamos fazendo o melhor que podemos, mas a situação mudou. Agora, toda a estação, está contaminada. O sistema de filtros está quebrado. A tripulação de EVA não completou os reparos na junta rotacional, de modo que continuam sem energia. E, agora, não estão mais falando conosco.

—O quê?

—Emma e Luther interromperam as comunicações. Não sabemos o que está acontecendo lá em cima. Foi por isso que o chamaram... para nos ajudar a chegar a eles.

Jack olhou para a porta aberta, para a Sala de Operações de Veículo Especial. Viu homens e mulheres diante de seus consoles, fazendo seu trabalho como sempre fizeram. Sentiu-se subitamente enfurecido por aqueles controladores de voo permanecerem tão calmos e eficientes. Pelo fato da morte de mais dois astronautas não abalar seu frio profissionalismo. A frieza de todos naquela sala apenas ampliava a sua própria dor, o seu próprio terror.

Ele entrou na sala de controle. Dois oficiais uniformizados da Força Aérea estavam junto ao Diretor de Voo Woody Ellis, monitorando as comunicações. Eram uma lembrança perturbadora de que a sala não estava sob o controle da NASA. Quando Jack se dirigiu ao console do cirurgião na última fila, diversos controladores lançaram-lhe olhares de simpatia. Ele não disse nada. Em vez disso, afundou na cadeira junto a Todd Cutler. Estava ciente de que, atrás dele, na galeria de observação, outros oficiais do Comando Espacial dos EUA observavam a sala.

— Ouviu a última? — murmurou Todd.

Jack assentiu. Não havia mais sinal no monitor de ECG. Diana estava morta. Assim como Griggs.

— Metade da estação ainda está sem energia. E, agora, há ovos flutuando pelo ar.

E sangue também. Jack imaginou como seria estar a bordo da estação. A iluminação precária. O fedor da morte. Sangue manchando as paredes e entupindo os filtros HEPA. Uma casa dos horrores em órbita.

— Precisamos que fale com ela, Jack. Faça com que nos diga o que está acontecendo lá em cima.

— Por que não estão falando?

— Não sabemos. Talvez estejam furiosos conosco. Têm direito de estar. Talvez estejam muito traumatizados.

— Não, devem ter um motivo.

Jack olhou para a tela principal, que mostrava a trajetória orbital da estação sobre a Terra. *No que está pensando, Emma?* Ele pôs os fones de ouvido e disse:

— Capcom, aqui é Jack McCallum. estou pronto.

— Entendido, Cirurgião. Espere que vamos tentar entrar em contato com eles outra vez.

Esperaram. A ISS não respondia.

Na terceira fila de consoles, dois controladores subitamente olharam por sobre os ombros para Ellis, o Diretor de Voo. Jack nada ouviu no circuito de comunicação, mas viu o controlador Odin, encarregado da rede de dados de bordo, levantar-se da poltrona e inclinar-se para a frente por sobre o console para cochichar com os controladores da segunda fila.

Então, o controlador de OPS na terceira fila tirou o fone, levantou-se e se espreguiçou. A seguir, foi até o corredor lateral, caminhando tranquilamente, como se estivesse indo ao banheiro. Ao passar pelos consoles dos cirurgiões, jogou um pedaço de papel no colo de Todd Cutler e continuou em direção à saída da sala.

Todd abriu o bilhete e lançou um olhar atônito para Jack.

— A estação reconfigurou os seus computadores para modo ASCR — sussurrou. — A tripulação já começou a sequência de separação do CRV.

Jack não podia acreditar no que ouvia. A ASCR, ou Volta da Tripulação com Segurança Garantida, era a configuração de computador que auxiliava no resgate da tripulação. Ele olhou rapidamente ao redor da sala. Nenhum dos controladores dizia uma palavra no circuito de comunicação. Tudo o que Jack viu foram fileiras de ombros retos, todos com os olhos fixos nos consoles. Ele olhou para Woody Ellis. Ellis estava absolutamente imóvel, mas sua linguagem corporal dizia tudo. *Ele sabe o que está acontecendo. E também não disse uma palavra.*

Jack começou a suar. Era por isso que a tripulação não estava falando com a Terra. Haviam tomado a sua própria decisão e a estavam levando adiante. A Força Aérea não ficaria no escuro por muito tempo. Através de sua Rede de Vigilância Espacial, formada por radares e sensores óticos, podiam monitorar objetos do tamanho de uma bola de beisebol em órbita baixa. Assim que o CRV se separasse, assim que se tornasse um objeto orbital independente, o centro de controle do Comando Espacial na estação aérea de Cheyenne Mountain o detectaria. A pergunta fundamental era: como reagiriam àquilo?

Peço a Deus que saiba o que está fazendo, Emma.

Após a separação do CRV, se passariam 25 minutos até o veículo de resgate calcular a trajetória e o alvo de aterrissagem, outros 15 minutos para fazer a queima de saída de órbita e outra hora para aterrissar. Mas o Comando Espacial dos EUA já teria identificado e rastreado o CRV muito antes disso acontecer.

Na segunda fileira, o controlador de voo OSO calmamente ergueu o punho fechado com o polegar para cima. Com esse gesto, ele silenciosamente anunciou a notícia: O CRV havia se separado. Para bem ou para mal, estava a caminho de casa.

Agora começa o jogo.

A tensão na sala aumentou. Jack arriscou um olhar para os oficiais da Força Aérea, mas os dois pareciam alheios à situação. Um deles olhava para o relógio a todo instante, como se estivesse ansioso para estar em outro lugar.

Os minutos passavam, a sala estranhamente silenciosa. Jack inclinou-se para a frente, o coração disparado, o suor encharcando sua camisa. Agora, o CRV estaria deixando a estação. Seu alvo de aterrissagem seria identificado e seu sistema de orientação seria travado nos satélites de GPS.

Vamos, vamos, pensou Jack. *Saiam de órbita agora!*

O toque de um telefone rompeu o silêncio. Jack olhou para o lado e viu um dos supervisores da Força Aérea responderem. Subitamente ele ficou tenso e virou-se para Woody Ellis.

— O que diabos está acontecendo aqui?

Ellis não respondeu.

Rapidamente, o oficial digitou algo no console de Ellis e olhou para a tela, incrédulo. Ele pegou o telefone.

— Sim, senhor. Infelizmente temos confirmação. O CRV se separou da estação. Não, senhor, não sei como... Sim, senhor, estávamos monitorando o circuito de comunicação, mas...

O oficial estava com o rosto vermelho e suava enquanto ouvia a bronca do superior. Ao desligar, estava trêmulo de raiva.

— Façam a volta! — ordenou.

Woody Ellis respondeu com desprezo mal disfarçado:

— Aquilo não é uma cápsula *Soyuz*. Você não pode dirigi-la como um maldito automóvel.

— Então evite que pouse!

— Não podemos. É uma viagem de uma só mão, de volta para a Terra.

Outros três oficiais da Força Aérea entraram apressados na sala. Jack reconheceu o general Gregorian, do Comando Espacial dos EUA, o homem que agora tinha autoridade sobre as operações da NASA.

— Qual é a situação? — perguntou Gregorian.

— O CRV está fora da estação, mas ainda em órbita — respondeu o oficial de rosto afogueado.

— Quanto tempo até atingirem a atmosfera?

— Hã... não tenho tal informação, senhor.

Gregorian virou-se para o diretor de voo.

— Quanto tempo, Sr. Ellis?

— Isso depende. Há várias opções.

— Não me venha com uma merda de palestra de engenheiro. Quero uma resposta. Um número.

— Muito bem. — Ellis ajeitou-se na poltrona e encarou o general. — De uma a oito horas. Depende deles. Podem ficar em órbita por um máximo de quatro revoluções. Ou podem sair de órbita agora e estar no solo em uma hora.

Gregorian pegou o telefone.

— Sr. presidente, lamento não termos muito tempo para decidir. Eles podem sair de órbita a qualquer momento agora. Sim, senhor, sei que é uma escolha difícil. Mas a minha recomendação continua a ser a mesma do Sr. Profitt.

Qual recomendação?, pensou Jack em um surto de pânico.

De um dos consoles de voo, um oficial da Força Aérea anunciou:

— Eles começaram a queima para saída de órbita!

— Nosso tempo está se esgotando, senhor — disse Gregorian. — Precisamos de sua resposta agora.

Houve uma longa pausa. Então ele meneou a cabeça, aliviado.

— Tomou a decisão certa, senhor. Obrigado.

Ele desligou e voltou-se para os oficiais da Força Aérea.

— Autorizado.

— O que foi autorizado? — perguntou Ellis. — O que estão planejando fazer?

Suas perguntas foram ignoradas. O oficial da Força Aérea ergueu o telefone e deu a ordem calmamente:

— Preparar lançamento de EKV.

O que diabos é um EKV?, pensou Jack. Olhou para Todd e viu, por sua expressão, que ele também não sabia o que estava sendo lançado.

Foi Topo, o controlador de trajetória, que caminhou até o console onde estavam e respondeu a pergunta.

— Veículo de Destruição Exoatmosférico — sussurrou. — Eles vão interceptar o CRV.

— O alvo precisa ser neutralizado antes de entrar na atmosfera — disse Gregorian.

Jack levantou-se, em pânico.

— *Não*!

Quase simultaneamente, outros controladores levantaram-se em protesto. Seus gritos quase abafaram a voz do Capcom, que teve de gritar a plenos pulmões para ser ouvido.

— Tenho a ISS no circuito de comunicação! A ISS está chamando!

A ISS? Então ainda havia alguém a bordo da estação. Alguém fora deixado para trás.

Jack levou às mãos aos fones e ouviu a voz.

Era Emma.

— Houston, aqui é Watson, da ISS. O Especialista da Missão Ames não está infectado. Repito, ele *não* está infectado. É o único membro da tripulação voltando a bordo do CRV. Requisito urgentemente que permitam que o veículo aterrisse em segurança.

— Entendido, ISS — disse o Capcom.

— Viu? Não há motivo para abatê-lo — disse Ellis para Gregorian. — Interrompa o lançamento do EKV!

— Como saber que Watson está dizendo a verdade? — perguntou Gregorian.

— Ela tem de estar falando a verdade. Por que mais ficaria para trás? Agora, ela está presa lá em cima. O CRV era o único salva-vidas que ela tinha!

O impacto dessas palavras fez Jack se sentir nauseado. A conversa acalorada entre Ellis e Gregorian subitamente pareceu sem importância. Jack já não estava concentrado no destino do CRV. Só conseguia pensar em Emma, agora só, presa na estação, sem ter como sair dali. *Ela sabe que está infectada. Ela ficou para trás para morrer.*

— O CRV completou a queima para saída de órbita. Está descendo. A trajetória está na tela principal.

Através do mapa-múndi na sala da frente, havia um pequeno bipe, representando o CRV e seu solitário passageiro humano. Agora, eles o ouviam no circuito de comunicação.

—Aqui é o Especialista da Missão Luther Ames. Estou me aproximando da altitude de entrada, todos os sistemas nominais.

O oficial da Força Aérea olhou para Gregorian.

—Ainda estamos a postos para o lançamento do EKV.

—Vocês não precisam fazer isso — disse Woody Ellis. — Ele não está doente. Podemos trazê-lo para casa!

—A nave pode estar contaminada — disse Gregorian.

—Você não tem certeza disso!

—Não posso correr o risco. Não posso comprometer a vida dos povos da Terra.

—Meu Deus, isso é *assassinato.*

—Ele desobedeceu ordens. Ele sabia qual seria a nossa reação.

Gregorian meneou a cabeça para o oficial da Força Aérea.

—O EKV foi lançado, senhor.

Imediatamente, a sala ficou em silêncio. Woody Ellis, pálido e trêmulo, olhou para a tela principal, para as múltiplas trajetórias que se dirigiam a um ponto de intersecção.

Os minutos se passaram em silêncio mortal. Na sala da frente, uma das controladoras começou a chorar baixinho.

—Houston, estou me aproximando da interface de entrada. — Foi chocante ouvir a voz alegre de Luther através do circuito de comunicação. — Eu adoraria se houvesse alguém para me encontrar no solo porque vou precisar de ajuda para tirar este EMU.

Ninguém respondeu. Ninguém teve coragem.

—Houston? — disse Luther, após um momento em silêncio. — Ei, pessoal, ainda estão aí?

Afinal, o Capcom conseguiu responder com a voz trêmula:

—Hã, entendido. CRV. Teremos um engradado de cerveja esperando por você, Luther amigo velho. Dançarinas. Tudo a que tem direito.

—Ei, vocês deram uma aliviada desde a última vez que nos falamos, não é mesmo? Muito bem, parece que estou a ponto de LOS. Mantenham a cerveja gelada e eu...

Ouviu-se um violento pico de estática e, a seguir, a transmissão emudeceu.

O bipe na tela principal explodiu em uma chocante eclosão de fragmentos, espalhando-se em delicados *pixels* de poeira.

Woody Ellis curvou-se na cadeira e baixou a cabeça entre as mãos.

19 de agosto

— Abrindo o circuito de comunicação ar-terra — disse o Capcom. — Aguarde, ISS.

Fale comigo, Jack. Por favor, fale comigo, implorava Emma silenciosamente enquanto flutuava na penumbra do módulo habitacional. Com os ventiladores parados, o módulo estava tão silencioso que ela podia ouvir o próprio pulso, o movimento do ar entrando e saindo de seus pulmões.

Assustou-se quando o Capcom anunciou de repente:

— Ar-terra estabelecido. Pode proceder a PFC.

— Jack? — disse ela.

— Estou aqui. Estou bem aqui, querida.

— Ele estava limpo! Eu disse que ele estava limpo...

— Tentamos impedir! A ordem veio direto da Casa Branca. Não queriam se arriscar.

— É minha culpa.

Sua exaustão deu lugar às lágrimas. Estava só e assustada. E com remorso de sua decisão catastrófica.

— Achei que o deixariam voltar. Achei que era sua melhor chance de continuar vivo.

— Por que ficou para trás, Emma?

— Tinha de ficar. — Ela inspirou profundamente. — Estou infectada.

— Você foi *exposta.* Não quer dizer que foi infectada.

— Acabei de fazer um exame de sangue, Jack. Meu nível de amilase está subindo.

Ele não disse nada.

— Faz oito horas desde que fui exposta. Devo ter umas 24 a 48 horas antes de... deixar de funcionar.

Sua voz se acalmou. Soava extremamente tranquila agora, como se falasse da morte inevitável de um paciente. Não da dela.

— É tempo de sobra para pôr algumas coisas em ordem. Ejetar os corpos. Mudar alguns filtros e fazer os ventiladores voltarem a funcionar. Isso tornará a limpeza mais fácil para a nova tripulação. Se é que haverá outra tripulação...

Jack continuava calado.

— Quanto a mim... — A voz dela estava totalmente desprovida de paixão, todas as emoções suprimidas. — Quando chegar a hora, acho que o melhor que posso fazer e sair em EVA, onde não poderei contaminar coisa alguma depois de morta. Depois que meu corpo... — Ela fez uma pausa. — O Orlan é fácil de vestir sem ajuda. Tenho Valium e narcótico à mão. O bastante para me apagar. Portanto, vou estar adormecida quando meu ar acabar. Você sabe, Jack, não é um modo ruim de morrer, se pensar bem. Flutuando lá fora. Olhando para a Terra e as estrelas. E adormecendo.

Ela o ouviu, então. Ele estava chorando.

— Jack — murmurou. — Eu amo você. Não sei por que as coisas deram errado entre nós. Sei que devo ter alguma culpa nisso.

Ele inspirou, trêmulo.

— Emma, *não*.

— É tão estúpido eu ter esperado tanto tempo para lhe dizer isso. Você provavelmente vai achar que só estou falando agora porque vou morrer. Mas, Jack, a verdade é que...

— Você não vai morrer — disse ele outra vez, furioso. — Você não vai morrer.

— Você ouviu os resultados do Dr. Roman. Nada funcionou.

—A câmara hiperbárica funcionou.

—Não podem mandar uma câmara aqui para cima a tempo. E, sem um salva-vidas, não posso voltar. Mesmo que me deixassem.

—Tem de haver um jeito. Algo que você faça para reproduzir o efeito da câmara. Está funcionando em ratos infectados. Eles ainda estão vivos, portanto, está adiantando. São os únicos sobreviventes.

Não, ela subitamente se deu conta. *Não são os únicos.*

Lentamente, ela se voltou e olhou para a escotilha que levava ao Nodo 1.

O rato, ela pensou. *O rato ainda estaria vivo?*

—Emma?

—Espere. Vou ver algo no laboratório.

Atravessou o Nodo 1 e entrou no laboratório dos EUA. O fedor de sangue seco estava muito forte e, mesmo na penumbra, podia ver as manchas escuras nas paredes. Ela flutuou em direção ao habitat animal, abriu a gaiola dos ratos e iluminou-o com a lanterna.

A luz iluminou uma cena lamentável. O rato inchado estava agonizando, debatendo-se, a boca aberta, respirando com dificuldade.

Você não pode estar morrendo, pensou Emma. *Você é uma sobrevivente, a exceção à regra. A prova que ainda há esperança para mim.*

O rato se retorceu, o corpo se revolvendo em agonia. Um filete de sangue começou a sair do meio de suas pernas traseiras e se espalhou em gotículas rodopiantes. Emma sabia o que viria a seguir: os espasmos finais enquanto o cérebro se dissolvia em uma sopa de proteínas digeridas. Ela viu outro fluxo de sangue fresco manchar o pelo da parte traseira e, então, viu algo mais, algo rosado, saindo em meio às pernas do animal.

Estava se movendo.

O rato voltou a se contorcer.

A coisa rosada foi liberada. Retorcia-se e era desprovida de pelos. Ligado ao seu abdome, havia um fio brilhante. Um cordão umbilical.

— Jack — sussurrou ela. — *Jack*!

— Estou aqui.

— O rato... a fêmea.

— O que tem ela?

— Nessas três últimas semanas ela foi exposta diversas vezes à Quimera e não ficou doente. Ela é a única sobrevivente.

— Ela ainda está viva?

— Sim. E acho que sei por quê. Ela estava grávida.

O rato voltou a se contorcer. Outro filhote saiu em um véu brilhante de sangue e muco.

— Deve ter acontecido naquela noite em que Kenichi a misturou com os machos — disse ela. — Eu não a estava acompanhando. Não me dei conta...

— Por que a gravidez faria alguma diferença? Por que seria uma proteção?

Emma flutuou na penumbra, lutando para encontrar uma resposta. A EVA recente e o choque da morte de Luther a haviam exaurido fisicamente. Ela sabia que Jack estava tão exausto quanto ela. Dois cérebros cansados, trabalhando contra a bomba-relógio de sua infecção.

— Muito bem. Muito bem, vamos pensar na gravidez — disse ela. — É uma condição fisiológica complexa. É mais do que apenas a gestação de um feto. É um estado metabólico alterado.

— Hormônios. Animais grávidos estão repletos de hormônios. Se pudermos reproduzir este estado, talvez possamos reproduzir o que aconteceu com aquele rato.

Terapia de hormônios. Pensou em todas as substâncias que circulavam no corpo de uma mulher grávida. Estrogênio. Progesterona. Prolactina. Gonadotropina coriônica humana.

— Pílulas anticoncepcionais — disse Jack. — Você pode reproduzir a gravidez com hormônios contraceptivos.

— Não temos nada parecido a bordo. Não faz parte do kit médico.

— Você verificou no armário pessoal de Diana?

— Ela não tomaria contraceptivos sem que eu soubesse. Sou a médica de bordo. Eu saberia.

— Verifique de qualquer modo. Faça isso, Emma.

Ela saiu às pressas do laboratório. No módulo de serviço russo, abriu as gavetas do armário de Diana. Parecia-lhe errado remexer os objetos pessoais de outra mulher. Mesmo uma mulher morta. Entre uma muda de roupa cuidadosamente dobrada, Emma encontrou um estoque particular de doces. Ela não sabia que Diana adorava doces. Havia muito sobre Diana que ela jamais saberia. Em outra gaveta encontrou xampu, pasta de dentes e absorventes íntimos. Nenhuma pílula anticoncepcional.

Ela fechou a gaveta.

— Não há nada nesta estação que eu possa usar!

— Se lançarmos o ônibus espacial amanhã... se mandarmos esses hormônios para você...

— Eles não vão lançar! E mesmo que pudessem mandar uma farmácia inteira, ainda demoraria três dias até isso chegar até aqui!

Em três dias ela provavelmente estaria morta.

Emma se agarrou ao armário manchado de sangue, a respiração pesada e rápida, cada músculo do corpo tenso de frustração. De desespero.

— Então, teremos que ver isso por outro ângulo — disse Jack. — Emma, fique comigo! Preciso que me ajude a pensar.

Ela suspirou.

— Não vou a parte alguma.

— *Por que* os hormônios funcionam? Qual é o mecanismo? Sabemos que são sinalizadores químicos, um sistema interno de comunicação em nível celular. Funcionam ativando ou reprimindo a expressão do gene. Mudando a programação das células... — Ele divagava agora, deixando que seu fluxo de raciocínio o levasse à solução. — Para que um hormônio funcione, precisa se unir a um receptor específico em uma célula-alvo. É como uma chave procurando a fechadura certa para se encaixar. Talvez, se estudarmos os dados do SeaScience, se pudermos descobrir quais outros DNA a Dra. Koenig transplantou para o genoma deste organismo, talvez saibamos como interromper a reprodução da Quimera.

— O que sabemos sobre a Dra. Koenig? Em quais outras pesquisas trabalhou? Isso pode ser uma pista.

— Temos o currículo dela. Lemos os trabalhos que publicou a respeito dos *Archaeons*. Tirando isso, ela é um mistério para nós. O mesmo se aplica ao SeaScience. Ainda estamos tentando obter mais informação.

Isso vai nos roubar um tempo precioso, pensou Emma. *E eu não tenho muito de sobra.*

Suas mãos doeram por estar agarrando com força o armário de Diana. Ela relaxou e se afastou dali, como se levada por uma maré de desespero. Os objetos do armário de Diana flutuavam ao seu redor, provas do gosto de Diana por doces. Barras de chocolate. M&M. Um pacote de celofane de doce de gengibre cristalizado. Foi nesse último item que Emma subitamente se concentrou. Gengibre cristalizado.

Cristais.

— Jack — disse ela. — Tive uma ideia.

Seu coração estava disparado quando ela flutuou para fora do módulo de serviço russo e voltou ao laboratório dos EUA. Ali, foi até o computador de carga útil. O monitor emitia uma luz âmbar fantasmagórica no módulo em penumbra. Abriu os arquivos de dados operacionais e clicou em ESA, a Agência Espacial Europeia.

Ali estavam todos os procedimentos e materiais de referência para que pudessem operar as experiências de carga útil da ESA.

— No que está pensando, Emma? — disse Jack na unidade de comunicação.

— Diana estava trabalhando no crescimento de cristais de proteínas, lembra-se? Pesquisa farmacêutica.

— Quais proteínas? — disse ele.

Emma percebeu que ele havia entendido exatamente o que ela estava pensando.

— Estou vendo a lista agora. Há dezenas...

Os nomes das proteínas corriam pela tela. O cursor parou no item que ela procurava: *gonadotropina coriônica humana.*

— Jack — disse ela baixinho. — Acho que acabo de ganhar algum tempo.

— O que conseguiu?

— GCH. Diana estava cultivando cristais. Terei de fazer uma IVA para buscá-los. Estão no módulo ESA, que está exposto ao vácuo. Mas se eu começar a despressurizar agora, poderei pegar esses cristais em quatro ou cinco horas.

— Quanto GCH há a bordo?

— Estou verificando.

Ela abriu o arquivo da experiência e rapidamente verificou os dados de medida de massa.

— Emma?

— Espere, espere! Estou com a massa mais recente aqui. Estou procurando os níveis normais de GCH durante a gravidez.

— Posso conseguir isso para você.

— Não, já encontrei. Muito bem, se eu diluir essa massa de cristais em solução salina normal... acrescentar o meu peso corporal como 45 quilos...

E digitou os números. Ela estava atirando no escuro. Emma não sabia quanto tempo demorava para a GCH ser metabolizada, ou qual seria a sua meia-vida. A resposta finalmente apareceu na tela.

—Quantas doses? — disse Jack.

Ela fechou os olhos. *Não vai durar tempo bastante. Não vai me salvar.*

—Emma?

Ela emitiu um profundo suspiro. Saiu como um soluço.

—Três dias.

A Origem

25

Eram 1h45 e a visão de Jack estava turva de fadiga, as letras na tela do computador entrando e saindo de foco.

— Tem de haver mais — disse ele. — Continue procurando.

Gretchen Liu, sentada ao teclado, olhou para Jack e Gordon com frustração. Ela estava num sono profundo quando a chamaram, e chegara sem a habitual maquiagem pronta para a câmera de TV e sem as lentes de contato. Eles nunca tinham visto a sempre elegante diretora de relações públicas tão pouco glamourosa. Muito menos usando óculos: óculos de aros grossos de casco de tartaruga que aumentavam seus olhos puxados.

— Estou dizendo, rapazes, isso é tudo o que posso encontrar na Lexis-Nexis. Quase nada sobre Helen Koenig. No SeaScience, encontrei apenas os boletins corporativos de sempre. Quanto ao nome *Palmer Gabriel,* bem, podem ver por si mesmos que ele não gosta de publicidade. Nos últimos cinco anos, o único lugar onde o nome dele apareceu na mídia foi nas páginas de economia do

The Wall Street Journal. Artigos comerciais sobre o SeaScience e seus produtos. Não há dados biográficos. Não há sequer uma foto do sujeito.

Jack recostou-se na cadeira e esfregou os olhos. Os três haviam passado duas horas no escritório de relações públicas lendo cada artigo sobre Helen Koenig e o SeaScience que puderam encontrar no Lexis-Nexis. Encontraram diversas ocorrências para o SeaScience, dezenas de arquivos nos quais seus produtos foram mencionados, de xampus e remédios a fertilizantes. Mas quase não havia nada sobre Koenig ou Gabriel.

— Tente o nome *Koenig* outra vez — disse Jack.

— Tentamos todas as variantes ortográficas do nome dela — disse Gretchen. — Não há nada.

— Então digite a palavra *Archaeons.*

Suspirando, Gretchen digitou *Archaeons* e clicou em "Buscar".

Uma longa lista de artigos preencheu a tela.

"Criaturas alienígenas. Cientistas anunciam descoberta de novo ramo da vida." *(Washington Post)*

"*Archaeons* serão objeto de conferência nacional." *(Miami Herald)*

"Organismos das profundezas do oceano oferecem pista para a origem da vida." *(Philadelphia Inquirer)*

— Rapazes, isso é inútil — disse Gretchen. — Vai demorar a noite toda para lermos cada artigo desta lista. Por que simplesmente não desistem e vão dormir?

— Espere! Abra este aqui! — exclamou.

E apontou para uma ocorrência ao pé da tela:

"Cientista morre em acidente de mergulho em Galápagos." *(New York Times)*

— Galápagos — disse Jack. — Foi lá que a Dra. Koenig descobriu aquele tipo de *Archaeon*. Na fenda de Galápagos.

Gretchen clicou no artigo e o texto apareceu. Era uma matéria de dois anos antes.

DIREITOS AUTORAIS: *The New York Times*.
SEÇÃO: Notícias internacionais.
TÍTULO: "Cientista morre em acidente de mergulho profundo."
AUTOR: Julio Perez, Correspondente do NYT.
TEXTO: Um cientista americano que estudava organismos marinhos chamados *Archaeon* morreu ontem quando seu submersível ficou preso em um desfiladeiro submarino na fenda de Galápagos. O Dr. Stephen D. Ahearn só foi resgatado esta manhã, quando cabos do barco *Gabriella* puderam trazer o minissubmarino à superfície.

"Sabíamos que ele ainda estava vivo lá embaixo, mas nada podíamos fazer", disse um colega cientista a bordo do *Gabriella*. "Ele estava preso a 19 mil pés. Demorou horas até que liberássemos o submersível e o trouxéssemos à superfície."

O Dr. Ahearn era professor de geologia na Universidade da Califórnia, San Diego. Morava em La Jolla, Califórnia.

Jack disse:

— O nome do navio era *Gabriella*. — Ele e Gordon se entreolharam, ambos tomados pelo mesmo pensamento perturbador: *Gabriella. Palmer Gabriel.*

— Aposto que era uma embarcação do SeaScience — disse Jack. — E Helen Koenig estava a bordo.

O olhar de Gordon voltou-se para a tela.

— Isso é interessante. O que acha do fato de Ahearn ser geólogo?

— E daí? — disse Gretchen, bocejando.

— O que fazia um geólogo a bordo de um barco de pesquisa marinha?

— Verificando as rochas do fundo do mar?

— Vamos fazer uma busca no nome dele.

Gretchen suspirou.

— Vocês me devem uma noite de sono.

Ela digitou o nome *Stephen D. Ahearn* e clicou em "Buscar".

Uma lista apareceu, sete artigos ao todo. Seis eram sobre a sua morte em Galápagos.

O outro era de um ano antes de sua morte:

"Professor da UCSD apresentará últimas descobertas de sua pesquisa sobre a tectita. Será o palestrante principal na Conferência Geológica Internacional, em Madri." (*San Diego Union*)

Ambos olharam para a tela, atônitos demais para emitirem uma palavra. Então, Gordon disse em voz baixa:

— É isso, Jack. É isso que estavam tentando esconder de nós.

As mãos de Jack ficaram dormentes, a garganta seca. Ele se concentrou em uma única palavra, que revelava tudo.

Tectita.

A casa do diretor do JSC, Ken Blankenship, era um lar anônimo no subúrbio de Clear Lake, onde moravam tantas autoridades do JSC. Era uma casa grande para um solteiro e, sob o brilho das luzes de segurança, Jack viu que o jardim da frente estava imaculadamente tratado, cada sebe aparada e domada. Aquele jardim, tão bem iluminado às 3 horas, era exatamente o que se podia esperar de Blankenship, que era conhecido por seu perfeccionismo, assim como por sua quase paranoica obsessão com segurança. *Provavelmente há uma câmera de segurança apontada para nós neste exato momento*, pensou Jack, enquanto ele e Obie esperavam Blankenship atender a porta da frente. Foi preciso tocar a campainha várias vezes antes de verem as luzes se acenderem lá dentro. Então, Blankenship apareceu, um pequeno e atarracado Napoleão vestindo um robe de banho.

— São 3 horas — disse Blankenship. — O que estão fazendo aqui, rapazes?

— Precisamos conversar — disse Gordon.

— Há algo errado com o meu telefone? Não podiam ter ligado primeiro?

— Não podemos usar o telefone. Não para falar sobre isso.

Todos entraram na casa. Apenas depois que a porta da frente se fechou, Jack disse:

— Sabemos o que a Casa Branca está tentando esconder. Sabemos de onde veio a Quimera.

Blankenship olhou para ele, sua irritação por ter sido desperto no meio da noite instantaneamente esquecida. Então, olhou para Gordon, procurando confirmação das palavras de Jack.

— Isso explica tudo — disse Gordon. — Todo o segredo do USAMRIID. A paranoia da Casa Branca. E o fato desse organismo se comportar diferente de tudo o que nossos médicos já encontraram.

— O que descobriram?

Jack respondeu:

— Sabemos que a Quimera tem DNA humano, de rato e anfíbio. Mas o USAMRIID não diz quais outros DNA estão no genoma. Eles não nos dizem o que a Quimera de fato é ou de onde veio.

— Você me disse na noite passada que o micróbio foi enviado com a carga útil do SeaScience. Uma cultura de *Archaeons.*

— Foi o que pensamos. Mas *Archaeons* não são organismos perigosos. São incapazes de adoecer seres humanos. Por isso a experiência foi aceita pela NASA. Algo a respeito desse *Archaeon* em particular é diferente. Algo que o SeaScience não nos disse.

— O que quer dizer com diferente?

— De onde ele veio. Da fenda de Galápagos.

Blankenship balançou a cabeça.

— Não vejo a importância do fato.

— Esta cultura foi descoberta por cientistas a bordo do barco *Gabriella*, que pertencia ao SeaScience. Um desses pesquisadores era o Dr. Stephen Ahearn, que embarcou no *Gabriella*, aparentemente como um consultor de última hora. Em uma semana, estava morto. Seu minissubmarino ficou preso no fundo do desfiladeiro, e ele morreu sufocado.

Blankenship não disse nada, mas continuou concentrado em Jack.

— O Dr. Ahearn era famoso por suas pesquisas sobre tectitas — disse Jack. — São fragmentos vitrificados produzidos quando um meteoro atinge a Terra. Esta era a especialidade do Dr. Ahearn. A geologia de meteoros e asteroides.

Blankenship continuou em silêncio. *Por que não reage?*, perguntou-se Jack. *Será que ele não entende o que isso quer dizer?*

— O SeaScience levou Ahearn a Galápagos por que precisavam da opinião de um geólogo — disse Jack. — Precisavam de confirmação do que haviam encontrado no fundo do mar. Um asteroide.

O rosto de Blankenship enrijeceu. Ele se voltou e foi em direção à cozinha.

Jack e Gordon o seguiram.

— É por isso que a Casa Branca está com tanto medo da Quimera! — disse Jack. — Eles sabem de onde ela veio. Eles sabem o que ela é.

Blankenship pegou o telefone e discou um número.

Um momento depois, disse:

— Aqui é o diretor do JSC, Kenneth Blankenship. Preciso falar com Jared Profitt. Sim, sei que horas são. Isso é uma emergência. Portanto, se puder me ligar com a casa dele...

Houve um momento de silêncio. Então ele disse:

— Eles sabem. Não, não fui eu. Descobriram por conta própria. — Pausa. — Jack McCallum e Gordon Obie. Sim, senhor, eles estão aqui na minha frente, na minha cozinha. — Ele entregou o aparelho para Jack. — Ele quer falar com você.

Jack pegou o telefone.

— Aqui é McCallum.

— Quantas pessoas sabem disso? — Foi a primeira coisa que disse Jared Profitt.

Instantaneamente, Jack deu-se conta de quão delicada era aquela informação.

— Nosso pessoal da área médica sabe. E algumas pessoas da área de ciências naturais. — Foi tudo o que disse. Não era tolo de lhe dar nomes.

— Podem manter isso em segredo? — perguntou Profitt.

— Depende.

— De quê?

— De seu pessoal cooperar e compartilhar informação conosco.

— O que quer, Dr. McCallum?

— Divulgação plena. Tudo o que descobriram sobre a Quimera. Os resultados das autópsias. Dados de suas tentativas clínicas.

— E se não compartilharmos? O que acontece?

— Meus colegas na NASA vão começar a mandar faxes para todas as agências de notícias do país.

— Para lhes dizer o que, exatamente?

— A verdade. Que esse organismo não é terrestre.

Houve um longo silêncio. Jack ouvia o próprio coração pulsando contra o fone. *Teremos adivinhado? Teremos, de fato, descoberto a verdade?*

Profitt disse:

— Autorizo o Dr. Roman a lhes contar tudo. Ele o estará esperando em White Sands.

O fone ficou mudo.

Jack desligou e olhou para Blankenship.

— Há quanto tempo sabe disso?

O silêncio de Blankenship só aumentou a raiva de Jack, que deu um passo ameaçador à frente. Blankenship recuou, encostando-se na parede da cozinha.

— *Há quanto tempo sabe disso?*

— Apenas... há apenas alguns dias. Eu jurei segredo!

— A *nossa* gente estava morrendo lá em cima!

— Eu não tinha escolha! Esta informação deixaria todo mundo apavorado! A Casa Branca. A Defesa. — Blankenship inspirou profundamente e encarou Jack. — Quando chegar a White Sands, vai entender o que estou dizendo.

20 de agosto

Agarrando uma extremidade com os dentes, Emma apertou o torniquete com força, e as veias de seu braço esquerdo sobressaíram como vermes azuis sob a pele pálida. Passou um pouco de álcool sobre a veia antecubital e fez uma careta ao sentir a picada da agulha. Como um viciado desesperado por uma dose, injetou todo o conteúdo da seringa, afrouxando o torniquete na metade do processo. Ao terminar, fechou os olhos e permitiu-se flutuar a esmo enquanto imaginava as moléculas de GCH como pequenas estrelas de esperança subindo pelas suas veias, rodopiando em seu coração e pulmões. Fluindo em suas artérias e capilares. Ela imaginou já poder sentir o seu efeito, a dor de cabeça se dissipando, as chamas abrasadoras de sua febre diminuindo. *Só tenho mais três doses*, pensou. *Três dias a mais.*

Imaginou-se saindo de seu próprio corpo e se viu a distância, enrodilhada como um feto em um ataúde. Uma bolha de muco saindo de sua boca, dividindo-se em fios brilhantes que se contorciam como larvas.

Abruptamente, abriu os olhos e deu-se conta de que estava dormindo. Sonhando. Sua camisa estava empapada de suor. Era um bom sinal. Significava que a febre baixara.

Massageou as têmporas, tentando afastar as imagens do sonho, mas não conseguia. Realidade e pesadelos haviam se tornado uma coisa só.

Tirou a camisa encharcada e vestiu uma nova, que encontrou no armário de Diana. Apesar dos pesadelos, o breve cochilo a reanimara, e ela estava alerta outra vez, pronta para procurar novas soluções. Emma flutuou até o laboratório dos EUA e abriu todos os arquivos que havia no computador sobre a Quimera. Era um organismo extraterrestre, informara-lhe Todd Cutler, e tudo o que a NASA sabia sobre aquela forma de vida fora transmitido para o computador de bordo. Emma revisou os arquivos, esperando ter alguma nova inspiração, alguma nova abordagem na qual ninguém ainda tivesse pensado. Mas tudo o que lia era tristemente familiar.

Abriu o arquivo do genoma. Uma sequência de nucleotídeos passou pelo monitor em um fluxo interminável de letras A, C, T, e G. Ali estava o código genético da Quimera — partes dele, de qualquer modo. As partes que o USAMRIID escolhera para compartilhar com a NASA. Emma observou, hipnotizada, enquanto as linhas do código passavam pela tela. Aquela era a essência da forma de vida alienígena que agora crescia dentro dela. Era a chave para o inimigo. Se ao menos soubesse como usá-la...

A chave.

Subitamente pensou no que Jack dissera anteriormente, sobre hormônios. *Para que um hormônio funcione, tem de se ligar a um específico receptor na célula-alvo. É como uma chave em busca da fechadura certa.*

Por que um hormônio de mamífero como a GCH suprimia a reprodução de uma forma de vida alienígena?, perguntou-se. Por que um organismo extraterrestre, tão estranho às coisas da Terra, possuía complementos adequados às *nossas* chaves?

No computador, a sequência de nucleotídeos chegou ao fim. Ela olhou para o cursor que piscava e pensou nas formas de vida terrestres cujo DNA fora atacado pela Quimera. Ao adquirir tais novos genes, aquela forma de vida alienígena se tornara parte humana. Parte rato. Parte anfíbio.

Emma comunicou-se com Houston.

— Preciso falar com alguém de Ciências Naturais — disse ela.

— Alguém em particular? — perguntou o Capcom.

— Um especialista em anfíbios.

— Aguarde, Watson.

Dez minutos depois, um certo Dr. Wang do departamento de Ciências Naturais da NASA entrou no circuito.

— Você tinha uma pergunta sobre anfíbios? — perguntou.

— Sim, sobre a *Rana pipiens*, a rã-leopardo do norte.

— O que deseja saber?

— O que acontece se você expuser uma rã-leopardo a hormônios humanos?

— Algum hormônio em particular?

— Estrogênio, por exemplo. Ou GCH.

O Dr. Wang respondeu sem hesitar.

— Os anfíbios em geral são afetados de modo negativo por estrogênios ambientais. Na verdade, isso já foi amplamente estudado. Alguns especialistas acham que o declínio mundial da população de rãs é devido a substâncias como o estrogênio a poluir rios e lagos.

— Quais substâncias parecidas com estrogênio?

— Certos pesticidas, por exemplo, podem simular efeitos de estrogênios. Eles interferem no sistema endócrino das rãs, impedindo que se reproduzam e proliferem.

— Então não as mata.

— Não, apenas impede a reprodução.

— As rãs são particularmente sensíveis a isso?

— Oh, sim. Muito mais que os mamíferos. Fora isso, as rãs têm a pele permeável, portanto, são suscetíveis a toxinas em geral. Isso é, bem... o seu calcanhar de aquiles.

Calcanhar de aquiles. Ela ficou em silêncio um instante, pensando no que acabara de ouvir.

— Dra. Watson? — disse Wang. — Você tem alguma outra pergunta?

— Sim. Há alguma doença ou toxina que mate uma rã, mas que não faça mal a um mamífero?

— Esta é uma pergunta interessante. No que diz respeito a toxinas, vai depender da dose. Se você der um pouco de arsênico para uma rã, vai matá-la. Mas o arsênico também mataria um ser humano, caso ingerisse uma dose maior. Contudo, há doenças causadas por micróbios, certas bactérias e vírus, que só matam rãs. Não sou médico, portanto não estou absolutamente certo que sejam inofensivos aos humanos, mas...

— Vírus? — interrompeu. — Quais?

— Bem, ranavírus, por exemplo.

— Nunca ouvi falar.

— Apenas especialistas em anfíbios são familiarizados com este tipo de vírus. São vírus DNA. Fazem parte da família dos iridovírus. Achamos que sejam a causa da síndrome do edema dos girinos. Os girinos incham e têm hemorragia.

— E isso é fatal para eles?

— Muito.

— Esse vírus também mata gente?

— Não sei. Não creio. O que sei é que os ranavírus matam populações inteiras de rãs no mundo inteiro.

O calcanhar de aquiles, pensou Emma. *Eu o encontrei.*

Ao acrescentar o DNA da rã-leopardo ao seu próprio genoma, a Quimera se tornou parte anfíbia. Também adquiriu as vulnerabilidades dos anfíbios.

— Há algum modo de obter amostras vivas desses ranavírus? — perguntou Emma. — Para serem testados na Quimera?

Houve um longo silêncio.

— Entendi — disse o Dr. Wang. — Ninguém tentou isso antes. Ninguém sequer considerou...

— Pode obter o vírus? — interrompeu.

— Sim. Conheço dois laboratórios de pesquisa de anfíbios na Califórnia que estão trabalhando com ranavírus.

— Então faça isso. E fale com Jack McCallum. Ele precisa saber disso.

— Ele e Gordon Obie acabaram de partir para White Sands. Eu os encontrarei lá.

Ramos de amaranto emaranhados rodopiavam pela estrada, levados por nuvens de areia abrasiva. Os dois passaram pela casa da guarda e pela cerca eletrificada até chegarem ao austero complexo militar. Jack e Gordon saíram do veículo e olharam ofuscados para o céu. O sol era de um laranja enfarruscado, obscurecido pela poeira levantada pelo vento. Cor de pôr do sol, não de meio-dia. Conseguiram dormir algumas horas antes de decolarem de Ellington, e os olhos de Jack doíam só de olhar para a luz.

— Por aqui, cavalheiros — disse o motorista.

Eles seguiram o soldado e entraram no edifício.

Foi uma recepção diferente daquela que Jack recebera da última vez. Agora, a escolta militar fora educada e respeitosa. Dessa vez, o Dr. Isaac Roman o esperava à portaria, embora não parecesse muito feliz com a sua chegada.

— Apenas você está autorizado a vir comigo, Dr. McCallum — disse ele. — O Sr. Obie terá de esperar aqui. Esse é o trato.

— Não fiz esse trato — disse Jack.

— O Sr. Profitt o fez por você. Ele é o único motivo por você estar sendo admitido neste prédio. Não tenho muito tempo; portanto, vamos logo com isso.

Ele se voltou e caminhou em direção aos elevadores.

— Ora vejam: eis aí o babaca militar padrão — disse Gordon. — Vá. Eu o espero aqui.

Jack seguiu Roman e entrou no elevador.

— A primeira parada será no nível dois do subsolo — disse Roman. — É onde fazemos as nossas experiências com animais.

A porta do elevador se abriu para uma parede de vidro. Era uma janela de observação.

Jack aproximou-se da janela e olhou para o laboratório. Lá dentro, havia dezenas de trabalhadores vestindo roupas à prova de contaminação biológica. As gaiolas abrigavam macacos-aranha e cães. Junto à janela, havia caixas de vidro contendo ratos. Roman apontou para os ratos.

— Você vai notar que cada caixa tem um rótulo indicando a data e a hora da infecção. Não consigo imaginar outro modo de ilustrar a natureza letal da Quimera.

Na caixa marcada como Dia 1, os seis ratos pareciam saudáveis, fazendo rodar vigorosamente as suas rodas de exercício.

Na caixa do Dia 2, viam-se os primeiros sinais da doença. Dois dos seis ratos estavam tremendo, olhos vermelho-sangue. Os outros quatros estavam amontoados em uma pilha letárgica.

— Os primeiros dois dias compreendem a fase reprodutiva da Quimera — disse o Dr. Roman. — Você precisa compreender que isso é completamente diferente do que vemos na Terra.

Geralmente, uma forma de vida precisa atingir a maturidade antes de começar a se reproduzir. A Quimera se reproduz *primeiro*... e então começa a ficar madura. Ela se divide rapidamente, produzindo até cem cópias de si mesma a cada 48 horas. Começa com um tamanho microscópico, invisível a olho nu. Pequena o bastante para você inalá-la ou absorvê-la pelas membranas mucosas sem sequer saber que foi exposto.

— Então ela é infecciosa neste estágio inicial de seu ciclo vital?

— Ela é infecciosa em *qualquer* estágio de seu ciclo vital. Basta ser liberada no ar. Geralmente, isso acontece à hora da morte da vítima, ou quando o corpo se rompe, diversos dias após a morte. Uma vez que a Quimera o infecte, uma vez que se multiplica dentro de seu corpo, cada cópia individual começa a crescer. Começa a se desenvolver em... — Pausa. — Não sabemos como chamar aquilo. Sacos de ovos, suponho, pois contêm uma forma de vida larval dentro deles.

O olhar de Jack voltou-se para a caixa do Dia 3. Todos os ratos estavam em convulsão, membros espasmódicos como se estivessem levando repetidos choques elétricos.

— No terceiro dia — disse Roman —, as larvas crescem rapidamente, deslocando a massa cerebral da vítima por mero efeito de expansão e espalham a destruição nas funções neurológicas do hospedeiro. E, no quarto dia...

Olharam para a quarta caixa. Todos estavam mortos, com exceção de um. Os corpos não haviam sido removidos: ainda estavam ali, pernas esticadas, bocas abertas. Ainda havia mais três caixas, que demonstravam o processo de decomposição.

No quinto dia, os corpos começavam a inchar.

No sexto dia, as barrigas ficavam ainda maiores, a pele esticada como um couro de tambor. Um fluido viscoso vazava dos olhos abertos e brilhava nas narinas.

E, no sétimo dia...

Jack parou junto à janela, olhando para a sétima caixa. Corpos rompidos jaziam ao fundo como balões vazios, a pele rompida para revelar um ensopado negro de órgãos dissolvidos. Grudada ao rosto de um dos ratos, havia uma massa gelatinosa de palpitantes globos opacos.

— São sacos de ovos — disse Roman. — Neste estágio, as cavidades dos corpos estão repletas deles. Crescem a uma taxa assustadora, alimentando-se dos tecidos do hospedeiro. Digerindo músculos e órgãos. — Ele olhou para Jack. — Está familiarizado com o ciclo vital da vespa parasita?

Jack balançou a cabeça em negativa.

— A vespa adulta injeta seus ovos em uma lagarta viva. As larvas crescem, ingerindo o fluido hemolínfico do hospedeiro. Durante todo esse tempo, a lagarta está *viva*. Incubando uma forma de vida estranha que a consome de dentro para fora, até as larvas finalmente eclodirem do corpo do hospedeiro moribundo. — Roman olhou para os ratos mortos. — Estas larvas também se multiplicam e se desenvolvem dentro de uma vítima viva. E é por isso que acabam matando o hospedeiro.

"Todas essas larvas acumuladas no crânio. Consumindo a massa cinzenta. Danificando vasos capilares, causando hemorragia intracraniana. A pressão aumenta. Os vasos oculares incham, arrebentam. O hospedeiro fica confuso e sofre de dores de cabeça que o deixam cego. Ele cambaleia como se estivesse bêbado. Em três ou quatro dias, está morto. Ainda assim, esta forma de vida continua a se alimentar do corpo. Saqueando o seu DNA. Usando esse mesmo DNA para acelerar a sua evolução.

— Evolução para o quê?

Roman olhou para Jack.

— Não sabemos qual o ponto final. A cada geração, a Quimera adquire DNA de seu hospedeiro. A Quimera com a qual estamos trabalhando agora não é a mesma com a qual começamos. O genoma tornou-se mais complexo. A forma de vida está mais avançada.

Mais e mais humana, pensou Jack.

—Este o motivo do segredo absoluto — disse Roman. — Qualquer terrorista, qualquer país hostil, poderia buscar mais dessas coisas na fenda de Galápagos. Este organismo, em mãos erradas...

Sua voz esvaeceu.

—Então, nada nesta coisa foi feito pelo homem.

Roman balançou a cabeça em negativa.

—Foi encontrada por acaso na fenda. Trazida à superfície pelo *Gabriella*. A princípio a Dra. Koenig achou ter descoberto outra espécie de *Archaeons*. Contudo, o que achou foi isso. — Olhou para a massa coleante de ovos. — Durante mil anos a Quimera esteve presa nos restos daquele asteroide, a uma profundidade de 19 mil pés. Foi isso que a manteve inerte. O fato de ter repousado no fundo do mar, e não em terra.

—Agora compreendo por que experimentaram a câmara hiperbárica.

—Durante todo esse tempo, a Quimera existiu na fenda de modo benigno. Pensamos que, caso reproduzíssemos tais pressões, pudéssemos torná-la benigna outra vez.

—E conseguiram?

Roman balançou a cabeça.

—Apenas temporariamente. Ao ser exposta à microgravidade, esta forma de vida foi alterada permanentemente. De algum modo, ao ser levada à ISS, seu interruptor reprodutivo foi acionado. É como se tivesse sido pré-programada para ser letal. Mas precisa da *ausência* de gravidade para que esse programa volte a rodar.

—Quão temporário é o tratamento hiperbárico?

—Ratos infectados ficam saudáveis enquanto estiverem na câmara. Nós os temos vivos já há dez dias. Mas assim que os tiramos dali, a doença continua a sua progressão.

— E quanto ao ranavírus?

Havia uma hora, o Dr. Wang, do departamento de Ciências Naturais da NASA, falara com Jack ao telefone. Naquele exato momento, um estoque de vírus anfíbios estava sendo levado por um jato da Força Aérea para o laboratório do Dr. Roman.

— Nossos cientistas acham que pode funcionar.

— Teoricamente. Mas é cedo demais para lançar um ônibus espacial de resgate. Primeiro, precisamos *provar* que o ranavírus funciona, ou você estaria arriscando a vida de outra tripulação. Precisamos de tempo para testar o vírus. Várias semanas, no mínimo.

Emma não tem semanas, pensou Jack. *Só tem três dias de GCH.* Em silêncio, ele olhou para os corpos dos ratos mortos dentro da caixa. Para os ovos, brilhando em seu leito de gosma. *Se eu pudesse ganhar mais tempo...*

Tempo. Subitamente, um pensamento lhe ocorreu. A lembrança de algo que Roman acabara de dizer.

— Você disse que a câmara hiperbárica vem mantendo os ratos vivos há dez dias.

— Exato.

— Mas faz apenas dez dias que a *Discovery* caiu.

Roman evitou-lhe o olhar.

— Você planejou os testes na câmara desde o início. O que quer dizer que você já sabia com o que estava lidando. Mesmo antes de fazer as autópsias.

Roman deu-lhe as costas e caminhou para os elevadores. Emitiu um ofegar de surpresa quando Jack o pegou pelo colarinho e o girou.

— Aquilo não era uma carga útil comercial — disse Jack. — *Era?*

Roman livrou-se de Jack e tropeçou para trás, de encontro à parede.

— A Defesa usou o SeaScience como fachada — disse Jack. — Vocês os pagaram para enviarem a experiência. Para ocultar o fato de que esta forma de vida tem interesse militar.

Roman se esgueirou em direção ao elevador, tentando escapar.

Jack agarrou o avental do sujeito e torceu-lhe o colarinho.

— Isso não foi um ato de bioterrorismo. Foi um maldito *erro* de vocês!

O rosto de Roman ficou roxo.

— Não consigo... respirar!

Jack soltou-o, e Roman escorregou pela parede com as pernas bambas. Durante um instante, não disse nada. Em vez disso, ficou sentado no chão, tentando recuperar o fôlego. Quando finalmente falou, tudo o que conseguiu emitir foi um sussurro.

— Não tínhamos como saber o que aconteceria. Como o organismo mudaria com a ausência de gravidade...

— Mas vocês sabiam que era alienígena.

— Sim.

— E sabiam que era uma quimera. Que já tinha DNA de anfíbio.

— Não. Não sabíamos.

— Não minta para mim.

— Não sabemos como o DNA da rã entrou no genoma! Deve ter acontecido no laboratório da Dra. Koenig. Algum erro. Foi ela quem encontrou o organismo na fenda, aquela que finalmente se deu conta do que era. O SeaScience sabia que nos interessaríamos. Um organismo extraterrestre. É claro que nos interessamos! A Defesa pagou as experiências dela no KC-135. Financiamos o espaço de carga útil na ISS. Aquilo não podia subir como uma carga útil militar. Haveria muitas perguntas, muitos comitês de inspeção. A NASA se perguntaria por que o exército estava interessado em micróbios marinhos inofensivos. Mas ninguém questiona o setor privado. Portanto, aquilo subiu como carga útil comercial, com o SeaScience como patrocinador e a Dra. Koenig como pesquisadora principal.

—Onde está a Dra. Koenig?

Lentamente, Roman se levantou.

—Morta.

A informação pegou Jack de surpresa.

—Como? — perguntou baixinho.

—Foi um acidente.

—Acha que acredito nisso?

—É a verdade.

Jack observou Roman um instante e concluiu que ele não estava mentindo.

—Aconteceu há duas semanas, no México — disse Roman. — Pouco depois dela se demitir do SeaScience. O táxi em que ela estava ficou completamente destruído.

—E o USAMRIID saqueou o laboratório dela. Vocês não foram lá para investigar, certo? Foram lá para se certificar de que todos os arquivos dela fossem destruídos.

—Estamos falando de uma forma de vida alienígena. Um organismo mais perigoso do que pensávamos. Sim, a experiência foi um erro. Uma catástrofe. Apenas imagine o que poderia acontecer caso esta informação vazasse para os terroristas do mundo.

Por isso a NASA fora mantida no escuro. Por isso a verdade nunca poderia ser revelada.

—E você ainda não viu o pior, Dr. McCallum — disse Roman.

—Como assim?

—Há algo mais que desejo lhe mostrar.

Desceram de elevador ao Nível 3 do porão. Mais fundo no Hades, pensou Jack. Mais uma vez, confrontaram-se com uma parede de vidro e, atrás dela, outro laboratório repleto de gente em trajes espaciais.

Roman apertou o botão do interfone e disse:

— Podem trazer o espécime?

Uma das funcionárias assentiu. Foi até um imenso cofre de aço, abriu a pesada trava e desapareceu lá dentro. Ao emergir outra vez, empurrava um carrinho com um contêiner de aço sobre uma bandeja. Ela levou o carrinho até a janela de observação.

Roman assentiu.

Ela abriu o contêiner de aço, ergueu um cilindro de plexiglas e pousou-o na bandeja. O conteúdo flutuava em uma solução de formol.

— Encontramos isso enterrado na coluna de Kenichi Hirai — disse Roman. — Sua espinha protegeu o espécime da força do impacto quando a *Discovery* caiu. Quando o removemos, isso ainda estava vivo... mas apenas por pouco tempo.

Jack tentou falar, mas não conseguiu dizer uma única palavra. Ouvia apenas o sibilar dos ventiladores e o ruído de seu próprio pulso enquanto olhava horrorizado para o conteúdo do cilindro.

— É nisso que as larvas se transformam — disse Roman. — Este é o estágio seguinte.

Agora ele entendia. O motivo do segredo. O que ele vira preservado em formol, enroscado naquele cilindro de plexiglas, explicava tudo. Embora tenha sido danificado durante a extração, seus traços essenciais eram evidentes. A pele brilhante de anfíbio. A cauda de larva. E a curvatura fetal da espinha — não anfíbia, mas algo muito mais horripilante, porque sua origem genética era reconhecível. *Mamífero*, pensou. Talvez até humano. Já estava começando a parecer com seu hospedeiro.

Se infectasse uma espécie diferente, mudaria de aparência outra vez. Aquilo podia saquear o DNA de qualquer organismo na Terra, assumir qualquer forma. No fim, poderia evoluir a um ponto em que não precisasse mais de um hospedeiro dentro do qual crescer e se reproduzir. Seria independente e autossuficiente. Talvez até inteligente.

E Emma era agora um berçário vivo para aquelas coisas, seu corpo um casulo nutritivo dentro do qual cresciam.

Em pé na pista de pouso vazia, Jack estremeceu. O jipe do exército que os trouxera de volta à Base Aérea de White Sands não passava de um ponto ao longe, erguendo um rastro de poeira no horizonte. O brilho do sol o fez lacrimejar e, por um instante, o deserto saiu de foco, como se estivessem debaixo d'água.

Ele se voltou para Gordon.

—Não há outro meio. Temos de fazê-lo.

—Há mil coisas que podem dar errado.

—Sempre há. Isso se aplica a todo lançamento, toda missão. Por que esse seria diferente?

—Não haverá contingências. Nenhuma reserva de segurança. Sei com o que estamos lidando. É uma operação caubói.

—O que a torna viável. Qual é mesmo o lema deles? *Menor, mais rápido, mais barato.*

—Muito bem — disse Gordon — Digamos que você *não* exploda na plataforma de lançamento. Digamos que a Força Aérea não o abata. Uma vez lá, você ainda terá de lidar com a maior aposta de todas: será que o ranavírus vai funcionar?

—Desde o início, Gordon, há algo que não consigo entender: por que havia DNA anfíbio naquele genoma? Como a Quimera obteve genes de rã? Roman acha que foi um acidente. Um erro ocorrido no laboratório de Koenig. — Jack balançou a cabeça. — Não creio que tenha sido um acidente. Acho que Koenig *pôs* aqueles genes ali. Como um dispositivo de segurança.

—Não compreendo.

—Talvez ela estivesse pensando adiante, nos possíveis perigos. No que poderia acontecer caso essa nova forma de vida mudasse enquanto estivesse em microgravidade. Se a Quimera saísse de controle, ela queria ter um meio de matá-la. Uma brecha em suas defesas.

— Um vírus de rã.

— Vai funcionar, Gordon. Tem de funcionar. Aposto a minha vida.

Um redemoinho passou entre eles, erguendo poeira e pedaços de papel descartados. Gordon voltou-se e olhou para o T-38 no qual eles haviam vindo de Houston e suspirou.

— Tinha medo de que você dissesse isso.

26

22 de agosto

Casper Mulholland engolia a terceira caixa de Tums e ainda assim seu estômago parecia um caldeirão de ácido borbulhante. Ao longe, o *Apogee II* brilhava como uma cápsula de bala plantada na areia do deserto com a ponta voltada para cima. Não era uma visão particularmente impressionante, em especial para aquela plateia. A maioria deles já ouvira o poderoso rugido de um lançamento da NASA, já se maravilhara pelas gigantescas e majestosas colunas de fogo do ônibus espacial cortando o céu. O *Apogee II* em nada se parecia com um ônibus espacial. Era mais como um foguete de brinquedo, e Casper pôde ver o desapontamento nos olhos dos 12 visitantes quando subiram no estande de observação recém-construído e olharam para o árido deserto desolado, em direção à plataforma de lançamento. Todos gostam das coisas *grandes*. Todo mundo adora tamanho e poder. O pequeno, o elegantemente simples, não os interessa.

Outra van chegou ao local, e um novo grupo de visitantes começou a sair, mãos imediatamente erguidas para protegerem os olhos do sol matinal. Ele reconheceu Mark Lucas e Hashemi Rashad, os dois executivos que visitaram a Apogee havia três semanas. Ele viu o mesmo desapontamento passar-lhes pelo rosto enquanto olhavam, ofuscados, para a plataforma de lançamento.

— É o mais próximo que podemos chegar? — perguntou Lucas.

— Infelizmente — disse Casper. — É para a sua própria segurança. Estamos lidando com propelentes explosivos.

— Mas achei que teríamos uma visão detalhada de suas operações de lançamento.

— Terão pleno acesso à nossa instalação de controle de terra, nosso equivalente ao Controle da Missão, de Houston. Assim que a nave deixar a plataforma, iremos para o prédio e demonstraremos como a guiamos em órbita baixa. Este será o verdadeiro teste de nossos sistema, Sr. Lucas. Qualquer formando de engenharia pode lançar um foguete. Mas colocar um foguete em órbita em segurança e, então, guiá-lo para sobrevoar a estação, é muito mais complicado. Foi por isso que adiantamos esta demonstração em quatro dias: para alcançar a janela de lançamento correta para a ISS. Para mostrar que nosso sistema já é capaz de fazer encontros no espaço. O *Apogee II* é o tipo de pássaro que a NASA está precisando.

— Vocês não vão acoplar, certo? — disse Rashad. — Ouvi dizer que a estação está em quarentena.

— Não, não vamos acoplar. O *Apogee II* é apenas um protótipo. Não pode se ligar fisicamente à ISS porque não tem um sistema de acoplagem orbital. Mas vamos fazê-lo passar bem perto da estação, para demonstrar que podemos. Você sabe, apenas o fato de podermos mudar o nosso horário de lançamento em curto prazo é um fator de venda. No que diz respeito a voos espaciais, flexibilidade é a chave de tudo. Coisas inesperadas sempre acontecem. O recente acidente de meu sócio, por exemplo. Embora o Sr. Obie esteja de cama com a bacia fraturada, vai perceber que não cancelamos o lançamento. Vamos controlar toda a missão do solo. Cavalheiros, *isso* é flexibilidade.

— Posso entender por que alguém pode querer atrasar um lançamento — disse Lucas. — Digamos, por mau tempo. Mas por que *adiantá-lo* em quatro dias? Alguns de meus sócios não puderam chegar a tempo.

Casper sentiu o último tablete de Tums dissolver-se em um novo surto de ácido gástrico.

— Na verdade, é simples. — Ele fez uma pausa para pegar um lenço e enxugar o suor da testa. — Tem a ver com a janela de lançamento de que lhes falei. A órbita da estação espacial tem uma inclinação de 51,6 graus. Se olhar para a sua trajetória orbital em um mapa, verá que faz uma curva seno que varia entre 51,6 graus norte e 51,6 graus sul. Uma vez que a Terra gira, a estação passa por um lugar diferente do mapa a cada órbita. Do mesmo modo, a Terra não é completamente esférica, o que acrescenta outro complicador. Quando a trajetória orbital passa sobre o local de lançamento, esta é a melhor hora de lançar. Somando todos esses fatores, chegamos a diversas opções de lançamento. Mas havia a questão de lançar de dia ou de noite. Ângulos de lançamento possíveis. As previsões do tempo...

Os olhos dos investidores começaram a ficar embaçados. Ele já os havia confundido.

— De qualquer modo, hoje, às 7h10, revelou-se como sendo nossa melhor escolha. Compreenderam? — terminou Casper com um profundo suspiro de alívio.

Lucas estremeceu ligeiramente, como um cão despertando de uma soneca.

— Sim, claro.

— Ainda assim, gostaria de chegar mais perto — disse o Sr. Rashad com tristeza. Ele olhou para o foguete, um pontinho no horizonte. — Dessa distância, não há muito o que ver, certo? Tão pequena.

Casper sorriu, embora sentisse o estômago digerir a si mesmo em ácido gástrico.

—Bem, Sr. Rashad, é como dizem: o que importa não é o tamanho. É o que você faz com ele.

Esta é nossa última opção, pensou Jack enquanto uma gota de suor escorria de sua têmpora e molhava o forro de seu capacete de voo. Ele tentou acalmar o pulso acelerado, mas seu coração parecia um animal desesperado tentando sair de dentro do peito. Durante tantos anos, aquele era o momento com o qual sonhara: amarrado à poltrona, capacete fechado, oxigênio fluindo. A contagem chegando a zero. Nesses sonhos, o medo não fazia parte da equação, apenas a excitação. A antecipação. Ele não esperava ficar aterrorizado.

—Estamos em "t" menos cinco minutos. Se quiser desistir, terá de ser agora.

Era Gordon Obie ao comunicador. A cada passo, Gordon oferecera a Jack a chance de mudar de ideia. Durante o seu voo de White Sands para Nevada. Cedo pela manhã, quando Jack se vestia no hangar de engenharia da Apogee. E, finalmente, ao atravessarem de carro o deserto negro como piche em direção à plataforma de lançamento. Aquela era a última oportunidade de Jack.

—Podemos interromper a contagem agora — disse Gordon. — Cancelar toda a missão.

—Vou continuar.

—Então este será nosso último contato de voz. Não pode haver nenhuma comunicação vinda de você. Nenhuma transmissão da nave para o solo, nenhum contato com a ISS, ou vai tudo por água abaixo. No instante em que ouvirmos a sua voz, cancelaremos a missão e o traremos de volta.

Se ainda pudermos, foi o que ele deixou de dizer.

—Entendido.

Houve um silêncio.

— Você não precisa fazer isso. Ninguém espera que o faça.

— Vamos adiante. Apenas acenda a maldita vela, está bem?

A resposta de Gordon veio alto e clara.

— Muito bem. Autorizado. Estamos em "t" menos três minutos e contando.

— Obrigado, Gordie. Por tudo.

— Boa sorte e felicidades, Jack McCallum.

A linha foi cortada.

Essa pode ter sido a última voz que ouvirei na vida, pensou Jack. Daquele ponto em diante, as únicas comunicações que o controle de solo enviaria para o *Apogee* seriam dados de comando para os computadores de direção e navegação da nave. O veículo voaria por conta própria. Jack não passaria de um macaco idiota sentado na poltrona do piloto.

Ele fechou os olhos e concentrou-se nas batidas de seu coração. Haviam desacelerado. Agora, ele se sentia estranhamente calmo e preparado para o inevitável, fosse o que fosse. Ouviu os cliques dos sistemas de bordo preparando-se para o lançamento. Imaginou o céu sem nuvens, a atmosfera densa como água, como um oceano de ar através do qual deveria emergir para atingir o vácuo frio e límpido do espaço.

Onde Emma estava morrendo.

A multidão no estande de observação ficou em silêncio. O relógio da contagem regressiva, exibido em circuito fechado de TV, passou da marca de "t" menos 60 segundos e continuou a rodar. *Vão mesmo aproveitar a janela de lançamento,* pensou Casper, e o suor fresco do pânico brotou em sua testa. No fundo, ele nunca acreditara que chegariam àquele momento. Esperara atrasos, cancelamentos, até mesmo uma desistência. Passara por tantas frustrações, tanto azar com aquele pássaro maldito, que o medo se erguia como bílis em sua garganta. Olhou para os rostos no estande e viu que muitos recitavam os segundos que passavam. Começou como um sussurro, uma perturbação rítmica no ar.

— Vinte e nove. Vinte e oito. Vinte e sete...

Os sussurros se tornaram murmúrios, um coro que aumentava de volume a cada segundo.

— Doze. Onze. Dez...

As mãos de Casper tremiam tanto que ele teve de agarrar o parapeito. Sentia o coração pulsar na ponta dos dedos.

— Sete. Seis. Cinco.

Ele fechou os olhos. Oh, meu Deus, o que estavam fazendo?

— Três. Dois. Um...

A multidão emitiu um ofegar simultâneo de admiração. Então, ouviu-se o rugido dos foguetes, e ele abriu os olhos. Olhou para cima, para a língua de fogo que subia em direção ao céu. Aconteceria a qualquer segundo, agora. Primeiro, um brilho ofuscante, o ruído da explosão golpeando-lhes os tímpanos. Foi como havia acontecido com o *Apogee I.*

Mas a língua de fogo continuou a subir até se tornar um pequeno ponto no céu azul profundo.

Sentiu um tapa nas costas, forte. Sobressaltado, voltou-se para ver Mark Lucas sorrindo para ele.

— Muito bem, Mulholland! Que belo lançamento!

Casper arriscou outro olhar aterrorizado para o céu. Ainda nenhuma explosão.

— Mas acho que você nunca teve dúvidas, não é mesmo? — disse Lucas.

Casper engoliu em seco.

— Nenhuma.

A última dose.

Emma apertou o êmbolo, lentamente esvaziando o conteúdo da seringa na veia. Removeu a agulha, apertou uma gaze no local da picada e dobrou o braço para mantê-la no lugar enquanto se desfazia da agulha. Parecia uma cerimônia sagrada, cada ação realizada com reverência, com a solene noção de que aquela era a última vez que experimentaria tais sensações, da picada da agulha ao volume da gaze pressionando a carne na dobra do braço. E quanto tempo esta dose final de GCH a manteria viva?

Ela se voltou e olhou para a gaiola do rato, que ela levara para o módulo de serviço russo, onde havia mais luz. A fêmea solitária estava agora enrodilhada em uma bola trêmula, agonizando. O efeito dos hormônios não era permanente. Os filhotes haviam morrido naquela manhã. *Amanhã,* pensou Emma, *serei a única criatura viva a bordo da estação.*

Não, não seria a única. Haveria uma forma de vida dentro dela. Uma quantidade de larvas que logo despertariam de sua dormência e começariam a se alimentar e a crescer.

Apertou a mão contra o abdome, como uma mulher grávida sentindo o feto dentro dela. E, como um feto de verdade, a forma de vida que agora hospedava teria pedaços de seu DNA. Vista assim, era sua prole biológica, e possuía a memória genética de cada hospedeiro que conhecera. Kenichi Hirai. Nicolai Rudenko. Diana Estes. E, agora, Emma.

Ela seria a última. Não haveria outros hospedeiros, nenhuma nova vítima, porque não haveria resgate. A estação era agora um sepulcro contaminado, tão proibida e intocável quanto uma colônia de leprosos para os antigos.

Ela flutuou para fora do RSM e foi até a parte sem energia da estação. Mal havia luz para guiá-la através do nodo às escuras. Exceto pelo som ritmado de sua própria respiração, tudo era silêncio naquela extremidade. Ela flutuava em meio às mesmas moléculas de ar que outrora rodopiaram nos pulmões de gente que agora estava morta. Mesmo agora, sentia a presença dos cinco que haviam morrido, podia imaginar os ecos de suas vozes, os últimos pulsos tênues de som rompendo o silêncio. Aquele era o mesmo ar pelo qual eles haviam se movido, e que ainda estava assombrado pela sua passagem.

E logo, pensou, *estará assombrado pela minha.*

24 de agosto

Jared Profitt foi acordado pouco depois da meia-noite. Foram precisos apenas dois toques do telefone para que ele saísse de um estado de sono profundo para um de alerta total. Ele atendeu.

A voz do outro lado foi grossa.

—Aqui é o general Gregorian. Acabo de falar com nosso centro de controle em Cheyenne Mountain. A suposta demonstração de lançamento de Nevada continua em rota de encontro com a ISS.

—Que lançamento?

—Da Apogee Engineering.

Profitt franziu o cenho, tentando se lembrar do nome. Toda semana havia diversos lançamentos no mundo inteiro. Diversas empresas comerciais aeroespaciais estavam sempre testando sistemas de propulsores, pondo satélites em órbita ou até mesmo mandando os restos mortais de seres humanos cremados lá para cima. O Comando Espacial monitorava a órbita de 9 mil objetos feitos pelo homem.

—Refresque a minha memória sobre este lançamento de Nevada — pediu.

—A Apogee está testando um novo veículo de lançamento reutilizável. Eles o lançaram às 7h10 de ontem. Informaram o FAA, como devido, mas não nos deixaram saber a não ser depois do fato consumado. Este voo está classificado como uma experiência orbital de seu novo REV. Um lançamento em órbita baixa da Terra, uma passagem pela ISS, então a reentrada. Estamos acompanhando sua trajetória há um dia e meio e, baseado em suas queimas de combustível em órbita, parece possível que se aproximem mais da estação do que nos foi informado.

— Quão perto?

— Vai depender de sua nova manobra de queima de combustível.

— Perto o bastante para um encontro de verdade? Uma abordagem?

— Isso não é possível com essa nave em particular. Temos todas as especificações do veículo. É apenas um protótipo, sem sistema de acoplagem orbital. O máximo que pode fazer é passar ao lado e acenar.

— Acenar? — Profitt subitamente se sentou na cama. — Está me dizendo que esse REV é tripulado?

— Não, senhor. Foi apenas uma figura de linguagem. A Apogee disse que o veículo não tem tripulantes. Há animais a bordo, incluindo um macaco-aranha, mas nenhum piloto. E não detectamos nenhuma comunicação entre o solo e o veículo.

Um macaco-aranha, pensou Profitt. Sua presença a bordo da nave significava que não podiam afastar a possibilidade de um piloto humano. Os monitores ambientais do veículo, os níveis de dióxido de carbono não distinguem entre vida animal ou humana. Ele estava preocupado com a falta de informação. Estava ainda mais preocupado com a hora do lançamento.

— Não estou certo de haver motivo para alarme — disse Gregorian. — Mas você me pediu para ser notificado de qualquer aproximação orbital.

— Fale-me sobre a Apogee — interrompeu Profitt.

Gregorian deu um riso de escárnio.

— Peixe pequeno. Uma empresa de engenharia com 12 empregados em Nevada. Não têm tido muita sorte. Há um ano e meio, o seu primeiro protótipo explodiu vinte segundos após o lançamento, e os investidores desapareceram. Estou um tanto surpreso que ainda estejam no negócio. Seus propulsores são baseados em tecnologia russa. O veículo orbital deles é um sistema primário com paraquedas para a reentrada. A capacidade de carga útil é de apenas 300 quilos, mais um piloto.

— Voarei imediatamente para Nevada. Precisamos acompanhar isso mais de perto.

— Senhor, podemos monitorar cada ação deste veículo. Neste exato momento, não há por que fazer qualquer coisa. É apenas uma empresa pequena, tentando impressionar alguns novos investidores. Se o veículo orbital apresentar algum motivo de preocupação, nossos interceptadores baseados em terra estarão prontos para abatê-lo.

Talvez o general Gregorian estivesse certo. O fato de alguns pés-rapados decidirem lançar um macaco ao espaço não constituía uma emergência nacional. Ele teria de ser muito cuidadoso naquele caso. A morte de Luther Ames desencadeara uma onda nacional de protestos. Não era hora de abater outra espaçonave — ainda mais uma nave construída por uma empresa privada norte-americana.

Mas muito a respeito daquele lançamento da Apogee o estava preocupando. O momento. As manobras de encontro. O fato de não poderem confirmar ou negar uma presença humana a bordo.

O que mais pode ser além de uma operação de resgate?

Ele disse:

— Estou indo para Nevada.

Quarenta e cinco minutos depois, Profitt saía de casa de carro. A noite estava clara, as estrelas como pontinhos brancos brilhando no céu azul-aveludado. Havia talvez 6 bilhões de galáxias no universo, e cada galáxia continha 100 bilhões de estrelas. Quantas dessas estrelas têm planetas, e quantos desses planetas têm vida? A *Panspermia*, a teoria de que a vida existe e é distribuída por todo o universo, não era mais uma mera especulação. A crença de que só havia vida neste pálido ponto azul, neste insignificante sistema solar, parecia agora tão absurda quanto a crença ingênua dos antigos de que o sol e as estrelas giravam ao redor da Terra. Os únicos requisitos para a vida eram a presença de compostos de base carbono mais algum tipo de água. Ambos existiam em abundância por todo o universo. O que significava que a vida, embora primitiva, também podia ser abundante, e que a poeira interestelar podia estar repleta de bactérias ou esporos. De tais criaturas primitivas brotaram todas as demais formas de vida.

E o que aconteceria se tais formas de vida, chegando como partículas de poeira cósmica, semeassem um planeta onde a vida já existisse?

Este era o pesadelo de Jared Profitt.

Outrora, ele achara as estrelas maravilhosas. Outrora olhara para o universo com estupefação e assombro. Agora, ao olhar para o céu noturno, via uma ameaça infinita. Via um Armagedon biológico.

Seus conquistadores, descendo do céu.

Era hora de morrer.

As mãos de Emma estavam trêmulas, e a dor de cabeça era tão intensa que ela tinha de trincar os dentes para evitar gritar. A última dose de morfina mal atingira a periferia da dor, e ela estava tão entorpecida de narcótico que mal conseguia focalizar a tela do computador ou o teclado sob seus dedos. Fez uma pausa para acalmar as mãos trêmulas. Então começou a escrever.

E-mail pessoal para: Jack McCallum

Se eu tivesse um desejo, este seria o de voltar a ouvir a sua voz. Não sei onde você está nem por que não posso falar com você. Só sei que esta coisa dentro e mim está a ponto se sair vitoriosa. Mesmo ao escrever estas linhas, posso senti-la ganhando terreno. Posso sentir a minha força se exaurindo. Lutei contra isso o mais que pude. Mas estou cansada agora. Pronta para dormir.

Enquanto posso digitar, isso é o que eu mais quero dizer: que eu amo você. Que nunca deixei de amá-lo. Dizem que ninguém atravessa as portas da eternidade com uma mentira nos lábios. Dizem que revelações no leito de morte devem ser acreditadas. E esta é a minha confissão.

Suas mãos estavam tão trêmulas que ela não podia mais escrever. Emma terminou a mensagem e apertou a tecla "Enviar".

No kit médico, encontrou um estoque de Valium. Havia dois tabletes. Engoliu os dois com um gole de água. As bordas de sua visão começaram a escurecer. Sentia as pernas dormentes, como se não fizessem parte de seu corpo. Pareciam os membros de uma outra pessoa.

Não teria muito mais tempo.

Não tinha força para vestir um traje de EVA. E o que importava onde morreria? A estação já estava contaminada. Seu cadáver seria mais outro item a ser descartado.

Fez a passagem para o lado escuro da estação pela última vez.

A cúpula era o lugar onde pretendia passar os seus últimos momentos de consciência. Flutuando no escuro, olhando para a bela Terra. Através das janelas, via o arco azul-acinzentado do mar Cáspio. Nuvens rodopiando sobre o Casaquistão e neve sobre o Himalaia. *Lá embaixo, há bilhões de pessoas cuidando de suas próprias vidas*, pensou. *E cá estou eu, um pontinho moribundo no céu.*

— Emma? — Era Todd Cutler, falando delicadamente ao fone de ouvido. — Como você está?

— Não... não estou me sinto muito bem — murmurou. — Dor. A visão começa a escurecer. Tomei o último Valium.

— Você tem de aguentar firme, Emma. Ouça. Não desista. Ainda não.

— Já perdi a batalha, Todd.

— Não, não perdeu! Você tem de ter fé.

— Em milagres? — Ela riu baixinho. — O verdadeiro milagre é eu estar aqui. O fato de eu estar vendo a Terra de um lugar onde tão poucas pessoas estiveram... — Ela tocou a janela da cúpula e sentiu o calor do sol através do vidro. — Só queria falar com Jack.

— Estamos tentando fazer isso acontecer.

— Onde ele está? Por que não o encontram?

— Está trabalhando como um louco para trazê-la de volta. Tem de acreditar nisso.

Ela afastou as lágrimas. *Acredito.*

— Há algo que possamos fazer por você? — perguntou Todd. — Alguém mais com quem queira falar?

— Não. — Ela suspirou. — Apenas Jack. — Silêncio. — Acho... acho que o que eu mais quero agora...

— Sim, o que é? — disse Todd.

— Gostaria de dormir. Isso é tudo. Apenas dormir.

Ele limpou a garganta.

— É claro. Descanse um pouco. Estarei bem aqui caso precise. — Todd encerrou a conversa, suave: — Boa noite, ISS.

Boa noite, Houston, pensou Emma. Então, tirou os fones de ouvido e afastou-se flutuando em meio à penumbra.

27

O comboio de sedans negros parou em frente à Apogee Engineering, os pneus erguendo uma grande nuvem de poeira. Jared Profitt saiu do primeiro carro e olhou para o prédio. Parecia um hangar de avião, sem janelas, construção irremediavelmente industrial, teto repleto de equipamentos de satélite.

Ele meneou a cabeça para o general Gregorian e disse:

— Cerquem o prédio.

Menos de um minuto depois, os homens de Gregorian fechavam o cerco e Profitt entrava no prédio.

Lá dentro, encontraram um grupo de homens e mulheres reunidos em um círculo tenso e hostil. Ele imediatamente reconheceu dois rostos: O Diretor de Operações de Tripulações de Voo, Gordon Obie, e o Diretor de Voo do ônibus espacial, Randy Carpenter. Então a NASA estava ali, como ele suspeitara, e aquele prédio inexpressivo no meio do deserto de Nevada havia se tornado um Controle da Missão rebelde.

Ao contrário da Sala de Controle de Voo da NASA, aquela era uma instalação barata. O chão era de concreto cru e havia fios e cabos emaranhados por toda parte. Um gato grotescamente obeso abria caminho em meio a uma pilha de equipamentos eletrônicos descartados.

Profitt foi até os consoles de voo e conferiu os dados que chegavam.

— Qual a situação do veículo orbital? — perguntou.

Um dos homens de Gregorian, um controlador de voo do Comando Espacial dos EUA, disse:

— Já completou a queima Ti, senhor, e está agora subindo para a R-bar. Pode se encontrar com a ISS em 45 minutos.

— Interrompa a abordagem.

— Não! — disse Gordon Obie, que se destacou do grupo e avançou. — Não faça isso. Você não entende...

— Não podemos resgatar a tripulação da estação — disse Profitt.

— Isso *não* é um resgate!

— Então, o que a nave está fazendo lá em cima? Certamente irá se encontrar com a ISS.

— Não, não irá. *Não pode fazê-lo.* Não possui um sistema de acoplagem, nenhum modo de se conectar à estação. Não há possibilidade de contaminação.

— Você não respondeu à minha pergunta, Sr. Obie. O que o *Apogee II* está fazendo lá em cima?

Gordon hesitou.

— Só está fazendo uma sequência de aproximação. É um teste das capacidades de acoplagem da nave.

— Senhor — disse o controlador de voo do Comando Espacial. — Estou detectando uma grande anomalia aqui.

O olhar de Profitt voltou-se para o console.

— Qual anomalia?

— A pressão atmosférica da cabine. Baixou para 8 psi. Devia estar em 14,7. Ou o veículo orbital tem um sério vazamento de ar, ou a despressurizaram de propósito.

— Há quanto tempo está assim tão baixo?

Rapidamente, o controlador de voo digitou no teclado, e apareceu um gráfico, um diagrama da pressão da cabine ao longo do tempo.

— De acordo com os computadores deles, a cabine se manteve em 14,7 durante as primeiras 12 horas depois do lançamento. Então, há umas 36 horas, foi despressurizada para 10,2, mantendo-se estável até uma hora atrás — Subitamente, ele ergueu o queixo. — Senhor, eu sei o que estão fazendo! Parece ser um protocolo de pré-respiração.

— Protocolo de quê?

— Um EVA. Um passeio no espaço. — Ele olhou para Profitt. — Acho que há alguém a bordo daquele veículo orbital.

Profitt voltou o rosto para Gordon Obie.

— Quem esta a bordo? Quem vocês mandaram?

Gordon viu que não havia mais por que esconder a verdade.

— É Jack McCallum — murmurou, rendendo-se aos fatos.

O marido de Emma Watson.

— Então é uma missão de resgate — disse Profitt. — E como funcionaria? Ele sairia em EVA, e daí?

— Mochila de jatos SAFER. O traje Orlan-M que está usando é equipado com tal dispositivo. Ele o usará para ir do *Apogee II* até a estação. Entrará através da câmara de ar da ISS.

— Então, resgatará a mulher e a trará de volta para casa.

— Não. Não é esse o plano. Veja, ele compreende, todos nós compreendemos, por que ela não pode voltar à Terra. O motivo de Jack ter subido até lá foi para entregar o ranavírus.

— E se o vírus não funcionar?

— Esse é o jogo.

— Ele estará se expondo na ISS. Nunca o deixaremos voltar.

— Ele não vai voltar! O veículo orbital retornará sem ele. — Gordon fez uma pausa, os olhos fixos em Profitt. — É uma viagem só de ida, e Jack sabe disso. Ele aceitou as condições. É a mulher dele que está morrendo lá em cima! Ele não vai... ele não pode... deixá-la morrer sozinha.

Atônito, Profitt ficou em silêncio. Olhou para o console de voo, para os dados fluindo nos monitores. À medida que se passavam os segundos, pensou em sua própria mulher, Amy, morrendo no Hospital Bethesda. Lembrou-se de sua corrida louca até o aeroporto de Denver para pegar o primeiro voo direto para casa e lembrou-se de seu desespero ao chegar já sem fôlego ao portão e ver o avião decolando. Pensou no quanto McCallum devia estar desesperado, na angústia de estar tão perto de um objetivo, apenas para vê-lo se afastar inexoravelmente. E pensou: *isso não vai prejudicar ninguém aqui na Terra. Ninguém fora McCallum. Ele fez a sua escolha, com pleno conhecimento das consequências. Que direito tenho eu de impedi-lo?*

Ele se voltou para o diretor de voo do Comando Espacial e disse:

— Devolva o controle dos consoles para a Apogee. Deixe-os prosseguir com a missão.

— *Senhor*?

— Eu disse: deixe o veículo orbital continuar a aproximação.

Houve um momento de silêncio atônito. Então, os controladores da Apogee voltaram aos seus lugares.

— Sr. Obie — disse Profitt, voltando-se para Gordon. — Deve compreender que estaremos monitorando cada movimento de McCallum. Não sou seu inimigo. Mas tenho como responsabilidade proteger um bem maior, o que farei caso seja necessário. Se eu tiver qualquer indício de que planejam trazer alguma dessas pessoas para casa, darei ordens para que o *Apogee II* seja destruído.

Gordon Obie assentiu.

— É o que eu esperaria que fizesse.

— Então, estamos combinados. — Profitt inspirou profundamente e voltou-se para a fileira de consoles. — Agora, vão em frente e levem o sujeito até a esposa.

Jack pairou à beira da eternidade.

Nenhum treinamento de EVA na piscina WET-F poderia prepará-lo para aquele surto de medo visceral, para a paralisia que agora o dominava enquanto olhava para o vazio do espaço. Ele abrira a escotilha que levava ao compartimento de carga útil e sua primeira visão através das portas abertas em concha fora a da Terra rodando lá embaixo. Não podia ver a ISS. A estação flutuava bem acima dele, fora de vista. Para alcançá-la, teria de atravessar aquelas portas do compartimento de carga e fazer a volta para o lado oposto do *Apogee II.* Contudo, teria primeiro de se forçar a ignorar cada instinto que então implorava que ele voltasse para a câmara de ar.

— Emma — disse ele, como se murmurasse uma prece.

Ele inspirou e preparou-se para soltar a escotilha, para se render aos céus.

— *Apogee II,* aqui é o Capcom de Houston. *Apogee...* Jack, por favor responda.

A transmissão na unidade de comunicação pegou Jack de surpresa. Ele não esperava qualquer contato do solo. O fato de Houston estar chamando-o pelo nome significava que o segredo fora quebrado.

— *Apogee,* requisitamos urgentemente a sua resposta.

Ele permaneceu em silêncio, incerto se devia confirmar sua presença em órbita.

— Jack, fomos informados que a Casa Branca não vai interferir com a sua missão. Desde que você compreenda um fato essencial: esta é uma viagem sem volta. — O Capcom fez uma pausa e murmurou: — Se você entrar na ISS, não poderá deixá-la outra vez. Não poderá voltar para casa.

— Aqui é o *Apogee II* — respondeu Jack afinal. — Mensagem recebida e compreendida.

— E ainda assim pretende continuar? Pense nisso.

— Por que diabos acha que vim até aqui? Por causa da merda da vista?

— Hã, entendido. Mas antes de prosseguir, deveria saber que perdemos contato com a ISS há cerca de seis horas.

— O que quer dizer com "perderam contato"?

— Emma não está mais respondendo.

Seis horas, pensou. *O que aconteceu nas últimas seis horas?* O lançamento fora há dois dias. Fora o tempo que demorara para o *Apogee II* alcançar a ISS e completar as manobras de encontro. Durante todo esse tempo, ficara sem comunicação e sem saber o que acontecia na estação.

— Talvez seja tarde demais. Talvez queira reconsiderar...

— O que diz a biotelemetria? — interrompeu Jack. — Qual o ritmo?

— Ela não está conectada. Preferiu arrancar os contatos.

— Então, não sabem. Não podem me dizer o que está acontecendo.

— Antes de silenciar, ela lhe mandou um último e-mail. — acrescentou o Capcom. — Jack, ela estava lhe dizendo adeus.

Não. Imediatamente ele pegou impulso na escotilha e mergulhou de cabeça no compartimento de carga. *Não*. Agarrou um suporte, subiu até as portas abertas em concha e deu a volta no *Apogee II*. Subitamente, a estação espacial estava *bem ali*, pairando acima dele, tão grande e extensa que Jack ficou momentaneamente atônito pela maravilha daquilo. Então, em pânico, pensou, *onde está a câmara de ar? Não a vejo!* Havia muitos módulos e muitos painéis solares, espalhando-se por uma área equivalente a dois campos de futebol. Não conseguia se orientar. Estava perdido, esmagado pela extensão vertiginosa daquilo.

Então, viu a protuberância verde-escura da cápsula *Soyuz* e deu-se conta de que estava sob o lado russo da estação. Imediatamente, tudo voltou ao seu lugar. Ele olhou para a extremidade dos EUA e identificou o módulo habitacional. Na extremidade superior do módulo estava o Nodo 1, que levava à câmara de ar.

Ele sabia para onde tinha de ir.

Agora, bastava rezar. Com apenas os jatos SAFER para impeli-lo, estaria cruzando o espaço vazio sem um cordão umbilical, sem nada para ancorá-lo. Ele ativou os jatos, afastou-se do *Apogee* e lançou-se em direção à ISS.

Era sua primeira EVA e ele sentia-se desajeitado e inexperiente, incapaz de julgar quão rapidamente se aproximava de seu objetivo. Chocou-se com o módulo habitacional com tanta força que quase ricocheteou e mal conseguiu se agarrar em um apoio.

Rápido. Ela está morrendo.

Nauseado de medo, atravessou a extensão do módulo, respiração rápida e pesada.

— Houston — ofegou. — Preciso do Cirurgião... que ele esteja de prontidão...

— Entendido.

— Quase... Estou quase no Nodo 1...

— Jack, aqui é o Cirurgião. — Era a voz de Todd Cutler, falando com urgência. — Você esteve fora do circuito durante dois dias. Precisa saber algumas coisas. A última dose de GCH de Emma foi há 55 horas. Desde então, os exames dela pioraram. Amilase e creatinoquinase nas alturas. Na última transmissão, ela se queixava de dor de cabeça e perda na capacidade visual. Isso foi há seis horas. Não sei as condições dela agora.

— Estou na escotilha da câmara de ar!

— O programa de controle da estação está em modo EVA. Autorizada a repressurização.

Jack abriu a escotilha e entrou na câmara de tripulantes. Ao se voltar para fechar a escotilha externa, viu o *Apogee II*. A nave já se afastava. Seu único salva-vidas voltava para casa sem ele. Ele passara do ponto de retorno.

Fechou e selou a escotilha.

— Válvula de equalização de pressão aberta — disse ele. — Começando a pressurizar.

— Estou tentando prepará-lo para o pior — disse Todd. — Caso ela...

— Diga-me algo útil!

— Muito bem. Aqui vão as últimas notícias do USAMRIID. O ranavírus parece estar funcionando nos animais de laboratório. Mas só foi efetivo em casos que ainda estavam no início. Só funciona se for ministrado nas primeiras 36 horas após a infecção.

— E se for dado depois?

Cutler não respondeu. Seu silêncio confirmava o pior.

A pressão da câmara passou de 14 psi. Jack abriu a escotilha intermediária e entrou na câmara de equipamentos. Desesperado, livrou-se das luvas, removeu o traje Orlan-M e a ceroula de refrigeração. Dos bolsos fechados com zíper do traje Orlan tirou diversos pacotes contendo medicamentos de emergência e seringas pré-carregadas com ranavírus. Àquela altura, estava trêmulo de pavor, aterrorizado com o que encontraria dentro da estação. Ele abriu a escotilha interior.

E confrontou-se com o seu pior pesadelo.

Ela flutuava na penumbra do Nodo 1, como um nadador à deriva em um mar escuro. Só que aquela nadadora estava se afogando. Seus membros se contraíam em espasmos ritmados. As convulsões dobravam-lhe a espinha e sua cabeça era projetava para a frente e para trás, o cabelo golpeando o ar como um chicote. Os estertores da morte.

Não, pensou ele. *Não a deixarei morrer. Droga, Emma, você não vai me deixar.*

Ele a agarrou pela cintura e começou a puxá-la em direção à extremidade russa da estação. Em direção aos módulos que ainda tinham energia e luz. O corpo dela se retorcia como um fio carregado de eletricidade, debatendo-se em seus braços. Emma era tão pequena, tão frágil, contudo, a força que fluía por seu corpo moribundo era tanta que ela ameaçava escapar de suas mãos. A falta de peso era nova para ele, e Jack se chocava como um bêbado contra as paredes e escotilhas enquanto lutava para alcançar o módulo de serviço russo.

— Jack, fale comigo — disse Todd. — O que está acontecendo?

— Eu a removi para o RSM... estou amarrando-a à maca...

— Você já lhe deu o vírus?

— Eu a estou amarrando primeiro. Ela está tendo convulsões.

Jack fixou as amarras de Velcro sobre o peito e os quadris da mulher, firmando-lhe o torso na maca de contenção. A cabeça projetava-se para trás, os olhos revirando nas órbitas. As escleras estavam tomadas por um terrível vermelho-brilhante. *Dê-lhe o vírus. Dê agora.*

Havia um torniquete adaptado à borda da maca. Jack o apertou ao redor do braço dela, que se retorcia em espasmos. Teve de usar toda a sua força para abrir-lhe a dobra do cotovelo e expor a veia antecubital. Com os dentes, tirou a tampa da seringa com ranavírus, cravou a agulha no braço dela e apertou o êmbolo.

— Pronto! — disse ele. — A seringa inteira!

— Como ela está?

— Ainda em convulsão!

— Há Dilantin intravenoso no kit médico.

— Achei. Estou começando uma intravenosa!

O torniquete se afastou, flutuando, uma lembrança de que, na falta de peso, tudo que não está amarrado voa para longe. Ele o capturou no ar e, mais uma vez, segurou o braço de Emma.

Um momento depois reportou:

— Dilantin entrando! Intravenoso completamente aberto.

— Alguma alteração?

Jack olhou para a mulher, silenciosamente pedindo: *Vamos, Emma. Não morra em minhas mãos.*

Lentamente, a espinha dela relaxou. O pescoço ficou flácido e a cabeça parou de bater contra a maca. Os olhos dela voltaram ao lugar e ele agora podia ver as suas íris, duas piscinas negras circundadas por escleras tomadas de um vermelho vívido. Assim que olhou para as pupilas da mulher, um gemido emergiu de sua garganta.

A pupila esquerda estava completamente dilatada. Negra e sem vida.

Ele chegara tarde demais. Emma estava morrendo.

Segurou o rosto dela entre as mãos, como se pudesse fazê-la viver apenas por sua força de vontade. Mas, mesmo enquanto implorava que ela não o deixasse, sabia que Emma não seria salva apenas com toques e orações. A morte é um processo orgânico. As funções bioquímicas e o movimento dos íons através das membranas celulares cessam lentamente. As ondas cerebrais ficam planas. As contrações rítmicas das células do miocárdio passam a um mero tremular. Apenas o fato de desejar não a faria viver.

Mas ela não estava morta. Não ainda.

— Todd — disse ele.

— Estou aqui.

— Qual e o evento terminal? O que acontece com os ratos de laboratório?

— Não entendi...

— Você disse que o ranavírus funciona caso seja dado em um momento inicial da infecção. O que quer dizer que deva matar a Quimera. Então, por que não funciona se for dado depois?

— Porque já ocorreu muito dano aos tecidos. Há hemorragia interna...

— Onde? O que as autópsias demonstraram?

— Em 75 por cento dos cães, a hemorragia fatal é intracraniana. As enzimas da Quimera danificam os vasos sanguíneos na superfície do córtex cerebral. A ruptura dos vasos e o sangramento causam um aumento catastrófico na pressão intracraniana. É como um grande ferimento na cabeça, Jack. O cérebro entra em herniação.

— E se pararmos o sangramento, o dano cerebral? Se conseguirmos fazer com que as vítimas sobrevivam ao estado agudo, podem viver tempo o bastante para o ranavírus funcionar.

— É possível.

Jack olhou para a pupila dilatada de Emma. Uma lembrança terrível passou por sua mente: Debbie Haning, inconsciente em uma maca de hospital. Ele falhara com Debbie. Esperara muito para agir e, por causa de sua indecisão, ele a perdera.

Não vou perder você.

— Todd, a pupila esquerda de Emma está dilatada — disse ele. — Ela precisa de buracos de broca.

— O quê? Você estará trabalhando às cegas. Sem radiografias...

— É a única chance que ela tem! Preciso de uma broca. Diga-me onde fica a estante de ferramentas!

— Espere.

Alguns segundos depois, Todd voltou ao comunicador.

— Não estamos certos de onde os russos armazenam as suas ferramentas. Mas as da NASA estão no Nodo 1, na estante de equipamentos. Verifique os rótulos nos sacos Nomex. Os conteúdos estão especificados.

Jack deixou o módulo de serviço, outra vez colidindo com paredes e escotilhas enquanto abria caminho em direção ao Nodo 1.

Suas mãos estavam trêmulas quando abriu a estante. Tirou três sacos Nomex antes de encontrar um com o rótulo: "Furadeira/ brocas/adaptadores." Pegou um segundo saco contendo chaves de fenda e martelo e voltou ao nodo. Estivera longe dela apenas por um instante, embora temesse encontrá-la morta ao voltar enquanto atravessava o módulo Zarya e retornava ao módulo de serviço.

Emma ainda respirava. Ainda estava viva.

Fixou os sacos Nomex à mesa e removeu a furadeira. Servia para fazer reparos na estação espacial, não neurocirurgias. Agora que segurava a ferramenta e considerava o que estava a ponto de fazer, o pânico o dominou. Estava operando em condições não esterilizadas, com uma ferramenta projetada para parafusos de aço e não carne e osso. Ele olhou para Emma, deitada languidamente sobre a mesa, e pensou no que repousava sob aquela caixa craniana, pensou na matéria cinzenta onde estava armazenada toda uma vida de memórias, sonhos e emoções. Aquilo que tornava Emma única. Tudo morrendo agora.

Ele abriu o kit médico, pegou tesouras e uma lâmina de barbear. Agarrou um punhado de cabelo, cortou-o e, então, raspou o crânio, abrindo um local de incisão sobre o osso temporal esquerdo. *Seu belo cabelo. Sempre amei o seu cabelo. Sempre amei você.*

Ele juntou o resto do cabelo e prendeu-o de lado, para que não contaminasse o local da incisão. Com uma faixa de fita adesiva, fixou-lhe a cabeça à maca. Movendo-se com mais rapidez agora, separou as ferramentas. O cateter de sucção. O bisturi. A gaze. Passou desinfetante nas brocas, então as lavou com álcool.

Calçou luvas esterilizadas e pegou o bisturi.

Ele suava por baixo das luvas de látex enquanto fazia a incisão. O sangue fluía do bisturi, unindo-se em um glóbulo que se expandia lentamente. Ele o absorveu com gaze e cortou mais fundo, até a lâmina arranhar o osso.

Abrir um crânio é expor um cérebro a um universo hostil de invasores microbianos. Contudo, o corpo humano é resistente e pode sobreviver aos insultos mais brutais. Repetia isso para si mesmo enquanto fazia uma pequena incisão no osso temporal sobre a qual posicionou a ponta da broca. Os antigos egípcios e os incas haviam conseguido fazer trepanações cranianas bem-sucedidas abrindo buracos em crânios usando apenas instrumentos toscos e sem nenhum conhecimento de técnicas de esterilização. Aquilo podia ser feito.

Com mãos firmes, profundamente concentrado, Jack começou a furar o osso. Alguns milímetros a mais, e poderia atingir a matéria cerebral. Milhares de lembranças preciosas seriam destruídas em um segundo. Já um pequeno corte na artéria médio-meningeal poderia liberar uma hemorragia incontrolável. Ele fazia pausas para respirar, para sondar a profundidade do orifício. *Devagar. Vá devagar.*

Subitamente, sentiu a broca ceder ao romper a última filigrana de osso. Com o coração na garganta, recolheu a broca cuidadosamente.

Uma bolha de sangue formou-se no mesmo instante, fluindo pouco a pouco do orifício. Era de um vermelho-vivo. Venoso. Jack suspirou aliviado. Não era sangue arterial. A pressão no cérebro de Emma começou a diminuir lentamente, o sangramento intracraniano escapando através da nova abertura. Ele sugou a bolha, então usou a gaze para absorver o fluxo contínuo enquanto fazia outro furo, então mais outro, criando um anel de perfurações com três centímetros de diâmetro. Ao fazer o último furo e completar o círculo, suas mãos estavam com cãibras, o rosto, banhado de suor. Não pôde fazer uma pausa para descansar. Cada segundo era importante.

Pegou uma chave de fenda e um martelo.

Que isso funcione. Que isso a salve.

Usando a chave de fenda como buril, suavemente introduziu a ponta no crânio. Então, dentes trincados, extraiu a tampa circular de osso.

O sangue fluiu livremente. A abertura maior finalmente permitiu que ele escapasse pouco a pouco do interior do crânio.

Algumas coisas também saíram. *Ovos.* Um torrão deles escapou e agora flutuava, tremulando no ar. Jack recolheu-o com o cateter de sucção, capturando-o no recipiente a vácuo. Ao longo da história, os inimigos mais perigosos da humanidade sempre foram as menores formas de vida. Vírus. Bactérias. Parasitas.

E agora você, pensou Jack, olhando para o recipiente. *Mas nós podemos vencê-lo.*

O sangue mal fluía do orifício do crânio. Com aquele jorro inicial, a pressão do cérebro de Emma fora aliviada.

Olhou para o olho esquerdo da mulher. A pupila ainda estava dilatada. Mas quando ele a iluminou com a lanterna, achou — ou estaria imaginando? — que as bordas estremeceram quase imperceptivelmente, como marolas em direção ao centro de uma piscina escura.

Você vai viver, pensou.

Ele cobriu o curativo com gaze e começou uma nova infusão intravenosa contendo esteroides e fenobarbital para aprofundar-lhe o coma temporariamente e proteger-lhe o cérebro de danos posteriores. Adaptou sensores de ECG ao peito da mulher. Somente depois de fazer tudo isso, Jack finalmente enrolou um torniquete ao redor do próprio braço e injetou-se com uma dose de ranavírus. Aquilo os salvaria ou morreriam os dois. Logo ficaria sabendo.

No monitor de ECG, o coração de Emma seguia um ritmo sinus constante. Ele segurou a mão da mulher e esperou por um sinal.

27 de agosto

Gordon Obie entrou na sala de Operações de Veículo Especial e olhou ao redor para os homens e mulheres que trabalhavam em seus consoles. Na tela principal, a estação espacial traçava sua trajetória sinuosa através do mapa-múndi. Naquele momento, nos desertos da Argélia, os aldeões que olhassem para o céu noturno se maravilhariam com a estranha estrela, brilhante como Vênus, que atravessava o céu. Uma estrela única no firmamento porque fora criada não por um Deus todo-poderoso, nem por uma força da natureza, mas pela frágil mão do homem.

E naquela sala, a meio mundo de distância daquele deserto na Argélia, estavam os guardiões daquela estrela.

O Diretor de Voo Woody Ellis voltou-se e saudou Gordon com um triste menear de cabeça.

— Nem uma palavra. Está tudo silencioso lá em cima.

— Quanto tempo desde a última transmissão?

— Jack foi dormir há cinco horas. Não descansa há três dias. Estamos tentando não perturbá-lo.

Três dias e ainda nenhuma mudança na situação de Emma. Gordon suspirou e foi até a última fila, para o console do cirurgião de voo. Todd Cutler, exausto, barba por fazer, observava a biotelemetria de Emma em seu monitor. E quanto tempo Todd dormira?, perguntou-se Gordon. Todos pareciam exaustos, mas ninguém estava disposto a admitir derrota.

— Ela ainda está na mesma — disse Todd em voz baixa. — Cortamos o fenobarbital.

— Mas ela não saiu do coma?

— Não — suspirou Todd, para em seguida recostar-se na cadeira e coçar o nariz. — Não sei mais o que fazer. Nunca lidei com isso antes. Neurocirurgia no espaço.

Era uma frase que muitos deles haviam repetido nas últimas semanas: *Nunca lidei com isso antes. Isso é novo. Isso é algo que nunca vimos.* Contudo, não era essa a essência da exploração? Que nenhuma crise pode ser prevista, que todo novo problema requer a sua própria solução, que cada triunfo é feito de sacrifício?

E *houve* triunfos, mesmo em meio a tanta tragédia. O *Apogee II* aterrissou em segurança no deserto do Arizona, e Casper Mulholland negociava agora o primeiro contrato de sua empresa com a Força Aérea. Jack ainda estava saudável, mesmo após três dias a bordo da ISS — uma indicação de que aquele ranavírus tanto era uma cura quanto uma vacina contra a Quimera. E o simples fato de Emma estar viva também contava como um triunfo.

Embora, talvez, apenas um triunfo temporário.

Gordon sentiu uma profunda tristeza ao olhar para o ECG de Emma que pulsava na tela. *Quanto tempo o coração pode continuar a bater depois que o cérebro se foi?*, perguntou-se. *Quanto tempo pode um corpo sobreviver ao coma?* Observar aquela lenta decadência de uma mulher outrora vibrante era mais doloroso do que testemunhar a sua morte súbita e catastrófica.

Inesperadamente, Gordon se ajeitou na cadeira, o olhar fixo no monitor.

— Todd — disse ele. — O que está acontecendo com ela?

— O quê?

— Há algo errado com o coração dela.

Todd levantou a cabeça e olhou para o traço tremulante no monitor.

— Não — disse ele, e acionou o interruptor de comunicação. — Não é o coração dela.

O poderoso alarme do monitor arrancou Jack de seu cochilo, e ele despertou de imediato. Anos de treinamento médico, de noites incontáveis passadas em salas de plantão, o haviam ensinado a despertar completamente alerta do sono mais profundo e, no instante em que ele abriu os olhos, sabia onde estava. Sabia que havia algo errado.

Voltou-se para o ruído do alarme e ficou brevemente desorientado pelo que viu. Emma parecia estar suspensa no teto, o rosto voltado para baixo. Um de seus três contatos de ECG flutuava, livre como um ramo de alga flutuando debaixo d'água. Jack fez uma volta de 180 graus e tudo voltou ao normal.

Ele voltou a fixar o contato. Com medo do que veria, sentiu o coração disparar quando olhou para o monitor. Para seu alívio, o ritmo normal voltou a pulsar na tela.

E então... algo mais. Um estremecer da linha. *Movimento.*

Ele olhou para Emma. E viu que ela estava de olhos abertos.

—A ISS não responde — disse o Capcom.

—Continue tentando. Precisamos dele no circuito de comunicação agora! — rebateu Todd.

Temendo o pior, Gordon olhou para as leituras de biotelemetria sem entender nada daquilo. O ECG subiu e desceu e, então, reduziu-se a uma reta. *Não,* pensou. *Nós a perdemos!*

—É apenas uma desconexão — disse Todd. — O contato pode ter caído. Ela pode estar tendo uma convulsão.

—Ainda sem resposta da ISS — disse o Capcom.

—O que diabos está acontecendo lá em cima?

—Veja! — disse Gordon.

Ambos ficaram paralisados quando um bipe apareceu na tela. Foi seguido de outro. E mais outro.

—Cirurgião, estou com a ISS — anunciou o Capcom. — Requer consulta imediata.

Todd projetou-se para frente em sua cadeira.

—Controle de Terra, feche o circuito. Prossiga, Jack.

Era uma conversa particular. Ninguém além de Todd podia ouvir o que Jack estava dizendo. No súbito silêncio, todos na sala se voltaram para olhar para o console do cirurgião. Até mesmo Gordon, sentado ao lado dele, não conseguia decifrar a expressão de Todd, que estava curvado para a frente, ambas as mãos segurando o fone de ouvido, como para evitar qualquer distração.

Então ele disse:

— Espere um pouco, Jack. Há um bocado de gente aqui embaixo esperando para ouvir isso. Vamos lhes dar as boas-novas. — Todd voltou-se para o Diretor de Voo, Ellis, e ergueu triunfantemente o polegar. — Watson acordou! Ela está falando!

O que aconteceu a seguir vai ficar gravado para sempre na lembrança de Gordon Obie. Ouviu as vozes se altearem, transformando-se em barulhenta comemoração. Sentiu Todd dar-lhe um tapa nas costas, com força. Ouviu Liz Gianni dar um grito rebelde. E viu Woody Ellis tombar sobre a cadeira com uma expressão de descrença e alegria.

Mas aquilo que Gordon sempre se lembraria era de sua própria reação. Ele olhou em torno da sala e subitamente deu-se conta de que sua garganta doía e que seus olhos estavam embaçados. Em todos aqueles anos na NASA, ninguém vira Gordon Obie chorar. Certamente não veriam agora.

Todos ainda comemoravam quando ele se levantou de sua cadeira e saiu da sala sem ser notado.

Cinco meses depois
Panamá City, Flórida

O ranger das dobradiças e o clangor do metal ecoaram no amplo hangar da marinha quando a porta da câmara hiperbárica finalmente se abriu. Jared Profitt viu os dois médicos da marinha saírem dali de dentro, ambos inspirando profundamente ao emergirem pela escotilha. Haviam passado mais de um mês confinados àquele espaço claustrofóbico e pareciam um tanto tontos com a súbita volta à liberdade. Ambos se viraram para ajudar a saída dos dois últimos ocupantes da câmara.

Emma Watson e Jack McCallum saíram e viram Jared Profitt, que caminhava em sua direção.

— Bem-vinda de volta ao mundo, Dra. Watson — disse ele, estendendo a mão para Emma.

Ela hesitou, mas acabou aceitando o cumprimento. Parecia ainda mais magra do que nas fotografias. Mais frágil. Após quatro meses de quarentena, seguidos de cinco semanas em câmara hiperbárica, ela perdera massa muscular e seus olhos pareciam enormes e obscuramente luminosos naquele rosto pálido. O cabelo que voltava a crescer na parte raspada de seu crânio era grisalho, um contraste marcante com o resto de sua cabeleira castanha.

Profitt olhou para os dois médicos da marinha.

— Poderiam nos deixar a sós, por favor? — Ele esperou até o ruído de seus passos sumirem ao longe.

Então, perguntou para Emma:

— Sente-se bem?

— O bastante — disse ela. — Disseram-me que estou livre de doenças.

— Nenhuma que possa ser detectada — corrigiu Profitt.

Aquela era uma importante distinção. Embora tivessem demonstrado que o ranavírus de fato erradicara a Quimera dos animais de laboratório, não podiam ter certeza de um prognóstico de longo prazo para Emma. O melhor que podiam dizer era que não havia evidência da Quimera no corpo dela. No momento em que aterrissou a bordo da *Endeavour*, Emma foi submetida a repetidos exames de sangue, radiografias e biópsias. Embora tudo desse negativo, o USAMRIID insistiu que ela ficasse na câmara hiperbárica enquanto os exames prosseguiam. Havia duas semanas, a pressão da câmara voltou ao normal de uma atmosfera. Ela continuou saudável.

Mesmo então, não estava inteiramente livre. Pelo resto da vida seria objeto de estudo.

Profitt olhou para Jack e viu rejeição nos olhos dele. Jack não falou nada, mas abraçou a cintura de Emma em um gesto de proteção que dizia claramente: *você não vai tirá-la de mim.*

— Dr. McCallum, espero que compreenda que cada decisão que tomei foi por um bom motivo.

— Compreendo os seus motivos. O que não quer dizer que concorde com suas decisões.

— Então ao menos temos uma coisa em comum: compreensão.

Profitt não lhe estendeu a mão. Sentia que McCallum a recusaria. Por isso, disse apenas:

— Há muita gente lá fora esperando para vê-los. Não quero afastá-los de seus amigos mais tempo do que já afastei.

Profitt se virou para ir embora.

— Espere — disse Jack. — O que acontece agora?

— Vocês estão livres para irem embora. Desde que voltem para exames periódicos.

— Não, refiro-me ao que acontece com os responsáveis por tudo isso? Aqueles que decidiram enviar a Quimera lá para cima?

— Eles não decidem mais nada.

— Só isso? — Furioso, Jack alteou a voz. — Sem punição, sem consequências?

— O assunto será tratado do modo de sempre. À maneira de qualquer agência do governo, incluindo a NASA. Uma discreta mudança para atividades secundárias. Depois uma tranquila aposentadoria. Não pode haver investigação, nada pode ser revelado. A Quimera é perigosa demais para ser divulgada para o resto do mundo.

— Mas pessoas morreram.

— Culparemos o vírus Marburg. Acidentalmente introduzido na ISS por um macaco infectado. A morte de Luther Ames será atribuída a um defeito mecânico do CRV.

— *Alguém* tem de ser responsabilizado.

— Pelo que, por uma decisão errada?

Profitt balançou a cabeça. Ele se voltou e olhou para a porta fechada do hangar, por onde passava uma réstia de luz solar.

— Não há crime a ser punido aqui. Essas pessoas apenas cometeram um erro. Não entenderam a natureza daquilo com o que estavam lidando. Sei que é frustrante para vocês. Compreendo que precisem culpar alguém. Mas não há vilões de verdade nesta história, Dr. McCallum. Há apenas... heróis.

Ele virou e olhou diretamente para Jack.

Os dois se encararam um instante. Profitt não percebeu calor humano ou confiança no olhar de Jack. Mas viu respeito.

— Seus amigos os esperam — disse Profitt.

Jack meneou a cabeça. Ele e Emma atravessaram a porta do hangar. Ao saírem, a luz do sol iluminou o ambiente, e Jared Profitt, ofuscado pela claridade, viu apenas a silhueta de Jack e Emma, o braço dele ao redor do ombro da mulher. Sob o clamor das vozes que os saudavam, eles saíram e desapareceram em meio à luz ofuscante do meio-dia.

O Mar

28

Uma estrela cadente atravessou o céu e se desfez em pedaços brilhantes de purpurina. Emma inspirou profundamente, inalando o vento na baía de Galveston. Tudo que dizia respeito a estar em casa outra vez parecia-lhe novo e estranho. O panorama inalterado do céu. O balançar do convés do veleiro sob as suas costas. O som da água lambendo o casco do *Sanneke*. Ficara tanto tempo longe das simples experiências terrenas que apenas a sensação da brisa no seu rosto era algo a ser valorizado. Durante os últimos meses de quarentena na estação, ela olhava para a Terra, saudosa do cheiro da grama, do gosto do ar salitrado, do calor do chão sob seus pés descalços. Ela pensava: *Quando eu voltar para casa, caso algum dia volte, jamais irei embora outra vez.*

Agora, lá estava ela, saboreando as visões e os aromas da Terra. Contudo, não conseguia evitar voltar os olhos melancólicos para as estrelas.

— Alguma vez desejou voltar? — perguntou Jack em voz tão baixa que as palavras quase se perderam no vento.

Estavam deitados lado a lado no convés do *Sanneke*, mãos dadas, olhos fixos no céu noturno.

—Alguma vez já pensou: "Caso me dessem outra chance de ir lá para cima, eu aceitaria"?

—Todos os dias — murmurou Emma. — Não é estranho? Quando estamos lá em cima, só falamos em voltar para casa. E agora que estamos em casa, não conseguimos deixar de pensar em voltar.

Ela correu os dedos pela cabeça, pelo lugar onde o cabelo mais curto voltava a crescer em forma de mechas prateadas. Ainda sentia a cicatriz áspera no ponto onde o bisturi de Jack cortara a sua pele e seu crânio. Era uma lembrança permanente daquilo a que sobrevivera na estação. Um registro duradouro do horror entalhado em sua carne. Porém, ao olhar para o céu, voltava a sentir aquela antiga atração pelo espaço.

—Acho que sempre estarei esperando por outra chance — disse ela. — Do mesmo modo como os marinheiros desejam voltar para o mar, não importando quão terrível tenha sido a sua última viagem ou quão fervorosamente beijaram o chão ao chegarem a terra. Com o tempo, sentem falta do mar e sempre desejam voltar.

Mas ela jamais voltaria ao espaço. Emma era como um marinheiro preso à terra, com o mar ao seu redor, hipnótico, embora proibido. Estaria para sempre fora de seu alcance por causa da Quimera.

Embora os médicos do JSC e do USAMRIID não detectassem nenhuma evidência de infecção no seu corpo, não podiam ter certeza de que a Quimera fora erradicada. Podia estar apenas adormecida, um inquilino benigno em seu corpo. Ninguém na NASA ousou predizer o que aconteceria caso ela voltasse ao espaço.

Portanto, jamais voltaria. Ela era um astronauta fantasma agora, ainda membro da corporação, mas sem esperanças de ser escalada para outro voo. Cabia aos outros continuarem o sonho. Já havia uma nova equipe a bordo da estação, completando os reparos e a limpeza biológica que ela e Jack haviam começado. No mês seguinte, as últimas peças de reposição da estrutura principal e dos painéis solares seriam lançadas a bordo do *Columbia*. A ISS não morreria. Muitas vidas haviam se perdido para tornar aquela estação orbital uma realidade. Abandoná-la agora seria tornar tal sacrifício sem sentido

Outra estrela cruzou o céu, caindo como uma fagulha moribunda, e se apagou. Outras pessoas que veem estrelas cadentes consideram-nas um bom agouro, acham que são anjos passeando no céu ou uma boa ocasião para fazerem um pedido. Emma as via tal como de fato eram: pedaços de lixo cósmico, viajantes vindos das profundezas frias e obscuras do espaço. O fato de não serem mais que pedras e gelo não as tornava menos maravilhosas.

No momento em que virou a cabeça para trás para vasculhar o céu, uma onda ergueu o *Sanneke* e ela teve a impressão desorientadora de que as estrelas estavam avançando em sua direção e que ela atravessava o espaço e o tempo. Ela fechou os olhos e, sem aviso, seu coração disparou com um medo inexplicável. Sentiu o beijo gelado do suor em seu rosto.

Jack tocou-lhe as mãos trêmulas.

— O que há de errado? Está com frio?

— Não. Frio não... — Ela engoliu em seco. — De repente pensei em algo terrível.

— O quê?

— Se o USAMRIID está certo, se a Quimera veio para a Terra em um asteroide, então ela é uma prova de que existe vida lá fora.

— Sim. É.

— E se for vida inteligente?

— A Quimera é muito pequena, muito primitiva. Não é inteligente.

— Mas quem quer que a tenha enviado pode ser — sussurrou Emma.

Jack ficou imóvel ao lado dela.

— Um colonizador — murmurou ele.

— Como sementes lançadas ao vento. Onde quer que a Quimera chegue, em qualquer planeta, em qualquer sistema solar, infectará as espécies nativas. Incorporará o DNA dessas espécies ao seu próprio genoma. Não precisará de milhões de anos de evolução para se adaptar ao novo lar. Pode adquirir todas as ferramentas genéticas de sobrevivência das espécies que já viviam ali.

E, uma vez estabelecida, uma vez que se tornasse a espécie dominante em um novo planeta, o que aconteceria? Qual a próxima etapa? Ela não sabia. A resposta, pensou Emma, devia estar em partes do genoma da Quimera que ainda não conseguiram identificar. As sequências de DNA cujas funções permaneciam um mistério.

Um novo meteoro atravessou o céu, uma lembrança de que o cosmo é mutante e turbulento. Que a Terra é apenas um viajante solitário através da vastidão do espaço.

— Precisamos estar preparados — disse ela. — Antes que chegue a próxima Quimera.

Jack sentou-se e olhou para o relógio.

— Está ficando frio — disse ele. — Vamos para casa. Gordon vai ficar uma fera se perdermos a coletiva de imprensa amanhã.

— Nunca o vi perdendo a cabeça.

— Você não o conhece como eu conheço.

Jack puxou a adriça, e a vela principal se ergueu, tremulando ao vento.

— Ele é meio apaixonado por você, sabia?

— Gordie? — Ela riu. — Não podia imaginar.

— E sabe o que eu não posso imaginar? — murmurou Jack enquanto a puxava mais para perto. — Que algum homem *não* seja apaixonado por você.

Houve uma súbita rajada de vento que enfunou a vela, e o *Sanneke* avançou, cortando as águas da baía de Galveston.

— Orçar para virar de bordo — disse Jack.

E virou a proa para oeste. Era guiado não pelas estrelas, mas pelas luzes costeiras.

Pelas luzes de casa.

GLOSSÁRIO

A NASA é chamada de Agência Nacional de Criação de Abreviações por um bom motivo. As conversas entre os funcionários da agência são tão recheadas de abreviações que gente não iniciada pode acreditar estar ouvindo um idioma estrangeiro. Abaixo, seguem as definições de algumas abreviações usadas em *Gravidade:*

AFB: *Air Force Base*, ou Base da Força Aérea.

ALSP: *Advanced Life Support Pack*, ou Pacote de Recursos Salva-vidas Avançado. Um kit médico levado a bordo que fornece avançados recursos para emergências cardíacas.

APU: *Auxiliary Power Unit*, ou Unidade de Energia Auxiliar.

ASCR: *Assured Safe Crew Return*, ou Volta da Tripulação com Segurança Garantida, um modo de controle computadorizado da estação espacial que permite separação de emergência e partida de veículos de evacuação.

ATO: *Abort to Orbit*, ou Cancelamento em Órbita, um modo de cancelamento de missão no qual o veículo alcança uma órbita temporária antes de voltar à Terra.

Capcom: *Capsule Communicator*, ou Comunicador com a Cápsula.

CCPK: *Crew Contaminant Protection Kit*, ou Kit de Proteção Contra Contaminação da Tripulação.

CCTV: *Closed-Circuit Television*, ou Circuito Fechado de TV.

CRT: *Cathode-Ray Tube*, ou Tubo de Raios Catódicos.

CRV: *Crew Return Vehicle*, ou Veículo de Retorno da Tripulação, o bote salva-vidas da estação espacial.

C/W: *Caution and Warning*, ou Cautela e Atenção.

DAP: *Digital Autopilot*, ou Piloto Automático Digital.

ECLSS: *Environmental Control and Life Support System*, ou Controle Ambiental e de Suporte à Vida.

ECS: *Environmental Control System*, ou Controle de Sistema Ambiental.

ECG: Eletrocardiograma.

EKV: *Exoatmospheric Kill Vehicle*, ou Veículo de Destruição Exoatmosférico. Míssil designado para destruir objetos antes que entrem na atmosfera da Terra.

EMU: *Extravehicular Mobility Unit*, ou Unidade de Mobilidade Extraveicular. Um traje norte-americano para passeios no espaço. Veja também Orlan-M.

EPS: *Electrical Power System*, ou Sistema de Energia Elétrica.

ESA: *European Space Agency*, ou Agência Espacial Europeia.

ETA: *Estimated Time of Arrival*, ou tempo estimado de chegada.

EVA: *Extravehicular Activity*, ou Atividade Extraveicular.

FAA: *Federal Aviation Agency*, ou Agência Federal de Aviação.

Falcon: Controlador de voo encarregado de monitorar os sistemas de energia da ISS e os painéis solares.

FCR: *Flight Control Room*, ou Sala de Controle de Voo.

FDO: *Flight Dynamics Officer*, ou Diretor de Dinâmica de Voo.

FGB: Iniciais russas para Bloco de Carga Funcional. Um dos módulos da estação espacial, também chamado de Zarya.

Flight: *Flight Director*, ou Diretor de Voo.

GC: *Ground Control*, ou Controle de Terra.

GDO: *Guidance Officer*, ou Diretor de Orientação.

GNC: *Guidance, Navigation and Control*, ou Orientação, Navegação e Controle.

GOES: *Geostationary Operational Environmental Satellite*, ou Satélite Operacional Ambiental Geoestacionário. Um satélite meteorológico.

GPC: *General Purpose Computer*, ou Computador de Propósitos Gerais.

Hab: *Habitation Module*, ou Módulo Habitacional.

GCH: *Human Chorionic Gonadotropin*, ou Gonadotropina Coriônica Humana, um hormônio da gravidez.

HEPA: *High-Efficiency Particulate Air filter*, ou Filtro de Partículas Aéreas de Alta Eficiência.

ISS: *International Space Station*, ou Estação Espacial Internacional.

IVA: *Intravehicular Activity*, ou Atividade Intraveicular. Uma incursão em um veículo ou módulo despressurizado.

JPL: *Jet Propulsion Laboratory*, ou Laboratório de Propulsão a Jato.

JSC: *Johnson Space Center*, ou Centro Espacial Johnson, em Houston.

KSC: *Kennedy Space Center*, ou Centro Espacial Kennedy, no Cabo Canaveral, Flórida.

Ku-band: um subsistema de comunicação.

LCC: *Launch Control Center*, ou Centro de Controle de Lançamento.

LEO: *Low Earth Orbit*, ou Órbita Baixa da Terra. Uma órbita a algumas centenas de quilômetros da Terra.

LES: *Launch and Entry Suit*, ou Traje de Lançamento e Entrada. O traje laranja-claro que os astronautas vestem durante os lançamentos e na volta à Terra. É um traje de uma peça, parcialmente pressurizado que fornece uma barreira térmica assim como uma proteção antigravidade.

LOS: *Loss of Signal*, ou Perda de Sinal.
MCC: *Mission Control Center*, ou Centro de Controle da Missão.
ME: *Main Engines*, ou Motores Principais.
MECO: *Main Engine Cutoff*, ou Desligamento de Motor Principal.
MMACS: *Maintenance, Mechanical Arm, and Crew Systems engineer*, ou engenheiro de Manutenção, Braço Mecânico e Sistemas de Tripulação.
MMT: *Mission Management Team*, ou Equipe de Administração da Missão.
MMU: *Mass Memory Unit*, ou Unidade de Memória de Massa.
MOD: *Mission Operations Director*, ou Diretor de Operações da Missão.
MSFC: *Marshall Space Flight Center*, ou Centro de Voo Espacial Marshall.
NASA: *National Aeronautics and Space Administration*, ou Administração Nacional de Aeronáutica e Espaço.
NASDA: A agência espacial japonesa.
NOAA: *National Oceanic and Atmospheric Administration*, ou Administração Nacional Oceânica e Atmosférica.
NORAD: *North American Air Defense Command*, ou Comando de Defesa Aérea Norte-Americano.
NSTS: *National Space Transportation System*, ou Sistema Nacional de Transporte Espacial.
Odin: controlador de voo que cuida das redes de dados de bordo e computadores da ISS.
ODS: *Orbital Docking System*, ou Sistema de Acoplagem Orbital.
OMS: *Orbital Maneuvering System*, ou Sistema de Manobra Orbital.
Orlan-M: um traje de passeio espacial russo.
ORU: *Orbital Replacement Unit*, ou Unidade de Substituição Orbital.
Oso: controlador de voo encarregado da parte mecânica, da manutenção e das travas da ISS.

PAO: *Public Affairs Officer*, ou Diretor de Relações Públicas.

PFC: *Private Family Conference*, ou Conferência Familiar Particular.

PI: *Principal Investigator*, ou Pesquisador Principal. Cientista baseado na Terra encarregado de uma experiência em órbita.

PMC: *Private Medical Conference*, ou Conferência Médica Particular.

POCC: *Payload Operations Control Center*, ou Centro de Controle de Operações de Carga Útil.

Psi: *pounds per square inch*, ou libras por polegada quadrada.

PVM: *Photovoltaic Module*, ou Módulo Fotovoltaico.

RCS: *Reaction Control System*, ou Sistema de Controle de Reação. Um dos sistemas de motores do ônibus espacial usado em órbita para manobrar a espaçonave.

RLV: *Reusable Launch Vehicle*, Veículo de Lançamento Reutilizável.

RPOP: *Rendezvous and Proximity Operations Program*, ou Programa de Operações de Encontro e Aproximação.

RSM: *Russian Service Module*, ou Módulo de Serviço Russo.

RTLS: *Return to Launch Site*, ou Retorno ao Local de Lançamento. Um modo de cancelamento de lançamento que requer que o ônibus espacial voe ao longo da trajetória e para longe do local de lançamento para gastar combustível, então volte para uma aterrissagem próxima ao local de lançamento.

SAFER: *Simplified Aid for EVA Rescue*, ou Auxílio Simplificado para Resgate em EVA. Um pacote de jatos que permite que um astronauta no espaço possa ter mobilidade e se salvar caso seu cordão umbilical se rompa.

Sim: abreviação de *flight simulation*, ou simulação de voo.

SRB: *Solid Rocket Boosters*, ou Foguetes de Combustível Sólido

STS: *Shuttle Transportation System*, ou Sistema de Transporte do Ônibus Espacial.

SVOR: *Special Vehicle Operations Room* ou Sala de Operações de Veículo Especial. Sala de controle da Estação Espacial Internacional.

TACAN: *Tactical Air Navigation*, ou Navegação Aérea Táctica.

TAEM: *Terminal Area Energy Management*, ou Administração de Área de Energia Terminal.

TAL: *Transatlantic Landing*, ou Aterrissagem Transatlântica. Um modo de cancelamento no qual o ônibus espacial aterrissa do outro lado do oceano Atlântico.

TDRS: *Tracking and Data Relay Satellite*, ou Satélite de Transmissão de Rastreamento e Dados.

Topo: Controlador de voo encarregado da trajetória da ISS.

TVIS: *Treadmill with Vibration Isolation System*, ou Esteira Mecânica com Sistema de Isolamento de Vibração.

UHF: *Ultrahigh Frequency*, ou Faixa de Ondas Decimétricas.

United Space Alliance: Entidade contratada para manter e conduzir certos aspectos das operações da NASA.

USAMRIID: *United States Army Medical Research Institute of Infectious Diseases*, ou Instituto Médico do Exército dos Estados Unidos para Doenças Infecciosas.

US SPACECOM: Comando Espacial dos EUA. Parte do Comando Unificado do Departamento de Defesa que monitora objetos feitos pelo homem em órbita da Terra e dá apoio a operações militares ou civis que envolvam o espaço.

WET-F: *Weightless Environment Training Facility*, ou Instalação de Treinamento em Ambiente sem Peso.

Este livro foi impresso no
Sistema Digital Instant Duplex da Divisão Gráfica da
DISTRIBUIDORA RECORD DE SERVIÇOS DE IMPRENSA S.A.
Rua Argentina, 171 - Rio de Janeiro/RJ - Tel.: (21) 2585-2000